肇庆学院校本系列教材

中国古代诗歌

丁 楹 编著

ZHONGGUO GUDAI SHIGE

中山大学出版社
SUN YAT-SEN UNIVERSITY PRESS
·广州·

版权所有　翻印必究

图书在版编目（CIP）数据

中国古代诗歌／丁楹编著．—广州：中山大学出版社，2019.12
（肇庆学院校本系列教材）
ISBN 978-7-306-06747-0

Ⅰ．①中… Ⅱ．①丁… Ⅲ．①古典诗歌—诗歌欣赏—中国—高等学校—教材
Ⅳ．①I207.2

中国版本图书馆 CIP 数据核字（2019）第 241092 号

出 版 人：	王天琪
策划编辑：	嵇春霞
责任编辑：	靳晓虹　罗梓鸿
封面设计：	曾　斌
责任校对：	姜星宇
责任技编：	何雅涛
出版发行：	中山大学出版社
电　　话：	编辑部 020-84110771，84113349，84111997，84110779
	发行部 020-84111998，84111981，84111160
地　　址：	广州市新港西路 135 号
邮　　编：	510275　传　真：020-84036565
网　　址：	http://www.zsup.com.cn　E-mail: zdcbs@mail.sysu.edu.cn
印 刷 者：	佛山市浩文彩色印刷有限公司
规　　格：	787mm×1092mm　1/16　15 印张　347 千字
版次印次：	2019 年 12 月第 1 版　2019 年 12 月第 1 次印刷
定　　价：	42.00 元

如发现本书因印装质量影响阅读，请与出版社发行部联系调换

《中国古代诗歌》实践教学体系和内容的改革与实践
（代序）

《中国古代诗歌》为"肇庆学院实践教学改革研究项目"（sjjx201707）成果，也是我校开展大学生文化素质教育以来出现的一部集知识性、欣赏性于一体的校本教材，不仅在肇庆学院文学院长期深受广大学生欢迎，在全校也有一定的影响。

这是一部比较系统解析中国古代诗歌思想内容与审美特征的校本教材。"好诗正似佳风月，解赏能知已不凡。"我们的编写工作力图在三个方面有所突破：一是内容上，全书力求有所创新，争取做到书中的某些重要章节能透露出我们编者自己对中国古代诗词的赏析角度与见解。二是注重理论联系实际。本教材所讲授的内容配套有录制好的讲课视频。读者可在我们的网络教学空间上结合讲课视频阅读我们编写的这部教材，体系严谨的教材配上课堂实录，有助于还原我们课堂教学的真实情境。我们力图挖掘中国古代诗词中具有深刻教育意义的作品，并将这些作品中体现的人生思考与现实生活中鲜活生动的具体案例紧密结合起来，注意通过具体的生活事例来解析中国古代诗歌的理论问题，力图让读者在轻松的阅读中受到我国古代诗人思想的熏陶、感受审美的愉悦，深入浅出地引导读者向纵深开拓，给人以感性材料和理性分析相结合的方法论上的启迪，为中国古代诗歌赏析总结新鲜经验，为肇庆学院和肇庆地区传统文化的传播工作提供一些具体的材料和借鉴。三是立足本土，高度重视中国本土的诗歌赏析理论。我们试图从理论上对中国古代诗歌遗产进行系统的解读、分析，又广泛汲取西方诗词理论的新观念，并将两者融会贯通，展现中国古代诗歌赏析方面恢宏广博的学术视野与丰富多彩的教学经验。

具体来说，这部《中国古代诗歌》在人才培养中的地位、作用，教材研究或改革的基础，使用情况及效果等方面有两大方面的特色。

一、精选内容、立足本土

本教材既有别于大、中、小学相关教材的教学内容，也有别于一般《大学语文》中零散的教学，它给学生提供比较系统、完整并有一定学术性的知识框架，尽量培养学生学习中国古代诗歌的兴趣，拓展他们的学术视野和提升他们的研究水平。

（一）注重诗歌"感发志意"的功能

我们精心选择中国古代诗歌课程的教学内容，既遵循常见的中国古代诗歌发展演变的规律，也从实际出发，在一定程度上以个体鉴赏为出发点，考虑到肇庆学院本科学生和目前肇庆地区普通读者的接受水平、兴趣及作品本身的浅深难易，着重引导读者去发现与感悟中国古代诗歌的美感特质，注重探讨中国古代诗歌尤其是与西江流域有关的诗歌的情思、手法的深层意蕴。因此，我们在教材编写内容上十分注重解析经典诗歌作品的思想内涵、审美特质、艺术特点及其表现手法的多样性与丰富性，尤其是在讲授古典诗歌时我们特别重视诗歌中感发的生命，尽量发挥诗歌兴发感动的作用。在教材里笔者也不乏即兴发挥，尽力挖掘中国古典诗歌中生生不已的生命力，并把中国古典文学与现代人生结合起来，用古典文学作品中所蕴含的人生意趣、文化性格与人生思考感染和启发我们当代人的人生。

人同此心，心同此理。文学作品的伟大就在于能把人人心中所有而多数人笔下所无的感情、哲思表达出来。"东海西海，心理攸同；南学北学，道术未裂。"① 人类共有而又难以言说的感情正是通过优秀诗歌作品传达了出来。清代著名诗歌批评家陈祚明在《采菽堂古诗选》中评价《古诗十九首》时道：

《十九首》所以为千古至文者，以能言人同有之情也。人情莫不思得志，而得志者有几，虽处富贵，慊慊犹有不足，况贫贱乎！志不可得而年命如流，谁不感慨！人情于所爱莫不欲终身相守，然谁不有别离？以我之怀思，猜彼之见弃，亦其常也。夫终身相守者，不知有愁，亦复不知其乐。乍一别离，则此愁难已。逐臣弃妻，与朋友阔绝，皆同此旨。故《十九首》唯此二意，而低回反复。人人读之，皆若伤我心者。此诗所以为性情之物，而同有之情，人人各具，则人人本自有诗也。②

每个人心中都有诗。这种批评方式，与现代心理学理论暗合。朱光潜在《悲剧心理学》中指出：

愈是与我们过去的经验和谐一致，就愈能吸引我们的注意，有助于我们的理解，并引起我们的兴趣和同情。如果它离人的经验太遥远，或太违背人情，人们对它就会不理解，因而也就不能欣赏。③

朱先生的话很有道理，那些优秀的古典诗歌作品总是能感动读者，感发读者心中的诗意，和读者的情感产生深切的共鸣。

以个体生命体验为基础来赏析中国古代诗歌作品的方法，已经为古代文学研究的有识之士提出来并加以阐述。例如，程千帆先生介绍自己年轻时向胡小石先生学诗的一段动人场景时说：

胡小石先生晚年在南大教《唐人七绝诗论》，他为什么讲得那么好，就是用自己的心灵去感触唐人的心，心与心相通，是一种精神上的交流，而不是《通典》多少卷，《资治通鉴》多少卷这样冷冰冰的材料所可能记录的感受。我到现在还记得胡先生的那份心情、态度，就是在这样的情况下，我学到了以前学不到的东西。④

诗歌具有兴发感动的作用，这是叶嘉莹先生在著作与讲课中反复强调的，是她谈诗论词的一个核心观点。而且叶先生总是尽量将古代诗歌中感发的生命与我们现代青少年的思想品德教育联系起来进行阐述。如叶先生在《词学新诠》中指出：

我在《三种境界与接受美学》一篇"随笔"中，已曾提出说："按照西方接受美学

---

① 钱锺书：《谈艺录·序》，生活·读书·新知三联书店2008年版，第1页。
② 〔清〕陈祚明评选，李金松点校：《采菽堂古诗选》，上海古籍出版社2008年版，第80—81页。
③ 朱光潜：《悲剧心理学》，人民文学出版社1983年版，第25页。
④ 程千帆：《两点论——古代文学研究方法漫谈》，见《程千帆全集》第15卷，河北教育出版社2000年版，第179页。

中作者与读者之关系而言，则作者之功能乃在于赋予作品之文本以一种足资读者去发掘的潜能，而读者的功能则正在使这种潜能得到发挥的实践。"而且读者在发掘文本中之潜能时，还可以带有一种"背离原意的创造性"。所以读者的阅读，其实也就是一个再创造的过程，而这种过程往往也就正是读者自身的一个演变和改造的过程。如果把中国古典诗歌放在世界文学的大背景中来看，我们就会发现中国古典诗歌实在是最富于这种兴发感动之作用的文学作品，这正是中国诗歌的一种宝贵的传统。而现在有一些青年人竟被一时短浅的功利和物欲所蒙蔽，而不再能认识诗歌对人的心灵和品质的提升的功用，这自然是另一件极可遗憾的事情。①

对于诗歌中"感发的生命"，叶先生有详细的解说，她说：

  诗人之所异于常人，是由于他能够把自己内心的感动传达出来，使别人甚至千百年以后的人读了他的诗也可以产生同样的感动。而且还不止于此，读者还可以从他的感动引发联想，结合自己的历史文化背景，生发出新的感动。这种感动永远是生生不已的，所以我给它起了一个名字，叫做"感发的生命"。②

可见，叶嘉莹教授的中国古代诗歌赏析方法具有很强的个性，也有很强烈的现实关怀，能够立足本土，融合中西，沟通古今。她灵心慧眼，妙手剪裁，博采西方文学理论之花，嫁接中国传统诗论之木，运用中国古代诗歌中的人生智慧来关注现实人生和当下中国教育中出现的"关键问题"。可以说，叶嘉莹教授的中国古代诗歌赏析，是一个跨越时空的教育对话，既贯通着教育史，又紧密联系我们当前的教育生态环境。如此开明与通达的诗歌教育理念与研究方法，使得她仿佛是在与古往今来、古今中外的往圣时贤、哲人高士沟通交流，以其深沉的思考和敏锐的探索，向我们展示了一位有才华、有责任感、心境洒脱、性情温润的优秀学者所做的多方面的可贵开拓，适应了时代和个人的发展。

叶嘉莹先生诗歌教育成功之秘也启发我们，要在中西文化大背景下，以深厚的传统文化修养与西方理论学养为基础，以现代观念和理论为工具，对中国古代诗歌赏析进行科学的开发与归纳，形成自己独特的兴发感动的诗歌赏析体系：以中国古代诗歌为中心，融合中华民族传统文化与西方文学理论，深掘中国古代诗歌本质，深入探讨当下国人的教育问题，着力揭示中国古代诗歌深层的价值体系。

对于诗歌"感发的生命"的作用与功能，叶嘉莹先生有一个著名的论断，她指出：

  诗有一种"感发的生命"，它由作者传达给读者，而且可以不断生长，生生不已地流传下去。这种感发的生命，可以使你的心活泼起来，永不衰老。③

哀莫大于心死，而具有"感发的生命"的诗歌却可以使人心不死。有"感发的生命"的诗歌才能在时间的流逝中留住读者。我们后人在读古代诗人的诗句时也能从中读出自己的情感与人生，从而与古代诗人产生深切的共鸣，这真是人生的一大乐事。正如史学大师钱穆先生所说：

  窃谓理学家主要吃紧人生，而吟诗乃人生中一要项。余爱吟诗，但不能诗。吟他人

---

① 叶嘉莹：《词学新诠》，北京大学出版社2014年版，第54页。
② 叶嘉莹：《汉魏六朝诗讲录》，河北教育出版社2000年版，第5—6页。
③ 叶嘉莹：《汉魏六朝诗讲录》，河北教育出版社2000年版，第7页。

诗，如出自己肺腑，此亦人生一大乐也。①

这些前辈的教导，对我们这本《中国古代诗歌》教材的编写产生了很大的影响，这种诗词赏析的境界，是我们"虽不能至，然心向往之"的。因此，我们编写本书时也想结合现实的人生体验，以词证词、以心证心，以自己之意逆中国古代诗人之志，将诗词、史学和心理分析的研究方法交互为用，在知人论世的基础上对中国古人在诗词作品中表现出来的种种行为、情感加以心理的分析、解释，窥其隐微，以自己的心灵体验来探讨中国古代文人在诗词作品中表现出来的种种精神苦闷和他们超越苦闷的心理机制及其具体途径。

这种教学施授的理路，要求我们既要能感之，还要能讲之。首先，我们要能够把握中国古代诗歌的内在生命，能够用中国古代诗歌来感动自己，尚友古人，知人论世，以意逆志。其次，我们还要能将自己的感动传达给学生，感发学生内在的情感体验，并把两者沟通结合在一起。最后，我们是怀着感恩的心与轻松愉悦的心情编著此书的，希望读者也能够怀抱着轻松愉悦的心情阅读本书，并充分感受到中国古代诗歌中生生不已的"感发的生命"，从而使自己的心灵活泼起来、快乐起来。因此，通过《中国古代诗歌》这门课程的教学，把肇庆学院的学生们培养成热爱中华优秀传统文化且具有较高素质和民族认同感的一代新人，是本书编者教学与思考的乐趣所在，也是本书的特色所在。

（二）注重诗歌教学的精气神

著名学者陈平原先生非常重视大学的文学教育，并对当今大学的文学教育尤其是课堂教学与学术成果的关系进行了深入思考与研究。他指出：

回溯百年中国大学史，谈及某某"大师"，一般是以"著述"为标志。对于大学教授的"正业"，即所谓"传道授业解惑"，其实没有充分重视。有人口才好，讲台上挥洒自如；有人内秀，更喜欢在书斋里笔耕不辍。二者兼得当然最好，若分而治之，前者必定吃亏。因为，在现代中国大学，教授在课堂上表现如何，只关涉茶余饭后的闲谈，很少作为评价人物的主要标准。这也能理解为何在叶嘉莹奔走呼吁之前，顾随长期被中国学界遗忘。从学术上看，顾随确实算不上"大家"，可如果引入教育史的视野呢？重视且擅长"讲课"的顾随、叶嘉莹师徒，给我们出了个难题：所谓的"文学教育"，重点到底在"课堂"，还是在"书斋"。②

按常理，当今的文学教育，"课堂"与"书斋"都是非常重要的。如果"课堂"教学是重要的，那么老师在课堂教学中表现出来的精气神也就更值得我们重视了。

朱光潜先生不仅是大学者，也是大教育家，他的学术演讲与课堂教学时常引起晚生后辈与学生的深情追忆。据齐邦媛先生回忆：

朱老师选了十多首华兹华斯的短诗，指出文字简洁、情景贴切之处，讲到他《孤独的收割者》(The Solitary Reaper)，说她歌声渐远时，令人联想唐人钱起诗："曲终人不见，江上数峰青"的余韵。

---

① 钱穆：《八十忆双亲·师友杂忆》，生活·读书·新知三联书店2012年版，第341页。
② 陈平原：《作为学科的文学史》，北京大学出版社2011年版，第193页。

直到有一天，教到华兹华斯较长的一首《玛格丽特的悲苦》……朱老师读到"the fowls of heaven have wings，…Chains tie us down by land and sea"（天上的鸟儿有翅膀……链紧我们的是大地和海洋），说中国古诗有相似的"风云有鸟路，江汉限无梁"之句，此时竟然语带哽咽，稍微停顿又继续念下去，念到最后两行：

If any chance to heave a sigh，（若有人为我叹息）

They pity me，and not my grief.（他们怜悯的是我，不是我的悲苦。）

老师取下了眼镜，眼泪流下双颊，突然把书合上，快步走出教室，留下满室愕然，却无人开口说话。

也许，在那样一个艰困的时代，坦率表现感情是一件奢侈的事，对于仍然崇拜偶像的大学二年级学生来说，这是一件难于评论的意外，甚至是感到荣幸的事，能看到文学名师至情的眼泪。①

虽然齐先生讲述的是朱光潜先生教英诗的场景，但优美的诗歌能够感动人、激发人的同情与共鸣这一特点却是相通的。接下来齐邦媛先生的叙述，也印证了朱光潜先生提出来的理论：

二十多年后，我教英国文学史课程时，《英诗金库》已完全被新时代的选本取代，这首诗很少被选。不同的时代流不同的眼泪。但是朱老师所选诗篇大多数仍在今日各重要选集上。②

"不同的时代流不同的眼泪"可以说是朱先生提出来的"愈是与我们过去的经验和谐一致，就愈能吸引我们的注意，有助于我们的理解，并引起我们的兴趣和同情。如果它离人的经验太遥远，人们对它就会不理解，因而也就不能欣赏"的最佳注脚。朱光潜先生研究文学史、美学史，给人印象深刻的一点就是他的真性情。他的学术研究求真、求实，具有咬定青山不放松的定力。

北京大学著名学者钱理群先生上课时的精气神令听过他课的学生难以忘怀，据孔庆东先生回忆与评述：

钱理群可以不当学者、不当教授，但绝不能不当老师。不当老师的钱理群不是钱理群。……及至慕名去听钱理群的课，发现原来就是那个恶僧，不禁心中一动。他一张口，我就被吸引住了——我欣赏的老师甚多，但能这样吸引我，使我在课堂上基本不做其他事情的老师，仅此一位。他汹涌的激情，在挤满了几百人的大教室里奔突着，回荡着。他深刻的见解，时而引起一阵急雨般的掌声，时而把学生牢牢钉在座位上，全场鸦雀无声。即使在冬天，他也满头大汗，黑板擦就在眼前，他却东找西抓寻不见，经常用手在黑板上乱涂着他那奔突又奔突不开，卷曲又卷曲不顺的字体。……如果将来有人以钱理群为研究课题的话，我先提醒一句，他的书是第二位的，他的课才是第一位的。"课堂"研究有朝一日应该成为我们的学术话题。无论从投入的热情与精力，内容的精彩与饱满，得到的反响和愉悦，钱理群的课都比他的书更重要。③

无独有偶，据另一位听过钱先生演讲的学生钟诚回忆：

---

① 齐邦媛：《巨流河》，生活·读书·新知三联书店 2011 年版，第 112—113 页。
② 齐邦媛：《巨流河》，生活·读书·新知三联书店 2011 年版，第 113 页。
③ 孔庆东：《47 楼万岁》，知识出版社 2006 年版，第 290—292 页。

记得似乎还在那年冬天听过钱理群先生的一次演讲，在昏暗的灯光下，我挤在人群中的最后一排，演讲的主题以及演讲中有没有提到鲁迅我已经忘记了，唯一记得的是钱先生洪亮而富有激情的声音。[1]

钱理群先生不仅是20世纪80年代以来中国最具影响力、最受关注的人文学者之一，也是北京大学学生评出的最受欢迎的十佳教师（名列首位）。这些名誉的获得离不开他对教育的一片激情，对学术的一片痴情，对学生的满腔热情，这样的灵魂工程师自然会在学生心中熠熠生辉。我们认为，钱先生的课堂之所以如此让学生受益，离不开他上课时"汹涌的激情""洪亮而富有激情的声音"，是他的精气神感染了学生，学生与他产生了深切的共鸣，故而产生了显著的教学效果。

师者，所以传道、授业、解惑也。以德传道，以学授业，以诚解惑，应当说是老师最重要的职责。学生是老师的根，系统地向学生传授健康向上的人生观、价值观，并让这些内化为学生们看待世界的积极态度，以横溢的才华、出众的学识和乐观向善的人格个性，塑造学生健全的心理，给他们以面对人生苦难的勇气与信心，是一位成功教师人格魅力的体现。这样的教师，会永远活在学生的心里，而且会活在那个最美好的地方。"课堂"研究如果有朝一日真的能够成为我们的"学术话题"，我们会发现：有些会讲课的、有精气神的老师上课的效果甚至比他们的学术著作还要显著而令学生容易接受且受益匪浅。据编者有限的见闻所知，讲课非常精彩的不仅有北京大学的钱理群，还有南京大学的高华。他也是一位非常会上课的老师，据听过他课的学生张晖回忆：

也许，只有时间能告诉我们，谁是世界上最好的老师。尽管和高老师分开已经十年了，但我们仍然会学着他的口气说话；尽管在各个城市间迁徙了几千里，他的课堂笔记仍然是不舍得丢掉的那个泛黄的旧本子；尽管不怎么准时，在每个新年里我们都会在心里默默地祈祷他能够健康地生活和工作。……高老师是少白头，当时不过四十岁出头，头发却是花白的，颇有几分沧桑感。但他的脸色很红润，时常带着孩童的狡黠的微笑。他的声音浑厚悦耳，语调舒缓，说话清晰流畅，中学时代早已听腻的革命史在他口中却变得波澜壮阔、惊心动魄、诡谲莫测，比听故事还过瘾。他上课时，总是端着一个大茶杯，一手拿着盖子，一手端着杯子，拉开了要喝水的架势却讲得高兴而忘记喝水。学生们也都听得如痴如醉，手头快的同学还能一边笑一边一字不差地记下他的妙语连珠。但他有时候会卖关子，不让我们记笔记，说下面的最好听，谁记笔记他就不讲了。于是，我们只好丢下笔，全神贯注地屏息静听。……后来，他的名著在中文大学出版社出版，在仔细阅读之后才发现，原来书中的内容老师大多都给我们讲过。但两相比较，心里总觉得老师讲的似乎远远要比写的精彩，神采飞扬的讲课在变成论述谨严的文字之后，似乎丢失了许多精气神。[2]

讲课要"神采飞扬"，著作要"论述谨严"。对广大听课的学生来说，老师上课时"神采飞扬"的"精气神"，可能要比他们"论述谨严"的论文、著作更重要，也更精彩。如果一个老师既有"论述谨严"的著作，又有"神采飞扬"的教学风貌，那是非常令

---

[1] 钟诚：《进化、革命与复仇——"政治鲁迅的诞生"》，北京大学出版社2018年版，第299页。
[2] 张晖：《无声无光集》，浙江大学出版社2013年版，第85—88页。

人羡慕的。这就像一位优秀的导演或编剧同时又是一位优秀的演员一样，是可遇而不可求的，需要非常难得的机缘与素质，而高华恰好就是这样一位既有"论述谨严"的著作，又有"神采飞扬"的课堂风采的好老师，这样的老师怎能不让学生崇拜敬仰，心慕手追从而深受教益呢？

以上所举的朱光潜、钱理群、高华等擅长讲课的老师都不是专门讲授中国古代诗歌的，但他们上课的成功之道却十分值得我们编著《中国古代诗歌》校本教材的老师关注与学习。

老师上中国古代诗词课时的"精气神"尤其值得我们重视。刘勰在《文心雕龙·明诗》篇中道："人禀七情，应物斯感。感物吟志，莫非自然。"① 这是立足于"古今人情一也"的基础上提出来的精辟见解，是深得古人创作甘苦的批评理论，故在中国文学批评论中具有十分重要的意义。我们现代人读古人诗时亦有此种感情，非刘勰读诗时所独有，乃是读诗时普遍存在的一种心灵"共鸣"的现象，是"古今人情一也"的自然表现。凡是中国古代诗词课讲得好的老师大多是充满热情、充满生机、充满活力的，他们在课堂上的精气神深深地感染了在场听课的学生。著名作家丁玲回忆她的好友王剑虹当年听俞平伯讲宋词的情景时说：

王剑虹则欣赏俞平伯讲的宋词。俞平伯先生每次上课，全神贯注于他的讲解，他摇头晃脑，手舞足蹈，口沫四溅，在深度的近视眼镜里，极有情致地左右环顾。他的确沉醉在那些"独倚望江楼，过尽千帆皆不是……"既深情又蕴蓄的词句之中，他的神情并不使人生厌，而是感染人的。剑虹原来就喜欢旧诗旧词，常常低徊婉转地吟诵，所以她乐意听他的课，尽管她对俞先生的白话诗毫无兴趣。②

俞平伯先生讲宋词时"摇头晃脑，手舞足蹈，口沫四溅，在深度的近视眼镜里，极有情致地左右环顾"的神情，是非常值得我们注意的——令学生王剑虹欣赏的正是俞先生讲课时的这种精气神。

大学时期是一个人最有热情、最善感的时期，在那样一个激情燃烧的岁月里，我们讲授中国古代文学课的老师尤其要用自己的热情挚感去感染学生，用具有"感发的生命"的中国古典诗歌去唤醒他们那沉睡的心灵，使他们的心活泼起来，从而受到熏陶与感动。这种被"感发的生命"会让人受益终身、难以忘怀。如1915—1918年在北京大学读哲学门的冯友兰晚年在《三松堂自序》中回忆自己读大学时上黄侃课的情景：

当时北大中国文学系有一位很叫座的名教授，叫黄侃。他上课的时候，听讲的人最多，我也常去听讲。他在课堂上讲《文选》和《文心雕龙》，这些书我从前连名字也不知道。黄侃善于念诗念文章，他讲完一篇文章或一首诗，就高声念一遍，听起来抑扬顿挫，很好听。他念的时候，下边的听众都高声跟着念，当时称为"黄调"。在当时宿舍中，到晚上到处都可以听到"黄调"。③

无独有偶，梁实秋回忆梁启超的讲演时也还能记得"先生的讲演，到紧张处，便成为表演。他真是手之舞之足之蹈之，有时掩面，有时顿足，有时狂笑，有时太息。听他

---

① 〔南朝梁〕刘勰著，周振甫注：《文心雕龙注释》，人民文学出版社1981年版，第48页。
② 丁玲：《我所认识的瞿秋白同志》，见丁玲《我是一棵小草》，京华出版社2006年版，第147页。
③ 冯友兰：《三松堂自序》，生活·读书·新知三联书店2009年版，第37页。

讲到他最喜爱的《桃花扇》,讲到'高皇帝,在九天,不管……'那一段,他悲从中来,竟痛哭流涕而不能自已。"①像梁启超这样的国学大师博学多才,虽然在大学的讲台上站了多年,可是到他讲演时,听众仍然感觉到他的兴奋、激动甚至紧张,就像演员在舞台上表演一样。王鼎钧先生在《人生如戏》一文中说:"戏是世间最隆重、严肃的工作之一。"这是因为"无论是演出前或者演出时,戏剧工作者的精神是紧张的,态度是严肃的,情绪是热烈的,他们谨慎如新娘,奋勇如战场上的将军。他们全神贯注,细心揣摩,意志和力量完全集中。演出如果失败,他们就成了世界上最难过的人。"② 上课如同表演,确实是一项严肃隆重而又紧张、有趣的工作。

此外,黄节也是一位非常会讲中国古代诗歌的老师,他对先秦、汉魏六朝诗都有精深的研究,著有《诗旨纂辞》《汉魏乐府风笺》《魏文帝魏武帝诗注》《曹子建诗注》《阮步兵诗注》《鲍参军诗注集说》《谢康乐诗注》《谢宣城诗注》《顾亭林诗说》等,是著名文史专家和杜甫研究专家萧涤非的老师。他于1917年受聘为北京大学教授,专门讲授中国古代诗歌。在国难当头之际,黄节在北京大学讲明末清初著名诗人顾亭林诗歌的情景深深地感染了听课的学生,据张中行晚年回忆:

黄先生的课,我听过两年,先是讲顾亭林诗,后是讲《诗经》。他虽然比较年高,却总是站得笔直地讲。讲顾亭林诗是刚刚"九一八"之后,他常常是讲完字面意思之后,用一些话阐明顾亭林的感愤和用心,也就是亡国之痛和忧民之心。清楚记得的是讲《海上》四首七律的第二首,其中第二联"名王白马江东去,故国降幡海上来",他一面念一面慨叹,仿佛要陪顾亭林也痛哭流涕。我们自然都领会,他口中是说明朝,心中是想现在,所以都为他的悲愤而深深感动。③

这些国学大师们上课或讲演时的热情挚感、启发后学的拳拳之心,时刻提醒我们在中国古典诗词教育中应十分重视老师讲课时的精气神,并努力将自己上课时对中国古代诗词的热情与感动传达给学生。

这本教材的讲述内容大多有配套好的讲课视频。在本书中我们能不断读到古代诗人的经典名句,那丰富的人文智慧像珠玉般耀眼而摄人心魄,再加上编者在教学视频中对每一章节的赏析要旨进行精心导读之后,还有深入浅出的案例分析与讲解,阅读此书就像是在上一门老师现身课堂亲自讲授的中国古代诗歌课程。希望读者阅读本教材时,既能感受到中国古代诗歌内容的丰富多彩,也能够欣赏肇庆学院优秀教学骨干在讲授中国古代诗歌时所体现出来的精气神。这是本教材体现"立体化"教学模式的特点之一。

(三)注重将古代诗人的人生、情感与现代生活对接起来

我们发自内心地认为,大家都非常崇敬的词学大师叶嘉莹先生的古代诗词课之所以讲得这么好,肯定跟她几十年如一日、长期反复地讲授中国古代诗歌课以及所表现出来的精气神有着非常密切的联系。人生似幻化,终当归空无。在这幻化空无且短暂无常的

---

① 梁实秋:《记梁任公先生的一次演讲》,见夏晓虹编《追忆梁启超》,中国广播电视出版社1997年版,第310—312页。
② 王鼎钧:《开放的人生》,生活·读书·新知三联书店2014年版,第58页。
③ 张中行:《黄晦闻》,见张中行《负暄琐话》,黑龙江人民出版社1986年版,第7—8页。

人生中,她能够欣赏中国古代诗歌之美并且还能够将她从诗歌中所受到的感动传达给普通大众,是十分难得的。叶嘉莹先生曾深情地述说她的人生关怀与理想:

  我现在所关怀的并不是我个人的诗词道路,更不是我在这条道路上有什么成功与获得,我所关怀的乃是后起的年轻人如何在这条道路上更开拓出一片高远广阔的天地,并且能借之而使我们民族的文化和国民的品质,都因此而更展放出璀璨的光华。①

这也是每个有责任感与事业心的中国古代诗歌研究者应该有的关怀与理想。叶先生所做的中国古代诗词普及推广的工作是非常有益的。

至此,易中天先生的一句话引起了编者的重视。他说:

  学术为什么要向大众传播?这就要说到根本上了。这个"根本",就是我们为什么要有学术,尤其是要有文史哲这样"百无一用"的学术?我的回答是:为了人的幸福。文史哲这三门学问,通常被称之为"人文学科"。它们表现出来的精神,叫"人文关怀"。为什么要有"人文关怀"呢?因为人与动物不同。动物只要能够存活就行了,人却还要活得幸福,活得像个人样。这就要有专门的学问和学科,来研究和解决这个问题。所谓"人文学科",就是用来干这个的。②

莫砺锋先生也有类似的看法,他指出:

  其实从根本的意义上说,古代文学中的经典作品流传至今的意义并不是专供学者研究,它更应该是供大众阅读欣赏,从而获得精神滋养。严肃深奥的学术论著只会在学术圈内产生影响,生动灵活的讲解或注释解说却能将古典名篇引入千家万户。身为大学中文系的老师,又在古典文学专业,我觉得自己有责任在普及方面做一点工作。③

其实这也是词学宗师夏承焘先生一生都在思考与寻求解决的问题④,正如杨海明先生所指出:

  夏先生虽几十年如一日地勤奋治学,但他却并不是一位"为学术而学术"的学究型人物,在其内心始终涌动着企盼"益世"的热忱。而也正因此点,他在治学的进程中便常会升腾起思欲改革的念头。……夏先生的勤奋治学精神,值得我们敬佩和学习;他在治学过程中所产生的某些困惑,也仍然可能会在我们脑中时有翻腾;而他当年预测二十年后"古学情况将大变"(见其1965年8月9日之日记:"夕过心叔久谈,谓二十

---

① 叶嘉莹:《我的诗词道路》前言,河北教育出版社1997年版,第21页。
② 易中天:《书生傻气》,广西师范大学出版社2010年版,第221页。
③ 莫砺锋:《江苏社科名家文库·莫砺锋卷》,江苏人民出版社2017年版,第19页。
④ 夏承焘《天风阁学词日记》第二册前言载:"嗣乍涉足社会,饥驱四方。三十前后,始专攻词。迨抗战爆发,时局动荡,陆沉之惧,且夕萦心。自悔所学无补于时,尝思跳出故纸堆中,另觅新径,然积习既深,欲弃之终未能也。凡此种种矛盾苦闷心情,无可告语,夜阑灯下,一再诉之日记。"夏承焘先生常常思考学术研究如何有益于世的问题,如《天风阁学词日记》1934年12月24日载:"作年谱。思为死人作起居注,复何益于今世,不如学岐黄术,犹有利于人。"1948年12月6日载:"念半生所治学问,与劳苦大众诚了无益处。以后即不因时运,亦应自改方向。"1949年4月4日在整理旧作时,夏先生又"颇思焚汰其大半,留三四种自玩。近月来于诗人论一书最为自喜,拟以极浅显文字写此六七家大诗人之性格,供中学生阅读,于我国文化或不无小补"。1960年12月12日,夏承焘先生试图以"唐宋词所反映的民族矛盾"为题,用诗话的方式撰写一部《宋词与宋史》,以有益于当世和人民大众。夏先生的努力没有白费,他取得了很大成绩,吴战垒先生指出:"(夏承焘)先生还热心于词学普及工作,写了不少深入浅出的鉴赏文章和知识性读物,受到广大读者的欢迎。"(吴战垒:《夏承焘·前言》,载《夏承焘集》第一册,第4页。)

年后吴熊和诸生为老师宿儒，古学情况将大变。"）的前瞻性想法及其想使学术研究有益当世和贴近读者的心愿，则更使我们受到鞭策与启迪。①

可以说，"学术为什么要向大众传播"及学术研究如何才能"益世"？也是我们每一个人文学者应当考虑与进行研究的问题。

　　基于此，我们在编写本教材时特别注重按照诗词演变的历史分期来讲解中国古代诗歌，让学生在课堂上依照时间先后顺序来领悟、感受中国古代文人的人生智慧、文化性格与人生思考，体会古人与今人种种人生体验、感受的异同。具体来说，我们通过采用历时性与共时性两种方式来编排这本教材，一方面按时代分序，让读者对中国古典诗歌的发展演进有一个大致的了解；另一方面，我们又按同类题材作品的异同比较方法，在讲解一首诗词作品或者一种文学现象时，往往旁征博引其他古今中外类似的文学现象与作品进行分析解读，天马行空，幽默风趣，深入细致地让学生感受到不同时代作家所创作出来的诗词作品中所蕴含的审美特质与艺术风貌。同时，我们还特别注重中国古代诗歌的地域文化色彩，特别注意介绍与西江流域关系密切的历代迁岭文人及其诗歌创作，将传统与现代对接起来，用中国古代诗歌中所包含的人生意蕴、生活感慨来感动与激励我们现代人的心灵。

　　中国古代诗歌作品具有感发的生命，我们把读者当作同游者，一起游历上下古今、东南西北的诗词园地，让读者们自由自在地释放自己的想象力，体味、领悟、感受中华优秀传统文化所带来的审美愉悦与精神享受。顾随先生指出：

　　诗根本不是教训人的，是在感动人，是"推"、是"化"——道理、意思不足以征服人。《花间集》中顾夐词曰："换我心为你心，始知相忆深。"（《诉衷情》）做人、作诗实则"换他心为我心，换天下心为我心"始可。②

顾先生的得意门生叶嘉莹先生十分推崇他的老师，认为："我以为先生平生最大之成就，实在还并不在其各方面之著述，而更在其对古典诗歌之教学讲授。"③叶先生自己对于诗词的理解也有与顾随先生类似的表述，她说：

　　学生曾问我说："老师，你讲诗的课我们也很爱听，但我们读这些古典诗歌有什么用呢？"我当时就回答他们说："读诗的好处，就在于可以培养我们有一颗美好的活泼不死的心灵。"现代人过于重视物欲，一切只看眼前的利益，因此遂失去了人之所以为人的那一颗关怀宇宙人生万物的活泼美好的心灵。而这也就正是社会人心之所以日趋于堕落败坏的一个重要的原因。我们作为一个现代人，虽然不一定要再学习写作旧诗，但是如果能学会欣赏诗歌，则对于提升我们的性情品质，实在可以起到相当的作用。④

叶嘉莹先生的观点非常深刻。台湾著名作家罗兰女士的一段话或许可以作为叶先生观点的注脚，她说：

---

①　杨海明：《夏承焘先生在艰辛环境下的勤奋治学——读〈天风阁学词日记〉（第三册）》，载《杨海明词学文集》第四册《唐宋词论稿》（续编），江苏大学出版社2010年版，第324、326页。
②　顾随著，叶嘉莹笔记，顾之京、高献红整理：《中国古典诗词感发》，北京大学出版社2012年版，第3—4页。
③　叶嘉莹：《纪念我的老师清河顾随羡季先生——谈羡季先生对古典诗歌之教学与创作》，见顾随《顾随文集》，上海古籍出版社1986年版，第783页。
④　叶嘉莹：《进入古典诗词之世界的两支门钥》，见叶嘉莹《我的诗词道路》，河北教育出版社1997年版，第122页。

"欣赏"是一种对事物的喜爱、同情、赞美与关切。这是一种优美的感情活动，它一部分来自天赋，大部分来自教育。……我国古人讲琴棋书画，认为最能培养高尚的生活情趣。这琴棋书画，用现代语来说，也就是音乐、美术、诗文与智力游戏。古人认为，它们并不是专家的事，而是每一个对生活有高尚品位的人所可共同享有，它们是生活中的清凉剂，有消除紧张，淡忘烦恼，恢复生趣的最佳效果。美育是一种性灵的陶冶，是由于对美好事物的欣赏而得到的高格调的生活情趣。这种欣赏，可以使人了解在金钱物质之外的、更高的人生境界，不致沉迷于物欲征逐，也不致斤斤计较狭小的恩怨得失。①

确实如此，人生除了要满足衣食住行这些基本的物质需求之外，也要"为了欣赏为了爱"，春雨夏云秋月夜，唐诗晋字汉文章。我们除了要欣赏大自然的春花秋月、夏云冬雪这些自然的美景，我们也要学会欣赏唐诗、晋字、汉文章这些人类创作的艺术瑰宝，人类除了物质生活之外，还要有精神生活。在满足了物质生活需求之后，精神生活的丰富充盈、自由洒脱就需要人类的文学艺术创作来滋养。

中国古代诗歌课堂就能很好地发挥这样的作用。关于叶嘉莹讲课的特色与意义，陈平原先生有精彩的论述，他指出：

这种不写讲稿、即兴发挥的"表演"，难度很大——需要特殊的记性，方能随手拈来；需要丰富的譬喻，方能生发开去；需要生命的体悟，方能入情入理；最后，还需要自家创作的经验，方能真正领略与阐发古典诗词的妙涵。对于叶氏深入浅出、生动细致的讲演，同门史树青、刘乃和均赞叹不已。目前坊间广泛流传的各种"迦陵讲演集"，或许不入专门家的"法眼"，但对于传播中国文化，尤其是引领中国人进入古典诗词的幽深境界，意义非同小可。②

陈先生言之有理，优美的中国古典诗歌作品"并不是专家的事，而是每一个对生活有高尚品位的人所可共同享有，它们是生活中的清凉剂"，它们不仅仅是专家学者们学习研究的对象，也是中国人所共同拥有的宝贵精神财富。如何使这些优美动人的古典诗歌作品为普通大众所接受与喜欢，需要古代文学研究方面的专家进行有效的引导与传播。许多研究古代文学的学者与顾随、叶嘉莹先生有相似的看法，他们大多认为：学生如果能够理解并感悟中国古代诗词中的情感，能够被中国古代诗歌中的某种情感、体验、精神所感动，就算有收获了。或者说，读者能够被一首诗所感动，他就懂得这首诗了。而能够时常被诗歌感动的人，是将日常生活诗化的人，也是世上最幸福的人。

基于此，我们结合中国古代文人的诗歌作品，借助传统知人论世、以意逆志的理论，深入剖析中国古代文人在诗歌创作活动中各类复杂的心态情感及其发展变化。尽力做到以赏析为主，特别注重对经典诗歌作品的解读。同时，又要有中国古代诗歌发展演进史的眼光与判断，有一定的深度，将赏析与思辨结合起来、史料与作品结合起来，融知识性、趣味性、思想性于一炉，有料，有趣，有味，摆脱严肃、死板，让人望而生畏的教科书体例，便于学生集中探讨一些诗词作品与文学现象的底蕴，在我们在课堂教学

---

① 罗兰：《储蓄一份欣赏之情——谈谈美育》，见罗兰《为了欣赏为了爱》，人民文学出版社2005年版，第98—99页。

② 陈平原：《作为学科的文学史》，北京大学出版社2011年版，第194页。

实践中总结文学教育尤其是诗歌教育中某些规律性的问题，使教材具有可读性，让读者有亲切感。

孔子曰："知之者不如好之者，好之者，不如乐之者。"本教材的编著目标与构思方式立足于中国本土教育精神。正如李曙豪先生所说："良师教人以心。孔子的教育思想是诗，是心灵的哲学。不但具有浓厚的思辨色彩，还带有深厚的诗性特征，这种诗性体现在教育理想的高远、教育方法的艺术、教育道德的仁爱等方面。"① 北京大学著名学者李零先生也说：

读《论语》，心情很重要，首先一件事，就是放松。《论语》是孔门的谈话记录，有些是老师的话，有些是学生的话。我们读这本书，是听他们聊天，不必一本正经，或激动得直哆嗦。不读就有的崇拜，最好搁一边儿。②

这段话说得很好，阅读《论语》尚且需要放松的心情，何况是优美动人的中国古代诗歌。

我们是怀着放松愉悦的心情阅读中国古代诗歌、赏析中国古代诗歌，根据自己的兴趣与爱好进行解读的。我们在赏析中国古代诗歌时，希望能够尽量做到把自己明白的问题讲清楚，将自己从中国古典诗歌中获得的感动传达给读者，让读者能够看得懂中国古代诗歌，灵活多样地把中国古代诗歌理论复杂的外衣剥开，让当代读者能够感受到其中精妙绝伦的艺术精髓，在欣赏中国古代诗歌的过程中受到感动，从而更加珍惜与热爱我们的日常生活。

二、"立体化"教学模式

我们编写这本教材的初衷是想结合我们的讲课视频带领学生重温当时的课堂教学现场。

我们计划将本教材的编写纳入集电子教案、网络课件、网络视频、案头教材于一体的"立体化"教学模式中去。声音随风飘逝，文字寿于金石，独特的教学理论与教学实践必须要有相应的教材作为基础。将课堂教学理论与实践以案头教材的形式呈现出来，以便学生学习讨论和教师研究推广，是我们编写这部教材的主要目的。

这部《中国古代诗歌》教材具有很好的理论与实践基础，教材已有电子本，我们希望能拥有纸质文本。在这部教材的编写中我们不仅重视知识性内容，还重视感发性、研究性的内容。该教材的一大特色是尽量以"集评""汇评""总评"的方式把历代重要的诗歌赏析辑录展现给学生，使学生能欣赏古人原汁原味的评论，更能体会中国古代诗歌的意蕴和风格。此外，我们也十分重视当代学者的研究成果，用现代人的语言去解析古人的思想，从而带领学生体验、品味中国古代诗歌的趣味。这符合文化素质教育中提倡的研究精神。近年来我们把全部心力投入这部教材的编写，并以自己多年来的课堂教学实践印证自己提出的理论与见解，以极为真诚而又深挚的态度来进行课堂教学，故这部教材体系新颖，内容丰富，不仅在诗歌教学上有不少见解，而且在教育实践与教育

---

① 胡海建：《中国本土教育学——〈论语〉中的教育智慧》，哈尔滨工程大学出版社2016年版，第6—7页。
② 李零：《去圣乃得真孔子：〈论语〉纵横读》，生活·读书·新知三联书店2008年版，第1页。

方法上对传统亦有一些继承与开拓,希望这部教材能够得到广大教育工作者的关注与指导。

中国是一个诗的国度,拥有丰富厚重的诗歌遗产。诗歌教学一向是学术研究中的热门,成为当代国学研究中的显学,投入的人力越来越多,研究成果汗牛充栋。但是,欣赏诗歌是一种非常个人化的行为,每个个体,每个地域的人们都有自己喜欢的诗歌,真正符合所在学院教学需要的中国古代诗歌教学方面的校本教材并不多见,在成果量化考核的压力下,学者们难免精力分散,不能花太多的时间在这个方面。可以说,关于中国古代诗歌教学方面的校本教材的编写工作,是一个看似被高度关注,其实远未被深度开掘的教学研究与教学实践领域。我们从教学理论与教学实践上对中国古代诗歌课堂教学进行了系统的开拓,对中国古代诗词研究方面的专家教育智慧所作的分析及其在当今教育事业中之价值的阐释,都在这本教材的编写中有所体现。对教育理论的研究者及广大中国古代诗歌教育工作者来说,这部教材,既是指导课堂教学实践的参考资料,也是广大国学研究者及爱好者进入传统文化这一繁茂园地的有益之作。通过此书,我们希望读者既可一窥中国古代诗歌的深厚底蕴,也可进一步认识与体味中国本土教育智慧的精髓所在。

我们竭尽全力发扬自己在教学相长方面的特色,《中国古代诗歌》教材的出版,将使得我们主持的广东省精品视频公开课程不仅有网络教材、网络视频、电子教案、网络课件,还有案头教材,建设成了一套系统、立体的教学模式。因此,此书十分便于使用,我们教育研究工作者及学生可以根据自己教学、研究、生活、学习的需要结合我们的教学视频随时随地阅读相关章节或通读全书,以解决中国古代诗词教学中所遇到的各种问题。

为了建构出具有地方院校特色的校本教材,我们舌耕不止、笔耕不辍,所关怀的不仅仅是中国古代诗歌教学方法与教育理论的创新与升华,我们更加注重的是对课堂教学实践经验的探索与总结,关怀毕业后将成为教育研究者、各个教育阶段的老师、家长及文史工作者的广大学生,他们如何在中国古代诗歌课堂教学这条道路上开拓出一片更加高远广阔的天地,并且能通过他们的课堂教学而使我们中国古代诗歌和优秀传统文化展现出更加璀璨的光芒。这种集电子教案、网络课件、网络视频、案头教材于一体的"立体化"教学模式,体现出本学院教育工作者在从事中国古代诗歌课堂教学时的多维视角,能引导和激发学生探索人生之路,清楚地认识到自我的人生方向及关注自我在课堂教学实践中所处的位置,符合教育工作者提倡的启发式教学的宗旨。

从文化传承上看,我们编写的这本《中国古代诗歌》校本教材架起了肇庆学院老师教学与学生学习的一座桥梁,使学生可以通过我们网络视频、案头教材指引的方法与思路去开拓创新,沿着我们已有的教育路径继续进行深入探索和实践,这本教材因此发挥出它指导课堂实践教学的作用。

本教材的编写,有一支强有力的教学、科研队伍作为支撑。教学成员从学历、职称、专业研究领域、年龄等方面来看,具有学术实力强、专业互补性强、年富力强的特点,读者通过本书可以感受到我们丰富多彩的教学实践、自成一家的教育理念。我们一向倾心教学,教学经验丰富。通过此书,我们将自己长时间积累的课堂教学经验与研究心得融入中国古代诗歌的分析解读中,这是本教材力争成为肇庆学院优秀教材的基础所在,也是我们教材研究和改革的基础所在。长期以来,肇庆学院文学院十分重视学生人文素质的提高,这部教材集中了文学院教师长期教学的经验和心血,我们在这部教材的编写中结合学生学习肇庆学院文化素质课程的特点,与时俱进,不断完善,争取带出一支课堂教学经验丰富、学术成果突出的主讲教师队伍。从这本教材的实践和设计规划来看,我们已经取得了一定的效果,并且具有良好的前景预期,该教材多方面设定的措施皆切实可行。

能够在高校讲授中国古代诗词十余年,并出版一部属于我们自己的、具有肇庆学院地方院校特色的中国古代诗词赏析方面的校本教材,真是我们的福分,我们的幸运!时光如水,岁月如歌。师恩难忘,诗恩难忘!

丁 楹

2019 年 9 月 1 日于肇庆学院

目 录

第一章 先秦诗歌 … (1)
第一节 《诗经》 … (1)
一、《诗经》基本知识 … (1)
二、作品讲读 … (4)
三、"诗言志"说与先秦诗论 … (6)
四、孔子与儒家文艺观 … (7)
第二节 屈原作品 … (9)
一、何谓"楚辞" … (10)
二、楚辞的特征 … (10)
三、屈原及其创作简介 … (10)
四、后人评述 … (12)
五、屈原的作品 … (14)
六、屈原的楚辞创作在中国诗史上的重要地位 … (15)
七、作品讲读：《湘夫人》 … (15)

第二章 秦汉诗歌 … (17)
第一节 汉乐府 … (17)
一、什么是乐府 … (17)
二、汉乐府的主要内容 … (17)
三、汉代乐府民歌的艺术成就 … (17)
四、作品讲读 … (17)
第二节 汉代文人五言诗 … (19)
一、五言诗的起源 … (19)
二、《古诗十九首》 … (19)

第三章 魏晋南北朝诗歌 … (22)
第一节 建安诗歌 … (22)
一、建安风骨 … (22)
二、建安时期的主要作家 … (22)
三、曹操 … (22)

1

四、曹植 …………………………………………………………………………（23）
　　　五、曹丕的"文气"说 …………………………………………………………（25）
　第二节　阮籍与正始诗歌 …………………………………………………………（25）
　　　一、正始之音 …………………………………………………………………（25）
　　　二、阮籍 ………………………………………………………………………（25）
　第三节　左思、鲍照 ………………………………………………………………（28）
　　　一、左思 ………………………………………………………………………（28）
　　　二、鲍照 ………………………………………………………………………（31）
　第四节　陶渊明 ……………………………………………………………………（33）
　　　一、陶渊明的生平 ……………………………………………………………（33）
　　　二、陶渊明的思想 ……………………………………………………………（35）
　　　三、陶渊明的性格 ……………………………………………………………（36）
　　　四、陶渊明的田园诗 …………………………………………………………（36）
　　　五、作品讲读：《饮酒》其五 …………………………………………………（37）
　　　六、对陶渊明的评价 …………………………………………………………（38）
　第五节　大小谢的山水诗 …………………………………………………………（39）
　　　一、谢灵运 ……………………………………………………………………（39）
　　　二、谢朓 ………………………………………………………………………（41）
　第六节　庾信 ………………………………………………………………………（43）
　　　一、庾信的生平 ………………………………………………………………（43）
　　　二、庾信的创作 ………………………………………………………………（43）
　　　三、作品讲读：《拟咏怀》其七 ………………………………………………（44）
　第七节　钟嵘《诗品》 ……………………………………………………………（44）
　　　一、钟嵘与《诗品》题解 ……………………………………………………（44）
　　　二、《诗品》讲读 ……………………………………………………………（45）
　　　三、《诗品》的诗学理论 ……………………………………………………（46）

第四章　唐代诗歌 ……………………………………………………………………（49）
　第一节　初唐诗 ……………………………………………………………………（50）
　　　一、初唐诗坛 …………………………………………………………………（50）
　　　二、王绩 ………………………………………………………………………（53）
　　　三、文章四友 …………………………………………………………………（55）
　　　四、初唐四杰 …………………………………………………………………（56）
　　　五、陈子昂 ……………………………………………………………………（60）
　　　六、吴中四士 …………………………………………………………………（61）
　第二节　盛唐诗 ……………………………………………………………………（64）
　　　一、王维 ………………………………………………………………………（64）

二、孟浩然 …………………………………………………………………… (66)
　　三、高适 ……………………………………………………………………… (70)
　　四、岑参 ……………………………………………………………………… (71)
第三节　李白与杜甫 ………………………………………………………………… (73)
　　一、李白 ……………………………………………………………………… (73)
　　二、杜甫 ……………………………………………………………………… (79)
第四节　中唐诗 ……………………………………………………………………… (85)
　　一、韩孟诗派 ………………………………………………………………… (85)
　　二、李贺 ……………………………………………………………………… (89)
　　三、白居易 …………………………………………………………………… (91)
　　四、刘禹锡 …………………………………………………………………… (95)
　　五、柳宗元 …………………………………………………………………… (96)
第五节　晚唐诗 ……………………………………………………………………… (100)
　　一、晚唐诗歌特点 …………………………………………………………… (100)
　　二、杜牧 ……………………………………………………………………… (101)
　　三、李商隐 …………………………………………………………………… (102)
第六节　词的产生与发展 …………………………………………………………… (105)
　　一、词体的基本知识 ………………………………………………………… (105)
　　二、词的产生、发展 ………………………………………………………… (106)
　　三、李煜 ……………………………………………………………………… (108)
第七节　曲子词与唐人小说文体特征的内在契合 ………………………………… (110)
　　一、娱乐性的创作目的 ……………………………………………………… (110)
　　二、世俗化的创作题材 ……………………………………………………… (113)
　　三、商业性的创作功能 ……………………………………………………… (116)
第八节　白居易诗与唐宋词的内在契合 …………………………………………… (117)
　　一、人生苦短、及时行乐的享乐心理 ……………………………………… (117)
　　二、去日苦多、人生如寄的感伤情绪 ……………………………………… (119)
　　三、但求适意、不拘形迹的归隐意识 ……………………………………… (121)

第五章　宋代诗歌 …………………………………………………………………… (124)
　第一节　北宋词 …………………………………………………………………… (124)
　　一、欧阳修 …………………………………………………………………… (124)
　　二、范仲淹 …………………………………………………………………… (124)
　　三、柳永 ……………………………………………………………………… (125)
　　四、苏轼 ……………………………………………………………………… (126)
　　五、秦观 ……………………………………………………………………… (130)
　第二节　南宋词 …………………………………………………………………… (131)

一、李清照 …………………………………………………（131）
　　二、辛弃疾 …………………………………………………（132）
　　三、陆游 ……………………………………………………（138）
　　四、姜夔 ……………………………………………………（138）
第三节　南宋遗民词人对陶渊明的接受 ……………………（139）
　　一、在生活方式上对陶渊明的接受 ………………………（140）
　　二、在人生态度上对陶渊明隐逸人格精神的接受 ………（143）
　　三、词作风格上的陶诗特征 ………………………………（145）
第四节　宋诗简析 ……………………………………………（148）
　　一、北宋诗 …………………………………………………（148）
　　二、苏轼的诗 ………………………………………………（149）
　　三、南宋诗 …………………………………………………（152）
第五节　名流印可、文人干谒与南宋诗歌风貌 ……………（155）
　　一、诚斋之风 ………………………………………………（156）
　　二、放翁气象 ………………………………………………（159）
　　三、白石意度 ………………………………………………（161）
　　四、余论 ……………………………………………………（163）
第六节　南宋迁岭文人黄公度 ………………………………（165）
　　一、黄公度被贬至肇庆之因 ………………………………（166）
　　二、黄公度在肇庆的生活与创作 …………………………（170）
　　三、黄公度的文学成就 ……………………………………（173）
第七节　南宋迁岭文人胡铨 …………………………………（176）
　　一、倔强不屈、昂扬乐观 …………………………………（176）
　　二、良好的人际关系 ………………………………………（179）
　　三、偏多热血偏多骨　不悔情真不悔痴
　　　　——胡铨《如梦令》赏析 ……………………………（181）
第八节　南宋迁岭文人张孝祥 ………………………………（185）
　　一、对西江风物的描绘 ……………………………………（185）
　　二、多变的性格 ……………………………………………（186）
　　三、性格之转变 ……………………………………………（188）

第六章　元代诗歌 ……………………………………………（191）
　第一节　角色转换与宋末元初词的新变 …………………（191）
　第二节　散曲赏析 …………………………………………（198）
　　一、散曲的体制特征 ………………………………………（198）
　　二、作品讲读 ………………………………………………（199）

附录：寓教于乐
　　——以夏承焘教学风格为中心探求国学传播的策略 ……………………（201）

后　　记 ………………………………………………………………………（210）

第一章　先秦诗歌

第一节　《诗经》

一、《诗经》基本知识

《诗经》是我国第一部诗歌总集，收录了自西周初年至春秋中叶五百多年的三百零五篇作品，先秦时称为《诗》或《诗三百》，汉代被儒家学者奉为经典之后始称《诗经》。全书分为风、雅、颂三部分，其赋、比、兴的艺术表现手法给后世诗歌以巨大的影响。

（一）风、雅、颂

《诗经》依据音乐的不同分为风、雅、颂三类。

风者，风土之音，民俗歌谣之诗也。所谓国风，是各诸侯国统治地区的地方土乐、民间歌谣。《诗经》共十五国风，一百六十篇作品。

雅者，正也，正乐之歌也。朝廷之乐曰雅，也就是说，雅是周代朝廷的正乐。称周天子都城附近之乐为正乐，应是出于当时的尊王思想。称之为雅乐，正如当时的标准语称为雅言。

雅又分为大雅、小雅。大雅共三十一篇，多作于西周初期；小雅共七十四篇，多作于西周末期，风格上更接近国风。

颂，宗庙之乐歌，宗庙之音。也就是说，颂是祭祖祭神时用的歌舞曲。颂包括周颂三十一篇，鲁颂四篇，商颂五篇。

（二）赋、比、兴

赋、比、兴是《诗经》的基本表现手法。朱熹《诗集传》曰："赋者，敷陈其事而直言之也。""比者，以彼物比此物也。""兴者，先言他物以引起所咏之辞也。"

赋、比、兴的运用，既是《诗经》艺术特征的重要标志，也成为我国古代诗歌创作的基本手法。赋、比、兴三种手法，在诗歌创作中往往交相使用，共同创造了诗歌的艺术形象，抒发了诗人的情感。

后人将风、雅、颂、赋、比、兴称为"诗六义"。风、雅、颂，诗之体也；赋、比、兴，诗之用也。

1. 赋的手法

赋是一种基本的表现手法，赋中用比，或者起兴后再用赋，在《诗经》中是很常见的。赋可以叙事描写，也可以议论抒情，比兴都是为表达本事和抒发情感服务的，在赋、比、兴三者中，赋是基础。

2. 比的手法

《诗经》中有整首都以拟物手法表达感情的比体诗，更多的则是一首诗中部分运用比的手法，如《硕人》之第二章：

手如柔荑，肤如凝脂，领如蝤蛴，齿如瓠犀，螓首蛾眉。巧笑倩兮，美目盼兮。

这首诗以具体的动作和事物来比拟难言的情感和独具特征的对象，在《诗经》中也很常见。如《黍离》：

彼黍离离，彼稷之苗。行迈靡靡，中心摇摇。知我者，谓我心忧；不知我者，谓我何求。悠悠苍天，此何人哉？

彼黍离离，彼稷之穗。行迈靡靡，中心如醉。知我者，谓我心忧；不知我者，谓我何求。悠悠苍天，此何人哉？

彼黍离离，彼稷之实。行迈靡靡，中心如噎。知我者，谓我心忧；不知我者，谓我何求。悠悠苍天，此何人哉？

这首诗的妙处在于"中心如醉""中心如噎"，以"醉""噎"比喻难以形容的忧思。

《诗经》中大量用比，表明诗人具有丰富的联想和想象，能够以具体形象的诗歌语言来表达思想感情，再现异彩纷呈的物象。

3. 兴的手法

大约最原始的"兴"，只是一种发端，同下文并无意义上的联系，表现出思绪无端的飘移联想。进一步，"兴"又兼有了比喻、象征、烘托等有较实在意义的用法。但正因为"兴"原本是从无端飘移的思绪和联想而产生的，所以即使有了比较实在的意义，也不是那么固定僵板的，而是虚灵微妙的。正由于"兴"是这样一种微妙的、可以自由运用的手法，后代诗风含蓄委婉的诗人对此也就特别有兴趣，各自逞技弄巧，翻陈出新，不一而足，构成中国古典诗歌的一种特殊韵味。

如《关雎》中"兴"的手法：

关关雎鸠，在河之洲。窈窕淑女，君子好逑。

参差荇菜，左右流之。窈窕淑女，寤寐求之。

求之不得，寤寐思服。悠哉悠哉，辗转反侧。

参差荇菜，左右采之。窈窕淑女，琴瑟友之。

参差荇菜，左右芼之。窈窕淑女，钟鼓乐之。

这首诗的主题有多种解读方式：《诗序》认为这首诗是歌咏"后妃之德"。《鲁诗》则认为是大臣（毕公）刺周康王好色晏起之作。后世研究者或认为这是一篇祝贺新婚的乐章，或认为是一首写上层社会男女恋爱的作品。笔者认为，这首诗巧妙地运用了"兴"的手法，兴中有比。正如《论语·八佾》所载，子曰："关雎，乐而不淫，哀而不伤。"

再看《蒹葭》中"兴"的表现方式：

蒹葭苍苍，白露为霜。所谓伊人，在水一方。溯洄从之，道阻且长。溯游从之，宛在水中央。

蒹葭凄凄，白露未晞。所谓伊人，在水之湄。溯洄从之，道阻且跻。溯游从之，宛在水中坻。

蒹葭采采，白露未已。所谓伊人，在水之涘。溯洄从之，道阻且右。溯游从之，宛在水中沚。

这首诗选自《诗经·秦风》，是一首怀人诗。诗中的"伊人"是诗人爱慕、怀念和追求的对象。至于与诗人是什么关系，很难确定。今人一般认为是诗人的恋人。诗以蒹葭起兴，创造出纯美的意境。诗中的景物描写十分出色，景中含情，情景浑融一体，有力地烘托出主人公凄婉惆怅的情感，给人一种凄迷而朦胧的美。另外，重章叠句、一唱三叹的结构形式，不仅使感情的抒写不断加深，而且也造成一种回环往复之美。

（三）《诗经》的句法结构和语言特色

《诗经》的基本句式是四言，间或杂有二言至九言的各种句式。但杂言句式所占比例很低。以四言句为主干，作为音乐旋律，是比较平稳和比较简单的。这种形式在后来的辞赋、颂、赞、诔、箴、铭等韵文文体中，运用得很普遍。

《诗经》常常采用叠章的形式，即重复的几章间，意义和字面都只有少量改变，造成一唱三叹的效果，借此强化感情的抒发。为了获得声韵上的美感，《诗经》中大量使用双声、叠韵、叠字的语汇。在古汉语中，这类词汇大抵是形容词性质，所以也有助于表达曲折幽隐的感情，描绘清新美丽的自然。例如《周南·芣苢》：

采采芣苢，薄言采之。采采芣苢，薄言有之。采采芣苢，薄言掇之。采采芣苢，薄言捋之。采采芣苢，薄言袺之。采采芣苢，薄言襭之。

（四）《诗经》的现实精神

梁启超先生《要籍解题及其读法》说："现存先秦古籍，真赝杂糅，几乎无一书无问题，其真金美玉，字字可信者，《诗经》其首也。"

"饥者歌其食，劳者歌其事。"《诗经》中的诗歌，绝大多数反映了现实的人间世界和日常生活、日常经验。人们常将《诗经》比喻为一面镜子，说它全面反映了周代的政治、经济、文化及社会生活。这对中国古代文学题材内容产生了影响。

《诗经》以抒情诗为主流，奠定了中国诗歌以抒情传统为主的发展方向。

（五）《诗经》的流传

《诗经》原有齐、鲁、韩、毛四家诗。西汉时期，出现了今文齐、鲁、韩三家诗。三家诗在西汉被立为博士，成为官学。古文"毛诗"晚出，在民间广泛传授，自郑玄作笺兼容三家，使"毛诗"盛行于世。后来三家诗先后亡佚，今本《诗经》，就是"毛诗"。

二、作品讲读

（一）《诗经》中的婚姻爱情诗选读

1.《氓》

氓之蚩蚩，抱布贸丝。匪来贸丝，来即我谋。送子涉淇，至于顿丘。匪我愆期，子无良媒。将子无怒，秋以为期。

乘彼垝垣，以望复关。不见复关，泣涕涟涟。既见复关，载笑载言。尔卜尔筮，体无咎言。以尔车来，以我贿迁。

桑之未落，其叶沃若。于嗟鸠兮，无食桑葚！于嗟女兮，无与士耽！士之耽兮，犹可说也。女之耽兮，不可说也！

桑之落矣，其黄而陨。自我徂尔，三岁食贫。淇水汤汤，渐车帷裳。女也不爽，士贰其行。士也罔极，二三其德。

三岁为妇，靡室劳矣。夙兴夜寐，靡有朝矣。言既遂矣，至于暴矣。兄弟不知，咥其笑矣。静言思之，躬自悼矣。

及尔偕老，老使我怨。淇则有岸，隰则有泮。总角之宴，言笑晏晏，信誓旦旦，不思其反。反是不思，亦已焉哉！

《毛诗序》解释这首诗时道："刺时也。宣公之时，礼义消亡，淫风大行，男女无别，遂相奔诱。华落色衰，复相弃背。或乃困而自悔，丧其妃耦，故序其事以风焉。美反正，刺淫佚也。"《诗集传》载："此淫妇为人所弃，而自叙其事以道其悔恨之意也。"

今人谓该诗是一首古老的弃妇诗，自述女子从恋爱到被弃的经过，感情悲愤，揭示了那个时代婚姻问题上男女不平等的社会现实，反映了女子的悲惨命运，成功塑造了弃妇形象：忠于爱情，善良能干，吃苦耐劳，性格刚强。

采用对比手法塑造形象。作者以对比的手法刻画了人物性格。对比的焦点一是双方对对方的不同态度，二是两个人物本身思想行为的前后变化。氓的言行，以结婚为界，表现为"信誓旦旦"与"至于暴矣"两种情状，暴露了他忠诚是假、虚伪是真的本质；女主人公的思想性格，则以她被休弃为界，由单纯、天真、热情而略带软弱转变为成熟、理智、冷静而坚强刚毅。通过前后对比、相互映衬，显示出两个人物的善恶美丑及彼此间的强烈反差。

2. 其他婚姻爱情诗

《诗经》中的婚姻爱情诗主要保存在《国风》中。《诗经》婚恋诗内容极其丰富。既有反映男女相慕相恋、相思相爱的情歌，也有反映婚嫁场面、家庭生活等婚姻家庭诗，还有表现不幸婚姻给妇女带来痛苦的弃妇诗。如下例诗歌在中国文学史上就具有十分重要的地位。

静女其姝，俟我于城隅。爱而不见，搔首踟蹰。静女其娈，贻我彤管。彤管有炜，说怿女美。自牧归荑，洵美且异。匪女之为美，美人之贻。（《静女》）

彼采葛兮，一日不见，如三月兮！彼采萧兮，一日不见，如三秋兮！彼采艾兮！一日不见，如三岁兮！（《采葛》）

彼狡童兮，不与我言兮。维子之故，使我不能餐兮。彼狡童兮，不与我食兮。维子之故，使我不能息兮。(《狡童》)

子惠思我，褰裳涉溱。子不我思，岂无他人？狂童之狂也且！子惠思我，褰裳涉洧。子不我思，岂无他士？狂童之狂也且！(《褰裳》)

出其东门，有女如云。虽则如云，匪我思存。缟衣綦巾，聊乐我员。出其闉阇，有女如荼。虽则如荼，匪我思且。缟衣茹藘(lú)，聊可与娱。(《出其东门》)

野有蔓草，零露漙兮。有美一人，清扬婉兮。邂逅相遇，适我愿兮。野有蔓草，零露瀼瀼。有美一人，婉如清扬。邂逅相遇，与子偕臧。(《野有蔓草》)

溱与洧，方涣涣兮。士与女，方秉蕳兮。女曰观乎？士曰既且。且往观乎？洧之外，洵訏且乐。维士与女，伊其相谑，赠之以勺药。

溱与洧，浏其清矣。士与女，殷其盈矣。女曰观乎？士曰既且。且往观乎？洧之外，洵訏且乐。维士与女，伊其将谑，赠之以勺药。(《溱洧》)

从中可见，《诗经》中描写爱情的诗歌内容之丰富多彩，手法之质朴动人。

先秦时代的男女交往，大约经历了环境相对宽松，到规矩逐渐森严的变化过程。《周礼·地官·媒氏》称："中春之月，令会男女，于是时也，奔者不禁。"可知在周代，还为男女青年的恋爱、婚配，保留了特定季令的选择自由。但一过"中春"，再要私相交往，则要被斥为"淫奔"了。到了战国之际，男女之防就严格多了。《孟子·滕文公下》说："不待父母之命，媒妁之言，钻穴隙相窥，逾墙相从，则父母、国人皆贱之。"连"钻穴隙"偷看那么一下，都要遭人贱骂，可见社会舆论已何其严厉。如下面这首《将仲子》就很典型地反映了这一社会现象：

将仲子兮，无逾我里，无折我树杞，岂敢爱之？畏我父母。仲可怀也，父母之言，亦可畏也。

将仲子兮，无逾我墙，无折我树桑，岂敢爱之？畏我诸兄。仲可怀也，诸兄之言，亦可畏也。

将仲子兮，无逾我园，无折我树檀，岂敢爱之？畏人之多言。仲可怀也，人之多言，亦可畏也。

(二)《诗经》中的征战诗选读

1.《诗经》中的征战诗的类别：正面与反面

(1) 正面（肯定战争的正义价值）的有《江汉》《常武》《六月》《小戎》《无衣》。这一类诗注重写虚（精神风貌、军威声势），简略写实（具体战争的残酷、谋略），是我国古代崇德尚义，注重文德教化，使敌人不战而服的政治理想的体现，表现出与世界其他民族古代战争诗不同的风貌。

例如《无衣》：

岂曰无衣？与子同袍。王于兴师，修我戈矛。与子同仇！岂曰无衣？与子同泽。王于兴师，修我矛戟。与子偕作！岂曰无衣？与子同裳。王于兴师，修我甲兵。与子偕行！

(2) 反面（厌战思乡）的有两个角度：①战士角度的有《采薇》《东山》；②思妇

角度的有《伯兮》。

伯兮朅兮，邦之桀兮。伯也执殳，为王前驱。自伯之东，首如飞蓬。岂无膏沐？谁适为容！其雨其雨，杲杲出日。愿言思伯，甘心首疾。焉得谖草？言树之背。愿言思伯。使我心痗。

《伯兮》抒写征人思妇之苦，大多表现为对战争的厌倦，含有较为浓郁的感伤思乡恋亲的意识，从而凸现了较强的周民族农业文化的心理特点。

2．作品讲读：《采薇》

采薇采薇，薇亦作止。曰归曰归，岁亦莫止。靡室靡家，猃狁之故。不遑启居，猃狁之故。

采薇采薇，薇亦柔止。曰归曰归，心亦忧止。忧心烈烈，载饥载渴。我戍未定，靡使归聘。

采薇采薇，薇亦刚止。曰归曰归，岁亦阳止。王事靡盬，不遑启处。忧心孔疚，我行不来！

彼尔维何？维常之华。彼路斯何？君子之车。戎车既驾，四牡业业。岂敢定居？一月三捷。

驾彼四牡，四牡骙骙。君子所依，小人所腓。四牡翼翼，象弭鱼服。岂不日戒？猃狁孔棘！

昔我往矣，杨柳依依。今我来思，雨雪霏霏。行道迟迟，载渴载饥。我心伤悲，莫知我哀！

这首诗的前三章用一唱三叹的复沓形式，追忆思归之情，叙述难归原因。戍边之苦、思归之切与保家卫国的责任感交织一起，"怨悱而不怒"。第四、五章追述行军作战的紧张生活。第六章写归途情景，回忆与眼前景象交错，痛定思痛，百感交集。这首诗出色地运用复沓的形式来表现诗人复杂的心绪。

"昔我往矣，杨柳依依。今我来思，雨雪霏霏"成了传诵千古的佳句。后人多有评论，例如："雅人深致，正在借景言情。"（刘熙载《艺概》）"以乐景写哀，以哀景写乐，一倍增其哀乐。"（王夫之《姜斋诗话》）

三、"诗言志"说与先秦诗论

（一）"诗有三训"

唐代经学家孔颖达在《毛诗正义》中说："诗有三训：承也，志也，持也。作者承君政之善恶，述己志而作诗，所以持人之行使不失坠。"这是儒家以伦理道德解说诗的一种概括。

（二）释"诗言志"

"诗言志"是中国古代文艺理论的重要命题之一。其语出先秦典籍《尚书·尧典》："诗言志，歌永言，声依永，律和声。"又如《左传》记载，"诗以言志"。《荀子》也说"诗言是其志也"。可见"诗言志"说是先秦时期相当普遍的文学观念。《毛诗序》

阐述说："诗者，志之所之也。在心为志，发言为诗。"说明"诗言志"是指内心思想感情的一种诗歌化的表达。据《说文解字》，"志，意也"，盖指情思心意。可以说"志"就是心中要表达的情意。"言志"，即心里有话要说，不表达则郁闷在心，运用文艺创作表达就叫"言志"。故《文心雕龙·明诗》说："感物吟志，莫非自然。"唐代孔颖达解释说："诗者，人志意之所适也，虽有所适，犹未发口，蕴藏在心，谓之为志。发见于言，乃名为诗。言作诗者，所以舒心志愤懑，而卒成于歌咏。故《虞书》谓之'诗言志'也。包管万虑，其名曰心，感物而动，乃呼为志。"另一说认为"志"的本义是停止在心上，"志，识也，记也"，可释为记忆或记录。如闻一多《歌与诗》指出："志有三个意义：一、记忆，二、记录，三、怀抱。"但"诗言志"在长期流行中多表示文艺作品应抒发符合群体伦理的志向怀抱之意。"志"的含义秉承孔子"言尔志"和《荀子·乐论》"君子以钟鼓道志"。朱自清《诗言志辨》认为"诗言志"是中国诗论"开山的纲领"。总之，"诗言志"说的提出，说明中国古代早期文艺理论即已鲜明地肯定文艺的主体性，认识诗歌抒情表意的特点，要求文学表现符合伦理规范的高尚远大的思想情意。

（三）"感物动心"说

此说为中国古代文艺基本理论之一，认为文艺创作由感于物，动于心而生。理论基础是《周易》的感应观，见于《咸》卦《象》传"二气感应以相与"。早期乐论的代表《乐记》说："凡音之起，由人心生也。人心之动，物使之然也。感于物而动，故形于声。"认为艺术的发生是由于现实事物感动主体心灵而致。一方面是主体被外物感动，故曰"感于物而后动"；另一方面是主体感物动情，"作乐应天"，心与物感应而有情志萌动、艺术创造，即"应感起物而动，然后心术形焉"。就是说，艺术作为审美情感的表现，并非来自绝对精神或纯客观外物，而是血气心性与相应的外物感应而发，情动于中又应于物，因而概括为"其本在人心之感于物也"。其影响及于《文心雕龙》《诗品》等文论著作。感物动心说是中国美学关于审美主客体相互作用与艺术发生的早期理论，不同于西方以"模仿说""表现说"为代表的艺术发生学。

四、孔子与儒家文艺观

（一）礼乐文化

中国古代以宗法氏族为基础，通过制礼作乐，维系人伦，教化民众的典章制度与文化思想称为"礼乐文化"。所谓"礼"，指古代社会的典章伦理制度。"乐"是配合这种典礼仪式的诗歌乐舞。

（二）孔子文艺观

1."兴观群怨"说

出自《论语·阳货》："诗可以兴，可以观，可以群，可以怨。"意即诗歌具有启发与感染人的作用，具有观察社会与认识现实的作用，具有互相交流与教育的作用，具有讽刺与批评的作用。

这是孔子对诗歌的美感作用与社会功能的概括。"兴、观、群、怨"涉及审美心理各方面。所谓"兴",指诗歌的美感作用。《论语集解》引孔安国注说是"引譬连类",朱熹《四书集注》说是"感发志意"。所谓"观",是指诗歌的认识作用。《论语集解》引郑玄注说是"观风俗之盛衰",其中也包括对情感表现的认识。所谓"群",指诗歌的交流作用。《论语集解》引孔安国注说是"群居相切磋",其中包括情感的交流。所谓"怨",指诗歌的批评作用。通过"怨刺上政"(孔安国注),同时宣泄内心的怨愤。"兴、观、群、怨"合而指诗歌欣赏的审美作用,包括情感心理的陶冶、感染、观览、认同、宣泄、激发、协调与净化等方面,适用于整个文学艺术领域,影响深远。

孔子对弟子们说:"小子,何莫学夫《诗》?可以兴,可以观,可以群,可以怨。迩之事父,远之事君,多识于鸟兽草木之名。"在这里,孔子给弟子们创设了一个学习《诗经》的氛围,指明了学习《诗经》的重要意义,激发了弟子们对《诗经》的学习兴趣和欲望。"在孔子看来,调动学生学习积极性,是教学的第一要义。学生学习积极性及思维的积极状态是教学有效进行的前提条件。"①

2. 尽善尽美

"子谓《韶》,尽美矣,又尽善也;谓《武》,尽美矣,未尽善也。"孔子这段话见于《论语·八佾》,意为孔子认为舜乐《韶》非常动听,内容又非常妥善;认为周武王时的乐曲《武》也非常动听,但是内容不够妥善。

这段话体现了孔子以尽善尽美为理想的文艺观。《韶》是歌颂舜的乐曲,舜是古代受禅让的贤君,故孔子认为尽美又尽善;《武》是歌颂周武王的乐曲,武王伐纣取天下,故孔子认为虽美而不够善。孔子的学说以仁为核心,评价文艺以伦理道德为首要标准,认为善高于美,同时也肯定美,认识到美与善有区别,孔子的理想是希望美善统一,尽善尽美。

(三)以意逆志

"以意逆志"是孟子提出的一个美学命题,见于《孟子·万章上》:"说诗者,不以文害辞,不以辞害志。以意逆志,是为得之。"所谓"说诗",就是对诗歌的读解。这段话意为,读解诗歌,不应以其文采修饰损害辞义,以致损害对思想内容的理解,而应"以意逆志"。逆,反训为"迎",也就是求,追索。以意逆志,就是读者要有头脑,有主见,通过自己主体的审美鉴赏来领会蕴含在作品形象中的诗人的思想旨趣,也即以自己之意去把握理解诗人之志。

(四)"中和"之美

"中和"是中国文艺理论的重要范畴之一。基于孔子的中庸思想,荀子《乐论》提出"中和之纪"的原则。《礼记·中庸》也说:"喜怒哀乐之未发,谓之中;发而皆中节,谓之和;中也者,天下之大本也;和也者,天下之达道也。致中和,天地位焉,万

---

① 赵跃红:《孔子的教育思想与中国传统教育哲学观》,载《教育理论与实践》2006年第16期。

物育焉。"作为中国文论的基本概念,"中和",其义为谐调适度,不偏不倚,无乖无戾,刚柔相济。源于中国文化主张处事执中,崇尚和谐的传统。由视觉、听觉、味觉的和谐美感凝聚为具有伦理、心理、哲学与美学意义的"中和"概念,其实质是出于人生悦乐适度的需要。

中和之美主要体现在以下三个方面:

首先是伦理道德的中和之美。儒家认为,喜怒哀乐之情,须合于伦理规范:未发当调养于心,为良知本性;已发宜和谐适度,不偏不倚,方达于"中和"。"乐而不淫,哀而不伤",心境平和,得意便安。此即为于孔子的"中庸"思想。董仲舒《春秋繁露》说:"夫德莫大于和,而道莫正于中。中者,天地之美。"强调中庸之德与人心之和。

其次是调养心身,趋向生命和谐之美。道家主张天和、自然之和。当审美对象协调融合而完美呈现,主体心灵在审美过程中达到一种怡悦舒适之态,进入生命和谐的境界,具有养生的意义。

最后,是审美形式上的适度之美,诸因素配合适度,对立统一,交融渗透,趋向完美,具有丰富的美感意义。物之"调适",小大、轻重、清浊的中和,也就是客观事物形式上的配合适度,刚柔相济。它所表示的适度感合于中国伦理文化的需要;它所表示的适中感符合审美心理对形式完美的要求,体现为艺术各要素间协调统一、刚柔相济,意为形式结构上的和美;它所表现的适度感反映出中国人对养生的需要,对自然谐美的天和的崇尚,对怡神静气的心和的注重。究其根本,乃是中国文化以人生和善为理想,以中和刚柔为基调,趋向优化的生命结构在美学上的集中体现。

第二节 屈原作品

李白《江上吟》:"屈平词赋悬日月,楚王台榭空山丘。"这句诗正印证了爱默生《论艺术》的一句名言:"人生不仅可以是一首诗或一部传奇,而且可以是抒情诗或史诗。"[①] 屈原的一生就可以说是一首抒情诗。

屈原(约前340—前278),战国时期楚国诗人、政治家。芈姓,屈氏,名平,字原;又自云名正则,字灵均。屈原是中国历史上第一位伟大的爱国诗人,中国浪漫主义文学的奠基人,被誉为"中华诗祖""辞赋之祖"。他是"楚辞"的创立者和代表作者,开辟了"香草美人"的传统。屈原的出现,标志着中国诗歌进入了一个由集体歌唱到个人独创的新时代。

屈原也是楚国重要的政治家,早年受楚怀王信任,任左徒、三闾大夫,兼管内政外交大事。因遭贵族排挤毁谤,被先后流放至汉北和沅湘流域。公元前278年,秦将白起攻破楚都郢(今湖北江陵),屈原悲愤交加,怀石自沉于汨罗江。

---

① [美]爱默生:《论艺术》,见爱默生著,谢健生译《爱默生随笔》,黑龙江科学技术出版社2012年版,第134页。

一、何谓"楚辞"

楚辞是战国时代在楚国出现的以屈原作品为代表的一种新体诗,它标志着先秦诗歌发展的一个新高峰。它和《诗经》共同构成中国诗歌史的源头。

它又是西汉刘向编辑的屈原等人作品的总集名。包括战国时诗人如屈原、宋玉、唐勒等人的作品,汉代贾谊、淮南小山,甚至刘向的作品。

"楚辞"的名称,最早见于《史记·酷吏列传》,有时简称"辞"或"辞赋"。又有以"骚"来指称楚辞的。《四库全书总目》记载:"屈宋诸赋定名楚辞,自向始也。"

二、楚辞的特征

(1) 浓郁的楚文化色彩。宋黄伯思《校定楚辞序》云:"盖屈宋诸骚,皆书楚语,作楚声,纪楚地,名楚物,故可谓之'楚辞'。"楚辞是与中原文化交相辉映的楚文化的重要组成部分。楚辞所涉及的历史传说、神话故事、风俗习尚以及所使用的艺术手段、浓郁的抒情风格,无不带有鲜明的楚文化色彩。

楚国独特的地方文化是楚辞产生的根本基础。楚文化保存了较浓重的原始宗教文化的色彩,"信巫鬼,重淫祀",这一带民间巫风很盛,祭祀时则歌舞以娱神,所以很早就流传着有别于中原地区的楚声,也蕴藏着许多生动优美的神话传说。屈原的《九歌》就是在祭神巫歌的基础上创作的。这种原始宗教文化的神奇浪漫的色彩,直接滋养了楚辞创作的浪漫主义精神。

(2) 楚辞的诗风铺排夸张,想象丰富,语言优美。

(3) 句式主要有六字句和五字句两种(不计语气词"兮""些""只"等),为"三三"或"三二"节奏,前者以《离骚》和《九章》为代表,后者以《九歌》为代表。

(4) 语气词"兮"的运用:普遍带有规律性,成为语言形式的显著特征,主要有三种情况:①《九歌》模式:"兮"在句中,如"若有人兮山之阿"。②《橘颂》模式:上下两句均为四字句,"兮"字用在下句之末,如"受命不迁,生南国兮"。(《大招》改为"只",《招魂》改为"些")。③《离骚》模式:上下两句字数增多,"兮"字用在上句之末,如"路漫漫其修远兮,吾将上下而求索"。

三、屈原及其创作简介

(一) 生平

关于屈原的生平,司马迁《史记·屈原贾生列传》记载道:

屈原者,名平,楚之同姓也。为楚怀王左徒。博闻强志,明于治乱,娴于辞令。入则与王图议国事,以出号令;出则接遇宾客,应对诸侯。王甚任之。

上官大夫与之同列,争宠而心害其能。怀王使屈原造为宪令,屈平属草稿未定。上官大夫见而欲夺之,屈平不与,因谗之曰:"王使屈平为令,众莫不知,每一令出,平伐其功,以为'非我莫能为'也。"王怒而疏屈平。

屈平疾王听之不聪也，谗谄之蔽明也，邪曲之害公也，方正之不容也，故忧愁幽思而作《离骚》。离骚者，犹离忧也。夫天者，人之始也；父母者，人之本也。人穷则反本，故劳苦倦极，未尝不呼天也；疾痛惨怛，未尝不呼父母也。屈平正道直行，竭忠尽智以事其君，谗人间之，可谓穷矣。信而见疑，忠而被谤，能无怨乎？屈平之作《离骚》，盖自怨生也。……

屈原至于江滨，被发行吟泽畔。颜色憔悴，形容枯槁。渔父见而问之曰："子非三闾大夫欤？何故而至此？"屈原曰："举世混浊而我独清，众人皆醉而我独醒，是以见放。"渔父曰："夫圣人者，不凝滞于物而能与世推移。举世混浊，何不随其流而扬其波？众人皆醉，何不餔其糟而啜其醨？何故怀瑾握瑜，而自令见放为？"屈原曰："吾闻之，新沐者必弹冠，新浴者必振衣，人又谁能以身之察察，受物之汶汶者乎！宁赴常流而葬乎江鱼腹中耳，又安能以皓皓之白而蒙世俗之温蠖乎！"

（二）创作简介：《离骚》的结构

《离骚》是屈原的代表作，是带有自传性质的一首长篇抒情诗。《离骚》为我们塑造了一个坚贞高洁的抒情主人公的光辉形象，他有着奋发自励的独立人格："路漫漫其修远兮，吾将上下而求索"；对理想的执着追求："亦余心之所善兮，虽九死其犹未悔"；以及强烈自信和无所畏惧的精神。《离骚》的结构主要分成三大部分。

（1）生平遭遇。屈原出身高贵，才华出众，人品高洁：

帝高阳之苗裔兮，朕皇考曰伯庸。摄提贞于孟陬兮，惟庚寅吾以降。皇览揆余初度兮，肇锡余以嘉名。名余曰正则兮，字余曰灵均。纷吾既有此内美兮，又重之以修能。扈江离与辟芷兮，纫秋兰以为佩。

步余马于兰皋兮，驰椒丘且焉止息。进不入以离尤兮，退将复修吾初服。制芰荷以为衣兮，集芙蓉以为裳。不吾知其亦已兮，苟余情其信芳。

然而，生在君昏俗恶的时代，屈原深受排挤，不容于世：

惟夫党人之偷乐兮，路幽昧以险隘。岂余身之惮殃兮，恐皇舆之败绩。忽奔走以先后兮，及前王之踵武。荃不察余之中情兮，反信谗而齌怒。

众皆竞进以贪婪兮，凭不厌乎求索。羌内恕己以量人兮，各兴心而嫉妒。

怨灵修之浩荡兮，终不察夫民心。众女嫉余之蛾眉兮，谣诼谓余以善淫。

世溷浊而不分兮，好蔽美而嫉妒。

（2）上下求索与美政之思。屈原反复陈辞，一再表达自己孤独无依却直道而行的情操：

余固知謇謇之为患兮，忍而不能舍也。指九天以为正兮，夫惟灵修之故也。

忽驰骛以追逐兮，非余心之所急。老冉冉其将至兮，恐修名之不立。朝饮木兰之坠露兮，夕餐秋菊之落英。苟余情其信姱（kuā）以练要兮，长顑（kǎn）颔（hàn）亦何伤！

忳（tún）郁邑余侘（chà）傺（chì）兮，吾独穷困乎此时也。宁溘死以流亡兮，余不忍为此态也！鸷（zhì）鸟之不群兮，自前世而固然。何方圜之能周兮，夫孰异道而相安？屈心而抑志兮，忍尤而攘诟。伏清白以死直兮，固前圣之所厚。

謇吾法夫前修兮，非世俗之所服。虽不周于今之人兮，愿依彭咸之遗则。长太息以掩涕兮，哀民生之多艰。余虽好修姱以鞿羁兮，謇朝谇而夕替。既替余以蕙纕兮，又申之以揽茝。亦余心之所善兮，虽九死其犹未悔！

然而，屈原却受詈于家人，他的姐姐女媭不但不理解他，还喋喋不休地劝说他：

女媭（xū）之婵媛兮，申申其詈（lì）予。曰："鲧（gǔn）婞直以亡身兮，终然殀（yāo）乎羽之野。汝何博謇而好修兮，纷独有此姱节。薋菉葹以盈室兮，判独离而不服。""众不可户说兮，孰云察余之中情？世并举而好朋兮，夫何茕（qióng）独而不予听？"

屈原通过三求女失败来暗示求贤而不得的社会现实：

吾令丰隆乘云兮，求宓妃之所在。解佩纕以结言兮，吾令蹇修以为理。纷总总其离合兮，忽纬繣（huà）其难迁。夕归次于穷石兮，朝濯发乎洧（wěi）盘。保厥美以骄傲兮，日康娱以淫游。虽信美而无礼兮，来违弃而改求。览相观于四极兮，周流乎天余乃下。望瑶台之偃蹇兮，见有娀（sōng）之佚女。吾令鸩鸟为媒兮，鸩告余以不好。雄鸠之鸣逝兮，余犹恶其佻（tiāo）巧。心犹豫而狐疑兮，欲自适而不可。凤皇既受诒兮，恐高辛之先我。欲远集而无所止兮，聊浮游以逍遥。及少康之未家兮，留有虞之二姚。理弱而媒拙兮，恐导言之不固。世溷浊而嫉贤兮，好蔽美而称恶。

（3）故国之恋，不忍离去。屈原怀恋故国，请灵氛、巫咸卜，皆曰离去为吉。而身为楚之同姓，屈原不忍离去，愿自疏远，表达自己宁死也不与世俗同流合污的高尚节操：

何所独无芳草兮，尔何怀乎故宇？世幽昧以眩曜兮，孰云察余之善恶？

欲从灵氛之吉占兮，心犹豫而狐疑。巫咸将夕降兮，怀椒糈而要之。

及年岁之未晏兮，时亦犹其未央。恐鹈鴂之先鸣兮，使夫百草为之不芳。

为余驾飞龙兮，杂瑶象以为车。何离心之可同兮，吾将远逝以自疏。

陟升皇之赫戏兮，忽临睨夫旧乡。仆夫悲、余马怀兮，蜷局顾而不行。乱曰：已矣哉！国无人莫我知兮，又何怀乎故都。既莫足与为美政兮，吾将从彭咸之所居。

四、后人评述

1. 司马迁"发愤著书"说

司马迁《史记·太史公自序》载："夫《诗》《书》隐约者，欲遂其志之思也。昔西伯拘羑里，演《周易》；孔子厄陈、蔡，作《春秋》；屈原放逐，著《离骚》；左丘失明，厥有《国语》；孙子膑脚，而论兵法；不韦迁蜀，世传《吕览》；韩非囚秦，《说难》《孤愤》；《诗》三百篇，大抵贤圣发愤之所为作也。此人皆意有所郁结，不得通其道也，故述往事，思来者。"类似的论述还见于《报任安书》。

"发愤著书"说是中国古代关于创作发生的文艺理论观点。代表论述为上文所引"贤圣发愤之所为作"，其说揭示了关于创作发生的心理规律，阐明创作的发生是主体为了舒其愤、泄其怒，满足一种深层次的心理需求。司马迁在谈到屈原作《离骚》时的心理动机时指出，人于"穷苦倦极""疾痛惨怛"之际，便产生一种"呼天""呼父母"的心理需求，便要以"哭"之宣泄来获取心理平衡。哀怨之情，是生命力受了压抑，是外部刺激与主体精神状态的不协调，是一种心理性的失衡的表现。由哀怨愤懑而生的著书需求，心理学上叫作"缺乏性动机"。艺术家为了排遣痛苦，消弭哀怨，便要"呼天""呼父母"，便要哭泣，于是便有了创作的发生。司马迁的"发愤著书"说，上承孔子"诗可以怨"、屈原"发愤以抒情"的传统，下启韩愈的"不平则鸣"、欧阳修的"穷者而后工"、李贽"不愤不作"等关于创作发生的论述，金圣叹《读第五才子书法》概括说"史公发愤著书"。

古往今来、古今中外贤达之士一直探求着破解人类心理之秘。这在中国传统文化中亦多有阐发：司马迁所说"发愤著书"①，韩愈所说"大凡物不得其平则鸣"②，欧阳修所说"诗人少达而多穷"③，都是说明写作具有淡化、消解、转移现实生活中精神苦闷抑郁的功能。在中国，凡是书法写得好的，写到入神境界的，也往往是内心强烈情感的抒发。韩愈品评张旭道："喜怒窘穷，忧悲愉佚，怨恨思慕，酣醉无聊。不平有动于心，必于草书焉发之。"东晋时人王羲之，值中原板荡，沦于异族。王谢高门，南下避寇，于丧乱之余，先人坟墓惨遭毒手，自是说不出的满腔伤痛。这种深沉的心情，也尽数隐藏在其《丧乱贴》中。

弗洛伊德认为，生活是苦的，补救缓解的方式是转移、替代、陶醉，其中力比多转移达到本能升华，就是一种补救缓和人生痛苦的途径。艺术活动就是一种升华，艺术家在实现幻想中得到快慰，欣赏者也在欣赏中消除生活压抑感。艺术家的第一目标是使自己自由，并使他人发泄。④

2. "诗穷而后工"说

欧阳修在《梅圣俞诗集序》一文中提出：

> 予闻世谓诗人少达而多穷。夫岂然哉？盖世所传诗者，多出于古穷人之辞也。凡士之蕴其所有而不得施于世者，多喜自放于山巅水涯，外见虫鱼草木风云鸟兽之状类，往往探其奇怪；内有忧思感愤之郁积，其兴于怨刺，以道羁臣寡妇之所叹，而写人情之难言，盖愈穷则愈工。然则非诗之能穷人，殆穷者而后工也。

欧阳修认为"诗人少达而多穷"，"诗穷者而后工"。就是说，诗人受到困苦环境的磨砺，幽愤郁积于心，而能写出高质量的诗作。欧阳修指出了生活境遇和文学创作的关系：一是诗人因困窘而超越功利，从审美视角观察自然与社会；二是郁积的情感有助于诗人抒写出曲折入微而又带有普遍性的人情。其说是对孔子诗"可以怨"、屈原"发愤以抒情"、司马迁"发愤著书"说、韩愈"不平则鸣"说的继承与发展。

3. 比较

司马迁的"发愤著书"说、韩愈的"不平则鸣"说、欧阳修的"诗穷而后工"说，三者一脉相传，都是中国古代关于创作发生的文艺理论观点，在文学批评史上具有承先启后的关系，其渊源是孔子"诗可以怨"和屈原"发愤以抒情"的传统。总结上文，我们可以看到，"发愤著书"说的代表是司马迁的"贤圣发愤之所为作"（《太史公自

---

① 〔汉〕司马迁：《报任少卿书》，见《文选》卷四一，中华书局1977年版，第1865页。
② 〔唐〕韩愈：《送孟东野序》，见《隋唐五代文论选》，人民文学出版社1999年版，第209页。
③ 〔宋〕欧阳修：《梅圣俞诗集序》，见《宋金元文论选》，人民文学出版社1999年版，第92页。
④ 蒋孔阳主编：《二十世纪西方美学名著选》（上卷），复旦大学出版社1998年版，第393—398页。

序》）和"《离骚》盖自怨生"（《屈原列传》），认为创作动机来自主体宣泄愤怨、表达志意的心理需求。不平则鸣见于韩愈的《送孟东野序》"大凡物不得其平则鸣"，韩愈论证说，不平则鸣是宇宙间的普遍现象，遭遇不平引起的心理冲动是激发创作的动力。诗穷而后工见于欧阳修的《梅圣俞诗集序》"诗人少达而多穷""殆穷者而后工"，认为诗人受到困苦环境的磨砺，忧思郁积于心，能写出高质量的诗作。

现代心理学对此也有相关的研究。《哈佛积极教育心理学》的第十二章《积极倾诉的方法——写日记》，就是通过对"写日记"这样一个日常生活中最普通不过的事件，来挖掘分析和追本溯源，探得写日记过程中人类心态发展变化的奥秘，证明"写日记的最大好处是可以倾诉""写日记的好处还在于让人做事有前瞻性、预见性和条理性""写日记的第三个好处是使人拥有创作的满足感""写日记的第四个好处是可以经常自我反省""写日记的第五个好处是忠实记录人生""写日记应成为积极生活、积极人生的重要组成部分，是追求人生幸福不可或缺的重要手段"①。这些话有助于我们理解中国古代诗人的创作活动。中国古代诗人的创作大多带有自述的性质，相当于现代人写日记。正如钱穆先生指出："譬如说苏东坡，这个人的一生都记录在他的文学作品及他的全集里，他有文章，有诗，有词，有笔记，这些作品详详细细地写下他的生平事迹"，"又譬如陆放翁，他年老退休，几乎天天写诗即如写日记，一直写到八十几岁，我自己二十岁左右在乡村教书，读他的诗，读得非常开心，非常有意思，好像自己也分享了他优哉游哉的晚年生活，而他当时的一般乡村生活形形色色亦皆如在目前。"② 屈原、苏轼、陆游这些伟大的诗人都是用他们的生命来进行创作的，用他们的生活来实践他们的创作的，故令人读他们的作品时也像是在读他们的日记，读他们写的自己的生命与生活。

五、屈原的作品

屈原的作品有《离骚》、《九歌》（十一首）、《九章》（九首）、《天问》、《远游》、《卜居》、《渔父》，共二十五篇。

"九歌"一词，见于《左传》《山海经》《离骚》和《天问》，可见这是一种古老而著名的乐曲。"九"表示多篇，不代表实际篇数。屈原的《九歌》共十一篇，是一组祭神所用的乐歌。包括《东皇太一》《东君》《云中君》《湘君》《湘夫人》《大司命》《少司命》《河伯》《山鬼》《国殇》《礼魂》。

一般认为，这是屈原根据民间的祭神乐歌改写而成的，既洋溢着古老的神话色彩，又表现着诗人对人生的某种感受。

《九章》由九篇作品组成：《惜诵》《涉江》《哀郢》《抽思》《怀沙》《思美人》《惜往日》《橘颂》《悲回风》。它和《离骚》一样，直接反映了屈原的生活经历，具有强烈的政治色彩。在艺术手法上，《九章》采用了直接铺叙、反复抒写的手法，表现的感情比较直接、奔放，但不如《离骚》浪漫。

---

① 胡海建：《哈佛积极教育心理学》，哈尔滨工程大学出版社2015年版，第201—202页。
② 金庸：《历史·家国·与中国人的生活情调——钱穆伉俪访问记》，见金庸《金庸散文集》，作家出版社2006年版，第300—301页。

六、屈原的楚辞创作在中国诗史上的重要地位

司马迁《史记·屈原贾生列传》指出:"其文约,其辞微,其志洁,其行廉,其称文小而其指极大,举类迩而见义远。其志洁,故其称物芳。其行廉,故死而不容自疏。濯淖污泥之中,蝉蜕于浊秽,以浮游尘埃之外,不获世之滋垢,皭然泥而不滓者也。推此志也,虽与日月争光可也。"

《文心雕龙·辨骚》载:"其衣被词人,非一代也。故才高者菀其鸿裁。中巧者猎其艳辞,吟讽者衔其山川,童蒙者拾其香草。……赞曰:不有屈原,岂见《离骚》。惊才风逸,壮志烟高。山川无极,情理实劳,金相玉式,艳溢锱毫。"

《文心雕龙·辨骚》载:"《骚经》《九章》,朗丽以哀志;《九歌》《九辩》,绮靡以伤情;《远游》《天问》,瑰诡而惠巧;《招魂》《招隐》,耀艳而深华;《卜居》标放言之致;《渔父》寄独往之才。故能气往轹古,辞来切今,惊采绝艳,难与并能矣。"

鲁迅先生对屈原也有很高的评价,他在《汉文学史纲要》中指出:"战国之世,言道术既有庄周之蔑诗礼,贵虚无,尤以文辞,陵轹诸子。在韵言则有屈原起于楚,被谗放逐,乃作《离骚》。逸响伟辞,卓绝一世。后人惊其文采,相率仿效,以原楚产,故称'楚辞'。较之于《诗》,则其言甚长,其思甚幻,其文甚丽,其旨甚明,凭心而言,不遵矩度。故后儒之服膺诗教者,或訾而绌之,然其影响于后来之文章,乃甚或在三百篇以上。"后世以《诗》《骚》并称,尊之为中国古典诗歌的两大源头。

屈原的楚辞作品以其深邃的思想、浓郁的情感、丰富的想象、瑰丽的文辞,以及比兴寄托手法,为后人提供了创作的楷模。对其后的赋体、骈文、五七言诗的形成,又都有深远的影响。例如,陶渊明《归去来兮辞》载:"悟已往之不谏,知来者之可追。"唐陈子昂《登幽州台歌》:"前不见古人,后不见来者。念天地之悠悠,独怆然而涕下。"艾略特(Thomas Stearns Eliot)在《传统与个人才能》中的看法有助于我们理解这种影响,他说:"假如我们研究一个诗人,撇开了他的偏见,我们却常常会看出:他的作品,不仅最好的部分,就是最个人的部分也是他前辈诗人最有力地表明他们的不朽的地方。我并非指易接受影响的青年时期,乃指完全成熟的时期。"

屈原开创了以"香草美人"为寄托的传统,并创造了奇异而绚丽多彩的"香草美人"世界:以披香戴芳、饮露餐英来比喻道德的自修和品德之高洁:"扈江离与辟芷兮,纫秋兰以为佩。""朝饮木兰之坠露兮,夕餐秋菊之落英。"以香草喻人才的培育:"昔三后之纯粹兮,固众芳之所在。杂申椒与菌桂兮,岂维纫夫蕙茞。""余既滋兰之九畹兮,又树蕙之百亩。畦留夷与揭车兮,杂杜衡与芳芷。冀枝叶之峻茂兮,原俟时乎吾将刈。"屈原以香草的转变喻群臣的变节:"虽萎绝其亦何伤兮,哀众芳之芜秽。""时缤纷其变易兮,又何可以淹留?兰芷变而不芳兮,荃蕙化而为茅。何昔日之芳草兮,今直为此萧艾也?岂其有他故兮,莫好修之害也!余以兰为可恃兮,羌无实而容长。"屈原以"美人"喻群臣和君王:"日月忽其不淹兮,春与秋其代序。惟草木之零落兮,恐美人之迟暮。""众女嫉余之蛾眉兮,谣诼谓余以善淫。"

七、作品讲读:《湘夫人》

帝子降兮北渚,目眇眇兮愁予。嫋嫋兮秋风,洞庭波兮木叶下。

白薠兮骋望,与佳期兮夕张。鸟何萃兮苹中,罾何为兮木上?

沅有芷兮澧有兰,思公子兮未敢言。荒忽兮远望,观流水兮潺湲。

麋何食兮庭中,蛟何为兮水裔?朝驰余马兮江皋,夕济兮西澨。闻佳人兮召予,将腾驾兮偕逝。

筑室兮水中,葺之兮荷盖。荪壁兮紫坛,播芳椒兮成堂。桂栋兮兰橑,辛夷楣兮药房。罔薜荔兮为帷,擗蕙櫋兮既张。白玉兮为镇,疏石兰兮为芳。芷葺兮荷屋,缭之兮杜衡。合百草兮实庭,建芳馨兮庑门。九嶷缤兮并迎,灵之来兮如云。

捐余袂兮江中,遗余褋兮醴浦。搴汀洲兮杜若,将以遗兮远者。时不可兮骤得,聊逍遥兮容与。

此诗是祭祀湘水女神的乐歌,由男巫扮演的湘君演唱。诗歌表现湘君与湘夫人相约但最终未能相见的情节,将湘君内心交织的爱与怨、失望和希望、等待与追求等复杂的心理活动刻画得细致入微,充满了哀怨缠绵的情调,从中寄寓着诗人思君忧国的悱恻情怀。

这首诗想象奇幻丰富,语言瑰丽,充满浓厚的浪漫主义色彩。特别是构筑水室的描写,奇花异卉缤纷绚烂,用具精美绝伦,令人目眩神迷。此诗用多种艺术手法,细致入微地表现人物的心理活动;有直接描述忧愁情思的,有写动作神态的,有写事理颠倒的景象的,更突出的是把人物心理、情感刻画与环境气氛描写完美和谐统一起来,构成情景交融的意境。"嫋嫋兮秋风,洞庭波兮木叶下"成为千古名句。

明胡应麟《诗薮》评价这首诗时指出"嫋嫋兮秋风,洞庭波兮木叶下",形容秋景入画;"悲哉,秋之为气也……憭栗兮若远行,登山临水兮送将归",摹写秋意入神,皆千古言秋之祖。

第二章　秦汉诗歌

第一节　汉乐府

一、什么是乐府

乐府原是秦汉时期音乐官署的名称。后来将乐府采集和创作的乐歌称为乐府，乐府又成为一种诗体的名称，后人模拟、学习乐府形式进行的创作，不管入乐与否，也都称为乐府。

二、汉乐府的主要内容

《汉书·艺文志》在叙述西汉乐府歌诗时写道："自孝武立乐府而采歌谣，于是有代、赵之讴，秦、楚之风。皆感于哀乐，缘事而发。"

两汉乐府诗都是创作主体有感而发，歌食歌事，抒悲叙情，具有很强的针对性。激发乐府诗作者创作热情和灵感的是日常生活中的具体事件，乐府诗所表现的也多是人们普遍关心的敏感问题，道出了那个时代的苦与乐、爱与恨，以及对于生与死的人生态度，真实而深刻地反映了汉代广阔的社会现实和劳动人民的生活风貌、思想情绪，有着丰富的思想内容和深刻的社会认识价值。

三、汉代乐府民歌的艺术成就

汉代乐府民歌中叙事诗大量出现和诗中叙事成分的比重加大，标志着叙事诗的成熟。主要艺术成就表现在：形象鲜明生动；善于运用戏剧性的对话和独白；叙事详略得当，繁简有法；语言质朴、简练；形式比较自由。

四、作品讲读

1.《上邪》

上邪！我欲与君相知，长命无绝衰。山无陵，江水为竭，冬雷震震，夏雨雪，天地合，乃敢与君绝。

这是女子自誓之词，用语奇警，别开生面。先是指天为誓，表示要与自己的意中人结为终身伴侣。接着便连举五种千载不遇、极其反常的自然现象，用以表白自己对爱情的矢志不移，其中每一种自然现象在正常情况下都是不会出现的，至于五种同时出现，则更不可能了。作品由此极大地增强了抒情的力度，内心的情感如火山爆发、如江河奔腾，没有任何力量能够遏止。

全诗写情奔放热烈，想象奇特，极富有浪漫色彩，被称为短章中的神品。

与这种表现手法相似的有《菩萨蛮·枕前发尽千般愿》：

枕前发尽千般愿，要休且待青山烂。水面上秤锤浮，直待黄河彻底枯。

白日参辰现，北斗回南面。休即未能休，且待三更见日头。

这是敦煌曲子词中的一首早期民间作品。为了表达对爱情的坚贞不渝，抒情主人公一连使用了多个现实生活中不可能出现的现象作为比喻，表达对立下爱情誓言的遵守。词中用六种自然景物和非现实现象来表达抒情主人公愿望的艺术手法，与汉乐府《上邪》有异曲同工之妙。

2.《东门行》

出东门，不顾归，来入门，怅欲悲。盎中无斗米储，还视架上无悬衣。拔剑东门去，舍中儿母牵衣啼："他家但愿富贵，贱妾与君共哺糜。上用苍浪天故，下当用此黄口儿。今非！""咄！行！吾去为迟，白发时下难久居。"

这首诗叙写一个城市贫民因贫困所逼铤而走险。运用杂言体，语言质朴生动，富于生活气息。通过行动和对话展现人物复杂的内心世界，塑造形象。人物对话口吻毕肖。

3.《陌上桑》

日出东南隅，照我秦氏楼。秦氏有好女，自名为罗敷。罗敷喜蚕桑，采桑城南隅。青丝为笼系，桂枝为笼钩。头上倭堕髻，耳中明月珠。缃绮为下裙，紫绮为上襦。行者见罗敷，下担捋髭须。少年见罗敷，脱帽著帩头。耕者忘其犁，锄者忘其锄。来归相怨怒，但坐观罗敷。

使君从南来，五马立踟蹰。使君遣吏往，问是谁家姝？"秦氏有好女，自名为罗敷。""罗敷年几何？""二十尚不足，十五颇有余。"使君谢罗敷："宁可共载不？"罗敷前致辞："使君一何愚！使君自有妇，罗敷自有夫。"

"东方千余骑，夫婿居上头。何用识夫婿？白马从骊驹；青丝系马尾，黄金络马头；腰中鹿卢剑，可值千万余。十五府小吏，二十朝大夫，三十侍中郎，四十专城居。为人洁白皙，鬑鬑颇有须。盈盈公府步，冉冉府中趋。坐中数千人，皆言夫婿殊。"

这首诗叙述了太守调戏采桑女子而遭严词拒绝的故事，集中塑造了光彩照人的罗敷形象，赞美其坚贞、智慧。也暴露了太守的丑恶、愚蠢，反映了当时上层社会人们的荒淫、无耻。全诗分为采桑、拒婚、夸夫三节。采桑一节重写罗敷之貌美。写罗敷的容貌纯用烘托手法，从罗敷随身的衣饰及采桑器物的精美到旁观者对罗敷的惊慕、倾倒，这一连串的描写使读者的想象力得到激发，将罗敷之美写到极致。第二节写拒婚。作者通过一组对白来展示罗敷性格的内在光彩。罗敷品德高贵，机智过人，她对使君无礼举动的抗拒表现了其性格中的反抗精神。第三节写夸夫，此为全诗之高潮。罗敷尽情夸耀自己夫婿的权势、富有、官运、相貌、风度，完全压垮了使君的气焰。罗敷说得尽兴，使君听得扫兴，全诗在这种诙谐的氛围中戛然而止，收结得干净爽快。

本诗最突出的成就是采用理想化的方式、运用多种手法塑造了罗敷这一光彩照人的形象。这种理想化的创作倾向不仅表现在人物的塑造上，而且也表现在情节的处理上。诗篇的结尾也是理想化的，作者以夸夫作结局实际是给现实问题以并不现实的解决，给悲剧故事以喜剧的结尾。

这首诗运用了烘托、铺陈、对话等手法；采用五言体形式；辞藻较华美，但语言仍生动活泼。

4.《十五从军征》

十五从军征,八十始得归。道逢乡里人:"家中有阿谁?""遥看是君家,松柏冢累累。"兔从狗窦入,雉从梁上飞。中庭生旅谷,井上生旅葵。舂谷持作饭,采葵持作羹。羹饭一时熟,不知贻阿谁。出门东向看,泪落沾我衣。

这首诗通过对一个老兵的不幸遭遇的具体记叙,深刻地揭露了汉代统治者穷兵黩武的政策和不合理的兵役制度给人民带来的深重灾难。在艺术上,这首诗的环境描写和人物心理刻画相当成功。首先写归家老兵所闻"遥望是君家,松柏冢累累"。他的家已经成了荒坟,他的心情由充满热切的希望一下子变成了失望,是可想而知的。接着写他近家和进入家门时所见:"兔从狗窦入,雉从梁上飞。中庭生旅谷,井上生旅葵。"眼前完全是一片荒凉景象,而此时这位老兵情怀的孤独和凄苦也不难想象。以上是正面描写环境,而情寓景中。接着直接描写老兵的行为和心理。他孤独无依,只好自己舂谷、采葵做饭菜,但饭菜熟了,他难以下咽,又无人可送,出门远望,也是空无一人,不禁老泪横流。这些描写,真切地表现出了老兵的悲惨境遇和孤独寂寞、悲痛欲绝的心境,读来悲怆感人。

第二节 汉代文人五言诗

一、五言诗的起源

五言诗源于民间歌谣。西汉五言谣谚渐多,对文人五言诗的兴起,当有深刻影响。

惠帝时有戚夫人所唱的《舂歌》:"子为王母为虏。终日舂薄暮,常与死为伍。相离三千里,当谁使告汝。"

《汉书·外戚传》载李延年所作歌:"北方有佳人,绝世而独立。一顾倾人城,再顾倾人国。宁不知倾城与倾国,佳人难再得!"

《汉书·五行志》引西汉民谣:"邪径败良田,谗口乱善人。桂树华不实,黄雀巢其颠。故为人所羡,今为人所怜。"

五言诗进入乐府促进了文人五言诗的发展。

东汉班固《咏史》是现存最早完整的文人五言诗。《诗品序》:"东京二百载中,惟有班固《咏史》,质木无文。"辛延年《羽林郎》、宋子侯《董娇娆》的出现,表明东汉中期文人学习乐府民歌已相当成熟。张衡的《同声歌》在东汉文人五言诗中别具一格。自张衡始,东汉文人五、七言诗形成了以抒情为主的基本走势。

秦嘉的《赠妇诗》三首,是东汉文人五言抒情诗成熟的标志。从班固到秦嘉,经过一个世纪左右的发展,东汉文人五言诗的创作进入繁荣期。

东汉后期出现的《古诗十九首》代表了汉代文人五言诗的最高成就。

二、《古诗十九首》

《古诗十九首》始载于梁萧统所编《文选》,非一人一时之作,创作年代约在东汉后期。

（一）《古诗十九首》的基本内容

《古诗十九首》主要描写游子思妇别离相思之苦，抒发仕途失意和生死之悲。

清人陈祚明《采菽堂古诗选》评价《古诗十九首》时指出：

> 《十九首》所以为千古至文者，以能言人同有之情也。人情莫不思得志，而得志者有几？虽处富贵，慊慊犹有不足，况贫贱乎？志不可得而年命如流，谁不感慨？人情于所爱，莫不欲终身相守，然谁不有别离？以我之怀思，猜彼之见弃，亦其常也。夫终身相守者，不知有愁，亦复不知有乐；乍一别离，则此愁难已。逐臣弃妻与朋友阔别，皆同此旨。故《十九首》虽此二意，而低回反复，人人读之皆若伤我心者。此诗所以为性情之物，而同有之情，人人各具。则人人本自有诗也。①

（二）《古诗十九首》的艺术成就

《古诗十九首》是古代抒情诗的典范，长于抒情，委曲宛转，反复低回，可谓"思深远而有余意，言有尽而意无穷"（吕本中《童蒙诗训》）。《古诗十九首》巧妙地起兴发端，常以写景叙事发端，极其自然地转入抒情，水到渠成，又抑扬有致。许多诗篇以其情景交融、物我互化的笔法，构成浑然圆融的艺术境界。语言炉火纯青，形成深衷浅貌的语言风格。钟嵘《诗品》评价道："惊心动魄，可谓几乎一字千金。"刘勰《文心雕龙》评价："直而不野，婉转附物，怊怅切情，实五言之冠冕也。"元代陈绎曾《诗谱》评价："《古诗十九首》情真、景真、事真、意真。"明代谢榛《四溟诗话》卷三评价："《古诗十九首》，平平道出，且无用工字面，若秀才对朋友说家常话，略不作意。"

《古诗十九首》有感伤色彩，被奉为古代抒情诗的艺术典范，代表了汉代文人五言诗的最高成就。

（三）作品讲读：《行行重行行》

行行重行行，与君生别离。相去万余里，各在天一涯。道路阻且长，会面安可知？胡马依北风，越鸟巢南枝。相去日已远，衣带日已缓。浮云蔽白日，游子不顾返。思君令人老，岁月忽已晚。弃捐勿复道，努力加餐饭。

叶嘉莹先生对这首诗有高度评价，她指出：

> 《古诗十九首》之所以妙，妙在何处？我们看最后两句，"弃捐勿复道，努力加餐饭"。它不但是惊心动魄，还"文温以丽"，写得这么温和动人，这是诗教的修养，"温柔敦厚，诗之教也"。虽然是"思君令人老"，虽然是"岁月忽已晚"，可是她说什么？她说"弃捐勿复道"，不但"弃捐勿复道"，还要"努力加餐饭"，这真是中国古人的温厚之致。什么是"弃捐勿复道"？这"弃捐勿复道"也有多义。……我们是在讲《古诗十九首》有这么丰富的多义性，可以是男子之辞，可以是女子之辞，可以是行者之辞，

---

① 〔清〕陈祚明评选，李金松点校：《采菽堂古诗选》，上海古籍出版社2008年版，第80—81页。

可以是居者之辞，可以是逐臣之辞，可以是弃妇之辞，而千百年读下来，如果你与所爱的人有相思离别，你读之就有一种共鸣。①

确实，这首诗以思妇自叙的口吻，抒写了居家妻子对远行在外的丈夫深切思念的哀怨之情，引起了后世人们的深切共鸣。

在艺术上，这首诗也颇具特色。主要体现在以下方面。

首先，抒发的感情的丰富性和典型性。这首诗以时间的推移为顺序展开抒情描写，先写初别离的悲痛，次写路远难会的担忧，再写悬想中对丈夫久行不归的疑虑，最后写相思损害身心健康，以自我宽解作结。抒写感情显得丰富多彩，可以说把思妇的一些主要心理活动、种种情感都概括了，从而具有一定的典型性。

其次，善于以比兴达意，委婉含蓄地表达感情。

再次，以回环往复的诗体形式来加强抒情效果。它虽未直接采用重章叠句形式，但同一意绪却运用了意思相同或相近的诗句反复加以抒写，达到了酣畅尽兴的效果，感染力极强。

最后，重点要注意的是这首诗的多重语境，即互文性的特点，如下所示：

与君生别离。（《九歌·少司命》："悲莫悲兮生别离，乐莫乐兮新相知。"）

道路阻且长。（《诗经·蒹葭》："溯洄从之，道阻且长。"）

胡马依北风，越鸟巢南枝。（《韩诗外传》："诗云：'代马依北风，飞鸟栖故巢'，皆不忘本之谓也。"《盐铁论·未通》："故代马依北风，飞鸟翔故巢，莫不哀其生。"《吴越春秋》："胡马依北风而立，越燕望海日而熙，同类相亲之意也。"）

相去日已远，衣带日已缓。（《古乐府歌》："离家日趋远，衣带日趋缓。"）

浮云蔽白日。（《古杨柳行》："谗邪害公正，浮云蔽白日。"）

思君令人老。（《诗论·小弁》："假寐永叹，维忧用老。"）

弃捐勿复道，努力加餐饭。（《史记·外戚世家》："平阳主拊其背曰：'行矣，强饭，勉之！'"《饮马长城窟行》："长跪读素书，书中竟何如？上有'加餐饭'，下有'长相忆'。"）

---

① 叶嘉莹：《〈古诗十九首〉的多义性》，见叶嘉莹《叶嘉莹说诗讲稿》，中华书局2015年版，第111页。

第三章　魏晋南北朝诗歌

魏晋时期是中国历史上一个特殊的文化褶皱带，霸权更迭，危机四伏，骨肉相残，道德沦丧，传统断裂，人性扭曲。老、庄备受崇尚，佛教已经东传。玄学家王弼等引《周易》《老子》《庄子》解说儒家经典，谈玄论道，实质是探求人生价值，因而具有美学意义，又以其思辨色彩放出亮色，使"意""象""自然"等范畴的阐释更有逻辑性。魏初，刘劭的《人物志》，曹丕的"文气"说率先提出对个性气质的追求。阮籍、嵇康的音乐美学理论达到思辨的高度。晋代，陆机作《文赋》论及艺术创作中的一系列范畴，提出"缘情"说。顾恺之开创绘画美学，提出"传神"范畴。王羲之的书法和陶渊明的诗文都表现出玄学影响下的新审美意趣。

第一节　建安诗歌

一、建安风骨

"风骨"一词，最先由刘勰提出并给予正面阐述（《文心雕龙·风骨》）。钟嵘《诗品·总论》则提出"建安风力"的说法。后来，初唐陈子昂在其《修竹篇序》中也有"汉魏风骨，晋宋莫传"的话。自此"风骨"一词在中国古代诗学理论中受到普遍推崇，并开始流行。在此基础上，最早完整提出"建安风骨"一语的则是宋代严羽的《沧浪诗话》。

建安风骨指建安诗歌表现出来的一种审美特质。以三曹、建安七子和蔡琰为代表的建安诗人用他们的诗篇真实地反映战乱、分裂的时代造成的残酷现实，表现同情民生疾苦的情怀，抒发统一天下的雄心壮志，情调慷慨悲凉，激越深沉，风格清新刚健，后人称誉为"建安风骨"。

二、建安时期的主要作家

三曹指的是曹操、曹丕、曹植。

建安七子指的是孔融、王粲、刘桢、徐干、应玚、阮瑀、陈琳七人。"七子"之称最早见于曹丕的《典论·论文》。七子的诗文具有鲜明爽朗、刚健有力的建安风骨特征。另外还有一蔡指的是女诗人蔡琰。

三、曹操

（一）曹操及其诗歌创作

曹操（155—220）字孟德，沛国谯（今安徽亳州）人，著名的政治家、军事家、文学家,建安文学局面的开创者。有《魏武帝集》传世。其诗现存二十余首,均为乐府诗,继承乐府诗"感于哀乐,缘事而发"的创作精神,以古题写时事,表现出强烈的现实主义精神,被称为"汉末实录"。

曹操的诗歌内容主要有两类:一类是反映时代乱离和民生疾苦的现实诗,如《薤露行》《蒿里行》《苦寒行》;另一类是表现自己理想胸襟抱负的述怀诗,如《短歌行》《龟虽寿》《观沧海》。此外还有一些抒发年命之悲,幻想神仙生活的游仙诗,如《精列》《气出唱》《秋胡行》。

曹操诗歌的艺术特色表现为多借乐府旧题写时事或抒怀抱,这在中国古典诗史上是一个创举。其诗形式多样,有四言、五言、杂言等。尤其是他的四言诗,使《诗经》之后的四言诗又大放异彩:语言古朴率真,风格慷慨悲凉,气韵沉雄。善用比兴。

后人对曹操的诗主要有以下的评价:

曹公古直,甚有悲凉之句。(钟嵘《诗品》)

魏武帝如幽燕老将,气韵沉雄。(敖器之《诗评》)

魏武深沉古朴,骨力难侔。(胡应麟《诗薮》)

曹公莽莽,古直悲凉。(王世贞《艺苑卮言》)

跌宕悲凉,独臻超绝。(陈祚明《采菽堂古诗选》)

(二)作品讲读:《短歌行》

对酒当歌,人生几何?譬如朝露,去日苦多。慨当以慷,忧思难忘。何以解忧?唯有杜康。青青子衿,悠悠我心。但为君故,沉吟至今。呦呦鹿鸣,食野之苹。我有嘉宾,鼓瑟吹笙。明明如月,何时可掇?忧从中来,不可断绝。越陌度阡,枉用相存。契阔谈䜩,心念旧恩。月明星稀,乌鹊南飞。绕树三匝,何枝可依?山不厌高,海不厌深。周公吐哺,天下归心。

这首诗歌由感叹时光易逝、人生苦短开始,继而抒写求贤若渴的心情,最后抒发自己希望得到贤才,实现一统天下的雄心壮志。全诗感情充沛,节奏起伏,情调悲凉而慷慨,气韵沉雄,语言古朴率直,是曹操诗歌的代表作品之一。这首诗的艺术特点表现在如下几个方面:交错描写,曲折尽意的情感表现;善用比兴,自然袭用《诗经》成句;用韵上,采用换韵的方法,四句一转,构成一种回肠荡气的节律美。

四、曹植

(一)曹植及其诗歌创作

曹植(192—232),字子建,曹丕同胞兄弟,天资聪颖,才华过人,甚得曹操喜爱,几乎被立为太子。但其恃才傲物,任性而为,终至失宠,在帝位争夺中败给曹丕,在后期生活中屡遭曹丕迫害,在幽愤中死去,享年仅四十一岁。曹植最后一任徙封陈王,死后谥为"思",后世称之为"陈王",或称"陈思王"。其为建安时期最有影响的诗人,对五言诗的发展起了极大的推动作用。钟嵘《诗品》誉之为"建安之杰"。著有《曹子建集》。

曹植现存诗九十余首，其中六十多首为五言诗。以曹丕称帝（220）为界，分为前后两期。前期诗歌主要歌颂其远大的政治理想、人生抱负，诗作充满一股激越昂扬之情，洋溢着乐观浪漫的情调，以《白马篇》《薤露行》等为代表。后期诗歌主要表现政治上遭受打击，理想不能实现的悲愤之情，充满怨恨、忧伤以及强烈要求得到解放的急切情调，以《赠白马王彪》《野田黄雀行》等为代表。

曹植诗歌的特点表现为"骨气奇高，辞采华茂，情兼雅怨，体被文质"（钟嵘：《诗品》）。其中，"骨气奇高"指的是，表现出一种慷慨悲凉的情调，激越奔涌的气势。早期对功名理想的追求，晚期对政治上遭到迫害的幽愤，共同铸就其诗作中的"气骨"。"辞采华茂"表现在如下几个方面：文采富艳，精于炼字，注意对偶，讲究声色，修辞丰富华美；比兴象征手法的广泛、多变运用；构建情、事、景、理完美融合的诗歌意境；工于起调，善为警句。

（二）作品讲读：《赠白马王彪》

黄初四年五月，白马王、任城王与余俱朝京师，会节气。到洛阳，任城王薨。至七月，与白马王还国。后有司以二王归藩，道路宜异宿止。意毒恨之。盖以大别在数日，是用自剖，与王辞焉。愤而成篇。

谒帝承明庐，逝将归旧疆。清晨发皇邑，日夕过首阳。伊洛广且深，欲济川无梁。泛舟越洪涛，怨彼东路长。顾瞻恋城阙，引领情内伤。

太谷何寥廓，山树郁苍苍。霖雨泥我涂，流潦浩纵横。中逵绝无轨，改辙登高冈。修坂造云日，我马玄以黄。

玄黄犹能进，我思郁以纡。郁纡将何念？亲爱在离居。本图相与偕，中更不克俱。鸱枭鸣衡扼，豺狼当路衢。苍蝇间白黑，谗巧令亲疏。欲还绝无蹊，揽辔止踟蹰。

踟蹰亦何留？相思无终极。秋风发微凉，寒蝉鸣我侧。原野何萧条，白日忽西匿。归鸟赴乔林，翩翩厉羽翼。孤兽走索群，衔草不遑食。感物伤我怀，抚心常太息。

太息将何为？天命与我违。奈何念同生，一往形不归。孤魂翔故域，灵柩寄京师。存者忽复过，亡没身自衰。人生处一世，去若朝露晞。年在桑榆间，影响不能追。自顾非金石，咄唶令心悲。

心悲动我神，弃置莫复陈。丈夫志四海，万里犹比邻。恩爱苟不亏，在远分日亲。何必同衾帱，然后展殷勤？忧思成疾疢，无乃儿女仁。仓卒骨肉情，能不怀苦辛？

苦辛何虑思？天命信可疑。虚无求列仙，松子久吾欺。变故在斯须，百年谁能持？离别永无会，执手将何时？王其爱玉体，俱享黄发期。收泪即长路，援笔从此辞。

这首诗是曹植于黄初四年（223）朝京师后，回返旧京，中途被迫与其异母兄弟曹彪分手，而此次分手，将意味着永别。故曹植在作品中以离别为中心，以感情活动为线索，抒发了丰富复杂的感情：有悲伤，有诅咒，有指斥，有担忧，有怨愤，亦有劝慰与旷达，充分展示了他后期的精神世界。在表现方法上，诗作将抒情、叙事、写景完美地融合在一起，文辞华美，典型表现出"骨气奇高，词采华茂"的特点，是曹植后期诗歌的代表作品。这首诗的表现方法体现在如下几个方面：第一，结构上，以离京开端，定下怨恨的情感基调，中间写路途的艰难、兄弟的相残、任城王的暴死、与曹彪的分别、对人生的感悟，结尾写惜别之情，情感表现复杂曲折，跌宕起伏，起到极好的抒情效果。第二，善用比兴，通过写景、叙事来抒情。第三，文辞华美而流畅，极具表现力。第四，创造了"连章体"的诗歌体裁。

五、曹丕的"文气"说

曹丕在《典论·论文》中提出"文以气为主"的观点，被后世称为"文气"说。其所谓"气"，根源于古代自然元气的观念，具有事物本原、生命活力、相互联系、美感特征等多重含义。这里指文学的主体精神，即创作主体的气质、个性、才智、人格等心理因素，也兼及文学作品的辞气风格等审美特征。可以表示作家的风格个性特色，如"公干有逸气"；也可以表示地域上的特色，如"徐干时有齐气"；还可以表示阴阳刚柔的不同性质，如"气之清浊有体"等，运用十分广泛灵活。"文气"说的提出，标志着文学由经学的附庸走向独立，表现了文人的自觉和自主意识；其义尽管具有不确定性，却指的是文学自身的特征，由此开始突破伦理教化的局限，创建以审美为中心的主体性的诗学。

第二节 阮籍与正始诗歌

一、正始之音

"正始"为魏邵陵厉公曹芳的年号，从公元240—249年，历时十年。习惯上所说的"正始文学"，还包括正始以后直到西晋立国（265）这一段时期的文学创作。正始时期的诗歌风格主要体现在：建安诗歌对理想、人生的积极追求为曲折表现心曲所替代，刚健明朗变为隐曲遥深，"慷慨悲凉"的建安风骨变为"词旨渊永，寄托遥深"的正始之音。

正始时期著名的文人，有所谓"正始名士"和"竹林名士"。前者的代表人物是何晏、王弼、夏侯玄。他们的主要成就在哲学方面。后者又称"竹林七贤"，指阮籍、嵇康、山涛、王戎、向秀、刘伶、阮咸七人。其中，阮籍、嵇康的文学成就最高。本节主要介绍阮籍及其诗歌创作。

二、阮籍

阮籍（210—263），字嗣宗，陈留尉氏（今河南尉氏）人，阮瑀之子。其博览群籍，尤好老庄。为人狂放不羁，任情自适，鄙弃礼法。正始年间曾任尚书郎、大将军曹爽参军，二次均以病免归。司马懿执政，召其为太傅府从事中郎，以后相继为司马师、司马昭的僚属。晚年做过步兵校尉，故世人又称之为"阮步兵"。有《阮嗣宗集》传世。

（一）阮籍的思想、情感

阮籍的思想情感主要体现在如下几个方面：阮籍年轻时"有济世之志"（《晋书》

本传）的儒家思想；乱世之际，崇尚自然的老庄思想；性格软弱，避祸方式放浪形骸。这便形成其愤激、苦闷、哀怨的情感世界。据《晋书·阮籍传》记载：

> 籍虽不拘礼教，然发言玄远，口不臧否人物。性至孝，母终，正与人围棋，对者求止，籍留与决赌。既而饮酒二斗，举声一号，吐血数升。及将葬，食一蒸肫，饮二斗酒，然后临诀，直言穷矣，举声一号，因又吐血数升，毁瘠骨立，殆致灭性。裴楷往吊之，籍散发箕踞，醉而直视，楷吊唁毕便去。或问楷："凡吊者，主哭，客乃为礼。籍既不哭，君何为哭？"楷曰："阮籍既方外之士，故不崇礼典。我俗中之士，故以轨仪自居。"时人叹为两得。籍又能为青白眼，见礼俗之士，以白眼对之。及嵇喜来吊，籍作白眼，喜不怿而退。喜弟康闻之，乃赍酒挟琴造焉，籍大悦，乃见青眼。由是礼法之士疾之若仇，而帝每保护之。籍嫂尝归宁，籍相见与别。或讥之，籍曰："礼岂为我设邪！"邻家少妇有美色，当垆沽酒。籍尝诣饮，醉，便卧其侧。籍既不自嫌，其夫察之，亦不疑也。兵家女有才色，未嫁而死。籍不识其父兄，径往哭之，尽哀而还。其外坦荡而内淳至，皆此类也。时率意独驾，不由径路，车迹所穷，辄恸哭而反。尝登广武，观楚、汉战处，叹曰："时无英雄，使竖子成名！"

《晋书·阮籍传》中所记载的阮籍的言行对后世影响深远。诗圣杜甫在《饮中八仙歌中》一诗中化用阮籍善作青白眼的典故，来赞美崔宗之，诗云："宗之潇洒美少年，举觞白眼望青天，皎如玉树临风前。"唐诗研究专家莫砺锋先生在谈到这句诗时指出：

> 一个出身高贵且本人才德优秀的青年崔宗之，这样一个"潇洒美少年"，他的举止是怎样的呢？他"举觞白眼望青天"，拿着一个酒杯，翻着白眼，看着青天。"白眼"这个典故当然是跟阮籍联系在一起的，白眼是阮籍发明的嘛，其他人也不会，我也不会，白眼怎么翻呢？……程千帆先生曾经说过，眼睛要翻到什么程度才算"白眼"呢？眼睛一翻，让眼珠彻底隐没不见，眼眶全是眼白，这才叫白眼，我们都不会。你们翻翻看吧……不会翻的。但是阮籍会，阮籍看到他不喜欢的人，看到他不喜欢的事情，就翻一个大白眼。……白眼是表示一种愤世嫉俗、格格不入或非常厌恶的态度。这是有特殊含义的，一般我们不用"白眼"这个词。那么，作为"潇洒美少年"的崔宗之，门第这么高，才德这么好，他为什么要"举觞白眼望青天"？这说明他对当时的政治、社会很不满，心中有牢骚，看不惯世俗。当然，这绝不是一种欢乐的精神状态。①

莫砺锋先生认为，诗圣杜甫在描写他心中敬爱的盛唐优秀人才崔宗之时将他比作阮籍，用阮籍擅翻"白眼"的往事来表达诗人心中的愤世嫉俗、抑郁不平。笔者认为，"阮籍猖狂，岂效穷途之哭"的行为也引起了苏东坡的共鸣。东坡先生被贬谪到黄州的第三年，心情极度抑郁，就在那年的寒食节里他想到了阮籍，写出了著名的"天下第三行书"——《寒食诗帖》，诗的结尾云："也拟哭途穷，死灰吹不起。"杜甫、苏轼之所以会不约而同地想到阮籍，在笔者看来，是因为他们在骨子里都热爱阮籍，所以在"尚友古人"，借他人之酒杯浇自己胸中之块垒时，压抑不住内心奔涌的热情，自然而然地就想到了阮籍，借写诗抒发自己心中之感情的机会，向他们心中敬爱的风流名士献上一瓣心香，也在不经意间将他们对阮籍的崇敬热爱之情传达给了后世的广大读者。

---

① 莫砺锋：《莫砺锋讲杜甫诗》，广西师范大学出版社2019年版，第125—126页。

阮籍的这些言行不仅影响到古代作家,也对我们当代学者有广泛的触动,他们的论述使我们对阮籍的言行有了更切实的理解。如海外汉学家唐德刚先生对于阮籍的名言"时无英雄,使竖子成名"就有着十分深刻而有趣的解读,他说:

吾人如试把胡适当年所编的《季报》和王纪五后来所编的《月刊》细细比较,那前者比后者实在也高明得有限。就凭那几篇烂文章,便能煽起一代文风,两朝开继,成佛作祖,这在阮籍看来,就是"时无英雄,使竖子成名"了!那位善于在文学作品中剥皮抽筋的周策纵先生,便显然与阮氏有同感,认为胡适在文学上的成就,有点名过其实!

其实周教授是和阮校尉一样地没有把玄学真正读通。他二人也没有把人类的群居生活真正"看得穿"!试问我国历史上"成名"的"英雄",究有几个是玉皇大帝从南天门里送下来的?文武周公孔子而下,孰非"竖子"?他们也不过是这个群居动物的社会里由于才遇双全、风云际会才腾云驾雾的。如果照周先生那样认真地来剥皮抽筋,则国史上哪个英雄豪杰在九泉之下不感到脸红?![1]

由此可见,阮籍没有死,他一直以一种活灵活现、有血有肉之名士风度活在我们后世读书人的心里,他的言语引起了世人们的广泛共鸣与反思,成了后世人们频繁引用,借以抒发自己情怀、表达自己观点的有力工具。

(二)阮籍的代表作品

阮籍的代表作主要是八十二首《咏怀》,这些诗非一时一地所作,集中反映了他的政治思想、生活态度,尤其是对于人生问题的反复思考,展现其愤激、苦闷、哀怨的情感世界,开创了中国文学史上政治抒情组诗的先河,给予后世极大影响。其后,左思的《咏史》、庾信的《拟咏怀》、张九龄的《感遇》、李白的《古风》、陈子昂的《感遇》诗等,均受其影响而成。

(三)阮籍的诗歌风格

阮籍的诗歌风格主要体现在如下几个方面:隐约曲折,多用比兴、象征之法来表达自己的思想感情,或借古讽今,或借游仙讽刺世俗,或借写美人香草寄寓怀抱。因此,钟嵘《诗品》说他"言在耳目之内,情寄八荒之表。……颇多感慨之辞,厥旨渊放,归趣难求"。刘勰在《文心雕龙》中亦评其诗歌为"阮旨遥深"。"嗣宗身仕乱朝,常恐罹谤遇祸,因之发咏,故每有忧生之嗟。虽志在讥刺,而文多隐避,百代之下,难以情测。"(《文选》李善注引颜延之语)

元好问在《论诗》第五首中写道:"纵横诗笔见高情,何物能浇块垒平?老阮不狂谁会得?出门一笑大江横。"阮籍本有济世之志,但不满司马氏的统治,姑以酣饮和故作旷达来逃避迫害,惊世骇俗,世人以为阮籍狂、痴。但元好问深知阮籍"不狂",看到了阮籍心中的"块垒",认识到了阮籍诗中的真情郁气("高情")。元好问认为阮籍的诗笔纵横,如长江奔流,神与俱远,正是他高尚情怀、胸中不平之气的表现。这说明

---

[1] 唐德刚:《胡适杂忆》,广西师范大学出版社2015年版,第91页。

元好问认识到了写诗须有真情实感，反映了他对阮籍狂放品格的称许，对阮籍在黑暗统治下隐约曲折、兴寄深远的风格也是肯定的。

宋代的严羽在《沧浪诗话》中评价："黄初之后，惟阮籍《咏怀》之作，极为高古，有建安气骨。"

（四）作品讲读

1.《咏怀》其一

夜中不能寐，起坐弹鸣琴。薄帷鉴明月，清风吹我襟。孤鸿号外野，翔鸟鸣北林。徘徊将何见？忧思独伤心。

此为《咏怀》的第一首，借夜晚难以入睡之后的所见所闻，来表现内心孤独、苦闷的情怀。表现形式隐晦曲折，多用比兴、映衬手法，着重环境描写和气氛渲染，融情于景，以景衬情抒写苦闷与彷徨。感物兴叹，言近旨远。末尾两句可视为《咏怀》的总纲。清人方东树说："此是八十一首发端，不过总言所以咏怀不能已于言之故。"（《昭昧詹言》卷三）

2.《咏怀》其十七

独坐空堂上，谁可与欢者？出门临永路，不见行车马。登高望九州，悠悠分旷野。孤鸟西北飞，离兽东南下。日暮思亲友，晤言用自写。

这首诗写独坐无人，出门无人，登高无人，所见仅为孤鸟、离兽，凄惶无主之情溢于纸上。在这种局面之中，诗人进而感到壮志、理想都成了泡影。

第三节　左思、鲍照

一、左思

（一）左思的生平

左思的生平，据《晋书·左思传》载：

左思字太冲，齐国临淄人也。家世儒学。貌寝，口讷，而辞藻壮丽。不好交游，惟以闲居为事。造《齐都赋》，一年乃成。复欲赋三都，会妹芬入宫，移家京师，乃诣著作郎张载访岷邛之事。遂构思十年，门庭藩溷皆着笔纸，遇得一句，即便疏之。自以所见不博，求为秘书郎。及赋成，时人未之重。思自以其作不谢班、张，恐以人废言，安定皇甫谧有高誉，思造而示之。谧称善，为其赋序。张载为注《魏都》，刘逵注《吴蜀》。司空张华见而叹曰："班张之流也。使读之者尽而有余，久而更新。"于是豪贵之家竞相传写，洛阳为之纸贵。初，陆机入洛，欲为此赋，闻思作之，抚掌而笑，与弟云书曰："此间有伧父，欲作《三都赋》，须其成，当以覆酒瓮耳。"及思赋出，机绝叹伏，以为不能加也，遂辍笔焉。秘书监贾谧请讲《汉书》，谧诛，退居宜春里，专意典籍。齐王冏命为记室督，辞疾，不就。及张方纵暴都邑，举家适冀州。数岁，以疾终。

由此我们可以知道，左思（约250—约305），字太冲，临淄（今属山东）人。出身于寒微家庭。因其妹左芬以文才被召入武帝内宫，左思随之移家洛阳。因名作《三都赋》得到当时著名文人张华的推赏，造成洛阳纸贵而名噪一时，后为权臣贾谧门下"二十四友"之一。入京之初，他有着强烈的求取仕进之心，却为门阀制度所阻遏，官止于秘书郎。他最后终于退出了官场，而将满腔不平，写在八篇一组的《咏史》诗中。

（二）左思《咏史》的内容

左思《咏史》主要描写寒士的不平及对士族的蔑视与抗争，一方面表现了建功立业的抱负和功成不受爵的高尚情操；另一方面慨叹寒士生活的困顿；此外，还有对门阀制度的不满及对豪右的蔑视。

（三）《咏史》的文体意义

咏史的题材创自班固，建安以后作者更多。写法大抵是实咏史事，略抒感慨。左思之作，则是借古讽今，抒发个人的怀抱，名为咏史，实为抒怀，是咏史诗的创变。清代陈祚明《采菽堂古诗选》评价道："太冲一代伟人，……其雄在才，其高在志。有其才而无其志，语必虚矫；有其志而无其才，音难顿挫。钟嵘以为'野于陆机'，悲哉！彼安知太冲之陶乎汉魏，化乎矩度哉？"清人张玉谷在《古诗赏析》中评价道："太冲咏史，初非单言史事，特借史事以咏己之怀抱。或先述己意以史事证之，或先述史事而以己意断之，或止述己意而与史事暗合，或止述史事而己意默寓。各还悬解，乃能脉络贯通。"叶嘉莹先生在《汉魏六朝诗讲录》中评价道："西晋是一个道德沦丧、骨肉相残的时代，左思的诗有自己的感慨，但他自己的感慨往往和当时的历史结合起来，就成了时代的感慨。陈祚明说左思是'一代伟人'，因为，左思在西晋那种道德沦丧的政治斗争中能够洁身自保，没有被卷入政治斗争的漩涡，不被那些眼前的功名利禄所左右，这是很了不起的。"[①]

（四）左思诗歌的特点

关于左思诗歌的特点，钟嵘在《诗品》中评价道："其源出于公干，文典以怨，颇为精切，得讽喻之致。虽野于陆机，而深于潘岳。谢康乐常言：'左太冲诗，潘安仁诗，古今难比。'"在论及陶渊明时则说"又协左思风力。"

我们可以对钟嵘的评价进行以下分析：

第一，左思的诗多引史实，故曰"典"。借古讽今，对现实政治持批评态度，故曰"怨"。而借古讽今又能做到深刻恰当，故曰"精切"。

第二，左思的诗能起到讽谕作用，故曰"得讽喻之致"。

第三，钟嵘《诗品》还说左思的诗"出于公干"，公干即建安诗人刘桢。钟嵘评价陶渊明"又协左思风力"。"风力"与"风骨"义近。钟嵘标举"左思风力"，含有左思再现了建安风骨的意思。

由此，具体地说，左思诗歌有如下几个特点：第一，对现实的积极批判，有明显的

[①] 叶嘉莹：《汉魏六朝诗讲录》，河北教育出版社2000年版，第340页。

讽喻作用；第二，文义精切；第三，情感真挚，气势奔放；第四，语言简劲，不重辞采，更无累赘的铺写，虽亦多用对偶，但出语自然而不求工巧。

（五）作品讲读

1.《咏史》其一

弱冠弄柔翰，卓荦观群书。著论准《过秦》，作赋拟《子虚》。边城苦鸣镝，羽檄飞京都。虽非甲胄士，畴昔览穰苴。长啸激清风，志若无东吴。铅刀贵一割，梦想骋良图。左眄澄江湘，右盼定羌胡。功成不受爵，长揖归田庐。

此诗中的"翰"指毛笔。古人用羽毛为笔，故以翰代称。"卓荦"指卓越、突出。"穰苴"指春秋时齐国人，姓田氏，官大司马，著有《司马穰苴兵法》。班超曾说："况臣奉大汉之威，而无铅刀一割之用乎？"左思在此运用典故表达自己要像司马穰苴、班超一样及时建功立业。诗的最后云"功成不受爵，长揖归田庐"，可以说很好地表达了我们古代读书人最理想的归宿。一个人在人世间留下了一些功业，然后功成身退，正是用出世的精神来干入世的事业，入世是为了实现自己的人生价值，完成事业后的出世又体现了自己的雅量高致，高尚品德，并不贪图世俗的浮名浮利。

2.《咏史》其二

郁郁涧底松，离离山上苗。以彼径寸茎，荫此百尺条。世胄蹑高位，英俊沉下僚。地势使之然，由来非一朝。金张籍旧业，七叶珥汉貂。冯公岂不伟，白首不见招。

本诗名为咏史，实为咏怀，揭露了门阀制度的不公正，表达了作者受压制的强烈不满。这首诗的妙处还在于适当地使用了比兴寄托、鲜明对比的艺术手法。

3.《咏史》其六

荆轲饮燕市，酒酣气益震。哀歌和渐离，谓若傍无人。虽无壮士节，与世亦殊伦。高眄邈四海，豪右何足陈？贵者虽自贵，视之若埃尘。贱者虽自贱，重之若千钧。

叶嘉莹先生在《汉魏六朝诗讲录》中对此诗有很精彩的解读，她说："富贵的人尽管富贵好了，可是在我看来，他们就像地上的尘土一样轻贱；贫贱的人虽然贫贱，但他们值得看重、值得尊敬，我觉得他们有千钧的分量。"[①] 笔者认为，左思的这首咏史之作之所以能够取得如此巨大的成就，就在于他引起了后世广大贫寒之士的共鸣。不仅在门阀制度盛行的西晋许多士子怀才不遇、沉沦下僚，落魄而死。就是在科举制度盛行的南宋，也有很多贫寒之士，名落孙山后，默默无闻，无法承受继续赴京考试的高成本，最后沦落而死，就这样在车水马龙、滚滚红尘中度过一生，自己的身影消失了。如刘克庄的好友方孚若，在韩侂胄伐金失利后奉命出使金国，往返三度，据理力争，不辱使命，却屡遭降职，壮年而薨。刘克庄在《沁园春·梦孚若》中借梦友来感叹年光易过，功名难成：

何处相逢，登宝钗楼，访铜雀台。唤厨人斫就，东溟鲸脍，圉人呈罢，西极龙媒。天下英雄，使君与操，余子谁堪共酒杯。车千乘，载燕南赵北，剑客奇才。　饮酣画鼓如雷。谁信被晨鸡轻唤回。叹年光过尽，功名未立，书生老去，机会方来。使李将

[①] 叶嘉莹：《汉魏六朝诗讲录》，河北教育出版社2000年版，第356页。

军，遇高皇帝，万户侯何足道哉。披衣起，但凄凉感旧，慷慨生哀。

俞平伯解释此词时说：

> 以梦友而悼友，虽为本篇题目，实系借以寓怀。其叙梦境都在虚处传神，用典作譬，多夸张之词，仿佛读《大言赋》，不皆纪实。如宝钗楼、铜雀台，不必真有其地；长鲸、天马，不必实有其物；从车千乘，尽剑客奇才，不必果有其人。过片说到醒了，就梦境前后落墨。以醉眠而入梦，以闻鸡而惊觉，借极熟的典故，点出作意。"叹年光"以下，硬语盘空，纯用议论，引《史记》原文，稍加点改，自然之至。随后在此略一唱叹便收。观其通篇不用实笔，似粗豪奔放，仍细腻熨贴，正如脱羁之马，驰骤不失尺寸也。有评刘词为议论过多者，如从这篇来看，亦未必尽合，故详言之。①

我们认为刘克庄词好用议论，与左思的《咏史》诗有异曲同工之妙，都是借咏史来咏怀，借他人之酒杯浇自己胸中之块垒。除了受战国"燕南赵北"、慷慨悲歌之士的影响外，还与他们对年光流逝、命运无常有较深切的体悟有关。陈廷焯评价道：

> 刘潜夫《满江红》云："空有鬓如潘骑省，断无面见陶彭泽。便倒倾海水浣衣尘，难湔涤。"又《沁园春》（梦方孚若）云："天下英雄，使君与操，馀子何堪共酒杯。"又云："使李将军，遇高皇帝，万户侯何足道哉。"又"赠孙季蕃"云："天地无情，功名有数，千古英雄只么休。平生事，独羊昙一个，泪洒西州。"沉痛激烈，几欲敲碎唾壶。②

"年光过尽，功名未立，书生老去，机会方来"的现实，令人沉痛激烈，几欲敲碎唾壶，这是一种士大夫人生失意情绪的体现，反映了中国历史上才智之士渴望建功立业而又怀才不遇，岁月蹉跎、壮志成虚的普遍情况，这也是左思《咏史》能够引起后世文人广泛共鸣的深刻历史动因。

二、鲍照

（一）鲍照的生平与创作成就

鲍照与谢灵运、颜延之同时代，合称"元嘉三大家"。鲍照的成就要高于其他二家。钟嵘在《诗品》卷中评价道："其源出于二张，善制形状写物之词。得景阳之諔诡，含茂先之靡嫚。骨节强于谢混，驱迈疾于颜延。总四家而擅美，跨两代而孤出。嗟其才秀人微，故取湮当代。然贵尚巧似，不避危仄，颇伤清雅之调。故言险俗者，多以附照。"

鲍照生活于门阀士族统治时代，如同左思一样，"才秀人微""取湮当代"，备受压制，愤慨不平。他曾说："千载上有英才异士，沉没而不闻者，安可数哉。大丈夫岂能遂蕴智能，使兰艾不辨，终日碌碌与燕雀相随乎？""才之多少，不如势之多少远矣。"可见他心中怀才不遇的感慨十分深沉。

鲍照有多方面的文学成就。诗、赋、骈文都不乏名篇，而成就最高的则是诗歌，其

---

① 俞平伯：《唐宋词选释》，见俞平伯《俞平伯全集》第四卷，花山文艺出版社1997年版，第338页。
② 〔清〕陈廷焯著，屈兴国校注：《白雨斋词话足本校注》卷八，齐鲁书社出版社1983年版，第593页。

中乐府诗在他现存的作品中所占的比重很大,而且多传诵名篇,最有名的是《拟行路难》十八首。他还擅长写七言歌行,为七言诗的发展做出了重大贡献。其诗突出表现了寒士的不平,感情丰沛,形象鲜明,俊逸奔放,并具有浓厚的浪漫主义色彩,对唐代的李白、高适、岑参等人的创作有一定的影响。

(二) 作品讲读

1.《拟行路难》其四

泻水置平地,各自东西南北流。人生亦有命,安能行叹复坐愁!酌酒以自宽,举杯断绝歌路难。心非木石岂无感,吞声踯躅不敢言。

古代的文人士大夫为何急于求成功,乃是因为人生苦短,"汩余若将不及兮,恐年岁之不吾与"(屈原《离骚》),深怕年光空过,壮志难酬。此诗托物寓意,比兴遥深,而又明白晓畅,全诗起伏跌宕,感情强烈,奔放激越。"妙在不曾说破,读之自然生愁。"(沈德潜语)鲍照生活于门阀士族统治时代,如同左思一样,"才秀人微","取湮当代",他的《拟行路难》也像左思的咏史之作一样,影响深远,"俊逸鲍参军"影响到了李白、杜甫。他那干谒奔走、失意沉沦却又俊逸奔放、文采斐然的一生,真可作为曹丕名言"盖文章,经国之大业,不朽之盛事。年寿有时而尽,荣乐止乎其身,二者必至之常期,未若文章之无穷。是以古之作者,寄身于翰墨,见意于篇籍,不假良史之辞,不托飞驰之势,而声名自传于后"①的最佳注脚。由此,我们更能理解,面对人生的有限与仕途的坎坷不测,人的生命显得何其脆弱不堪。古往今来,多少文人墨客面对劳生有限、世路无穷而感叹。例如:"逝者如斯夫,不舍昼夜。"(《论语》)"树头花落花开,道上人去人来。朝愁暮愁即老,百年几度三台。""斗身强健且为,头白齿落难追。准拟百年千岁,能得几许多时。"(王建《江南三台》)"春秋代序,阴阳惨舒。物色之动,心亦摇焉。"(刘勰《文心雕龙·物色》)"遵四时以叹逝,瞻万物而思纷。悲落叶于劲秋,喜柔条于芳春"(陆机《文赋》)。可见,面对人生短暂,在理想与现实的矛盾冲突中,借诗歌作品来抒发人生失意的行为就成了大多数文人无可奈何、无可厚非的自然选择。

2.《拟行路难》其六

对案不能食,拔剑击柱长叹息。丈夫生世会几时,安能蹀躞垂羽翼?弃置罢官去,还家自休息。朝出与亲辞,暮还在亲侧。弄儿床前戏,看妇机中织。自古圣贤尽贫贱,何况我辈孤且直!

聪明才智之士大多数是积极进取的,鲍照这样一位"才秀人微"之士也不例外,他渴望建功立业,可流光抛人,韶华易过。人生短暂则更使他迫切地渴望建功立业,实现理想抱负。鲍照的这种人生感受在古人中具有普遍性。"使我有身后名,不如即时一杯酒"② 是无奈的旷达,"千秋万岁名"③ 才是内心真实情感的流露,而现实的不如意更

---

① 〔三国魏〕曹丕:《典论·论文》,见萧统编,李善注《文选》卷五二,中华书局1977年版,第720页。
② 〔南朝宋〕刘义庆著,杨勇校笺:《世说新语校笺》,中华书局2006年版,第665页。
③ 〔唐〕杜甫:《梦李白二首》之二,见杜甫著,仇兆鳌注《杜诗详注》第二册,卷七,中华书局1979年版,第558页。

强化了人生苦短的悲剧性，雄才大略、穷兵黩武的汉武帝就敏感地指出："欢乐极兮哀情多，少壮几时兮奈老何"（《秋风辞》）。南宋词人陈策为人夷旷洒脱，周密《绝妙好词》录其词两首，其中《摸鱼儿·仲宣楼赋》道："乌帽整，便做得功名，难绿星星鬓。敲吟未稳。又白鹭飞来，垂杨自舞，谁与寄离恨。"更何况还有众多"难做得功名"之士，面对他们的"星星鬓"最是令人扼腕长叹。鲍照此诗属于爆发式的抒情，发端不同凡响，有排山倒海之势，"如黄河落天走东海"。鲍照此诗传神的动作描写，失意者悲愤难抑的形象鲜明突出。全诗起伏开合，跌宕有致，忽而雄浑激昂，忽而沉郁悲怆，感情十分强烈。鲍照诗歌深刻地影响到了李白。试看李白的《行路难》："金樽清酒斗十千，玉盘珍馐直万钱。停杯投箸不能食，拔剑四顾心茫然。欲渡黄河冰塞川，将登太行雪满山。闲来垂钓碧溪上，忽复乘舟梦日边。行路难，行路难，多歧路，今安在？长风破浪会有时，直挂云帆济沧海。"诗歌开头何其相似乃耳。从中不难看出李白学习模仿鲍照的痕迹，无怪乎对李白有深刻理解与同情的杜甫会说其诗是"清新庾开府，俊逸鲍参军"。

第四节　陶渊明

一、陶渊明的生平

陶渊明（365—427），字元亮，浔阳柴桑（今江西九江）人。

陶渊明的曾祖陶侃是东晋初名将，都督八州军事，封长沙郡公，声威显赫一时，死后追赠大司马。陶侃出身贫寒，他的成功之路上充满了传奇色彩。《世说新语·贤媛》载：

> 陶公少有大志，家酷贫，与母湛氏同居。同郡范逵素知名，举孝廉，投侃宿。于时冰雪积日，侃室如悬磬，而逵马仆甚多。侃母湛氏语侃曰："汝但出外留客，吾自为计。"湛头发委地，下为二髢。卖得数斛米，斫诸屋柱，悉割半为薪，剉诸荐以为马草。日夕，遂设精食，从者无所乏。逵既叹其才辩，又深愧其厚意。明旦去，侃追送不已，且百里许。逵曰："路已远，君宜还。"侃犹不返。逵曰："卿可去矣。至洛阳，当相为美谈。"侃乃返。逵及洛，遂称之于羊晫、顾荣诸人，大获美誉。

陶渊明的外祖父孟嘉也是当时名士。据陶渊明《晋故征西大将军长史孟府君传》载：

> 君色和而正，温甚重之。九月九日，温游龙山，参佐毕集，四弟二甥咸在坐。时佐吏并着戎服，有风吹君帽堕落，温目左右及宾客勿言，以观其举止。君初不自觉，良久如厕，温命取以还之。廷尉太原孙盛，为谘议参军，时在坐，温命纸笔，令嘲之。文成示温，温以着坐处，君归见嘲，笑而请笔作答，了不容思，文辞超卓，四坐叹之。

后因此以"落帽"作为重九登高的典故。如唐钱起《九日闲居寄登高数子》诗："今朝落帽客，几处管弦留。"明代何景明《九日独酌简何太仆》诗："愁来转觉登台懒，病里谁传落帽狂。"由此可见，陶渊明外祖父孟嘉的名士风度。

陶渊明的祖父陶茂官至太守，父亲亦曾出仕。陶氏为东晋元勋之后，地位虽不如南下名族高贵，也是浔阳的大族。只是到了陶渊明这一支，因他年幼时父亲就去世了，家境便日渐败落。孔子、孟子、李商隐、欧阳修、范仲淹、海瑞、胡适、钱穆、鲁迅也像陶渊明一样，都是在年幼时父亲就去世了，历史上这些伟大人物因父亲去世早而过早地饱受了人间忧患与世态炎凉，这在某种程度上也促使了他们心智上的早熟。正如鲁迅先生所说："有谁从小康人家而坠入困顿的么，我以为在这路途中，大概可以看见世人的真面目。"① 陶渊明诗歌中深刻的理性思考与清醒的人生态度在某种程度上就与他早年丧父、家道中落而过早地"看见世人的真面目"有关。

陶渊明的人生经历分为三个时期。青少年时期：八岁丧父，二十岁家庭衰落，二十九岁前乡居读书。时仕时隐时期（二十九岁至四十一岁）：二十九岁，任江州祭酒，"不堪吏职"，不久辞官归田，"躬耕自资"。结果，生活难以维持，以致"偃卧瘠馁有日"。以后做过桓玄的幕僚。四十岁时任镇军参军（镇军将军刘裕）。四十一岁时任建威参军（江州刺史、建威将军刘敬宣）。就在这一年，因"耕植不足以自给"（《归去来兮辞·序》），出任彭泽（今江西省湖口县）令，不过八十多天，便弃职而去，从此脱离官场。后进入退隐时期（四十一岁至六十三岁），过着彻底躬耕田园的生活。

陶渊明之所以归隐，是污浊的现实造成的，具体原因有三个方面：首先是壮志落空、功业无成，对现实的幻想破灭。其次，他从"为善"的要求出发，不肯与世俗同流合污，苟求富贵。最后，受道家思想影响，他追求适合人的自然之性的生活，他在仕途中"暂为人所羁"（《杂诗》其十）时，往往有"静念园林好，人间良可辞"（《庚子岁五月中从都还阻风于规林》）之想，而在田园之中，恰能过这种称情适性的生活，正如他自己所说是"久在樊笼里，复得返自然"。

陶渊明彻底退隐时期的生活也可以分成两个阶段。第一阶段是四十一至四十四岁，经济状况较好，思想比较轻松愉快。第二阶段是从四十四至六十三岁。四十四岁这年六月家中遭火灾，从此生活贫困，于宋文帝刘义隆元嘉四年（427）去世，时年六十三。颜延之著有《陶征士诔》哀悼陶渊明。这篇《陶征士诔》是研究陶渊明生平事迹与心迹情感的重要文献资料，我们可以从中认识到陶渊明丰富多彩的人生。②

陶渊明长期坚持参加农业劳动，对时事并未完全忘怀，始终坚持了"君子固穷"的高尚情操，不慕富贵，不与世俗同流合污。尽管他心中"贫富常交战"，但"道胜无戚颜"（《咏贫士》其五）。退隐的头一年，江州刺史檀道济来看望他，劝他出仕，说："贤者处世，天下无道则隐，有道则至。今子生文明之世，奈何自苦如此？"他拒绝了，回答道："潜也何敢望贤，志不及也。"檀道济赠以粱肉，他挥而去之。莫砺锋先生对这一事件有精彩细致的解读，他指出：

> 秉性贞刚的陶渊明早已绝意仕进，况且檀道济还不合时宜地把刘裕已行篡弑之事的当时誉为"文明之世"，这更使对刘裕篡晋极为反感的陶渊明忍无可忍。尽管此时陶渊明贫病交加，处境窘迫，但他断然拒绝了檀道济的劝说。话不投机的檀道济临走时竟然"馈以粱肉"，公然以权贵的身份对陶渊明进行物质赏赐，陶渊明坚决不肯接受这种"嗟来之食"，"麾而去之"，即挥挥手让他拿走。一向待人彬彬有礼的陶渊明为什么会

---

① 鲁迅：《呐喊·自序》，见鲁迅《鲁迅全集》第一卷，人民文学出版社1981年版，第415页。
② 莫砺锋：《靖节高标的最早颂歌》，见莫砺锋《莫砺锋文集》卷二，凤凰出版社2019年版，第66—84页。

不顾礼数地"麾而去之"？因为檀道济的举止触犯了陶渊明的道德底线，"麾而去之"是对"嗟来之食"的拒绝，是对物质诱惑的坚决抵拒。①

这一分析对认识陶渊明的人生思考与文化性格有十分重要的作用。我们试从江西地域文化的角度补充说明一点。陶渊明是江西九江人。江西自古以来就以"人杰地灵"而著称。江西的那些知名人士大都具有易中天先生所谓的"霸蛮"之气，也就是"认死理"，或以"认死理"为前提，只不过不光是"认"，还要"做"②。陶渊明"不为五斗米折腰"、拒绝檀道济的施舍及其《咏荆轲》的"金刚怒目"就是"霸蛮"之气，甚至于《咏贫士》中安贫乐道的贫士精神与霸蛮之气也有深刻的内在契合之处："万族各有托，孤云独无依。暖暖空中灭，何时见余晖。朝霞开宿雾，众鸟相与飞。迟迟出林翮，未夕复来归。量力守故辙，岂不寒与饥。知音苟不存，已矣何所悲。"可以说，陶渊明在精神和感情方面与"霸蛮"之气是相通的。只是，在时人骨肉相残、道德沦丧，"真风告逝，大伪斯兴"的社会环境里，陶渊明的"霸蛮"之气显得尤其突出，尤其可贵，且使陶渊明的诗赋呈现出了一种光明正大、磊磊落落、轩豁明白的气象，为世人构建出了一方精神的净土，一个超脱世俗苦难、展示人性尊严的精神家园。

二、陶渊明的思想

陶渊明的思想主要有两个方面。一方面是儒家思想影响：积极的入世精神；重视自身的道德修养，安贫乐道。如陶渊明说："忆我少壮时，无乐自欣豫，猛志逸四海，骞翮思远翥。"（《杂诗》）"少时壮且厉，抚剑独行游。谁言行游近？张掖至幽州。"（《拟古》）"先师有遗训，忧道不忧贫。"（《癸卯岁始春怀古田舍》）"朝与仁义生，夕死复何求。"（《咏贫士》）另一方面道家思想对陶渊明也有很深刻的影响：陶渊明诗中常体现任心适性的自然，不慕荣利的心灵自由的主题。如："纵浪大化中，不忧亦不惧。"（《形影神》）"寓形宇内复几时，曷不委心任去留"，"聊乘化以归尽，乐乎天命复奚疑。"（《归去来兮辞》）"少无适俗韵，性本爱丘山。"（《归园田居》）"目倦川途异，心念山泽居。望云惭高鸟，临水愧游鱼。"（《始作镇军参军经曲阿作》）

我们可以结合西方心理学理论来分析解读陶渊明归隐的原因及其归隐后所采取的人生态度。潜意识、情结作为人类本身的精神特质，是西方心理学研究的深层问题，反映了人类思维和心理的某些共同本质，在历代心理学研究著作中也都有充分体现。但是，以往心理学研究著述关于"治疗精神疾病"的阐释往往忽视了"使人们的生活更加丰富充实""发现并培养有天赋的人"这种更深层次的、更有意义的积极心理学的探讨，这实际上就涉及是否承认和尊重人类力量、优秀品质的真实性和复杂性。胡海建教授的论著多次尝试探讨这些问题。其《乐观主义——追寻生命意义与幸福的法宝》深刻地揭示出"乐观是心理健康、成熟和强大的标志，它不仅是人们对抗生活挫折的缓冲剂，而且是抵抗疾病的第一道防线。乐观主义能够帮助人们更好地应对生命中的各种危机和挑战。相反，悲观是一种认知混乱，以失望为特征，预示着消沉、被动、失败、社会疏

---

① 莫砺锋：《诗意人生·隐士陶渊明》，见莫砺锋《莫砺锋文集》卷八，凤凰出版社2019年版，第44页。
② 易中天：《帝国的惆怅——中国传统社会的政治与人性》，文汇出版社2005年版，第110页。

远、疾病，甚至死亡。悲观主义思维只会削弱自己身上的精神力量，打击自我积极性，降低创造力，从而导致人类的生命意义旁落。与其在悲观中消沉，还不如乐观地做有价值的行动并朝着自己的目标迈进。乐观主义并不提倡盲目乐观，而是建立在个体对危机源刺激客观评估基础之上的有限度的、现实的乐观。因为只有有限度的现实乐观才能在乐观与现实之间寻求到心理和谐与平衡的支点，也只有现实的乐观才能赋予个体独特的生命意义和价值，从而保证个体能乐观地面对生活。"① 这一观点，源于并在某种程度上超越了弗洛伊德精神分析学的理论，有助于我们理解陶渊明乐观向上的人生观。

三、陶渊明的性格

陶渊明的性格表现在两个方面。一方面是任真：为人处事，皆表现出真率的态度，如"抱朴含真"（《劝农》），"任真无所先"（《连雨独饮》），"真风告逝，大伪斯兴"（《感士不遇赋》），"羲农去我久，举世少复真"（《饮酒》），"质性自然，非矫厉所得"（《归去来兮辞》）。苏轼评价道："欲仕则仕，不以求之为嫌；欲隐则隐，不以去之为高。饥者扣门以乞食；饱则鸡黍以迎客。古今贤之，贵其真也。"（《东坡题跋·书李简夫诗集后》）另一方面是固穷，保有安贫乐道的思想境界与品德情操。陶渊明说："先师有遗训，忧道不忧贫。"（《癸卯岁始春怀古田舍》）"贫富常交战，道胜无戚颜。"（《咏贫士》）"朝与仁义生，夕死复何求。"（《咏贫士》）

总之，崇尚自然与安贫乐道，是其人生的两大支柱。这体现在他嗜酒这一爱好上。如陶渊明《五柳先生传》载："性嗜酒，家贫不能常得。亲旧知其如此，或置酒而招之。造饮辄尽，期在必醉。既醉而退，曾不吝情去留。"《连雨独饮》诗载："运生会归尽，终古谓之然。世间有松乔，于今定何间？故老赠余酒，乃言饮得仙。试酌百情远，重觞忽忘天。天岂去此哉？任真无所先。云鹤有奇翼，八表须臾还。自我抱兹独，僶俛四十年。形骸久已化，心在复何言！"此诗当作于晋安帝元兴三年（404），这时陶渊明已经四十岁了，反映了他人生成熟时期的文化性格与人生思考。

四、陶渊明的田园诗

陶渊明的田园诗的主要内容有四个方面：

第一，描写田园景物的恬美，田园生活的简朴，表现自己归隐田园之后的喜悦、悠然自得的心境。如《归园田居》五首、《饮酒》二十首、《杂诗》八首等。第二，写躬耕的生活体验，具有浓郁的生活气息。如《归园田居》之三、《庚戌岁九月中于西田获早稻》等。第三，反映农村生活的艰辛与农村的凋敝，具有鲜明的写实性。如《归园田居》之四、《怨诗楚调示庞主簿邓治中》等。第四，表现美好的社会理想，如《桃花源诗》。

可见，"自然淳厚"为陶渊明田园诗歌的总体特征，主要有以下表现：

首先，平淡自然。主要表现在三个方面：第一，情感的真实、自然，不做作；第二，结构、色彩、手法的平实；第三，语言、声韵、节律的质朴、舒缓、沉稳。

---

① 胡海建：《哈佛积极教育心理学》，哈尔滨工程大学出版社2015年版，第88页。

其次，意味淳厚。写出自己心中的真心、真意、真情，一切自然流露，一片神行，人格清高超迈，生活体验真切深刻，将日常生活诗化，发现其中蕴涵的真意，因之历久而弥淳。

最后，情、景、事、理的融合。其诗不仅富有浓郁的情韵，而且还常常透露着他特有的观察宇宙、人生的智慧，与来自个人生活实践的独特的思考，即充满深刻的理趣，而情与理又往往是通过景或事这个媒介传达的。元好问《论诗》三十首第四首高度评价陶渊明道："一语天然万古新，豪华落尽见真淳。南窗白日羲皇上，未害渊明是晋人。"胡仔《苕溪渔隐丛话》后集卷三评陶渊明《止酒》时道：

坐止于树荫之下，则广厦华居吾何羡焉？步止于荜门之里，则朝市声利我何趋焉？好味止于啖园葵，则五鼎方丈我何欲焉？大欢止于戏稚子，则燕歌赵舞我何乐焉？在彼者难求，而在此者易为也。渊明固穷守道，安于丘园，畴肯以此易彼乎！

由此可见，后来苏轼的名言"我与何曾同一饱，不知何苦食鸡豚"与陶渊明"好味止于啖园葵，大欢止于戏稚子"实有异曲同工之处。他们的诗歌都崇尚自然天成，清新真淳，如行云流水，行于所当行，止于不可不止。陶渊明的诗句自然质朴不假修饰，剥尽铅华腻粉，独见真率之情志，具有真淳隽永、万古常新的永恒魅力，是元好问所认为的诗的最高境界。陶渊明的《饮酒》《归田园居》等都体现了崇尚自然的人生旨趣和艺术特征。正如陶渊明《与子俨等疏》所载："五六月中，北窗下卧，遇凉风暂至，自谓是羲皇上人。"

五、作品讲读：《饮酒》其五

结庐在人境，而无车马喧。问君何能尔，心远地自偏。采菊东篱下，悠然见南山。山气日夕佳，飞鸟相与还。此中有真意，欲辩已忘言。

陶渊明以酒入诗，后人认为其诗中几乎篇篇有酒。他还以"饮酒"为题，写下《饮酒》诗二十首。该组诗是其归隐田园十二年之后所写，带有明显的借酒抒情言志的特点。关于这组诗的写作背景，《饮酒》的序载："余闲居寡欢，兼比夜已长，偶有名酒，无夕不饮，顾影独尽，忽焉复醉。既醉之后，辄题数句自娱，纸墨遂多，辞无诠次，聊命故人书之，以为欢笑耳。"萧统指出陶渊明饮酒诗背后有更深刻的内涵，他说："有疑陶渊明之诗篇篇有酒，吾观其意不在酒，亦寄酒为迹也"（萧统《陶渊明集序》）。其中，《饮酒》其五是最有名的一首作品。此诗自叙安贫乐道、悠然自得的心境。作品上半部分抒发安贫乐道之心怀，后半部分则融情入景，悠然自得的心境与宁静美丽的大自然融合为一，物我浑然，形成极其完整的艺术境界而不可句摘。其中，"采菊东篱下，悠然见南山"两句脍炙人口，被王国维称为"无我之境"的典范之作。

在这样的情景下，诗人感悟到人生的真谛，此"真谛"，便是人与自然的融合为一，心灵"与天地精神相往还"，而此种深意，只能意会不能言传，那是一种"大言不辩"，"欲辩已忘言"的境界。

全诗将说理与写景、抒情融为一体，淡泊清新，用字简练，创造了深邃的无我之境。其中，"菊""飞鸟"象征着诗人对高尚情操及自在人生的追求，含蓄地寄托了与山林为伍的情意。而读者也在这"语有尽而意无穷"的诗作之外，引发无数遐想，达到淡忘尘世、融于自然的境界。

清代王士禛在《古学千金谱》中评价此诗时道:"通章意在'心远'二字,真意在此,忘言亦在此。自古高人只是心无凝滞,空洞无涯,故所见高远。非一切名象之可障隔,又岂俗物之可妄干?有时而当静境,静也,即动境亦静。境有异而心无异者,远故也。心无滞物,在人境不虞其寂,逢车马不觉其喧。篱有菊则采之,采过则已,吾心无菊。忽悠然而见南山,日夕而见山气之佳,以悦鸟性,与之往还,山花人鸟,偶然相对,一片化机,天真自具,既无名象,不落言诠,其谁辩之?"

六、对陶渊明的评价

关于陶渊明在文学史上的地位和历史意义,朱光潜在《诗论》中高度评价道:"大诗人先在生活中把自己的人格涵养成一首完美的诗,充实而有光辉,写下来的诗是人格的焕发。陶渊明是这个原则的一个典型的例证。"袁行霈《陶谢诗歌艺术的比较》中也说:"陶渊明就是一个写意的能手。他的生活是诗化的,感情也是诗化的,写诗不过是自然的流露。……陶诗是写心,是写与景物融合为一的心境。"陶渊明的诗严格地讲只有《游斜川》一首是山水诗,他写得最多的是田园诗。田园诗是他为中国文学增添的一种新的题材,以自己的田园生活为内容,并真切地写出躬耕之甘苦,陶渊明是中国文学史上的第一人。

陶渊明"常著文章以自娱,颇示己志,忘怀得失",后人在欣赏阅读陶诗时也能够从中放松心情,寻找到精神的避难所,建构自我的精神家园。如北宋诗人苏轼曾说:

吾于诗人无所甚好,独好渊明之诗。渊明作诗不多,然其诗质而实绮,癯而实腴,自曹、刘、鲍、谢、李、杜诸人,皆莫及也。吾前后和其诗凡一百有九篇,至其得意,自谓不甚愧渊明。[1]

每体中不佳,辄取读,不过一篇,惟恐读尽后,无以自遣耳。[2]

南宋诗人陆游也一样热爱陶渊明,他在《跋渊明集》中回首过去读书生活时道:

吾年十三四时,侍先少傅居城南小隐,偶见藤床上有渊明诗,因取读之,欣然会心。日且暮,家人呼食,读诗方乐,至夜,卒不就食。[3]

这种热爱终生不改,他在后来的生活中反复倾诉对陶渊明的真情,在《读陶诗》中说:"千载无斯人,吾将谁与归?"[4]《自勉》道:"学诗当学陶,学书当学颜。"[5]

南宋爱国词人辛弃疾更是在读陶渊明诗的过程中就寻找到了精神的寄托之所,从而也能够像其一样诗意地栖居:

老来曾识渊明,梦中一见参差是。觉来幽恨,停觞不御,欲歌还止。白发西风,折腰五斗,不应堪此。问北窗高卧,东篱自醉,应别有,归来意。　　须信此翁未死,到

---

[1] 〔宋〕苏轼:《与子由六首》之五,见孔凡礼点校本《苏轼文集·佚文汇编卷四·尺牍》,中华书局1986年版,第2515页。
[2] 〔宋〕苏轼:《东坡题跋》,见〔明〕毛晋《津逮秘书》本卷一。
[3] 〔宋〕陆游:《陆游集》第五册,中华书局1976年版,第2252页。
[4] 〔宋〕陆游:《陆游集》第二册,中华书局1976年版,第742页。
[5] 〔宋〕陆游:《陆游集》第四册,中华书局1976年版,第1653页。

如今凛然生气。吾侪心事,古今长在,高山流水。富贵他年,直饶未免,也应无味。甚东山何事,当时也道,为苍生起。(《水龙吟》)

晚岁躬耕不怨贫,只鸡斗酒聚比邻。都无晋宋之间事,自是羲皇以上人。千载后,百篇存,更无一字不清真。若教王谢诸郎在,未抵柴桑陌上尘。(《鹧鸪天·读渊明诗不能去手,戏作小词以送之》)

陶渊明的文化性格与人生思考也给了我们面对人生问题时的启示。我们能从陶渊明的诗歌中感受到其所蕴藏的丰厚生命活力,给我们读者以神奇的激励效应,其生动展示和集中体现了对人类的感情世界和心理因素"积极"方面的关注,并进行了深层次的开掘与探索。这对我们凝铸和塑造积极向上的思想性格和文化心理,无疑能起到不可限量的作用。

陶渊明又像一位人品高洁的好老师,既能给人以细致入微的体贴与关怀,又教人懂得爱与感恩,树立积极、健康、乐观的健全人格。在现今高校教育中,遇到陶渊明这样的好教师:人品高洁、气度高雅,能够从人性需求出发给我们安慰与启迪,我们当然倍感亲切和欣喜。

陶渊明还像一位"直、谅、多闻",既见性情又有学问,面目温和,态度可亲,莫逆于心的良朋知友。阅读陶渊明的诗歌,恰似多情的故人来,晨昏忧乐每相亲,"腐儒碌碌叹无奇,独喜遗篇不我欺。白发无情侵老境,青灯有味似儿时",陶渊明可以陪伴我们打发寂寞的黄昏、无聊的子夜,为我们解闷、解惑,和我们亲切友好地进行心灵上的交流,可以见证我们的笑与泪,可以激发我们的爱与恨,使我们在无形之中对人间万象、世上苦乐,多了一番领悟,给我们以莫大的启示,使我们得以从人生的失意苦闷中超脱出来,升华自己,摆脱难以避免的羁绊,征服无法想象的困难。

第五节　大小谢的山水诗

一、谢灵运

(一) 谢灵运的生平

谢灵运(385—433),小名客儿,陈郡阳夏(今河南太康)人,是当时声名远扬的诗人。其祖父谢玄曾参加淝水之战,乃东晋名将。灵运自幼聪慧,甚得祖父赏爱。18岁袭封康乐公,故世称谢康乐。宋建,降爵为侯。少帝即位,出任永嘉太守。晚年任临川内史,因官吏弹劾起兵抗拒,最后在广州被杀。其作品收录在今人顾绍柏的《谢灵运集校注》。

谢灵运政治失意之后,借山水以解苦闷。谢灵运凭借门第之势,自视甚高,"自谓才能宜参权要",但刘宋统治者并未给他重要的政治地位,所以他常怀愤懑,纵情山水,肆意遨游,荒废职事。

(二) 谢灵运的山水诗写作

谢灵运有喜爱山水的性格,有较高的文化修养,所经之处莫不传写,创作了大量的山水诗。其山水诗有以下特点：

第一，鲜丽、清新、自然的意境。如钟嵘《诗品》卷中引汤惠休语云："谢诗如芙蓉出水。"萧纲《与湘东王书》载："谢客吐言天拔，出于自然。"此所谓"自然"，指其精切地描摹山水，写出幽深明丽、色彩丰富的自然景观，让人产生新奇、惊讶、倾慕之感，能得真实、自然之赞誉。

第二，描写精细、切当，注重文辞的新奇、简练，语言富丽精工、注重模声绘色，讲求句法的骈俪，追求诗歌的辞采美、光色美和韵律美，表现出明显的刻意求新的特点，如：

池塘生春草，园柳变鸣禽。（《登池上楼》）
残红被径隧，初绿杂浅深。（《读书斋》）
野旷沙岸净，天高秋月明。（《初去郡》）
明月照积雪，朔风劲且哀。（《岁暮》）
白云抱幽石，绿筱媚清涟。（《过始宁墅》）
密林含余清，远峰隐半规。（《游南亭》）
日末涧增波，云生岭逾叠。（《登上戍石鼓山》）

第三，谢灵运的诗能够将自然景物同心理情绪结合起来写，在局部的景物描写中，通过细腻的观察与把握以及具体的画面，表现出某一景观的情思韵味，朝着景物与情思交融的方向发展，比如《岁暮》：

殷忧不能寐，苦此夜难颓。明月照积雪，朔风劲且哀。运往无淹物，年逝觉易催。

另外，谢灵运诗中还有一些景中有情，语言也不加雕琢、清新自然的佳作。不过这种例子在谢诗中比较少见。

值得注意的是，谢灵运诗歌也存在着一些不足，主要表现在：第一，"以繁芜为累"（《诗品》卷上）。一些诗运用典故成句过多，过分追求对偶铺排、雕章琢句，造成节奏冗缓、堆垛芜累之病，"虽存巧绮，终致迂回"（《南齐书·文学传论》）。第二，结构的模式化，创造了一种山水诗的结构模式（叙述出游缘起或路线—观景—议论说理或感慨），带有玄言诗的遗韵。第三，有句无篇，尚未达到构造完整意境的阶段。

（三）作品讲读：《登池上楼》

潜虬媚幽姿，飞鸿响远音。薄霄愧云浮，栖川怍渊沉。进德智所拙，退耕力不任。徇禄反穷海，卧疴对空林。衾枕昧节候，褰开暂窥临。倾耳聆波澜，举目眺岖嵚。初景革绪风，新阳改故阴。池塘生春草，园柳变鸣禽。祁祁伤豳歌，萋萋感楚吟。索居易永久，离群难处心。持操岂独古，无闷征在今。

全诗托物兴感，借景抒怀，用典贴切，语言骈俪。前八句为第一层，主要写官场失意后的不满与矛盾的心境。次八句为第二层，写登楼所见春景。后六句为第三层，写思归之情。第二层是全诗最精彩的部分。写景抓住初春时令特征，观察细致，感受敏锐，写得有声有色，远近交错，充满了蓬勃生气。"池塘"二句历来为诗论家交口赞赏，它的妙处就在于自然清新，不假绳削。钟嵘《诗品》引《谢氏家录》说："康乐（谢灵运袭爵康乐公）每对惠连（谢惠连，灵运之从弟），辄得佳语。后在永嘉西堂，思诗竟日不就，寤寐间忽见惠连，即成'池塘生春草'。故尝云：'此语有神助，非我语也'。"《南史·颜延之传》载："延之与陈郡谢灵运俱以辞采齐名，而迟速悬绝。文帝尝各敕拟乐府《北上篇》，延之受诏便成，灵运久之乃就。"宋吴可《学诗诗》："学诗浑似学参禅，自古圆成有几联？春草池塘一句子，惊天动地至今传。"元好问《论诗》第二十九首："池塘春草谢家春，万古千秋五字新。传语闭门陈正字，可怜无补费精神。""池塘生春草，园柳变鸣禽"是谢灵运《登池上楼》的名句，意象清新，浑然天成，写出了盎然春意。元好问崇尚自然天成的诗歌，反对雕琢粉饰，因此这里称赞谢灵运的这个名句万古常新，进而讽刺陈师道闭门觅句，只着意于锤炼字句，在形式技巧上下功夫。

二、谢朓

（一）谢朓与永明体

谢朓（464—499），字玄晖，陈郡阳夏（今河南太康县）人。出身豪门士族，与谢灵运同宗，故称"小谢"。曾任宣城太守，又称"谢宣城"，官至尚书吏部郎，后被人诬陷下狱而死。有《谢宣城集》传世。

在谢朓的时代，诗歌创作发生了重大的变化，出现了永明体。永明体指形成于南朝齐永明年间的一种新诗体。这种诗体讲究"四声八病"，强调声韵、格律，讲究对仗，使诗歌有一种和谐流畅而又有节律变化的音韵美，标志着格律诗的发端，代表者有谢朓、沈约等人。

永明体的产生有两个因素：第一，声律论的提出，源于佛教经文的翻译，发现汉字具有"平、上、去、入"四声变化。第二，将四声变化与诗赋音韵相结合，研究诗句中声、韵、调的配合，构成完美和谐的音律美，规定应该避免的毛病，即八病（平头、上尾、蜂腰、鹤膝、大韵、小韵、正纽、旁纽）。

谢朓为齐梁时期著名诗人，其诗歌创作，在内容上，多表现仕途的忧惧与人生理想与现实难以协调的矛盾、痛苦，具有一种悲怨之气。其在诗歌上最突出的贡献表现在以下三个方面：

第一，对山水诗的发展。继承谢灵运山水诗精致、清新的特点，又能在山水描写之中抒发情感，达到情景交融的境界，摆脱了玄言的成分，形成清新流丽的风格。

第二，注重诗歌声律，讲究语言的清新流畅与声韵的和谐铿锵，使诗歌具有一种"圆美流转"之美。

第三，谢朓也是善于熔裁警句的好手，对仗工整，和谐流畅，清新隽永，体现新体诗的特点。试看谢朓之警句：

余霞散成绮，澄江静如练。（《晚登三山还望京邑》）
天际识归舟，云中辨江树。（《之宣城郡出新林浦向板桥》）
大江流日夜，客心悲未央。（《暂使下都夜发新林至京邑赠西府同僚》）
窗中列远岫，庭际俯乔林。月出众鸟散，山螟孤猿吟。（《郡内高斋闲望答吕法曹》）
远树暧阡阡，生烟纷漠漠。鱼戏新荷动，鸟散余花落。（《游东田》）

历代多有关于谢朓的评价，如：

调与金石谐，思逐风云上。（沈约《伤谢朓》）

其源出于谢混。微伤细密，颇在不伦；一章之中，自有玉石。然奇章秀句，往往警遒，足使叔源失步，明远变色。善自发诗端，而末篇多踬。此意锐而才弱也，至为后进士子之所嗟慕。朓极与余论诗，感激顿挫过其文。（钟嵘《诗品》）

谢朓之诗，已有全篇似唐人者。（严羽《沧浪诗活》）

蓬莱文章建安骨，中间小谢又清发。（李白《宣州谢朓楼饯别校书叔云》）

月下沉吟久不归，古来相接眼中稀。解道澄江净如练，令人长忆谢玄晖。（李白《金陵城西楼月下吟》）

（二）作品讲读

1.《晚登三山还望京邑》

灞涘望长安，河阳视京县。白日丽飞甍，参差皆可见。余霞散成绮，澄江静如练。喧鸟覆春州，杂英满芳甸。去矣方滞淫，怀哉罢欢宴。佳期怅何许，泪下如流霰。有情知望乡，谁能鬒不变？

此诗写登山临江所见到的春晚之景以及遥望京师而引起的故乡之思。首二句述登山还望，次六句写望中所见的美景，尾六句抒因景而生的去国怀乡之思。层次井然，情景相生，清新秀丽。"余霞散成绮，澄江静如练"是诗中最出色的诗句。对仗工整，运用比喻，色彩对比绚丽悦目，而且"绮""练"这两个喻象给人以静止柔软的直观感受，也与黄昏时平静柔和的情调十分和谐。唐代徐凝曾用白练来比喻瀑布："千古长如白练飞，一条界破青山色。"被王世贞讥为"恶境界"，原因就在于用静态的白练来形容飞泻的水瀑，反将活景写呆了。

2.《之宣城郡出新林浦向板桥》

江路西南永，归流东北骛。天际识归舟，云中辨江树。旅思倦摇摇，孤游昔已屡。既欢怀禄情，复协沧洲趣。嚣尘自兹隔，赏心于此遇。虽无玄豹姿，终隐南山雾。

此诗以归流、归舟与旅思、孤游之间的相互映衬与生发，突出地表达了诗人倦于羁旅行役之思和幽居远害之想。其语言之清新、构思之含蓄、意境之浑融，无不给人以深刻的印象。

谢朓的一些短诗也很出色，如《玉阶怨》："夕殿下珠帘，流萤飞复息。长夜缝罗衣，思君此何极！"又如《王孙游》："绿草蔓如丝，杂树红英发。无论君不归，君归芳已歇。"这些小诗不仅语言清新，音调和谐，情致含蓄，还富于南朝民歌的气息，十分耐人寻味。同时它们对后来五言绝句的形成和发展也有一定影响。如李白《玉阶怨》："玉阶生白露，夜久侵罗袜。却下水晶帘，玲珑望秋月。"

第六节 庾信

一、庾信的生平

庾信（513—581）字子山，南阳新野人。自幼随父亲庾肩吾出入萧纲的宫廷，后来又与徐陵一起任萧纲的东宫学士，成为宫体文学的代表作家，其作被称为"徐庾体"。

侯景叛乱时，庾信逃往江陵，辅佐梁元帝。后奉命出使西魏，在此期间，梁为西魏所灭。北朝君臣一向倾慕南方文学，庾信又久负盛名，因而他既是被强迫又很受器重地留在了北方，官至车骑大将军、开府仪同三司；北周代魏后，更迁为骠骑大将军、开府仪同三司，封侯。

庾信一方面身居显贵，被尊为文坛宗师，受皇帝礼遇；另一方面又深切思念故国乡土，为自己身仕敌国而羞愧。卒于隋文帝开皇元年（581）。有《庾子山集》传世。

二、庾信的创作

庾信的文学创作，以他四十二岁时出使西魏并流寓北方为标志，分为前后两个时期。前期在梁，"文并绮艳"，作品多为宫体诗，轻艳流荡，富于辞采之美。

所谓宫体诗，指兴起于南朝梁代宫廷中的一种诗风。内容上以宫廷生活、妇女容貌、服饰等为描写对象，满足一种感观上的享受，情调上伤于轻艳，风格上柔靡婉弱，而形式上则注重辞藻的华艳，追求声律、对偶的精工，被称为"宫体诗"，代表诗人有梁武帝萧衍、梁简文帝萧纲、梁元帝萧绎、陈后主以及徐陵、庾信等人。宫体诗重形式，轻内容，开启浮艳文风。《梁书·简文帝纪》载："（萧纲）雅好题诗，其序云：'余七岁有诗癖，长而不倦。'然伤于轻艳，当时号曰'宫体'。"张溥《汉魏百三家题辞》载："帝（萧绎）不好声色，颇有高名，独有诗赋，婉丽多情。……非好色者不能言。"《北史·庾信传》载："（庾信）父肩吾为梁太子中庶子，……东海徐摛为右卫率，摛子陵及信并为抄撰学士……既文并绮艳，故世号'徐庾体'焉。"魏征《隋书·文学传序》载："梁自大同（梁武帝年号，535—546）之后，雅道斯缺，渐乖典则，争驰新巧。简文、湘东启其淫放，徐陵、庾信分道扬镳。其意浅而繁，其文匿而彩，词尚轻险，情多哀思，格以延陵之听，盖亦亡国之音乎？"庾信开拓了文学的女性题材，进一步完善诗歌的声律、对偶等形式美，讲究文辞的精美，对后世的诗歌创作产生直接影响。羁留北朝后，庾信诗赋大量抒发了自己怀念故国乡土的情绪，以及对身世的感伤，风格也转变为苍劲、悲凉。因此，杜甫说："庾信文章老更成，凌云健笔意纵横"（《戏为六绝句》）。

庾信乡关之思主要是感伤时变，魂牵故国，叹恨羁旅，忧嗟身世。他的《拟咏怀》二十七首，继承了阮籍《咏怀》诗的传统，以五言诗的形式，抒发了强烈的乡关之思，感情真实而深沉，哀怨悲苦，语言精练而富有表现力。南朝文学的修辞技巧，尤其是声律、用典、骈偶等手段，被广泛使用，并得到新的提高，是为庾信后期诗歌的代表作。

庾信的艺术特点主要有以下三个方面。第一，以绮艳之词，写哀怨之情，既具有南方文学的抒情性，又有北方文学劲健之气骨，"穷南北之胜"，初步融合南北诗风，绮艳、清新、老成为其诗赋之显著特点。杜甫高度评价道："清新庾开府，俊逸鲍参军。"（《春日忆李白》）"庾信文章老更成，凌云健笔意纵横。"（《戏为六绝句》）"庾信平生最萧瑟，暮年诗赋动江关。"（《咏怀古迹》其一）第二，善用典，灵活巧妙。"援古证今，用人若己"（刘勰《文心雕龙·丽辞》），增强了诗歌的艺术表现力。第三，对仗精工，音律谐畅，情文兼至，变化自如，为律诗的形成发展做出了贡献，开启唐诗繁荣之先声。"庾子山《燕歌行》开唐初七古，《乌夜啼》开唐七律。其他体为唐五绝、五律、五排所本者，尤不可胜举。"（刘熙载《艺概·诗概》）"乃六朝而后转为五古、五律之始。"（李调元《雨村诗话》）

三、作品讲读：《拟咏怀》其七

榆关断音信，汉使绝经过。胡笳落泪曲，羌笛断肠歌。纤腰减束素，别泪损横波。恨心终不歇，红颜无复多。枯木期填海，青山望断河。

"纤腰"句语出宋玉《登徒子好色赋》中的"腰如束素"。"横波"语出东汉傅毅《舞赋》中的"目流涕而横波"。"青山"句典出《水经注·河水注》，据说华岳本为一山，因阻黄河之水，被巨灵神劈开，黄河得以流过。

此诗假借一个流落北方的汉女子思念故国的幽怨，表现作者思念故国不得南归的痛苦。内容充实，形象鲜明。感情强烈激荡而又悲回婉转，风格苍凉老成而又清新绮丽。讲究对仗，声调和谐。长于用典，贴切自然。沈德潜评价道："造句能新，使事无迹。"

第七节　钟嵘《诗品》

《诗品》与《文心雕龙》双峰并峙，代表中古时期文学理论批评的最高成就。章学诚《文史通义》说："《文心》体大而虑周，《诗品》思深而意远。"与《文心雕龙》"弥纶群言"论及所有文章不同，《诗品》专就五言诗立论，更接近纯文学批评。

一、钟嵘与《诗品》题解

钟嵘（约468—518），字仲伟。著《诗评》三卷，后以《诗品》定名。《诗品》是中国文学批评史上第一部五言诗专论。

六朝文学发展最成熟的体式是五言诗，它的专论也应运而生。《诗品》熔理论、批评与鉴赏于一炉，对汉魏至齐梁的五言诗进行系统总结，自成一格。全书分为上、中、下三品，共品评了一百二十二位诗人，论述了他们的创作特色和流派渊源。《诗品序》则是全书的总论，提出了对诗歌创作的若干理论原则，并对当时不良诗风进行了批评。在肯定五言诗发展的问题上，钟嵘表现了不囿传统的胆识。《文心雕龙》称"四言正体"，对五言稍有贬抑，而《诗品》从数百年创作实践出发，明确提出："五言居文词之要，是众作之有滋味者也。"认为五言诗体，有利于"指事造形，穷情写物"。纵观诗歌史，他赞扬了以曹植、陆机、谢灵运为代表的建安文学、太康文学、元嘉文学三次高潮。《诗品序》的第二部分除说明本书分类与选录原则外，又对近世重玄理与拘于声律的两种倾向提出尖锐批评。《诗品》逐一品评了五言诗崛起至繁荣期的诗人风格特色，足以羽翼《文心雕龙》，代表着六朝诗论的最高成就。

"品"出自古人对事物分类的认识，包含美感分类的意味。由祭品的等第划分，衍生出"九品论人"的制度。其名词性用语意为等级、范式，动词性用语意为评论、鉴赏。

二、《诗品》讲读

（一）《诗品序》

气之动物，物之感人。故摇荡性情，形诸舞咏。

阳刚阴柔的气息使万物发生变化，自然万物又感动着人们，由此激扬而起的情感，就表现为歌咏舞蹈。

五言居文词之要，是众作之有滋味者也，故云会于流俗。岂不以指事造形，穷情写物，最为详切者耶！

五言诗在诗歌中有重要的地位，是各种诗体中最具审美意味的，所以适合世人的口味。这难道不是因为五言诗在叙述事理、描绘形象、抒发感情、写景状物方面，最为细致贴切吗？

故诗有三义焉：一曰兴，二曰比，三曰赋。文已尽而意有余，兴也；因物喻志，比也；直书其事，寓言写物，赋也。

本来诗歌创作有三种表现方式：一是兴，二是比，三是赋。文辞有限而意味无穷，这种方式称为兴。借物喻志，这是比。直写其事，状物寄志，这是赋。

宏斯三义，酌而用之，干之以风力，润之以丹彩，使味之者无极，闻之者动心，是诗之至也。

充分发挥这"三义"的作用，适当加以使用，以风力为主干，加以辞藻的润饰；使玩味它的人觉得余味无穷，听到它的吟讽心中深受感动，这是诗的最高造诣。

若乃春风春鸟，秋月秋蝉，夏云暑雨，冬月祁寒，斯四候之感诸诗者也。嘉会寄诗以亲，离群托诗以怨。

譬如春天的和风飞鸟，秋天的皎月鸣蝉，夏天的云雨，冬天的严寒，四季气候的这些变化，对诗歌颇有影响。佳日欢聚，寄情景于诗表示亲近；离别伤感，托意于诗表示哀怨。

至于楚臣去境，汉妾辞宫；或骨横朔野，魂逐飞蓬；或负戈外戍，杀气雄边；塞客衣单，孀闺泪尽；或士有解佩出朝，一去忘反；女有扬蛾入宠，再盼倾国。

诸如楚国的屈原离开郢都被流放，汉室的昭君辞别汉宫；有的将士横尸于北方的荒野，孤魂追随着飘荡的荒草；有的兵卒肩负武器守边卫国，空留勇气在苍茫的边境；征夫在塞上穿着单薄的衣衫，闺中的寡妇流干了眼泪；仕途中有人解下朝印，辞官归隐，一去不返；也有美女扬眉顾盼，入宫受宠，回头再顾，倾国倾城。

凡斯种种，感荡心灵，非陈诗何以展其义？非长歌何以骋其情？故曰："诗可以群，可以怨。"使穷贱易安，幽居靡闷，莫尚于诗矣。

凡此种种，激荡人心，如果不用诗歌，凭什么表达内心的思念？如果不放声歌唱，又怎能流露出感情？所以说："诗，可以群，可以怨。"若要使穷困贫贱的人心安理得，隐居的人没有愁闷，没有比诗歌更好的了。

观古今胜语，多非补假，皆由直寻。

试看古今名作佳句，大多数并不借用成语典故，而是直接描写所见所感而得。

（二）诗评

1. 魏陈思王植

其源出于国风。骨气奇高，词采华茂，情兼雅怨，体被文质，粲溢今古，卓尔不群。嗟乎！陈思之于文章也，譬人伦之有周、孔，鳞羽之有龙凤，音乐之有琴笙，女工之有黼黻。俾尔怀铅吮墨者，抱篇章而景慕，映余辉以自烛。故孔氏之门如用诗，则公干升堂，思王入室，景阳、潘陆，自可坐于廊庑之间矣。

2. 宋征士陶潜

其源出于应璩，又协左思风力。文体省净，殆无长语。笃意真古，辞兴婉惬。每观其文，想其人德。世叹其质直。至如"欢言酌春酒"，"日暮天无云"，风华清靡，岂直为田家语耶！古今隐逸诗人之宗也。

三、《诗品》的诗学理论

（一）论诗要点

1. "物之感人"与"托诗以怨"

钟嵘继承了前代论诗的积极精神，特别突出"物之感人"与"托诗以怨"的观点，认为诗歌的本质是表达人的情感，而情感的产生是由客观社会生活与自然现象引起的，这种以现实为主体情感本源的艺术感应观，较前人认识更进了一步。钟嵘强调"建安风力"，主张诗歌具有慷慨悲壮的怨愤之情，直寻自然，重神而不重形，语言风格明朗简洁、精要劲健。

2. "诗有三义"说

其说见于钟嵘《诗品序》："故诗有三义焉：一曰兴，二曰比，三曰赋。"这种提法，是对以《诗大序》为代表的诗经学关于"赋、比、兴"次序的颠覆。其具体阐释也不同于汉代经学。《诗品序》接着说："文已尽而意有余，兴也；因物喻志，比也；直书其事，寓言写物，赋也。"也就是说，"兴"，是指诗的语言要有言外余意、韵外之旨；"比"，是指借物设喻要寄托作者自己的情志；"赋"，是指对事物进行直接描写陈述，写景状物，寓意其中。综合运用这"三义"，即"宏斯三义，酌而用之，干之以风力，润之以丹彩，使味之者无极，闻之者动心"，才是"诗之至"，就是最有"滋味"、最有美感的作品。

3. "直寻"说

"直寻"说出自钟嵘《诗品序》"观古今胜语，多非补假，皆由直寻"，是钟嵘诗学的核心概念。所谓直寻,是指作诗不必借用典故套语,而应在身临其境的体验中直接把握审美对象,自然地写景抒情。钟嵘论诗崇尚"自然英旨",强调感情真挚,反对掉书袋、用典故,主张自然抒情,反对形式主义诗风。

4. "滋味"说

(1) "滋味说"的理论渊源。

在先秦典籍中,"味"就被广泛使用,《论语·述而》记载,孔子闻《韶》"三月不知肉味"。汉代王充以"味"论文,《论衡·自纪》言:"文必丽以好,言必辩以巧。言了于耳,则事味于心;文察于目,则篇留于手。"魏晋南北朝时期,"味"被广泛用于审美领域,陆机《文赋》以"大羹之遗味"比喻艺术之美。嵇康《声无哀乐论》云:"夫曲用每殊,而情之处变,犹滋味异美,而口辄识之也"。南朝宋代,宗炳《画山水序》谈到"澄怀味像"。钟嵘"滋味说"在此基础上形成。

(2) "滋味说"释义。

钟嵘《诗品》品诗的中心理论是"滋味说"。他继承孔子以来以"味"论乐的见解,提出以"滋味"为诗歌艺术的品美标准。见于《诗品序》:"五言居文词之要,是众作之有滋味者也。"主张酌用"兴、比、赋","干之以风力,润之以丹彩,使味之者无极,闻之者动心"。所谓"滋味",即审美意味。诗有滋味,指诗歌应具有较高的审美意蕴。钟嵘认为,汉魏以来的五言诗与四言诗相比,更富于美感,更耐人寻味。他要求对具体事物的形象描绘与主观情感的抒发相一致,健康的情感内容与优美的艺术形式相统一,自然真美的追求与兴、比、赋表现手法相交融;反对"理过其辞,淡乎寡味",推重"骨气奇高,词采华茂,情兼雅怨,体被文质"的诗作;主张以感性的品味体会把握诗歌的审美特征。

(3) 以味论诗的两个层次。

钟嵘以味论诗,一是以"滋味"作为审美鉴赏的标准,认为衡量诗作优劣,不是看典故多少或是否协律,而是看有无审美意味。以滋味比喻审美,强调诗歌之美只可意会,不可言传,具有"味之者无极,闻之者动心"的特点,也就是"文已尽而意有余"。二是提出以品味作为审美鉴赏的方式,以"味"辨味。钟嵘《诗品》评张协云:"调彩葱菁,音韵铿锵,使人味之,亹亹不倦。"评应璩云:"雅意深笃,得诗人激刺之旨。至于'济济今日所',华靡可讽味焉。"这里的"味"是动词,即读诗的方式。"味"不是逻辑概念的把握,而是感悟、体验,细心研读,沉吟讽诵,由此把握诗中绵绵难尽的韵味。钟嵘"滋味说"所反映的这两个理论层次,非常典型地体现了中国文论的民族特征:重体验,重了悟,重含蓄蕴藉和象外之象的韵味。

"滋味说"影响深远,及于后世诗论如司空图的"韵味说"、严羽的"兴趣说"、王士禛的"神韵说"、王国维的"境界说"等。

(二) 文体流别论

《诗品》第一次对诗歌创作流派与诗人继承关系做了总体概括和比较研究,主要依据创作风格的异同。钟嵘把五言诗作者分成三大派系,以源出国风、小雅或楚辞为分野,国风、楚辞两大流派又各有分支,实际上朦胧认识到现实主义与浪漫主义两大潮流的区别。虽然他的划分有牵强片面之处,但这种考察创作源流的尝试,却是一个影响深远的创举。

第四章　唐代诗歌

隋唐五代约三百八十年（581—960），是中国文学史上少有的诗歌繁荣期。其中，唐代文学的最高成就与代表就是诗歌，有一代文学之称誉。

唐代诗歌光照百世、继往开来，它的繁荣主要表现在以下几个方面。首先，作家、作品众多。《全唐诗》所收诗歌近五万首，作者二千二百余人，内容涵盖了社会生活的各个方面。其次，大家辈出，风格丰富多彩，特点突出。其杰出诗人和优秀作品的数量和质量都是其他时期无法比拟的。其次，唐代诗歌体裁各体皆备，传统的古体诗开创了新的局面，近体诗则发展到顶峰。诗歌的艺术表现技巧亦得到了长足的发展。明代的胡应麟指出："甚矣，诗之盛于唐也。其体则三四五言、六七杂言、乐府歌行、近体绝句，靡弗备矣。其格则高卑远近、浓淡浅深、巨细精粗、巧拙强弱，靡弗具矣。其调则飘逸浑雄、沉深博大、绮丽幽娴、新奇猥琐，靡弗诣矣。其人则帝王将相、朝士布衣、童子妇人、缁流羽客，靡弗预矣。"

唐代诗歌的发展一般分为四个时期：初唐、盛唐、中唐、晚唐。

初唐指的是唐初到玄宗先天时期，唐诗兴盛的准备期。代表诗人有沈宋、"四杰"、陈子昂、张若虚。

盛唐指的是从玄宗开元元年（713）到唐代宗永泰元年（765），是唐诗的极度繁荣时期。代表诗人及流派主要有李白、杜甫、山水田园诗派、边塞诗派。

中唐指的是从代宗大历年间到文宗太和年间，这是唐诗的变化时期。代表诗人及流派主要有元白诗派、韩孟诗派、刘禹锡、柳宗元、李贺。

晚唐指的是从文宗开成元年（836）到唐灭亡，这是唐诗的衰落时期。代表诗人主要是李商隐与杜牧。

在唐代学术思想较为开放自由的形势下，文学理论经过南北朝的长足拓展，进入多元激荡与熔炼臻美的时期，创立了近体诗学，在创作论与鉴赏论方面卓有建树，形成了议论风发、品鉴精湛、融情入理、洞烛幽微的特色，涌现了陈子昂、李白、杜甫、皎然、韩愈、柳宗元、白居易、李商隐、司空图等灿若星汉的文学大师与理论家。其代表既有兼重情理与功利的文论家，又有专重意境与风格的美学家，思想与艺术齐头并进。整个隋唐五代文论的发展可分为三个阶段：隋代和初唐为酝酿准备阶段，以陈子昂为代表；盛唐至中唐为全面发展阶段，以韩愈、白居易为代表；晚唐五代为转变与回顾阶段，以司空图为代表。

第一节　初唐诗

一、初唐诗坛

初唐是唐诗发展过程中的准备阶段,有以下三个主要倾向。

(一)齐梁浮艳诗风的泛滥

齐梁浮艳诗风的泛滥是由当时宫廷诗人虞世南、杨师道、许敬宗、李百药、上官仪等人表现出来。唐太宗则加以倡导,使此风大行于世。"武德初,微波尚在。"(殷璠《河岳英灵集》)"承陈隋风流,浮靡相矜。"(《新唐书》)宫廷诗人上官仪的诗"以绮错婉媚为本"(《旧唐书·上官仪》),讲究形式和技巧,追求辞藻的华美,对仗工整,音韵和谐。但内容和题材都比较狭窄。他的诗歌被人们争相仿效,称为"上官体"。他所提出的"六对""八对"说及其创作实践,对律诗形式格律的完善有一定的贡献,在律诗的发展中有承前启后的作用。

(二)格律诗的定型与宋之问的贡献

沈佺期和宋之问前期在武后的宫廷中,后期被贬斥到荒远之地。他们的诗歌创作多限于应制酬唱和咏物赠别,点缀升平,标榜风雅,难免以辞藻文饰内容贫乏之弊。沈、宋对诗歌的主要贡献是在律诗上。在诗律方面精益求精,"回忌声病,约句准篇",对律诗的定型与成熟做出了重要贡献。故沈宋并称,也就成为律诗定型的标志。

后期被贬谪到荒远之地的西江流域后,宋之问的创作内容与风格发生了很大的变化。如《度大庾岭》:"度岭方辞国,停轺一望家。魂随南翥鸟,泪尽北枝花。山雨初含霁,江云欲变霞。但令归有日,不敢恨长沙。"这首诗是宋之问被贬岭南途中所作。未到贬所而先想归期,一种含泪吞声的感怆情思表现得真切细腻,见不到任何着意文饰的痕迹,而诗律和对仗却十分工整。全诗感情真挚,情景交融,格律谨严,篇末以贾谊自比,用典自然,这是一首成熟的五言律诗。值得一提的是,这首诗还与西江流域的泷州有密切联系。据程千帆先生分析:

这篇诗写逐臣在旅途中的心情。作者曾两次迁谪岭南,此诗不见再次被贬之意,当是在中宗时贬为泷州(今广东省罗定县)参军时所作。含思凄婉,哀感动人。①

宋之问写的《渡汉江》也非常感人:"岭外音书断,经冬复立春。近乡情更怯,不敢问来人。"这是一首写得十分精彩的五绝,具有声情并茂、意在言外的艺术感染力,与后来盛唐诗人的作品已相去不远了。诗的末尾两句刻画久未归家之人的心理活动,十分细腻生动,可以说是诗从肺腑出,出则愁肺腑。这首诗与王维"君自故乡来,应知故乡事。来日绮窗前,寒梅著开未"有异曲同工之妙,是历来传诵的名篇。

值得一提的是,由于贬谪的原因,宋之问与西江流域结下了不解之缘。

---

① 程千帆:《程千帆全集》第十卷,河北教育出版社 2000 年版,第 177 页。

宋之问迁岭足迹遍布西江流域的广大地区，他曾南迁至泷州，并对泷州特异的自然风光与风土人情进行了细致的描绘，可谓开后世描写罗定风光的先河。

神龙元年（705），宰相张柬之趁武则天病重，率领大臣发动政变，逼迫武则天在这年的正月二十四日退位，正式交出了权力，唐中宗李显被拥立即位。作为武则天男宠的张易之被杀，谄事张易之的宋之问也因受到牵连而遭到贬谪，由原来的方监丞、左奉宸内供奉被贬谪到西江流域的泷州任参军，神龙二年（706）遇赦还，景龙中又被贬至越州任长史，睿宗即位后又被贬至钦州。宋之问两次被贬到西江流域，后半生大部分时光都是在漂泊流离中度过的，最终赐死于徙所，他的命运非常凄凉。据《旧唐书》卷一九〇《文苑传中·宋之问传》记载：

及易之等败，左迁泷州参军……起之问为鸿胪主簿……寻转越州长史。睿宗即位，以之问尝附张易之、武三思，配徙钦州。先天中，赐死于徙所。

作为武则天时期的大诗人，宋之问在被贬途中经过江西大余与广东南雄交界的大庾岭时，写下了著名的诗篇《题大庾岭北驿》，诗云：

阳月南飞雁，传闻至此回。我行殊未已，何日复归来？江静潮初落，林昏瘴不开。明朝望乡处，应见陇头梅。

正所谓"欢娱之辞难工，愁苦之言易好"，这首诗写得情真意切，还没有到西江流域的泷州就先设想如果能够回来将是多么令人满足，反映了他被贬至西江流域之前的不安、忧虑与恐惧。后来中唐大诗人韩愈被贬谪到潮州所作《左迁至蓝关示侄孙湘》"一封朝奏九重天，夕贬潮阳路八千。欲为圣明除弊事，肯将衰朽惜残年。云横秦岭家何在，雪拥蓝关马不前。知汝远来应有意，好收吾骨瘴江边"，与之有异曲同工之妙，都是还没有到贬谪之所就先设想今后的出路与结局了。[①] 这就将人生的种种无奈、猜测、痛苦、隐忍的感怆情思表现得既真实又细腻，并将心中的情感与岭南风物浑然一体地融化到一首律诗之中，格律精严、对仗工整却又没有着意雕琢的痕迹。宋之问存诗一百六十一首，虽然他的人品常遭世人诟病，但他"回忌声病，约句准篇，如锦绣成文"[②]的诗歌形式在中国文学史上具有一定的地位，正如元稹所说："唐兴，官学大振，历世之文，能者互出。而又沈宋之流，研练精切，稳顺声势，谓之为律诗。由是而后，文变之体极焉。"[③] 宋之问的那些描写他被贬至岭南的作品大多是"研练精切，稳顺声势"的律诗，用格律精切的律诗来描写西江流域的自然风物，正是宋之问的开创，在西江流域社会文化发展史上也具有特别重要的意义。

宋之问遭受贬谪后，自洛阳向南行经过湖北黄梅、江西南昌，沿着赣江，来到江西大余与广东南雄交界的大庾岭，沿着西江到西江流域的肇庆，再沿着西江流域到达贬所泷州。在宋之问贬至西江流域的过程中，他写下了许多描写当地风物、体现自己真实情感的佳作，如《途中寒食题黄梅临江驿寄崔融》《自洪府舟行直书其事》《题大庾岭北

---

① 这种对岭南生活环境的陌生感与恐惧感，在沈佺期的《入鬼门关》一诗中亦表现得比较明显："昔传瘴江路，今到鬼门关。土地无人老，流移几客还？自从别京洛，颓鬓与衰颜。夕宿含沙里，晨行茵露间。马危千仞谷，舟险万重湾。问我投何处，西南尽百蛮。"

② 〔宋〕欧阳修、宋祁：《新唐书》卷二〇二《宋之问传》，中华书局2003年版，第5751页。

③ 〔唐〕元稹：《唐故工部员外郎杜君墓系铭》，见元稹《元稹集》卷五六，中华书局1982年版，第601页。

驿》《度大庾岭》《早发大庾岭》《早发始兴江口至虚氏村作》《始安秋日》《至端州驿见杜五审言、沈三佺期、阎五朝隐、王二无竞题壁慨然成咏》《入泷州江》《自衡阳至韶州谒能禅师》《早入清远峡》等。① 有真感情，就会有好诗歌，这正印证了王国维所说："喜怒哀乐，亦人心中之一境界。能写真景物、真感情者，谓之有境界。否则谓之无境界。""有境界，自成高格，自有名句。"（《人间词话》）笔者认为，能够将心中的喜怒哀乐完美表达出来的诗歌就是有境界的诗歌。简单地说，真景物是诗歌的象，真感情是诗歌的意，真景物、真感情组合在一起就是诗歌的意象。而真景物与真感情组合在一起能够使人产生丰富的联想与思考，能够引起人们或惆怅、或忧伤、或怅惘、或无奈、或喜悦的感情的诗歌，就是有境界的诗歌。而其中最关键、最基本的元素就是诗中的景物（象）与情感（意）。宋之问迁岭途中所作诗歌的景物是真实的，感情也是深厚的，故能作出感人至深的佳作。试看其《早发韶州》时沿途所见所闻所感：

  日夜清明少，春冬雾雨饶。身经火山热，颜入瘴江消。触影含沙怒，逢人毒草摇。雾浓看菌湿，风漾觉船飘。直御魑将魅，宁论鸱与鸮。

再看其《入泷州江》对西江流域风物的真切感受：

  孤舟泛盈盈，江流日纵横。夜杂蛟螭寐，晨披瘴疠行。潭蒸水沫起，山热火云生。猿跃时能啸，鸢飞莫敢鸣。海穷南徼尽，乡远北魂惊。泣向文身国，悲看凿齿氓。地偏多育蛊，风恶好相鲸。

西江流域的奇山异水给了宋之问新鲜的感受，他在《过蛮洞》一诗中云：

  越岭千重合，蛮溪十里斜。竹迷樵子径，萍匝钓人家。林暗交枫叶，园香覆橘花。谁怜在荒外，孤赏足云霞。

当然，宋之问在描写西江流域风物之际，也将自己的贬谪之愁闷心理打并入诗句之中，如这首《发藤州》就比较典型地反映出神龙逐臣的迁岭心理：

  朝夕苦遑征，孤魂长自惊。泛舟依雁渚，投馆听猿鸣。石发缘溪蔓，林衣扫地轻。云峰刻不似，苔藓画难成。露裛千花气，泉和万籁声。攀幽红处歇，跻险绿中行。恋切芝兰砌，悲缠松柏茔。丹心江北死，白发岭南生。魑魅天边国，穷愁海上城。劳歌意无限，今日为谁明。

到了西江流域的端州后，宋之问仍然感叹："处处山川同瘴疠，自怜能得几人归。"（《至端州驿见杜五审言、沈三佺期、阎五朝隐、王二无竞题壁慨然成咏》）在西江流域谪居的日子里，最能触动宋之问敏感神经的便是故乡了，故乡不可回而时光流逝，韶华不再，直到暮年，仍感叹："乡心新岁切，天畔独潸然。老至居人下，春归在客先"（《新年作》）、"谁言望乡国，流涕失芳菲"（《早入清远峡》），迟暮投荒，怎能不让诗人感伤惆怅呢？宋之问作为迁客逐臣在诗中表现出来的思想感情与审美风貌在当时唐代迁岭文人的作品中具有特别重要的意义。唐以前还很少有文人到过西江流域，士大夫们对西江流域还比较陌生，通过宋之问、沈佺期、杜审言等人的描绘，西江流域风物逐渐

---

  ① 参见陶敏、易淑琼校注《沈佺期宋之问集校注》，中华书局2001年版。宋之问留传至今的诗一共有一百九十八首，其中被贬至泷州、越州、西江流域的作品有七十二首，占他存诗总数的五分之二。方回指出："迁客流人之作，唐诗中多有之"，故于《瀛奎律髓》卷四三专门列了"迁谪"一条，其中居首的压卷之作便是宋之问的《途中寒食题黄梅临江驿寄崔融》，由此可见宋之问与西江流域的密切关系。

进入文人的视野，成为迁岭文人描写的对象，而当时迁岭文人的创作也为后世提供了宝贵的历史资料，通过它们既能了解唐初西江流域的风土人情，自然风光，地理气候，特产人文，也能帮助我们了解当时迁谪到西江流域的文人们具有普遍性的思想情感。

宋之问在贬谪诗中表达的感情更加真实、深切，这正印证了严羽的一句名言："唐人好诗，多是征戍、迁谪、行旅、离别之作，往往能感动激发人意"（《沧浪诗话·诗评》）。刘勰《文心雕龙·物色》篇云："若乃山林皋壤，实文思之奥府。……然屈平所以能洞监《风》《骚》之情者，抑亦江山之助乎！"山林云水有助于启发文思，文人创作经常是得"江山之助"的。一批批天纵其才、天才绝伦的文人士大夫本来在太平时期可以循规蹈矩地生活，按部就班地升迁，平安无事地度过一生，然而时代的巨变，使他们在艰难困苦中奋起，将自己的命运紧密地与岭南旖旎风光联系在一起，终于让岭南风物也由此生发出异彩。宋之问的这些描写迁岭的诗歌作品在中国文学史上具有特别重要的意义，他作为神龙逐臣的重要代表，他的诗歌大量描写岭南山水风物，为诗国增添了新的题材内容与审美风貌，吹进了一股新鲜的空气。

（三）对齐梁诗风的批评

唐人对齐梁诗风的批评主要体现在两个方面，一方面是理论上的批评。魏征从政治角度提出批评："盖亦亡国之音乎。"（《隋书·文学传序》）杨炯从文学角度提出批评："骨气都尽，刚健不闻。"（《王勃集序》）刘知几从史学角度提出批评："施粉黛于壮夫，服纨绮于高士。"（《史通》）陈子昂则具体提出改革文风的措施：兴寄与风骨。另一方面是创作上的纠正与改造。这主要靠初唐四杰的创作。从他们开始，唐诗题材多样；从宫廷走向市井，从台阁移至江山与塞漠。他们的诗歌感情壮大：高情壮思，有抑扬天地之心；雄笔奇才，有鼓怒风云之气。用闻一多先生的话说，就是"以市井的放纵，改造宫廷的堕落，以大胆代替羞怯，以自由代替局缩，所以他们的歌声需要大开大阖的节奏"（《四杰》）。

二、王绩

（一）王绩的生平与创作

王绩生活在隋、唐之际，或仕或隐。工诗善文，纵酒放诞，时称"斗酒学士"。王绩当官时，就曾在醉酒中逃避世事，作了《醉乡记》及《五斗先生传》，"五斗"即喝酒喝五斗的意思。

王绩诗歌的主要内容是抒写隐者的自我排解和娱情山水田园的淡泊心境。以自然质朴的语言，创造了一种宁静闲适的意境，代表作《野望》。

（二）作品讲读：《野望》

东皋薄暮望，徙倚欲何依。树树皆秋色，山山唯落晖。牧人驱犊返，猎马带禽归。相顾无相识，长歌怀采薇。

这首诗运用白描手法，画出了一幅农家夕归图，静谧，澹远，在闲适的情调中，流露出几丝彷徨和惆怅，抒发了隋唐易代之感。这是较早出现的一首成熟的五言律。其中"树树皆秋色，山山唯落晖"一句对后世影响深远。如唐代刘长卿的《秋杪江亭有作》："寒渚一孤雁，夕阳千万山。"南宋戴复古《世事》："春水渡旁渡，夕阳山外山。"又："浮世梦中梦，夕阳山外山"。清代王士禛《将至桐城》："几行红叶树，无数夕阳山。"弘一法师《送别》："长亭外，古道边，芳草碧连天。晚风拂柳笛声残，夕阳山外山。天之涯，海之角，知交半零落。一壶浊酒尽余欢，今宵别梦寒。"以上各篇作品，很明显就是在"树树皆秋色，山山唯落晖"的基础上加以发挥与引申的。

这首诗的格律也非常值得一提。试看《野望》的平仄：

平平平仄仄，仄仄仄平平。（一句中平仄相间，两句间平仄相对）

仄仄平平仄，平平仄仄平。（二三句平仄相粘，"唯"旧读入声）

仄平平平仄，仄仄仄平平。（"犊"旧读入声）

平仄平平仄，平平仄仄平。（"识""怀"旧读入声）

沈德潜说："五言律前此失严者多，应以此章为首。"（《唐诗别裁集》）袁行霈先生对这首诗有很高的评价，指出："早于沈、宋六十余年的王绩，已经能写出《野望》这样成熟的律诗，说明他是一个勇于尝试新形式的人。这首诗首尾两联抒情言事，中间两联写景，经过情——景——情这样一个反复，诗的意思更深化了一层。这正符合律诗的一种基本章法。"① 朴素清新是这首诗的又一特点。袁行霈非常欣赏这首诗的风格，他说："读熟了唐诗的人，也许并不觉得这首诗有什么特别的好处，可是，如果沿着诗歌史的顺序，从南朝的宋、齐、梁、陈一路读下来，忽然读到这首《野望》，就会为它的朴素而叫好。南朝诗风大多华靡艳丽，好像浑身裹着绸缎的珠光宝气的贵妇。从贵妇的堆里走出来，忽然遇见一位荆钗布裙的村姑，她那不施脂粉的朴素美就会产生特别的魅力。王绩的《野望》便有这样一种朴素的好处。"②

王绩是隋末唐初的隐士诗人，他先出仕而后隐居。陶渊明是"千古隐逸诗人之宗"，我们可以从中国古代士人仕隐出处之矛盾心理的角度来简要分析王绩的这首田园诗与陶渊明诗歌的差别。王绩这首诗在内容上主要抒写了文人士大夫试图到山水田园中去寻找精神避难所的隐者情怀。其实，王绩并非愿意当隐士，袁行霈指出，王绩的这首《野望》"写的是山野秋景，在闲逸的情调中带几分彷徨和苦闷"，这是为什么呢？是因为"王绩还不能像晋陶渊明那样从田园中找到慰藉"③。

中国人历来所欣赏的"雅量高致"的人格风范，往往与士人们的退居隐逸经历有关，在隐居生活中可以"居易以俟命"，正如程颐《伊川易传》卷一指出："怀其道德安以待时，饮食以养其气体，宴乐以和其心志，所谓居易以俟命也。"有许多学者从研究与传播的角度谈及中国古代士人的"仕""隐"现象。正如朱自清先生所说：

"出仕"是一重大的项目。从前读书人唯一的出路是出仕，出仕为了行道，自然也为了衣食。出仕以前的隐居，干谒，应试（落第）等，出仕以后的恩遇，迁谪，乃至忧民，忧国，思林栖，思归田等，乃至真个辞官归田，都是常见的诗的题目，……仕君

---

① 袁行霈：《好诗不厌百回读》，北京出版社2017年版，第27页。
② 袁行霈：《好诗不厌百回读》，北京出版社2017年版，第27页。
③ 袁行霈：《好诗不厌百回读》，北京出版社2017年版，第26、27页。

行道是儒家的思想，隐居和归田都是道家的思想。儒、道两家的思想合成了从前的读书人。①

朱自清的得意门生王瑶先生也说：

士大夫的出身只有仕隐两途，如果不能抗志尘表，那就只有屈辱从仕，没有第三条路可走的。②

"居庙堂之高"与"处江湖之远"是互相联系的，在朝为官时饱受为人束缚的困扰，不免兴起"非无江海志，潇洒送日月"之念，渴望自由自在的生活。缪钺先生的说法或许可以看作朱自清、王瑶二先生观点的具体化：

吾国自魏晋以降，老庄思想大兴，其后，与儒家思想混合，于是以积极入世之精神，而参以超旷出世之襟怀，为人生最高之境界。③

这种儒道互补的人格模式就可以具体化到干谒奔竞与隐逸高蹈的互补。试看《鹤林玉露·朱文公词》中的一段记载：

世传《满江红》词云："胶扰劳生，待足后何时是足？据见定随家丰俭，便堪龟缩。得意浓时休进步，须知世事多翻覆。漫教人白了少年头，徒碌碌。谁不爱，黄金屋，谁不美，千钟禄。奈五行不是、这般题目。枉费心神空计较，儿孙自有儿孙福。也不须采药访神仙，惟寡欲。"以为朱文公所作。余读而疑之，以为此特安分无求者之词耳，决非文公口中语。后官于容南，节推翁谔为余言，其所居与文公邻，尝举此词问公。公曰，非某作也，乃一僧作，其僧亦自号"晦庵"云。又《水调歌头》云："富贵有余乐，贫贱不堪忧。那知天路幽险，倚伏互相酬。请看东门黄犬，更听华亭清唳，千古恨难收。何似鸱夷子，散发弄扁舟。鸱夷子，成霸业，有余谋。收身千乘卿相，归把钓鱼钩。春昼五湖烟浪，秋夜一天云月，此外尽悠悠。永弃人间事，吾道付沧洲。"此词乃文公作，然特敷衍櫽栝李杜之诗耳。④

晦庵并非甘于做隐逸之士，我们可以在李心传的《晦庵先生非素隐》中看出他在无法"得君以行其道"的情形下不得已而隐的事实。王绩也并非甘于做隐逸之士，故在描写田园生活的诗歌中也显得孤独无依，彷徨无助。

王绩的这首诗开头两句写道："东皋薄暮望，徙倚欲何依。"心灵不能安定，不知去何处寄托自己的生命，而陶渊明"托身已得所，千载不相违"（《饮酒》其四），很明确地找到了安身立命之所。这就是在人生境界方面陶渊明要高于王绩的地方。读圣贤书，所学何事？首先要学习做人。大气方能成大器，有德方能有好诗。

三、文章四友

初唐杜审言、李峤、苏味道与崔融并称"文章四友"。四人中，以杜审言最有诗才。据《新唐书·杜审言传》记载：

苏味道为天官侍郎，审言集判，出谓人曰："味道必死。"人惊问故，答曰："彼见

---

① 朱自清：《〈唐诗三百首〉指导大概》，见朱自清《朱自清说诗》，上海古籍出版社1998年版，第254页。
② 王瑶：《中古文学史论集》，上海古籍出版社1982年版，第55页。
③ 缪钺：《诗词散论》，上海古籍出版社1982年版，第79页。
④ 〔宋〕罗大经著，王瑞来点校：《鹤林玉露》，中华书局1983年版，第62页。

吾判,且羞死。"审言病甚,宋之问、武平一等省候何如,答曰"甚为造化小儿相苦,尚何言?然吾在,久压公等,今且死,固大慰,但恨不见替人。"

杜审言最有名的五律,是他早年在江阴任职时写的《和晋陵陆丞早春游望》:

独有宦游人,偏惊物候新。云霞出海曙,梅柳渡江春。淑气催黄鸟,晴光转绿苹。忽闻歌古调,归思欲沾巾。

把江南早春清新秀美的景色写得极为真切,由此引起的浓厚的思乡之情,全融入明秀的诗境中,显得极为高华雄浑。尤其是颈联的"云霞出海曙,梅柳渡江春",生动地写出了春的气息,给人以华妙超然之感。

杜审言有一个非常重要的身份——杜甫的祖父。杜甫非常崇拜自己的祖父,曾说:"吾祖诗冠古""诗是吾家事"。杜甫成为中国历史上最伟大的诗人,跟他祖父的影响是分不开的。杜审言因附从武则天的男宠张易之、张昌宗兄弟而被贬到岭南。据徐定祥所注的《杜审言诗注》可知,杜审言在迁至岭南的途中所作诗歌有《渡湘江》《南海乱石山作》《旅寓安南》等①,说明杜审言曾到过湖南、广州甚至越南,我们从沈佺期所作的《遥同杜员外审言过岭》一诗中亦可看出神龙年间逐臣们迁岭的见闻与感受:

天长地阔岭头分,去国离家见白云。洛浦风光何所似,崇山瘴疠不堪闻。南浮涨海人何处,北望衡阳雁几群。两地江山万余里,何时重谒圣明君。

这种迁岭的不安与愁闷情绪在杜审言的《南海乱石山作》中表现得尤其明显:

涨海积稽天,群山高巢地。相传称乱石,图典失其事。悬危悉可惊,大小都不类。乍将云岛极,还与星河次。上耸忽如飞,下临仍欲坠。朝暾艳丹紫,夜魄炯青翠。穹崇雾雨蓄,幽隐灵仙閟。万寻挂鹤巢,千丈垂猿臂。

一切景语皆情语,岭南风景之怪乱险恶正反映了诗人迁岭时心情的惶恐与畏惧。当杜审言谪居安南时,感情更加沉痛深厚,他的《旅寓安南》诗云:

交趾殊风侯,寒迟暖复催。仲冬山果熟,正月野花开。积雨生昏雾,轻霜下震雷。故乡逾万里,客思倍从来。

岭南这片化外之地的自然风光更加增添了诗人的思乡之情。当时的迁岭文人们生世多畏惧,命危如晨露,因岭南之蛮荒之景、瘴疠之气而自然生出忧虑与恐惧之情。

尤其值得注意的是,据宋之问所作的《至端州驿见杜五审言、沈三佺期、阎五朝隐、王二无竞题壁慨然成咏》一诗可知,杜审言还曾到过西江流域的肇庆,并在肇庆壁上题诗,杜审言的迁岭经历也使得杜甫对岭外尤其是西江流域有了较浓厚深切的情感认同。众所周知,描写桂林山水最有名的诗歌莫过于杜甫所作的《寄杨五桂州谭》:

五岭皆炎热,宜人独桂林。梅花万里外,雪片一冬深。闻此宽相忆,为邦复好音。江边送孙楚,远附白头吟。

能对西江流域进行如此深情的描述,其中或许不乏其祖父杜审言迁岭经历的影响。杜审言祖孙两人在西江流域文化发展史上做出了巨大贡献,留下了难以磨灭的印记。

四、初唐四杰

"四杰"之称,见于《旧唐书·杨炯传》:"炯与王勃、卢照邻、骆宾王以文词齐

---

① 参见徐定祥《杜审言诗注》,上海古籍出版社1982年版。

名,海内称王、杨、卢、骆,亦号为'四杰'。"他们"年少而才高,官小而名大,行为都相当浪漫,遭遇尤其悲惨"(闻一多《唐诗杂论》)。"四杰"的创作活动集中在唐高宗至武后时期,反对纤巧绮靡,提倡刚健骨气。"四杰"作诗,重视抒情,有一种慷慨悲凉的感人力量。如卢照邻的《行路难》,杨炯的《从军行》。"四杰"诗风亦属"当时体",没有完全摆脱当时流行的宫廷诗风的影响。一些作品讲究对偶声律,追求词采,有雕琢之病。杜甫对"四杰"有较高的评价,体现在他的《戏为六绝句》中:

庾信文章老更成,凌云健笔意纵横。今人嗤点流传赋,不觉前贤畏后生。
王杨卢骆当时体,轻薄为文哂未休。尔曹身与名俱灭,不废江河万古流。
纵使卢王操翰墨,劣于汉魏近风骚。龙文虎脊皆君驭,历块过都见尔曹。
才力应难跨数公,凡今谁是出群雄。或看翡翠兰苕上,未掣鲸鱼碧海中。
不薄今人爱古人,清词丽句必为邻。窃攀屈宋宜方驾,恐与齐梁作后尘。
未及前贤更勿疑,递相祖述复先谁?别裁伪体亲风雅,转益多师是汝师。

(一) 王勃

1. 王勃的生平和创作

王勃(649—677),字子安,绛州龙门(今山西河津)人。兄弟六人都以诗文为人称道。他自幼聪颖,六岁能文,九岁纠误颜师古的《汉书注》,后撰《指瑕》十卷。后溺水而死。元辛文房《唐才子传》说他"属文绮丽,请者甚多,金帛盈积。心织而衣,笔耕而食。然不甚精思,先磨墨数升,则酣饮引被覆面卧,及寤,援笔成篇,不易一字,人谓之'腹稿'"。

王勃今存诗数量虽不多,但内容较广,送别诗尤具特色。长于五律、五绝。五律《送杜少府之任蜀川》是其代表作。五绝《山中》也向来脍炙人口:"长江悲已滞,万里念将归。况属高风晚,山山黄叶飞。"此诗写旅愁乡思。意境悲凉浑涵。他的《滕王阁序》是一篇杰出的骈文,广为传诵,其中"落霞与孤鹜齐飞,秋水共长天一色"二句境界壮阔,形象飞动,尤为有名。

2. 作品讲读:《送杜少府之任蜀州》

城阙辅三秦,风烟望五津。与君离别意,同是宦游人。海内存知己,天涯若比邻。无为在歧路,儿女共沾巾。

这首诗是送别诗的名作,一洗往昔送别诗中悲苦缠绵之态,体现出高远的志趣和旷达的胸怀。"海内存知己,天涯若比邻"两句,成为远隔千山万水的朋友之间表达深厚情谊的不朽名句。

首联"城阙辅三秦,风烟望五津",写送别之地及友人"之任"的处所,暗寓了惜别的情意。一开笔创造出雄浑壮阔的气象,使人有一种天空寥廓、意境高远的感受,为全诗锁定了豪壮的感情基调。颔联"与君离别意,同是宦游人",劝慰友人,惜别之中显现诗人胸襟的阔大。颈联"海内存知己,天涯若比邻",把前面淡淡的伤离情绪一笔荡开。与一般的送别诗情调不同,含义极为深刻,既表现了诗人乐观宽广的胸襟和对友人的真挚情谊,也道出了诚挚的友谊可以超越时空界限的哲理,给人以莫大的安慰和鼓舞,因而成为脍炙人口的千古名句。尾联"无为在歧路,儿女共沾巾",慰勉友人不要像青年男女一样,为离别泪湿衣巾,而要心胸豁达,坦然面对。足见情深意长,同时,全诗气氛变悲凉为豪放。

这首诗四联均紧扣"离别"起承转合,诗中的离情别意及友情,既得到了展现,又具有深刻的哲理、开阔的意境、高昂的格调,不愧为古代送别诗中的上品。

(二) 杨炯

1. 杨炯的生平和创作

杨炯(650—693),弘农华阴人。幼年即聪明博学,善为文章。十岁应神童举及第。但仕途坎坷,几经贬迁,最后出任盈川(今浙江衢州附近)县令,卒于任上。今存《杨盈川集》。

杨炯恃才倨傲,"尝谓:'吾愧在卢前,耻居王后。'"(辛文房《唐才子传》)其实,在"四杰"中他的诗数量最少,只有三十余首,成就也低于其他三人。他擅长五言律诗,题材多为边塞从军生活。《从军行》是他的代表作。

2. 作品讲读:《从军行》

烽火照西京,心中自不平。牙璋辞凤阙,铁骑绕龙城。雪暗凋旗画,风多杂鼓声。宁为百夫长,胜作一书生。

这首诗采用了跳跃式的结构,以各自独立的几幅画面,高度形象化地概括出书生投笔从戎、出塞参战的全过程。场景转换过渡自然,且节奏明快,不露半点痕迹。写景状物,色彩鲜明,声情俱备。结尾两句直抒胸臆。勃勃英气,溢于言表。全诗气势雄健,笔力遒劲,开盛唐边塞诗之先声。

(三) 卢照邻

1. 卢照邻的生平和创作

卢照邻(约635—约695),字升之,号幽忧子,幽州范阳(今河北涿州市)人。他在"四杰"中身世最为悲惨,早年聪颖博学,深为邓王(元裕)爱重。邓王曾对人说:"此吾之相如也。"曾任新都县尉,因风疾去官。后病势加重,"手足挛缓,不起行"十余年。终因不堪病痛,自沉颍水而卒。

卢照邻诗多悲苦之吟。存诗九十余首,最擅长七言歌行,对发展和提高七言歌行的艺术有一定贡献。杨炯誉之为"人间才杰"。

2. 作品讲读:《长安古意》

长安大道连狭斜,青牛白马七香车。玉辇纵横过主第,金鞭络绎向侯家。龙衔宝盖承朝日,凤吐流苏带晚霞。百丈游丝争绕树,一群娇鸟共啼花。啼花戏蝶千门侧,碧树银台万种色。复道交窗作合欢,双阙连甍垂凤翼。梁家画阁天中起,汉帝金茎云外直。楼前相望不相知,陌上相逢讵相识。借问吹箫向紫烟,曾经学舞度芳年。得成比目何辞死,愿作鸳鸯不羡仙。比目鸳鸯真可羡,双去双来君不见。生憎帐额绣孤鸾,好取门帘帖双燕。双燕双飞绕画梁,罗纬翠被郁金香。片片行云着蝉鬓,纤纤初月上鸦黄。鸦黄粉白车中出,含娇含态情非一。妖童宝马铁连钱,娼妇盘龙金屈膝。御史府中乌夜啼,廷尉门前雀欲栖。隐隐朱城临玉道,遥遥翠幰没金堤。挟弹飞鹰杜陵北,探丸借客渭桥西。俱邀侠客芙蓉剑，共宿娼家桃李蹊。娼家日暮紫罗裙，清歌一啭口氛氲。北堂夜夜人如月，南陌朝朝骑似云。南陌北堂连北里，五剧三条控三市。弱柳青槐拂地垂，佳气红尘暗天起。汉代金吾千骑来，翡翠屠苏鹦鹉杯。罗襦宝带为君解，燕歌赵舞为君开。别有豪华称将相，转日回天不相让。意气由来排灌夫，专权判不容萧相。专权意气本豪雄，青虬紫燕坐春风。自言歌舞长千载，自谓骄奢凌五公。节物风光不相待，桑田碧海须臾改。昔时金阶白玉堂，即今唯见青松在。寂寂寥寥扬子居，年年岁岁一床书。独有南山桂花发，飞来飞去袭人裾。

这首长诗《长安古意》是卢照邻的代表作，在诗史上享有盛誉。"在这首杰作里，他为我们展示了大唐长安的形形色色与滚滚红尘，而他，则是一双冷眼，甚至带有一丝仇视地注视他笔下的各色人物，甚至诅咒他们最终的幻灭与蓬勃生命的枯萎。原因可能很简单：因为他自己，由于得了可怕的疾病，已经失去了追逐享乐的可能"[①]。其中，"得成比目何辞死，愿作鸳鸯不羡仙"是广为传诵的名句。这首七言古诗篇帙浩大，洋洋洒洒，为唐以前所未见。词采华丽，对仗精工，音律谐美，感情充沛，具有初唐歌行的特点。虽然在词采方面，还残存某些六朝余习，但其内容已经大大冲破宫体诗的樊篱，已是可喜的初唐新声了。胡应麟在《诗薮》中称赞道："七言长体，极于此矣！"

（四）骆宾王

1. 骆宾王的生平和创作

骆宾王（约627—约684），婺州义乌（今浙江义乌）人。他天资聪颖，七岁便能作诗："鹅，鹅，鹅，曲项向天歌。白毛浮绿水，红掌拨清波。"被视为神童。曾随徐敬业起兵讨伐武则天，任艺文令，写下了著名的《代李敬业传檄天下文》。兵败之后，下落不明。今存《骆临海集》。他的诗在"四杰"中是最多的。

骆宾王亦长于七言歌行。《帝京篇》与卢照邻的《长安古意》很相似，"当时以为绝唱"。诗以纵横奔放、富丽铺张之笔，描绘出长安繁华壮丽的风景，并暴露了王侯贵人们奢侈堕落的生活。全篇声调流丽婉转。五七言选用，意态纵横，气势浩大。对唐人长篇歌行的发展，同样具有发轫之功。五绝《于易水送人》，在送别诗中亦独具特色："此地别燕丹，壮士发冲冠。昔时人已没，今日水犹寒。"他的咏物诗影响尤大，《在狱咏蝉》用托物寄志的手法，抒发高洁受冤的悲愤。

2. 作品讲读：《在狱咏蝉》

西陆蝉声唱，南冠客思侵。那堪玄鬓影，来对白头吟。露重飞难进，风多响易沉。无人信高洁，谁为表予心。

这是一首自伤怀抱之作。其时骆宾王在侍御史任上，因讽谏武后，为权臣所嫉妒，被构陷入狱。在狱中听见秋蝉的鸣叫，感叹身世，写下这首作品。此诗通过对秋蝉的咏叹，表达了自己"忠而被谗，信而被谤"的不幸遭遇，对最高统治者的不明提出了强烈的指斥。作品使用象征、比喻之法，以蝉自况，借咏蝉而抒发心志，"情沿物显，哀弱羽之飘零，道寄人知，悯余声之寂寞"（自序），使作品具有深沉、凝重的情感。

[①] 鲍鹏山：《中国人的心灵——三千年理智与情感》，复旦大学出版社2009年版，第144—145页。

此诗一、二句言狱中闻蝉，点明题旨；三、四两句，由蝉联想到自身，蝉的哀鸣，人的白头，暗喻着生命的即将完结，用"不堪"二字，突出感情力度，使作品染上浓郁的悲怨情调，为下文的以蝉自况，作出最自然的过渡。五、六两句以蝉表人，以蝉处境之艰难，喻人处境之艰难，余味无穷。结尾两句，发自内心的自白，情感率直、袒露而不纤弱。

蝉在古代诗文里，是一种常见的悲秋意象。如宋玉的《九辩》中写道："燕翩翩其辞归兮，蝉寂漠而无声。"又如《古诗十九首·明月皎夜光》："秋蝉鸣树间，玄鸟逝安适？"潘岳《河阳县作二首》云："鸣蝉厉寒音，时菊耀秋华。"隋代王由礼《赋得高柳鸣蝉》载："园柳吟凉久，嘶蝉应序惊。"寒蝉之鸣，报道了秋天的到来，与白露、秋风、大雁、霜菊等物候性景物共同组成了最具普遍意义的秋景图，感发着士人的家国之思、飘零之感。寒蝉短暂的存在，又让人感受到人生之无常。在古人作品中，对蝉有极力赞颂之作。如陆云的《寒蝉赋序》载："昔人称鸡有五德，而作者赋焉。至于寒蝉，才齐其美。夫头上有緌，则其文也；含气饮露，则其清也；黍稷不享，则其廉也；处不巢居，则其俭也；应候守常，则其信也；加以冠冕，取其容也。君子则其操，可以事君，可以立身，岂非至德之虫哉！"

五、陈子昂

陈子昂（661—702），字伯玉，是唐代诗歌革新运动的倡导者。他在《与东方左史虬修竹篇序》提出"文章道弊五百年矣。汉魏风骨，晋宋莫传"，"齐梁间诗，彩丽竞繁，而兴寄都绝"。

（一）诗歌革新主张

陈子昂的诗歌革新主张主要体现在三个方面：对齐、梁浮艳文风的批判，指出齐梁间诗"彩丽竞繁，而兴寄都绝"；提倡"汉魏风骨""风雅兴寄"；主张诗歌创作要"骨气端翔，音情顿挫，光英朗练，有金石声"，要有"风雅"的精神和"兴寄"的内涵，即主张诗歌要反映现实，要有充实健康的思想内容和遒劲刚健的风格，并要配合优美的声律和词采。陈子昂的诗歌理论是复古旗帜下的革新。

（二）陈子昂诗歌创作特点

陈子昂诗歌创作特点主要体现在五个方面：充实的现实政治、人生内容；高昂的情感力量；比兴手法的熟练运用；语言古朴简练，风格刚健雄浑；部分作品有伤于直露、韵味不足的缺点。

陈子昂的代表作品主要有《感遇》三十八首、《登幽州台歌》、《蓟丘览古》等。

陈子昂的理论主张和创作实践彻底扬弃了齐梁浮艳积习，为唐诗发展开辟了正确的道路，受到后人的高度评价。如杜甫高度评价陈子昂："有才继骚雅，哲匠不比肩。公生扬马后，名与日月悬。……千古立忠义，《感遇》有遗篇。"（《陈拾遗故宅》）韩愈评价道："国朝盛文章，子昂始高蹈。"（《荐士诗》）金代诗人元好问赞叹道："沈宋横驰翰墨场，风流初不废齐梁。论功若准平吴例，合著黄金铸子昂。"（《论诗绝句三十首》）

（三）作品讲读

1.《登幽州台歌》

前不见古人，后不见来者。念天地之悠悠，独怆然而涕下。

这首诗写于万岁通天元年（696）。由于契丹反叛，武则天命建安王武攸宜率军讨伐之，陈子昂随军参谋。武攸宜出身亲贵，不晓军事，陈子昂进献奇计，却未被采纳，反而激怒了武攸宜，被贬为军曹。他满怀悲愤地登上蓟北楼，写下了这首传唱千古的《登幽州台歌》。

这首短诗，深刻地表现了诗人生不逢时、怀才不遇、报国无门的情绪。语言苍劲奔放，富有感染力，成为历来传诵的名篇。诗的前两句俯仰古今，写出时间的绵长；第三句登楼眺望，写空间的辽阔无限；第四句写诗人孤单悲苦的心绪。这样前后相互映照，格外动人。全诗语言奔放，富有感染力，虽然只有短短四句，却在人们面前展现了一幅境界雄浑，浩瀚空旷的艺术画面。以浩茫宽广的宇宙天地和沧桑易变的古今人事作为深邃、壮美的背景加以衬托，使抒情主人公慷慨悲壮的自我形象极为突出。这首诗与战国屈原《远游》有密切联系："惟天地之无穷兮，哀人生之长勤。往者余弗及兮，来者吾不闻。步徙倚而遥思兮，怊惝恍而乖怀。意荒忽而流荡兮，心愁悽而增悲。"后来化用此诗意境者不绝如缕，代有新声，如阮籍《咏怀》诗第十三首云："去者余不及，来者吾不留。"唐代孟棨的《本事诗·嘲戏》载："宋武帝尝吟谢庄《月赋》，称叹良久，谓颜延之曰：'希逸此作，可谓"前不见古人，后不见来者"。昔陈王何足尚耶？'"

2.《感遇》之二

兰若生春夏，芊蔚何青青。幽独空林色，朱蕤冒紫茎。迟迟白日晚，袅袅秋风生。岁华尽摇落，芳意竟何成。

《感遇》是陈子昂所写的以感慨身世及时政为主旨的组诗，共三十八首，此篇为其中的第二首。诗中以兰若自比，寄托了个人怀才不遇的身世之感。陈子昂颇有政治才干，但屡遭排挤压抑，报国无门，四十一岁被射洪县令段简所害。这正如秀美幽独的兰若，在风刀霜剑的摧残下枯萎凋谢了。

此诗用比兴手法，诗的前半着力突出兰若压倒群芳的风姿，实则是以其"幽独空林色"比喻自己出众的才华。后半部分以"白日晚""秋风生"写芳华逝去，寒光威迫，抒发美人迟暮之感。"岁华""芳意"用语双关，借花草之凋零，悲叹自己的年华流逝，理想破灭，寓意凄婉，寄寓颇深。这首诗颇像五律，而实际上却是一首五言古诗。它以效古为革新，继承了阮籍《咏怀》的传统手法，托物感怀，寄意深远。与初唐诗坛上那些"采丽竞繁"、吟风弄月之作相比，显得格外健康而清新。

六、吴中四士

"吴中四士"指的是贺知章、张旭、张若虚、崔融。其中张若虚的《春江花月夜》最引人注目。

作品讲读

1. 张若虚《春江花月夜》

　　春江潮水连海平，海上明月共潮生。滟滟随波千万里，何处春江无月明！江流宛转绕芳甸，月照花林皆似霰；空里流霜不觉飞，汀上白沙看不见。江天一色无纤尘，皎皎空中孤月轮。江畔何人初见月？江月何年初照人？人生代代无穷已，江月年年只相似。不知江月待何人，但见长江送流水。白云一片去悠悠，青枫浦上不胜愁。谁家今夜扁舟子？何处相思明月楼？可怜楼上月徘徊，应照离人妆镜台。玉户帘中卷不去，捣衣砧上拂还来。此时相望不相闻，愿逐月华流照君。鸿雁长飞光不度，鱼龙潜跃水成文。昨夜闲潭梦落花，可怜春半不还家。江水流春去欲尽，江潭落月复西斜。斜月沉沉藏海雾，碣石潇湘无限路。不知乘月几人归，落月摇情满江树。

　　全诗紧扣春、江、花、月、夜的背景来写，在思想与艺术上都超越了以前那些单纯模山范水的景物诗，抒儿女别情离绪的爱情诗。诗人将这些屡见不鲜的传统题材，注入了新的含义，融诗情、画意、哲理为一体，凭借对春江花月夜的描绘，尽情赞叹大自然的奇丽景色，讴歌人间纯洁的爱情，表现了对游子思妇的同情心，并与对人生哲理的追求、对宇宙奥秘的探索结合起来，从而汇成一种情、景、理水乳交融的幽美而邈远的意境。诗人将深邃美丽的艺术世界特意隐藏在惝恍迷离的艺术氛围之中，整首诗篇仿佛笼罩在一片空灵而迷茫的月色里，吸引着读者去探寻其中美的真谛。

　　此诗多视角写景，多角度抒情。将优美的意境、深邃的哲理与真挚的感情完美融合；创造了景、情、理高度融合的审美意象；结构上，以"春、江、花、月、夜"为结构主线，虚实交互描写，首尾相互照应，于层次分明中显出变化。此诗还具有绚丽多彩而又文雅的语言。

　　此诗的传播接受也颇值得一提。《唐书·乐志》载："《春江花月夜》《玉树后庭花》《堂堂》并陈后主所作。后主常与宫中女学士及朝臣相和为诗，太常令何胥又善文咏，采其尤艳丽者，以为此曲。"隋炀帝的两首《春江花月夜》云："暮江平不动，春花满正开。流波将月去，潮水带星来。""夜露含花气，春潭漾月辉。汉水逢游女，湘川值两妃。"王闿运《王志·论唐诗诸家源流——答陈完夫问》云："张若虚《春江花月夜》用《西洲》格调，孤篇横绝，竟为大家。"

　　闻一多《宫体诗的自赎》高度评价此诗："感情返到正常状态，是宫体诗的又一重大阶段，唯其如此，所以烦躁与紧张都消失了，只剩下一片晶莹的宁静，就在此刻，恋人才变成诗人，憬悟到万象的和谐，与那一水一石，一草一木的不可抗拒的美。如果刘希夷是卢骆的狂风暴雨后宁静的黄昏，张若虚便是风雨后更宁静、更爽朗的月夜。""这是一番神秘而又亲切的、如梦境的晤谈，有的是强烈的宇宙意识，被宇宙意识升华过的纯洁的爱情，又由爱情辐射出来的同情心，这是诗中的诗，顶峰上的顶峰。从这里回头一望，连刘希夷都是过程了，不用说卢照邻和他的配角骆宾王，更是过程的过程。至于那一百年间梁陈隋唐四代宫廷所遗下了那份最黑暗的罪孽，有了《春江花月夜》这样一首宫体诗，不也就洗净了吗？向前替宫体诗赎清了百年的罪，因此，向后也就和另一个顶峰陈子昂合作，清除了盛唐的路，——张若虚的功绩是无从估计的。"

2. 作品讲读：刘希夷《代悲白头翁》（一作《代悲白头吟》）

洛阳城东桃李花，飞来飞去落谁家？洛阳女儿惜颜色，行逢落花长叹息。今年花落颜色改，明年花开复谁在？已见松柏摧为薪，更闻桑田变成海。古人无复洛城东，今人还对落花风。年年岁岁花相似，岁岁年年人不同。寄言全盛红颜子，应怜半死白头翁。此翁白头真可怜，伊昔红颜美少年。公子王孙芳树下，清歌妙舞落花前。光禄池台文锦绣，将军楼阁画神仙。一朝卧病无相识，三春行乐在谁边。宛转蛾眉能几时，须臾鹤发乱如丝。但看古来歌舞地，惟有黄昏鸟雀悲。

此诗以"桃李花"起兴，引出两位抒情主人公，一位是"全盛红颜子"，另一位是"半死白头翁"，这两位抒情主人公其实是一位，"半死白头翁"曾经是"全盛红颜子"，"全盛红颜子"必然会成为"半死白头翁"，由此感叹红颜弹指老，刹那芳华。此诗表面上表现的美人迟暮、色衰爱弛的主题，实际上也暗喻士人的怀才不遇。英雄末路、美人迟暮，同样令人扼腕叹息。

古代的文人士大夫为何急于求成功，乃是因为人生苦短，"汨余若将不及兮，恐年岁之不吾与"（屈原《离骚》），生怕壮志难酬。陈与义的《临江仙·夜登小阁忆洛中旧游》云：

忆昔午桥桥上饮，坐中多是豪英。长沟流月去无声。杏花疏影里，吹笛到天明。

二十余年如一梦，此身虽在堪惊。闲登小阁看新晴，古今多少事，渔唱起三更。

朱熹《书李巽伯所跋石鼓文后》所表达对人生的感慨亦与此相似："余年十八九时，邂逅李卿于衢守张紫微坐上。二公皆一时名胜，挥麈论文，意象超逸，令人倾竦。今观此卷，恍然若将复见其人。而追数岁月，忽已四十寒暑矣。不惟前辈零落殆尽，而及见之者亦无几人，可为太息。"（《晦庵先生朱文公文别集》卷七）状元才子张孝祥曾经高歌："我欲乘风去，击楫誓中流。"（《水调歌头·和庞佑父》）"休遣沙场虏骑，尚余匹马空还。"（《木兰花》）怀抱抗金恢复的大志，指斥"朝廷狃于和议将二十年，小大之臣以兵为讳，军政不修，边备缺然，长淮千里，东南恃以为藩屏者，一切置之度外"（《于湖居士文集》卷二一《代总得居士与叶参政书》），力主招贤纳士"专图国事，尽去私心"，"必须同心协力而后可以成功"（《于湖居士文集》卷二四《与李太尉显忠书》），可惜壮志未酬身先死，三十八岁就死了。韩元吉感叹道："嗟乎！士大夫或未识安国，咏其诗而歌其词，襟韵洒落，宛其如在，亦足以悲其志之所寓，而知其为一世之隽杰人也。"（韩元吉《张安国诗集序》，《南涧甲乙稿》卷一四）令亲朋好友不禁为其扼腕长叹。

正因如此，聪明才智之士、孔武有力之人也就想要积极进取、及时建功立业。反过来，功名事业的暂时不能实现便使人希望人生有足够的时间来等待和追求。但是，望崦嵫而勿迫，恐鹈鴂之先鸣，人生的有限短暂又不允许人们无限制的等待与希望。正如辛弃疾在《满江红》中感叹：

倦客新丰，貂裘敝、征尘满目。弹短铗、青蛇三尺，浩歌谁续？不念英雄江左老，用之可以尊中国。叹诗书、万卷致君人，番沉陆。　　休感叹，年华促。人易老，欢难足。有玉人怜我，为簪黄菊。且置请缨封万户，竟须卖剑酬黄犊。叹当年、寂寞贾长沙，伤时哭。

这样的感叹，被大学问家沈曾植认为是有"髀肉复生之感"（《稼轩长短句小笺》）。本来"经纶事业，有股肱王室之心"的稼轩却沦落到"游戏文章，亦脍炙士林之口"①，怎不令人扼腕长叹。从陈与义、朱熹、韩元吉、辛弃疾的感叹中，我们也能更好地理解《代悲白头翁》这首千古传诵名篇的深刻意蕴。

第二节　盛唐诗

盛唐诗歌在中国诗歌史上达于鼎盛。这表现在：以王维、孟浩然为代表的山水田园诗派，表现出"静逸明秀"的风格，具有一种阴柔之美；以王昌龄、崔颢为代表的清刚劲健的风格；以高适、岑参为代表的边塞诗派，表现出慷慨奇美的风格，具有阳刚之美；李白、杜甫双峰并峙。

一、王维

王维（701—761），字摩诘，蒲州（今山西永济）人。王维是山水田园诗人中成就最高的一位作家。他精通音律，妙能琵琶。其画乃文人画之始祖，南宗画之开山。其诗虽与孟浩然齐名，但艺术造诣远胜于孟浩然，堪与李白、杜甫比肩。此等多才多艺，时人无出其右，故而独步当时，王孙公子无不虚席以待。

（一）王维的生平与创作情况

王维的创作与生平经历紧密相连，分为早年、中年、晚年三个时期。

早年的王维颇有用世之心，积极追求功名理想，曾言："忘身辞凤阙，报国取龙庭。岂学书生辈，窗间老一经。"（《送赵都督赴代州得青字》）二十一岁中进士，官太乐丞，后因事贬为济州司功参军。张九龄任中书令后，擢拔为右拾遗。他冀求匡时济世，有所作为。诗歌内容丰富，情调慷慨激昂，表现出典型的盛唐之音。

进入中年，王维以禅宗思想调和其矛盾痛苦的心灵，追求各个体精神的自由与亦官亦隐的生活方式，"于富贵、山林两得其趣"，创作了大量山水诗，表现出"静逸明秀"的风格，《辋川集》二十首为其代表。

晚年，王维有了沉重的负罪感，其作品带有浓郁的感伤情调。

（二）诗歌主要内容

王维现存诗四百余首。其诗内容之广泛，可谓前无古人。

（1）边塞游侠诗。此类诗多写于前期，意气飞动，意境开阔，颇具阳刚之气。代表作如《少年行》四首、《观猎》、《使至塞上》、《老将行》等。从这些作品中，我们看到的王维是一个意气风发的热血男儿。

（2）咏怀抒情诗。此类作品，或抒写心志，感怀不遇，如《寓言二首》《陇头吟》等，激越之情溢于言表；或咏叹离别，如《送沈之福之江东》《送元二使安西》等，深

---

① 朱熹：《答辛幼安启》，见辛更儒《辛弃疾资料汇编》，中华书局2005年版，第12—13页。

情绵邈，含蓄蕴藉；或写爱情亲情，如《杂诗三首》《相思》等，清雅自然，语淡而情浓，淡语皆有致，浅语皆有味，语不深而情深。观此类作品，可见王维对现实的关注及丰富多情的内心世界。如下列几首作品就比较典型：

渭城朝雨浥轻尘，客舍青青柳色新。劝君更尽一杯酒，西出阳关无故人。（《送元二使安西》，又名《渭城曲》）

杨柳渡头行客稀，罟师荡桨向临圻。唯有相思似春色，江南江北送君归。（《送沈子福归江东》）

红豆生南国，春来发几枝。愿君多采撷，此物最相思。（《相思》）

独在异乡为异客，每逢佳节倍思亲。遥知兄弟登高处，遍插茱萸少一人。（《九月九日忆山东兄弟》）

（3）奉和应制诗。此类作品多为七律，气象阔大，场面宏丽。如《和贾至舍人早朝大明宫之作》，其中"九天阊阖开宫殿，万国衣冠拜冕旒"两句，大笔勾勒出大唐鼎盛时的威仪，为世代倾仰。

（4）山水田园诗，代表了王维诗的最高成就。

首先是山水诗，有的雄浑壮阔，如《终南山》《汉江临泛》等。试看《终南山》：

太乙近天都，连山接海隅。白云回望合，青霭入看无。分野中峰变，阴晴众壑殊。欲投人处宿，隔水问樵夫。

又如《汉江临泛》：

楚塞三湘接，荆门九派通。江流天地外，山色有无中。郡邑浮前浦，波澜动远空。襄阳好风日，留醉与山翁。

王维大多数的山水诗写得幽闲宁静。这些诗往往给人一种尘外高致的韵味，诗中的境界与人世有一段间隔，静得令人心悸，静得令人心澄、静得令人心闲、静得令人心逸。这一类型的诗，代表作有《山居秋暝》和《辋川集》二十首等。试看：

空山不见人，但闻人语响。返景入深林，复照青苔上。（《鹿柴》）

独坐幽篁里，弹琴复长啸。深林人不知，明月来相照。（《竹里馆》）

木末芙蓉花，山中发红萼。涧户寂无人，纷纷开且落。（《辛夷坞》）

荆溪白石出，天寒红叶稀。山路元无雨，空翠湿人衣。（《山中》）

其次是田园诗，数量不多而篇篇可诵。诗中所营造的恬静、和谐的气氛，令人悠然神往。如："桃红复含宿雨，柳绿更带炊烟。"（《田园乐七首》其六）"漠漠水田飞白鹭，阴阴夏木啭黄鹂。"（《积雨辋川庄作》）最有代表性的莫过于《渭川田家》了，试看：

斜阳照墟落，穷巷牛羊归。野老念牧童，倚杖候荆扉。雉雊麦苗秀，蚕眠桑叶稀。田夫荷锄至，相见语依依。即此羡闲逸，怅然吟式微。

《新晴野望》也写得很有特色：

新晴原野旷，极目无氛垢。郭门临渡头，村树连溪口。白水明田外，碧峰出山后。农月无闲人，倾家事南亩。

（三）王维诗的艺术特色

（1）诗中有画，创造出静逸明秀的诗境。对王维诗的评价，最著名的莫过于苏轼：

"味摩诘之诗，诗中有画。"(《书摩诘蓝田烟雨图》)此后，"诗中有画"，便成了王维诗的定评。这表现为构图美、色彩美、层次美；形、意的完美结合；以动衬静；语言清新自然，丰富精练。

（2）以禅入诗。这表现在恬淡的心境、幽静的环境与空灵的意境。

世人对王维诗的评价比较著名的有殷璠："维诗词秀调雅，意新理惬，在泉成珠，着壁成绘，一字一句，皆出常境。"（《河岳英灵集》）司空图："王右丞、韦苏州，澄澹精致，格在其中。"（《与王驾评诗书》）苏轼："味摩诘之诗，诗中有画；观摩诘之画，画中有诗。"（《东坡志林》）赵殿成："右丞通于禅理，故语无背触，甜澈中边。"（《王右丞集笺注》）

（四）作品讲读：《山居秋暝》

空山新雨后，天气晚来秋。明月松间照，清泉石上流。竹喧归浣女，莲动下渔舟。随意春芳歇，王孙自可留。

作者通过对秋天山居生活场景及其感受的精细描写，赞美了山区优美宁静的自然风光与安宁和谐的社会生活，表达了诗人热爱自然、厌弃官场的思想感情。在表现方法上，这首诗有如下几个特点：结构层次分明而又具变化。和谐的远、中、近景构图，具有明显的诗中有画的特点。此外，该诗在动静交互的描写中使情与境达到完美融合，同时娴熟地运用白描手法，语言清新自然。

二、孟浩然

（一）孟浩然的生平

孟浩然（689—740）是襄阳人。他虽为学几十载，却未能入仕，以布衣终其生。李白说他："红颜弃轩冕，自首卧松云。醉月频中圣，迷花不事君。"（《赠孟浩然》）然而，孟浩然并非真的对功业、显达无动于衷："魏阙心常在，金门诏不忘。"（《送王员外归朝》）但"当路谁相假，知音世所稀"（《留别王维》）。命运捉弄，机遇乖违，淹泯了他的理想和追求，却成就了他隐者、高士的清誉。

（二）孟浩然的创作

孟浩然现存诗二百余首。就体裁言，多为五言，尤擅长五律。就题材言，多为山水行旅、田园隐逸之作，可谓唐代大量写作山水田园诗的第一人。

孟浩然山水田园诗以清淡自然为总体风格。首先，他的诗歌清高淡泊。他诗歌中的山水田园景物平凡而真实，带有自己浓郁的感情，喜写淡于利禄、乐于栖隐、自由闲适的生活情趣，如《过故人庄》。表现在：其一，清静淡远，遇景入咏，随意点染，喜绘尘世之外、丘壑之间的幽静淡雅的环境，使景物与情思相融，形成平淡清远而又意味无穷的意境，如《宿建德江》《春晓》等；其二，素雅冲淡。孟诗摒弃艳饰，无论写景还是抒情，喜用白描手法，语言简净自然，平和冲淡，不假雕饰，而又超凡拔俗，天然成趣。其次，其诗自然浑成。他的诗多是不容分割的整体，少警策之句，得浑成之妙。正如闻一多先生所说："孟浩然不是将诗紧紧筑在一联或一句里，而是将它冲淡了，平均分散在全篇中，淡到看不见诗了，才是真正的孟浩然的诗。"（《唐诗杂论》）清代沈德潜指出："襄阳诗从静悟得之，故语淡而味终不薄。"（《唐诗别裁集》）但孟浩然的山水诗也有写得气象雄浑、境界阔大的，如《临洞庭湖赠张丞相》《与颜钱塘登障楼望潮作》等，所以明胡震亨说他"冲淡中有壮逸之气"（《唐音癸签》）。

（三）作品讲读

1.《过故人庄》

故人具鸡黍，邀我至田家。绿树村边合，青山郭外斜。开轩面场圃，把酒话桑麻。待到重阳日，还来就菊花。

这首诗是孟浩然田园诗最具代表性的作品。全篇以老农邀请做客为内容，描写了恬静优美的农村风光，表现了朴实真挚的友情，以及作者对田园生活的喜爱之情。

这首诗最突出的特点是以平淡自然的语言、朴素的白描手法，把恬静优美的田园风光和淳朴诚挚的友情融合一气，创造出了恬静闲适的意境。首联起笔平平叙述，故人以鸡黍相邀，以家常语极为平淡自然地点题开篇。颔联写途中所见自然风光，由近及远，画面层次分明，句式工整，色彩明丽，而"合""斜"两个动词的运用使画面又有生动感，整个画面显得清新而自然。颈联前句交代环境，后句写宾主欢饮畅谈农事，透视着田园生活的意趣和亲切的友情。尾联写临别表示重阳节再来赏菊，淡淡的两句透视着主客的亲密关系和诗人做客的愉悦心情。通篇都用叙述描写的手法，没有直接的抒情，然却洋溢着主客的深情厚谊，也体现着对田园生活的热爱之情。

此诗四联起承转合十分自然，浑然天成。沈德潜称此诗"篇法之妙，不见句法"（《唐诗别裁集》）。它不追求锤字炼句，只以平淡自然的家常语，按照时间顺序，完整地写出被邀、访问、赴宴、辞别的全过程，脉络清楚，结构完整，平平叙写，却有行云流水之妙，真可谓词浅而情深，语淡而味浓，的确达到了浑然天成的艺术境界。

2.《临洞庭湖赠张丞相》

八月湖水平，涵虚混太清。气蒸云梦泽，波撼岳阳城。欲济无舟楫，端居耻圣明。坐观垂钓者，徒有羡鱼情。

此诗通过对洞庭湖浩瀚气势的描写，自然生发出仕途艰难，希望得到帮助的急迫心情，反映出诗人急欲出仕的思想。此诗的艺术特点主要有三个方面：第一，写景从大处着笔，突出洞庭湖浩瀚气势，为主题的表达张目。第二，由景入情，过渡承接自然。第三，语言婉转而明豁，不露乞求痕迹。

（四）孟浩然等唐代诗人与梧州

孟浩然的一生虽然平淡无奇，却也与西江流域结下了不解之缘。他对西江流域中的梧州风物有深刻的感受，并且进行了生动感人的描述。在《题梧州陈司马山斋》一诗中，孟浩然写道：

南国无霜霰，连年对物华。青林暗换叶，红蕊欲开花。春去无山鸟，秋来见海槎。流芳虽可悦，会自泣长沙。

孟浩然对远在梧州的陈司马充满思念之情，并将对梧州风物的描写融入怀人念远之题材中，从而造成了情景交融、感人肺腑的审美境界。"有境界，自有高格，自有名句"，此诗之谓也。

叶嘉莹先生有一段关于诗人与漫游的话说得很好，她说：

古人所说的"读万卷书，行万里路"与太史公的"周览天下"是与中国历史之悠久、地理之广远结合在一起的。每个国家有每个国家的民族性，而这个国家民族性的形成，与其地理背景有很密切的关系。所以一个人的成长，要受到种种复杂因素的影响。而"周览天下名山大川"这样的经历，不但可以开阔你的心胸，而且可以让你逐渐形成与自己的国家、民族密切结合起来的感情。每一个地方、每一处名胜、每一座山、每一条河，里边都结合了千古的兴亡。①

因古代传说舜帝南巡死于苍梧的历史事件，西江流域的梧州就与中华民族的千古兴亡有了密切的联系，诗人墨客在此地流连忘返，自然有感于心，促使自己与西江流域形成了密切的情感认同与文化认同。

梧州在古代又叫"苍梧"。"苍梧"一词，较早出现在诗人屈原笔下，他在《离骚》中写道："朝发轫于苍梧兮，夕余至乎县圃。"后来"苍梧"一词经常出现在唐代诗人笔下，如比孟浩然小十二岁的晚辈兼好友李白曾在《赠孟浩然》曰："吾爱孟夫子，风流天下闻。红颜弃轩冕，白首卧松云。醉月频中圣，迷花不事君。高山安可仰，徒此揖清芬。"由衷表达了对孟浩然不事王侯、一生傲岸的敬仰之情。李白自己也是平交王侯，追求个性独立与自由，他一生好入名山游，漫游过祖国的大好河山，曾经到过西江流域的苍梧，他自述："南穷苍梧，东涉溟海。"（《上安州裴长史书》），正因其到过苍梧，对发生在西江流域地区的历史人物传说有深入的了解，才能写出《远别离》这首千古传诵的名篇，诗中引用舜帝南巡到苍梧而死亡的凄惨哀婉故事来暗喻唐玄宗宠幸奸佞之臣而必然遭劫的悲剧，令人顿起千古兴亡之慨叹。诗云：

远别离，古有皇英之二女；乃在洞庭之南，潇湘之浦。海水直下万里深，谁人不言此离苦？日惨惨兮云冥冥，猩猩啼烟兮鬼啸雨，我纵言之将何补？皇穹窃恐不照余之忠诚，雷凭凭兮欲吼怒。尧舜当之亦禅禹。君失臣兮龙为鱼，权归臣兮鼠变虎。或云尧幽囚，舜野死。九疑联绵皆相似，重瞳孤坟竟何是？帝子泣兮绿云间，随风波兮去无还。恸哭兮远望，见苍梧之深山。苍梧山崩湘水绝，竹上之泪乃可灭。

孟浩然曾说："人事有代谢，往来成古今。江山留胜迹，我辈复登临。"（《与诸子登岘山》）说出了诗人登临名胜古迹时的目的与感受。对于李白这首涉及西江流域名胜之地苍梧的诗歌之主旨，历来聚讼纷纭、莫衷一是。叶嘉莹先生指出：

李白的这首诗见于唐人殷璠所编的《河岳英灵集》，而这本书所收的作品只到天宝十二载，说明这首诗写成于天宝十二载之前。那时候安禄山的叛乱还没有发生，但玄宗宠任李林甫和安禄山已成事实，国家已经有了这种危险和败亡的可能。……诗人不是预言家，但诗人有敏感的直觉，可以感受到某些一般人没有感受到的事情。这正是《远别

---

① 叶嘉莹：《叶嘉莹说杜甫诗》，中华书局2015年版，第29页。

离》这首诗之所以好的缘故。①

莫砺锋先生也说：

> 今人詹锳先生在《李白全集校注汇释集评》卷三指出："天宝间，玄宗倦于朝政，'欲高居无为，悉以政事委林甫'（见《新唐书·高力士传》及《资治通鉴》卷二一五）。太白深忧国之将乱，虽欲抒其忠诚而不可得，故借古题以讽时弊，意在著明人君失权之戒。本篇见于《河岳英灵集》，当作于天宝十二载之前。"这真是截断众流、一言九鼎的论断！殷璠的《河岳英灵集》选诗起讫年代是"起甲寅，终癸巳"，也即从开元二年（714）到天宝十二载（753），现存各本《河岳英灵集》的殷璠叙及《文镜秘府论》南卷《定位》所引者皆作如此。既然《河岳英灵集》卷上李白诗中已有《远别离》一首，则此诗定作于天宝十二载之前，此时安史之乱尚未爆发，李白不可能对马嵬事变与玄宗受迫害等事未卜先知。……由此可见，考订古诗的作年对于解说诗意是何等重要！
>
> 从《远别离》及其准确阐释可以看出，李白在天宝年间就对大唐王朝由盛转衰的趋势洞若观火，他对历史演变的惊人预见与杜甫不相上下。李白在天宝初年入朝任翰林供奉，曾亲睹李林甫专横弄权、安禄山入朝受宠等政治丑态。其后他虽在江湖，但对朝中政治仍然十分关心。对于"国权卒归于林甫、国忠，兵权卒归于禄山、哥舒"等时事，李白皆了然于胸。就是在这种情境中，李白愤然挥笔写下了《远别离》，对唐玄宗及整个大唐王朝提出了当头棒喝，用即将降临的惨重灾难对他们提出警诫。"尧幽囚，舜野死"，这简直是对唐玄宗悲惨下场的准确预言。优秀的诗人都是时代的晴雨表，此诗即为明证。②

莫砺锋与叶嘉莹两位先生的观点可以说是"英雄所见略同"，都指出了李白诗歌的妙处在于他具有敏锐的直觉，能够预感到将来所要发生之事。唐代诗人顾非熊说："有情天地内，多感是诗人。"（《落第后赠同居友人》）诗人是多感的、善感的、敏感的，故能感人之所不能感。

我们接下来再看唐代大诗人、被誉为"五言长城"的刘长卿在诗中对西江流域苍梧的描写。他在送别友人来岭南的诗歌中写道：

苍梧万里路，空见白云来。远国知何在，怜君去未回。桂林无落叶，梅岭自花开。陆贾千年后，谁看朝汉台。（《送裴二十七端公使岭南》）

伏波初树羽，待尔静川鳞。岭海看飞鸟，天涯问远人。苍梧云里夕，青草嶂中春。遥想文身国，迎舟拜使臣。（《送独孤判官赴岭南》）

唐代诗人项斯对西江流域的"蛮家""苍梧云气"亦有颇深刻的感受，在诗歌中吟咏道：

领得卖珠钱，还归铜柱边。看儿调小象，打鼓试新船。醉后眠神树，耕时语瘴烟。不逢寒便老，相问莫知年。（《蛮家》）

何年画作愁，漠漠便难收。数点山能远，平铺水不流。湿连湘竹暮，浓盖舜坟秋。

---

① 叶嘉莹：《叶嘉莹说初盛唐诗》，中华书局 2015 年版，第 211 页。
② 莫砺锋：《歧说纷纭与截断众流——读李白〈远别离〉札记》，载《古典文学知识》2019 年第 3 期。

亦有思归客，看来尽白头。(《苍梧云气》)

周朴在《次梧州却寄永州使君》也对西江流域的风物进行了描绘，并表现了诗人身处其中的心迹情感，诗云：

随风身不定，今夜在苍梧。客泪有时有，猿声无处无。潮添瘴海阔，烟拂粤山孤。却忆零陵住，吟诗半玉壶。

从唐代这几位诗人对梧州风物的描述中，我们可以看到：到了唐代，西江流域已经是迁岭文人经常居住的地区，他们来到此地宦游，带来了当时西江流域经济的发展和文化事业的繁荣。虽然，这些迁岭文人在描写西江流域生活的诗歌或寄赠给西江流域的好友的诗中普遍表现出对环境的疏离感、恐惧感、不适应性，呈现出强烈的悲怨精神与人生态度，但是，迁岭文人进入西江流域地区，无疑能够把先进的文明带到当地，有力地促进了西江流域社会变迁与文化发展。

值得注意的一点是，唐代本地诗人对西江流域风物的描绘及表现出来的心迹情感明显不同于迁居、宦游尤其是贬谪此地诗人的感情基调。如韶州诗人张九龄虽然是唐玄宗时期的名相，但他对西江流域的风光明显充满了热爱与欣赏，并且表达出身处其中的喜悦之情。《自湘水南行》就颇为典型地反映出岭南本地诗人描写西江流域时的情感色泽，诗云：

落日催行舫，逶迤洲渚间。谁云有拘役，乘此更休闲。暝色生前浦，清晖发近山。中流澹容与，唯爱鸟飞还。

这里似乎存在着从"异域"到"乡邦"的差异。对于迁岭文人来说，"他乡信美而非吾土"，而对岭南本土诗人而言，水是故乡甜，"月是故乡明"，自然表现出对西江流域地区不同的感情倾向，这是符合中国传统文人民族文化心理的。

三、高适

（一）高适的生平

高适（704—765），字达夫，渤海（今河北景县）人。早年生计困顿，仕途失意，尝漫游幽燕，客居梁宋。后受睢阳太守张九皋赏识、推举，中"有道科"，授封丘县尉，不久弃官而去。后客游河西，得河西节度使哥舒翰赏识，表为左骁卫兵曹参军、掌书记，安史之乱后，得肃宗重用，历任淮南节度使、西川节度使、左散骑常侍，封渤海县侯。故《旧唐书》说："有唐以来，诗人之达者，唯适而已。"

（二）高适的创作

高适现存诗二百四十余首，有《高常侍集》。诗的内容大致分为三类：一是早年的诗作，多自伤不遇的悲慨，如《宋中十首》（其一）："寂寥向秋草，悲风千里来。"寓壮气于苍凉之中。二是反映民生疾苦，对社会真实情况的表现与揭露，如《自淇涉黄河途中作十二首》（其九）描写了自然灾害及苛捐杂税使农村一片凋敝的景象。三是边塞诗，真实地表现边塞战争，将追求不朽功名的高昂意气与冷峻面对现实的悲慨相结合，使诗歌具有慷慨悲壮之美，代表作为《燕歌行》。

高适边塞诗的特点主要体现在四个方面：以现实的笔触，真实地表现唐代边塞战争的情况；风格雄浑悲壮，笔力矫健顿挫，给人以粗犷厚重而又酣畅遒劲之感；境界阔大、形象鲜明；多用七言歌行和五言古诗，既有汉魏乐府的质朴，又有文人诗的精练，还有律诗讲究韵律和对偶的特点。一些绝句亦写得沉雄壮阔。殷璠评价道："（高适）诗多胸臆语，兼有气骨，朝野通赏其文。"（《河岳英灵集》）元代辛文房也指出："（高适）以气质自高，多胸臆间语。每一篇已，好事者辄传播咏玩。"（《唐才子传》）

（三）作品讲读：《燕歌行》

汉家烟尘在东北，汉将辞家破残贼。男儿本自重横行，天子非常赐颜色。摐金伐鼓下榆关，旌旆逶迤碣石间。校尉羽书飞瀚海，单于猎火照狼山。山川萧条极边土，胡骑凭陵杂风雨。战士军前半死生，美人帐下犹歌舞。大漠穷秋塞草腓，孤城落日斗兵稀。身当恩遇恒轻敌，力尽关山未解围。铁衣远戍辛勤久，玉箸应啼别离后。少妇城南欲断肠，征人蓟北空回首。边庭飘飖那可度，绝域苍茫更何有。杀气三时作阵云，寒声一夜传刁斗。相看白刃血纷纷，死节从来岂顾勋。君不见沙场征战苦，至今犹忆李将军。

这首诗的思想感情极为丰富深刻：既有对男儿自当横行天下，求取功名的英雄气慨的歌颂，也有对战争给征人、家庭带来痛苦的深切同情；既有对战士浴血奋战、保卫家国的崇高精神的颂扬，也有对军中苦乐不均，将帅无能的不满与揭露，用现实的笔触，真实地反映了其时边塞战争的现状。此诗以时间顺序为叙事结构，写出完整战争过程；在情感结构上，则表现出激越—悲愤—悲凉—激越的情感运动方式，两相结合，构建了慷慨悲歌的诗歌风格。此诗夹叙夹议，对比、烘托渲染等手法运用得十分娴熟。声律风骨兼备。在诗歌形式上，善用对句，增加了诗歌的表现空间与抑扬顿挫的音节美。在用韵上，采取转韵的方法，平仄互押，使音节响亮，增加了慷慨悲歌的情韵。

四、岑参

（一）岑参的生平

岑参（715—770）是江陵（今属湖北）人，祖籍南阳。与高适齐名，并称"高岑"。天宝三载（744）中进士，天宝八载（749）和天宝十三载（754）曾两度出塞。前次赴安西。后次随北庭节度使封常清至北庭，任节度判官，得封常清激赏，创作也很活跃，许多著名的边塞诗便写于此时。后官至嘉州刺史，卒于成都。

（二）岑参的创作

岑参现存诗四百余首，有《岑嘉州集》。内容广泛，形式多样，其中最有价值，影响最大的是边塞诗。而他本人也是盛唐诗人中写作边塞诗最多、成就最大的一个。

岑参边塞诗的主要内容表现在三个方面：首先，描写战场生活，歌颂将士的爱国精神，抒发自己建功立业的抱负。如《轮台歌》："四边伐鼓雪海涌，三军大呼阴山动。"突出了战争生活的雄奇豪迈。再看看他的名作《走马川行奉送出师西征》：

君不见走马川，（行）雪海边，平沙莽莽黄入天！轮台九月风夜吼，一川碎石大如斗，随风满地石乱走。匈奴草黄马正肥，金山西见烟尘飞，汉家大将西出师。将军金甲夜不脱，半夜军行戈相拨，风头如刀面如割。马毛带雪汗气蒸，五花连钱旋作冰，幕中草檄砚水凝。虏骑闻之应胆慑，料知短兵不敢接，车师西门伫献捷。

其次，岑参的诗歌还表达了思乡之情。如"凭添两行泪，寄向故园流"（《西过渭州见渭水思秦川》），"乡路渺天外，归期如梦中"（《安西馆中思长安》），"马上相逢无纸笔，凭君传语报平安"（《逢入京使》）皆千古传诵的思乡佳句。此外，岑参的诗歌描绘边地风光，反映边地习俗也非常出色。这类诗是其边塞诗中最奇异绚丽，也最能代表其风格的一部分。它们写各民族的友好往来，如《赵将军歌》；写边地的音乐舞蹈，如《田使君美人舞如莲花北旋歌》；写边地的名胜、古迹天险，如《题金城临河驿楼》；写边地雄奇瑰丽的自然风光，如《白雪歌》《热海行》《走马川行》《火山云歌》等。我们从中可以看到完全异于内地的气候环境、民风习俗。这些内容不仅为过去的诗所未写，也为"古今传记所不载"。

岑参边塞诗的艺术特点主要体现在一个"奇"字。如殷璠所说："语奇体峻，意亦奇造"（《河岳英灵集》）。又如杜甫指出："岑参兄弟皆好奇。"（《美陂行》）具体来说，主要有四个方面。首先，岑参诗风奇丽。万里从戎的豪情与好奇的性格，使其诗歌表现出浓郁的浪漫主义情调，形成雄奇瑰丽、奔放峭拔的风格。其次，岑参富于幻想色彩，善写感觉印象，多用夸张、比喻手法，塑造色彩鲜明、生动活泼的艺术形象。再次，岑参诗歌语言自然流畅，用韵不拘一格，格调严整，音节洪亮。最后，岑参擅长七言歌行和七言绝句的写作，受鲍照、谢朓的影响较大，承继了鲍照的俊逸和谢朓的明丽而形成雄奇瑰丽、奔放峭拔的风格；同时亦有高适七言歌行纵横跌宕、舒卷自如的体式，但笔法更为通脱流畅。

高适、岑参之异同，前人已有评说，如宋代严羽指出："高、岑之诗悲壮，读之使人感慨。"（《沧浪诗话》）。清人王士禛说："高悲壮而厚，岑奇逸而峭。"（《师友诗传习录》）具体来说，体现在三个方面。首先，在写作倾向上，高适重客观描写，以现实的笔触，真实地展示边塞战争的情况，有较强的现实主义倾向；参岑重主观表现，对战争持歌颂态度，着力描写边疆奇异的自然风光，表现出浓郁的浪漫主义色彩。其次，风格上，高适诗于高壮之中，显出悲凉之音，是为悲壮；参岑诗则是雄奇瑰丽，是为奇壮。最后，就语言而言，高适尚质朴，不追求奇字奇句，以醇厚自然感人；岑参尚奇巧，刻意求奇求新，以新奇俊逸动人。

（三）作品讲读：《白雪歌送武判官归京》

北风卷地白草折，胡天八月即飞雪。忽如一夜春风来，千树万树梨花开。散入珠帘湿罗幕，狐裘不暖锦衾薄。将军角弓不得控，都护铁衣冷难着。瀚海阑干百丈冰，愁云惨淡万里凝。中军置酒饮归客，胡琴琵琶与羌笛。纷纷暮雪下辕门，风掣红旗冻不翻。轮台东门送君去，去时雪满天山路。山回路转不见君，雪上空留马行处。

这是岑参边塞诗的名篇之一，是作者在安西北庭节度使封常清帐下任判官时所作。诗歌以送别为结构主线，描写西北塞外奇异的雪天景色和将士们的边塞生活。写严寒而无凄凉肃杀之意，写送别，而无羁旅伤感之心，寄托着诗人万里从戎的豪情与依依惜别的情怀，表现出积极的浪漫主义精神。

全诗可分为两层：第一层为前八句，以如椽的大笔描绘出了边疆的风雪奇景和将士们艰苦的军旅生活；第二层为后八句，描写了饮酒设乐的送别场景以及一路风雪送行的情景，中间以"瀚海阑干百丈冰，愁云惨淡万里凝"为过渡，由写景到写送别，在异域情调中透露着依依惜别之情。诗歌的构思十分明晰、巧妙，紧扣"雪"字着笔，把雄奇的景象和送别的深情巧妙地构建于一体。

这首诗最突出的艺术特色是诗人以独特的生活感受和敏锐的观察能力，运用凝练的概括、奇妙的想象、形象的比喻、神奇的夸张等多种艺术手法，把奇异瑰丽的自然景色摹写得淋漓尽致，并且将诗人的主观情感浑融其中。尤其是"忽如一夜春风来，千树万树梨花开"，于塞外萧瑟寒冷的景象中，勾画出另一番充满生机与活力、令人神往与陶醉的奇美景象，表现出诗人万里从戎的豪情。

作品在写景的同时，也以具体而真实的笔法描写了军营生活的细节和送别的场景，把苦寒的真切感受与眷恋难舍的别情妙溶其中，达到了诗情与画意交融的艺术境地。而结尾以景结情，通过"雪上空留马行处"之句，将依依惜别之意，寄寓在雪景之中，收到了言已尽而意无穷的艺术效果。

这首诗典型地体现了岑参的诗歌"雄奇瑰丽"的基本风格。如"北风""胡天"句，写得强劲有力；"忽如""千树"句，写得奇幻浪漫；"瀚海""愁云"句，写得大气磅礴；"纷纷""风掣"句，写得奇异壮观；"山回""路转"句，又写得低回婉转。总之，诗歌风格雄奇而峭逸，笔力矫健而峭拔，意境新奇而壮美，充满着奇情妙思与浪漫主义的情调。

第三节 李白与杜甫

一、李白

李白（701—762）是盛唐诗歌的代表诗人。他的诗歌内容博大渊深，精微奥秘，充满了发兴无端的神奇想象，有着排山倒海的奔腾气势，既有变幻莫测的壮观奇景，又有风神朗练、自然天成的明丽意境。他的诗歌，融合了盛唐阳刚之美与阴柔之美，前人将其诗歌风格称为"雄奇飘逸"。

（一）李白的思想性格

李白思想主要体现为儒、道、侠三者兼综的特点。具体而言，李白具有儒家的忧患精神与用世济时的思想及人生价值观。此外，他还具有道家超尘出世、追求个体精神自由的人格精神。游侠和纵横家的侠义精神和人格理想在李白身上也体现得十分明显。清人龚自珍在《最录李白集》中指出：

庄、屈实二，不可以并。并之以为心，自白始。儒、仙、侠实三，不可以合。合之以为气，又自白始也。①
这段话十分准确生动地说明了李白思想的丰富复杂性。

李白的性格主要体现在两个方面：一方面他是自负与狂傲不羁的；另一方面，他又是豪侠与洒脱飘逸的。这两种性格使他敢于正视、反抗现实，努力求取功名，实现人生价值；政治上遭受打击后，又能狂放地发抒抑郁和悲愤，以求摆脱世俗烦扰，返归自然。如他高声吟唱道：

一生傲岸苦不谐，恩疏媒劳志多乖。严陵高揖汉天子，何必长剑挂颐事玉阶。达亦不足贵，穷亦不足悲。韩信羞将绛灌比，祢衡耻逐屠沽儿。君不见李北海，英风豪气今何在？君不见裴尚书，土坟三尺蒿棘居。少年早欲五湖去，对此弥将钟鼎疏。（《答王十二寒夜独酌有怀》）

李白的狂热情感、侠胆、仙趣、高傲狂放，形成了他独有的浪漫气质，使其诗歌形成雄奇飘逸的风格。

李白是唐代诗人中最具战国纵横家气质的诗人，表现突出，具有显著特点，对后世文人影响很大。李白这种精神气质的特点及其影响值得注意，以下将对之加以简述。

战国时代是一个处士横行的时代，战国策士是那个风云际会时代里产生的游谒之士，他们遍干诸侯、纵横捭阖，或怀抱救国救民之志，或揣摩求名求利之道，从而鼓动风潮，造成时势，对社会产生了深刻影响。战国时期的统治者重视人才，唐代也一样。唐代科举进士之制采取"诗赋取士"，穷阎白屋之徒，皆得奋而上达。唐代士人为了游说有司，他们的文章表露出辞气激昂、议论精到的风格特征，这与他们寒窗苦读、勤学苦练有关。李白"五岁诵六甲，十岁观百家"（《上安州裴长史书》），他深知论必抑扬顿挫，而后可以商定古今之事。经过这样勤学苦练，李白干谒求仕之际，必然要发挥自己的特长，旁征博引、高谈阔论、自我炫耀，以期达到传声誉、展素学、建功业的效果，这就形成了他的战国纵横家气质。

葛景春《李白与唐代的干谒之风》将李白的干谒活动与当时文人的气质联系起来进行探讨，颇有启示意义。② 陶敏的《纵横术与唐人干谒之风——从李白〈与韩荆州书〉说起》③，分析李白的纵横干谒技巧，从李白一篇干谒文谈到唐人的纵横术，为我们的研究提供了可资借鉴的方法。后代有些士人在精神面貌上与李白颇有相似之处。他们游历东西，奔走南北，"或宛转请求，或通同托嘱，至有待阙得替官一人，而牒十余名者"④。如南宋刘过在词作《沁园春》中自述道："翠袖传觞，金貂换酒，痛饮何妨三百杯。人间世，算谪仙去后，谁是天才。"袁华《刘龙洲祠》评价刘过：

刘君庐陵秀，胸次隘九州。倜傥负奇气，辛陈同侠游。……长歌过恸哭，志在复国仇。异材世间出，高揖轻王侯。……肆情诗酒间，文韬射斗牛。⑤

---

① 转引自莫砺锋《诗意人生》，见莫砺锋《莫砺锋文集》卷八，凤凰出版社2019年版，第78页。
② 葛景春：《李白与唐代的干谒之风》，载《中州学刊》1995年第2期。
③ 关于李白对战国策士精神的继承与发展，可参见陶敏《纵横术与唐人干谒之风——从李白〈与韩荆州书〉说起》，载《吉首大学学报》2001年第4期。
④ 〔清〕徐松辑：《宋会要辑稿》，中华书局1957年版，第4518页。
⑤ 〔清〕袁华：《耕学斋诗集》，《影印文渊阁四库全书》本，第1232册，第292页。

在这里，刘过成了李白的化身，这样的诗句用来评价李白完全合适。刘过推崇李白，可以说是李白的隔世知音。他在镇江与岳珂登多景楼时，赋诗一首，寄意恢复，在感士之不遇时，想到了与自己性情遭际相似的李白。岳珂特地将此录入他的《桯史》，可见时人对此诗情感的认同①。刘过的游历体现了李白的生活方式、人生态度在新的历史阶段的流传与演变。

素有"小李白"之称的陆游更有李白的风神意态。据载：

寿皇尝谓周益公曰："今世诗人亦有如李太白者乎？"益公因荐务观，由是擢用，赐出身为南宫舍人。尝从范石湖辟入蜀，故其诗号《剑南集》，多豪丽语，言征伐恢复事。其《题侠客图》云："赵魏胡尘十丈黄，遗民膏雪饱豺狼。功名不遣斯人了，无奈和戎白面郎。"寿皇读之，为之太息。台评劾其恃酒颓放，因自号"放翁"。②

陆游"少时犹及见赵、魏、秦、晋、齐、鲁士大夫之渡江者，家法多可观"③，他的为人处世体现了李白的精神气质，在《贺周丞相启》中极力倡导恢复活动，议论煌煌，令人慨叹其纵横捭阖的风度。④ 在王炎、范成大等人的幕府中，他更是展示出抗敌的热情，显露出战国策士的固有气质，被誉为"如李太白者"。陆游以李白的精神意态自许，这在其"序""书"两种文体中表现得尤其出色，主要为入世进取而作，大多具有干谒求仕的色彩，是艺术水平极高的策士文章。

（二）李白诗的思想内容

李白现存诗近千首，内容广泛，总的来看，主要包含以下几个方面。

第一，吟咏自然山水，表现作者对大自然的狂热及爱恋，如"相看两不厌，只有敬亭山"（《独坐敬亭山》）。也有的表现了作者冲决人间束缚、追求个性解放与自由的豪情。"黄河西来决昆仑，咆哮万里触龙门"（《公无渡河》），"黄河万里触山动，盘涡毂转秦地雷"（《西岳云台歌送丹丘子》）。代表作主要有《蜀道难》《梦游天姥吟留别》《望庐山瀑布》《望天门山》等。

第二，咏怀抒情诗。这类作品，又可分三方面。

（1）咏壮怀，拯物济世的雄心壮志。或直抒胸臆，如《上李邕》诗云：

大鹏一日同风起，扶摇直上九万里。假令风歇时下来，犹能簸却沧溟水。时人见我恒殊调，见余大言皆冷笑。宣父犹能畏后生，丈夫未可轻年少。

直言其不可一世的政治抱负。不凡的气度，傲岸的性格，倜傥的风姿，力透纸背。或借历史人物抒发怀抱，如《梁甫吟》，借吕尚、郦食其一类传奇人物，驰骋其抱负理想。诗如下：

长啸《梁甫吟》，何时见阳春？君不见朝歌屠叟辞棘津，八十西来钓渭滨。宁羞白

---

① 〔宋〕岳珂：《桯史》卷二，中华书局1981年版，第22—23页。
② 〔宋〕罗大经著，王瑞来点校：《鹤林玉露》，中华书局1983年版，第71页。
③ 〔宋〕陆游：《杨夫人墓志铭》，见钱仲联、马亚中主编《陆游全集校注》第10册，浙江教育出版社2011年版，第347页。
④ 〔宋〕陆游：《贺周丞相启》，见钱仲联、马亚中主编《陆游全集校注》第9册，浙江教育出版社2011年版，第307页。

发照清水，逢时吐气思经纶。广张三千六百钓，风期暗与文王亲。大贤虎变愚不测，当年颇似寻常人。君不见高阳酒徒起草中，长揖山东隆准公。入门不拜骋雄辩，两女辍洗来趋风。东下齐城七十二，指挥楚汉如旋蓬。狂客落魄尚如此，何况壮士当群雄……

（2）咏郁怀，失意后的郁闷及矛盾心理。往往是希望和失望相交织，出世与入世相抗争，感情起伏跌宕。如《行路难》《宣州谢朓楼饯别校书叔云》《将进酒》等。

（3）咏逸怀，对自由的向往，对权贵的鄙弃。"安能摧眉折腰事权贵，使我不得开心颜。""人生在世不称意，明朝散发弄扁舟。""且乐眼前一杯酒，何须身后千载名。""钟鼓馔玉不足贵，但愿长醉不复醒。"表现出冲决现实的渴望和力量。试看其《江上吟》：

木兰之枻沙棠舟，玉箫金管坐两头。美酒樽中置千斛，载妓随波任去留。仙人有待乘黄鹤，海客无心随白鸥。屈平词赋悬日月，楚王台榭空山丘。兴酣落笔摇五岳，诗成笑傲凌沧洲。功名富贵若长在，汉水亦应西北流。

这首诗透露了李白能够平交王侯、蔑视权贵的底气来自他对功名富贵的蔑视，即比起这些王侯权贵自己的品德更高尚、才华更突出，甚至酒量也比他们要好。李白知道就自己的品德才华来说，足以不朽，而王侯权贵们所拥有的功名富贵转瞬即逝。帝王将相、达官贵人到头这一身，难逃那一日。百岁光阴，七十者稀。急急流年，滔滔逝水。年寿有时而尽，荣乐止乎其身，未若文章之无穷。这让笔者自然而然地想到了孟子的一句名言："说大人则藐之，勿视其巍巍然。堂高数仞，榱题数尺，我得志，弗为也。食前方丈，侍妾数百人，我得志，弗为也。般乐饮酒，驱骋田猎，后车千乘，我得志，弗为也。在彼者，皆我所不为也。在我者，皆古之制也。吾何畏彼哉！"（《孟子·尽心下》）无欲则刚，是古往今来一切仁人志士保持人格独立、个性自由的重要法则。对中国古典文学研究造诣颇深的莫砺锋先生就曾自述道："我完全认同陶渊明、杜甫和陆游对幸福的理解，我对荣华富贵没有丝毫的兴趣，我所憧憬的幸福人生就是与家人一起安安稳稳地过着达到温饱程度的简朴生活。"①

第三，反映时代风貌。此类作品关注现实和百姓、国家的前途命运，反映了其生存时代的方方面面。

（1）描写边塞战争。有的表现对边塞生活的向往之情；有的歌颂将士的英雄气概；有的反映戍边生活的艰苦；有的描写戍客思乡，征妇思夫；有的抨击战争的血腥和残酷。代表作如《塞下曲》《子夜吴歌·长安一片月》《关山月》。试看其《关山月》：

明月出天山，苍茫云海间。长风几万里，吹度玉门关。汉下白登道，胡窥青海湾。由来征战地，不见有人还。戍客望边色，思归多苦颜。高楼当此夜，叹息未应闲。

（2）抨击腐败现实。如《古风》第二十四首，通过描写宦官和斗鸡小儿恃宠骄恣、飞扬跋扈的嚣张气焰，揭露了是非颠倒，善恶不辨的现实。《乌栖曲》借吴王夫差之事讥刺玄宗的放纵淫乐。《答王十二寒夜独酌有怀》通过描写贤臣良将的被杀，嗜血边将、斗鸡小儿的得势，反映日趋衰败的朝政。

（3）关注国家兴亡。安史之乱爆发后，李白写了不少反映战乱带来的灾难及自己

---

① 莫砺锋：《莫砺锋诗话》，见《莫砺锋文集》卷七，凤凰出版社2019年版，第166页。

渴望杀敌保境，报国述志的作品。代表作如《古风》第十九首，《永王东巡歌》等。

（4）反映百姓疾苦。李白在长期的漫游生活中，目睹下层百姓的疾苦，写了一些对他们的生活寄予深切同情的作品。代表作如《丁都护歌》《宿五松山下荀媪家》。李白傲上而不倨下，普通平凡的百姓最能让他感动。五松山下的一个普通农妇送他一碗菰米饭充饥，他就感动不已，诗云："我宿五松下，寂寥无所欢。田家秋作苦，邻女夜舂寒。跪进雕胡饭，月光明素盘。令人惭漂母，三谢不能餐。"（《宿五松山下荀媪家》）

（5）表现妇女生活。描绘妇女形象是李白诗歌的重要主题之一。李白诗中有关妇女生活的篇目很多，在这些作品中，作者以细腻的笔触，刻画了各阶层妇女的性格，揭示了她们的精神世界，从而反映了唐代社会的一个重要侧面。有的写宫中女性，如《玉阶怨》《怨情》《清平调三首》等。有的写闺中思妇，如《子夜吴歌》《独不见》。有的写庶女生活，如《长干行》《越女诗》等。

（三）李白诗歌的艺术个性

第一，强烈的主观色彩，注重自我形象的塑造，多抒写豪迈气概和激昂情怀，较少对客观物象和具体事件做细致的、过程的描写。李白的大部分诗都是在自我歌唱，自我表现，完完全全从"我"的审视中，推出一个世界。

第二，喷泻奔涌，变幻无端的抒情方式。李白诗歌以情贯注，以气导引，如决堤之水，喷涌而出一泻千里，间以大起大落、大开大阖的结构形式，变幻莫测，瞬息万变，于无形之中透露出现实与理想的矛盾冲突在诗人内心激起的巨大波动。如《将进酒》《宣州谢朓楼饯别校书叔云》《行路难》《梦游天姥吟留别》。

第三，通过丰富而奇特的想象，大胆的夸张，新奇的比喻，贴切的象征，引用神话传说等手法的运用，李白把现实与理想、人间与幻境、自然与人事，巧妙地熔铸成篇，创造出非现实的、瑰丽神奇的艺术境界。

第四，壮美与优美相兼的美学风格。李白诗中颇多吞吐山河、包孕日月的壮美意象，如大鹏、巨鱼、长鲸，以及大江、大河、沧海、雪山等。他将它们置于异常广阔的空间背景下加以描绘，构成雄奇壮伟的诗歌意境。李白诗里亦不乏清新明丽的优美意象。一些由清溪、明月、白鹭、竹色、白露等明净景物构成的清丽意象，极大地丰富了李白诗歌的艺术蕴含。吴战垒先生曾说："有的意象经过若干代人的反复运用和转述加工，凝聚了多层次的内涵，可以引起丰富的联想和历史性的回味。"[1] 李白胸中郁结着的不平之气，与陶渊明的心境相吻合，因此，他反复地袭用陶诗中的意象，模仿陶渊明的闲雅情趣，以解脱痛苦、化其郁结，借陶渊明之酒杯浇自己胸中的块垒。如李白的名作《月下独酌》就明显化用了陶渊明《形影神》《杂诗》等诗中的意象。

第五，清新自然、明白晓畅的语言特色。李白最反对"雕虫丧天真"，而崇尚"清水出芙蓉，天然去雕饰"的艺术境界。他的诗常常写得一片神行，无造作，不虚饰，率直真切，朴素自然，一片天籁之声。如《静夜思》《赠汪伦》《山中与幽人对酌》等，"不劳雕章琢句，亦不劳于镂心刻骨"，随手拈来，纯任自然，冲口而出，自成绝唱。

---

[1] 吴战垒：《中国诗学》，人民出版社1991年版，第25页。

（四）作品讲读

1.《蜀道难》

噫吁嚱，危乎高哉！蜀道之难，难于上青天！蚕丛及鱼凫，开国何茫然！尔来四万八千岁，不与秦塞通人烟。西当太白有鸟道，可以横绝峨眉巅。地崩山摧壮士死，然后天梯石栈相钩连。上有六龙回日之高标，下有冲波逆折之回川。黄鹤之飞尚不得过，猿猱欲度愁攀援。青泥何盘盘，百步九折萦岩峦。扪参历井仰胁息，以手抚膺坐长叹。

问君西游何时还？畏途巉岩不可攀。但见悲鸟号古木，雄飞雌从绕林间。又闻子规啼夜月，愁空山。蜀道之难，难于上青天，使人听此凋朱颜！连峰去天不盈尺，枯松倒挂倚绝壁。飞湍瀑流争喧豗，砯崖转石万壑雷。其险也如此，嗟尔远道之人胡为乎来哉！

剑阁峥嵘而崔嵬，一夫当关，万夫莫开。所守或匪亲，化为狼与豺。朝避猛虎，夕避长蛇，磨牙吮血，杀人如麻。锦城虽云乐，不如早还家。蜀道之难，难于上青天，侧身西望长咨嗟！

《蜀道难》是李白七言歌行体的代表作之一，其写作年代和思想主题历来众说不一，今人多认为此诗约作于玄宗天宝初年，即李白第一次到长安之时。诗歌沿用乐府古体，用浪漫主义的表现方法，围绕蜀道之难行描写了蜀道雄奇壮丽的景象，表现了诗人对大自然的赞叹，并寄寓了对社会政治的忧虑与关切，典型表现出李白雄奇奔放的诗风。结构上，此诗以"蜀道难"为结构中枢，按照由秦入蜀，从自然到社会线索展开描写。以反复咏叹的形式抒写强烈情感，回旋往复。诗人运用奇妙的想象、浪漫的夸张和虚无缥缈的神话传说，创造出一个神奇瑰丽的艺术世界，产生令人魂悸魄动的艺术效果。这首诗的句式自由灵活，参差错落，长短相间，造成了自由奔放而又跌宕起伏的语言效果。此诗结构谨严而雄伟，纵横变化，出没不测，句法参差不齐，一唱三叹，集古今乐府之大观，受到后人高度的评价。殷璠评道："奇之又奇，自骚人以还，鲜有此体调。"（《河岳英灵集》）沈德潜评价："此殆天授，非人可及。"

2.《将进酒》

君不见黄河之水天上来，奔流到海不复回！君不见高堂明镜悲白发，朝如青丝暮成雪！人生得意须尽欢，莫使金樽空对月。天生我材必有用，千金散尽还复来。烹羊宰牛且为乐，会须一饮三百杯。岑夫子，丹丘生，将进酒，杯莫停。与君歌一曲，请君为我侧耳听。钟鼓馔玉不足贵，但愿长醉不复醒。古来圣贤皆寂寞，惟有饮者留其名。陈王昔时宴平乐，斗酒十千恣欢谑。主人何为言少钱？径须沽取对君酌。五花马，千金裘，呼儿将出换美酒，与尔同销万古愁。

《将进酒》写于李白离开长安之后的第二年。政治理想的破灭，人生的失意，使李白陷于极度的苦闷、忧愤之中，便以饮酒放歌为言之方式，宣泄心中的痛苦、愤懑之情。作品将人生苦短、须尽情享受人生的感慨，与千古圣贤的寂寞、万古文人的忧愁连为一体，充分展示了诗人及时行乐的思想以及对功名富贵的蔑视，表现出诗人狂放自信的人格风采。鲍鹏山先生说得好："李白有直透人生悲剧本质的大本领，所以他的诗总是能由具体与个别而直达抽象与一般，以形象的语言表达抽象的人生感悟，他花天酒地,欢天喜地,一派繁华。可就在这一派似锦繁华之中,在洒脱无待,一丝不挂,一意孤行、一往无前之时,他又那么一往情深,他时时陷入悲凉之中而一往不复……大凡天才,内心中总有一种不可名状的悲凉。这悲凉大约来自天才智力上的穿透力:穿透了一切繁华表象,看到了生命那悲哀的核。"① 古今中外贤达之士一直探求着破解人类心理之秘。这在中国传统文化中亦多有阐发。庄子说:"生死修短,岂能强求?予恶乎知悦生之非惑邪?予恶乎知恶死之非弱丧而不知归者邪?予恶乎知夫死者不悔其始之蕲生乎?"韩愈说:"大凡物不得其平则鸣。"(《送孟东野序》)欧阳修说:"诗人少达而多穷。"(《梅圣俞诗集序》)都是说明写作具有淡化、消解、转移现实生活中精神苦闷抑郁的功能。弗洛伊德认为:生活是苦的,补救缓解的方式是转移、替代、陶醉,其中力比多转移达到本能升华,就是一种补救缓和人生痛苦的途径,艺术活动就是一种升华,艺术家在实现幻想中得到快慰,欣赏者也在欣赏中消除生活压抑感。艺术家的第一目标是使自己自由,并使他人发泄。② 李白的诗歌与古今中外这些仁人志士的生活经验有着非常深刻的内在契合之处。因此,这也导致了此诗艺术上具有如下几个特点:具有强烈的主观抒情,使作品表现出一股强大的气势力量。丰富的艺术想象与夸张手法的运用,使诗歌充满了豪迈之气。结构上,以饮酒为中心,由悲转乐,由乐转狂放,由狂放而愤激,再转狂放,处处承转,又处处照应,在变化中显出清晰脉络。

二、杜甫

杜甫(712—770),字子美,祖籍襄阳,后迁河南巩义市。杜生于南瑶湾村传统的仕宦之家,先祖是晋代名将杜预(曾作《春秋左传集解》),祖父杜审言是武则天时著名诗人,父闲做过司马、县令。家族崇尚"奉儒守官""立功立言",这些都对杜甫产生了很深的影响。

(一)杜甫的生平与创作

据其《壮游》一诗载:

往者十四五,出游翰墨场。斯文崔魏徒,以我似班扬。七龄思即壮,开口咏凤皇。九龄书大字,有作成一囊。性豪业嗜酒,嫉恶怀刚肠。脱略小时辈,结交皆老苍。饮酣视八极,俗物都茫茫。东下姑苏台,已具浮海航。到今有遗恨,不得穷扶桑。王谢风流远,阖庐丘墓荒。剑池石壁仄,长洲荷芰香。嵯峨阊门外,清庙映回塘。每趋吴太伯,抚事泪浪浪。枕戈忆勾践,渡浙想秦皇。蒸鱼闻匕首,除道哂要章。越女天下白,鉴湖五月凉。剡溪蕴秀异,欲罢不能忘。归帆拂天姥,中岁贡旧乡。气劘屈贾垒,目短曹刘墙。忤下考功第,独辞京尹堂。放荡齐赵间,裘马颇清狂。春歌丛台上,冬猎青丘旁。呼鹰皂枥林,逐兽云雪冈。射飞曾纵鞚,引臂落鹙鸧。苏侯据鞍喜,忽如携葛强。快意八九年,西归到咸阳。许与必词伯,赏游实贤王。曳裾置醴地,奏赋入明光。天子废食召,群公会轩裳。脱身无所爱,痛饮信行藏。黑貂不免弊,斑鬓兀称觞。杜曲晚耆旧,

---

① 鲍鹏山:《中国人的心灵——三千年理智与情感》,复旦大学出版社2009年版,第186—187页。
② 蒋孔阳主编:《二十世纪西方美学名著选》(上卷),复旦大学出版社1998年版,第393—398页。

四郊多白杨。坐深乡党敬,日觉死生忙。朱门务倾夺,赤族迭罹殃。国马竭粟豆,官鸡输稻粱。举隅见烦费,引古惜兴亡。河朔风尘起,岷山行幸长。两宫各警跸,万里遥相望。崆峒杀气黑,少海旌旗黄。禹功亦命子,涿鹿亲戎行。翠华拥吴岳,螭虎啖豺狼。爪牙一不中,胡兵更陆梁。大军载草草,凋瘵满膏肓。备员窃补衮,忧愤心飞扬。上感九庙焚,下悯万民疮。斯时伏青蒲,廷争守御床。君辱敢爱死,赫怒幸无伤。圣哲体仁恕,宇县复小康。哭庙灰烬中,鼻酸朝未央。小臣议论绝,老病客殊方。郁郁苦不展,羽翮困低昂。秋风动哀壑,碧蕙捐微芳。之推避赏从,渔父濯沧浪。荣华敌勋业,岁暮有严霜。吾观鸱夷子,才格出寻常。群凶逆未定,侧伫英俊翔。

这是一首杜甫晚年追忆从前生活的名篇,最引人注意的是其中详细记载了杜甫少壮时期的游历,我们从中可以清楚地知道杜甫年轻时到过哪些地方,引起他内心世界怎样的波澜。清人浦起龙认为此诗是老杜"自为列传也",具有杜甫自传的性质,刘克庄认为"虽荆卿之歌,雍门之琴,高渐离之筑,音调节奏,不如是之跌宕豪放也"(《后村诗话》)。从中可以看到杜甫青少年时期漫游吴越、结交老苍,壮年时期放荡齐赵、旅食京华,晚年漂泊西南、久客巴蜀的人生历程。蒋金式评价道:"后文说到极凄凉处,未免衰飒,却正是'烈士暮年,壮心不已'之意,想见酒酣耳热、击碎唾壶时。"鲍鹏山先生在谈到杜甫时说:"杜甫有很'俗'的一面。……可能因为他一生在经济上不能潇洒,在政治上不能得志,影响到他人格上的拘谨与一丝委琐。这种庸俗的一面,与他'诗圣'的'圣'的一面(此'圣'乃指他精神上伟大的博爱与推己及人的慈悲)似乎很不和谐,但却如此真实地出现在一个人身上。事实可能正是因为杜甫自己对生活的艰辛与种种尴尬有切身的体验,他才能体谅他人的苦难与辛酸。这可能正是杜甫由凡入圣,由俗入圣的逻辑之路。"① 具体来说,杜甫的一生可以分成读书漫游、困守长安、安史之乱、漂泊西南四个时期。

1. 读书与漫游时期(三十五岁前)

杜甫自幼受家庭的影响,受到良好的文化教育和儒家传统思想的熏陶。受盛唐时代风气的影响,他企望以科举入仕,博取功名,以实现其政治理想。二十岁开始漫游,先后游历过吴越、燕赵、梁宋、齐鲁等地。漫游生活丰富了他的阅历,开阔了他的视野。

这一时期的杜甫乐观自信、奋发向上,诗风也以豪放浪漫为主调,尚未完全形成自己的风格。代表作为《望岳》。

2. 困守长安时期(三十五岁至四十四岁)

杜甫入长安后,应试落第,曾投诗干谒权贵,后向玄宗献赋,得到赏识。直到天宝十四年(755)才得到右卫率府兵曹参军的职位。这时期理想受挫,生活困顿落魄,但对现实有了清醒的认识。

他开始以诗歌直接反映现实,走上了现实主义的创作道路。代表作《兵车行》《丽人行》《自京赴奉先县咏怀五百字》等。

3. 安史之乱时期(四十五至四十八岁)

安史之乱爆发,杜甫携家逃难。寄家鄜州,只身奔投朝廷,中途被叛军掳入长安。

---

① 鲍鹏山:《中国人的心灵——三千年理智与情感》,复旦大学出版社2009年版,第191页。

后冒险逃脱,奔赴凤翔,受左拾遗。旋因疏救房琯被贬为华州司功参军。

这一时期杜甫身经乱离,对现实的理解更加深刻,诗歌创作的现实主义精神也达到了新的高度。代表作有《春望》《哀江头》"三吏""三别"《北征》《羌村三首》等。

4. 漂泊西南时期（四十九岁至五十九岁）

杜甫入蜀后承友人资助在成都筑草堂定居。为避乱曾到过梓州、阆州等地,后又返回草堂。此后又辗转到夔州。大历三年（768）决计携家回家乡,于大历五年（770）冬天写下最后长诗《风疾舟中伏枕书怀三十六韵奉呈湖南亲友》,病死于归途的船上。

这一时期是杜甫创作空前丰收时期,忧国忧民的思想更加深沉,诗风更加沉郁悲凉,诗歌反映现实的深度更有提高,显出恬静、工致、老成的特点;在体裁上,则是律诗创作占大多数,达到炉火纯青的境界。代表作有《秋兴八首》《登高》《咏怀古迹五首》等。

（二）杜甫的思想

杜甫主要接受了儒家思想的影响。儒家的仁政和民本思想、伦理道德思想以及忧患精神,都深深地根植于他的思想精神中,成为他思想的坚实基础。

"致君尧舜上,再使风俗淳"是杜甫的最高政治理想。"穷年忧黎元,叹息肠内热""朱门酒肉臭,路有冻死骨",展示了他以仁为己任,忧国忧民,始终关心国家的命运与民生疾苦的博大胸怀。杜甫具有非常鲜明的辨析是非善恶的正义感,对家室儿女、天下苍生,乃至一草一木,都有一份热爱与同情。丁启阵指出：

> 杜甫既没有将肉身投向空门,也并未在精神上皈依佛道。他始终不曾减少、放弃对家人的爱护、对朝廷政治的系念,对社稷苍生的萦怀。晚年在夔州期间所作的两首诗,充分表现了杜甫对家庭对妻子儿女的爱护。《别李秘书始兴寺所居》,后四句是"重闻西方止观经,老身古寺风泠泠。妻儿待我且归去,他日杖藜来细听",老朋友对佛教经典很有研究,听他讲解固然过瘾。但是,不如妻子儿女的期盼重要;《谒真谛寺禅师》后四句是"问法看诗妄,观身向酒慵。未能割妻子,卜宅近前峰"。探讨佛教奥秘,可以让杜甫对自己一生钟爱的诗歌创作、嗜好的饮酒都失去兴趣。但是,无法让他割舍对妻子儿女的牵挂。……杜甫之所以一再表示不能遁入空门,是因为他对这片土地以及这片土地上的苍生,爱得深沉、爱得执着!①

出于爱民之心,杜甫总是能够由自己的不幸想到天下百姓的不幸,想到天下百姓的不幸就让他忘记了自己的不幸。他人格的伟大,正是在于他能推己及人,以己之苦,度人之苦,以人之苦,忘己之苦,表现出博爱的仁者之心。试看《又呈吴郎》：

> 堂前扑枣任西邻,无食无儿一妇人。不为困穷宁有此?只缘恐惧转须亲。即防远客虽多事,便插疏篱却任真。已诉征求贫到骨,正思戎马泪盈巾。

正是这种推己及人的仁者之心,使杜甫成了一位承前启后、继往开来的诗坛大宗师,创作出辉映后世、照耀千古的动人诗篇。

---

① 丁启阵：《杜甫字子美》,东方出版社2018年版,第109—110页。

(三) 杜甫诗歌的思想内容

杜诗内容深广，"浑涵汪茫，千汇万状"（《新唐书·杜甫传》），博大精深，达到前所未有的思想高度。具体来说，主要体现在三个方面。

第一，杜甫的诗歌把个人的遭际与国家命运、民生疾苦结合起来，抒发了悯时伤乱、忧国忧民的思想情感和爱国精神。如《自京赴奉先县咏怀五百句》《春望》《北征》《羌村》《闻官军收河南河北》《茅屋为秋风所破歌》等。

第二，杜甫的诗歌深刻地反映了社会的矛盾，揭露和批判统治者的政策，及其骄奢淫逸、专横暴虐的行为，还反映了战争、兵役、徭役给人民造成的种种灾难和痛苦，表现了深刻的现实批判精神。如《丽人行》《兵车行》《洗兵马》《草堂》以及"三吏""三别"等。

第三，杜甫的诗歌还有登临抒怀、写景咏物、思亲怀友、咏史、题画的内容，表现他对社会人生的深刻认识与感受，如《登岳阳楼》《秋兴八首》《春夜喜雨》《月夜》《蜀相》《戏题王宰山水图歌》等。如《月夜忆舍弟》写道：

戍鼓断人行，边秋一雁声。露从今夜白，月是故乡明。有弟皆分散，无家问死生。寄书常不达，况乃未休兵。

又如《绝句二首》诗云：

迟日江山丽，春风花草香。泥融飞燕子，沙暖睡鸳鸯。

江碧鸟逾白，山青花欲燃。今春看又过，何日是归年。

还有《绝句四首》其三：

两个黄鹂鸣翠柳，一行白鹭上青天。窗含西岭千秋雪，门泊东吴万里船。

杜甫的诗歌以深刻的思想和丰富的内容，广泛地反映了那一时代历史的真实，因此历来有"诗史"之称。史称"甫又善陈时事，律切精深，至千言不少衰，世号诗史"（《新唐书》）。

(四) 杜诗艺术

1. 杜甫叙事诗的特点

（1）大量使用叙述手法，以五七言古体写时事，并创造了"即事名篇"的新题乐府，发展了七言歌行，扩大了乐府诗的表现力。

（2）注重事件的过程与细节描写。过程的描写，展示了事件的真实性细节的描写，突出艺术的生动性，以小见大，反映出深广的社会内容。

（3）叙事中融入强烈的感情，并能将议论、叙事、描写、抒情融为一体，表达丰富的思想内容。

（4）表现手法多种多样，有第一人称、第三人称的叙事角度；有直接的场面描写、心理描写、动作描写；在人物对话上，有对白、有独白等方法。

2. 杜甫律诗的成就

第一，扩大了律诗的表现范围，不仅用律诗表现应酬、咏怀、宴游、羁旅、山水等内容，还能以律诗写时事，较多抒情议论，并以组诗的形式，表现更为宽广的社会内容。

第二，格律精工中显出纵横变化，既入于法度之中，又能出于法度之外，合声律，不见声律的束缚，对仗工整，不见对仗的痕迹，浑融流转，无迹可寻。

第三，炼字炼句，追求语言的精工与最大的表现力。

3. 杜甫诗歌的艺术风格

一方面是沉郁顿挫，这是杜诗最典型的艺术风格。沉郁，指感情的悲慨壮大，深厚老成；顿挫，指感情表达的波浪起伏，反复低回。另一方面是萧散自然。闲适的情趣，安静明秀的境界，细腻的景物描写，使作品有一份独特的风神。

（五）作品讲读

1.《望岳》

岱宗夫如何？齐鲁青未了。造化钟神秀，阴阳割昏晓。荡胸生层云，决眦入归鸟。会当凌绝顶，一览众山小。

此诗是杜甫漫游齐赵，游览泰山时所作。诗歌通过对泰山神奇、高峻气势的赞颂，以及想象自己登上泰山极顶，抒发"一览众山小"的豪情，使作品具有昂扬的情调和奔放的气势，表现出杜甫此一时期所具有的那份积极浪漫情怀，是杜甫早期的代表作品。

诗歌为望泰山而作，全诗紧紧抓住一个"望"字着笔，首联写远望之色，颔联写近望之势，颈联写细望之景，尾联写极望之情。前三联为实写，后一联为虚摩，以实写为主，突出泰山的神奇高大，以虚摩为辅，抒发作者之情，前者是基础，后者是深化，使泰山的神奇高大与诗人的雄心壮志相互映衬，增加了作品的气势。

2.《兵车行》

车辚辚，马萧萧，行人弓箭各在腰。耶娘妻子走相送，尘埃不见咸阳桥。牵衣顿足拦道哭，哭声直上干云霄。道旁过者问行人，行人但云点行频。或从十五北防河，便至四十西营田。去时里正与裹头，归来头白还戍边。边庭流血成海水，武皇开边意未已。君不闻汉家山东二百州，千村万落生荆杞。纵有健妇把锄犁，禾生陇亩无东西。况复秦兵耐苦战，被驱不异犬与鸡。长者虽有问，役夫敢申恨？且如今年冬，未休关西卒。县官急索租，租税从何出？信知生男恶，反是生女好。生女犹得嫁比邻，生男埋没随百草。君不见，青海头，古来白骨无人收。新鬼烦冤旧鬼哭，天阴雨湿声啾啾！

这是杜甫困守长安时期新创的一首"即事名篇，无复依傍"的新题乐府诗。诗歌通过在长安亲历所见的抓兵事实，揭露了唐玄宗穷兵黩武政策给国家、人民带来的痛苦与灾难，鲜明地表现了杜甫忧国忧民的思想。诗歌突破了依旧题而作的传统，因事命题，使诗歌的题目与作品的内容完全趋于一致，更好地突出了作品的主题。

诗歌用第一人称来叙述所见所闻，通过对话形式，在叙事中抒情，借客观的叙述来表达主观的批判，融叙事、描写、抒情、议论于一炉，充分显示了杜甫叙事诗的艺术特点。诗歌分为两部分：先写送别之惨状，通过场面描写，表现战争给人民带来的痛苦；后写征夫的诉苦，通过对话，全面批判、揭示唐玄宗穷兵黩武政策给国家、社会、人民带来的灾难。结构上首尾呼应，以人哭始，以鬼哭终，增添了无限凄惨、悲凉的气氛。

3.《春望》

国破山河在，城春草木深。感时花溅泪，恨别鸟惊心。烽火连三月，家书抵万金。白头搔更短，浑欲不胜簪。

唐玄宗天宝十四年（755）冬，安史之乱爆发，第二年六月叛军攻陷长安，七月肃宗李亨在灵武即位，改元至德。此时，杜甫自鄜州羌村只身北上欲投奔肃宗，途中被安史叛军所俘，带到长安。至德二年（757）春，杜甫在长安眺望美好的春色又降临到满目残败的京城，伤时感乱，忧国思家，写下了这首五律名篇。

首联以工对的句式和概括的笔法，描写了春望所见国都残破荒凉的景象。一个"破"字写出了国都的沦陷，一个"深"字表现了景象的凄凉，在景物描写之中寄托了深沉的家国之叹，也奠定了全诗的基调。此联对仗工巧，"国破"对"城春"，景象相反，而"国破"与"山河在"，"城春"和"草木深"也都是意思相背而出，巧用对比反衬，翻新出奇。颔联以拟人化的手法借物传情，移情于景，巧妙地传达出诗人无限伤时悯乱的内心感受，手法别致而意蕴深厚。颈联写春望所感发的国忧家愁，上句紧扣"感时"写国忧，下句紧承"恨别"抒家愁。"烽火连三月"，形象地概括了战乱不息的局势，"家书抵万金"又写出了盼望家人音讯的急迫心情。尾联以春望中诗人自我形象的描写而结尾，通过对衰老形象的感叹，进一步突出国破家愁的悲苦意义，使全诗意脉浑然贯通，在无限愁苦与悲哀中，凸现出诗人那份深沉的爱国之情。

这首诗以"春"为背景，以"望"为线索，以国忧家愁为情感底蕴，由景入情，情景交融。前四句主要写春望之景，睹物伤怀。首联情寓景中，颔联移情于景。后四句主要是写忧国思家之情，颈联借物言情，尾联以人传情。此诗结构巧妙，各联之间注意呼应勾连，层层相继，浑然一体。诗歌风格沉郁悲凉，而又以景、事、人的形象传达情感意蕴，因此又有意在言外的艺术效果。

4.《登高》

风急天高猿啸哀，渚清沙白鸟飞回。无边落木萧萧下，不尽长江滚滚来。万里悲秋常作客，百年多病独登台。艰难苦恨繁霜鬓，潦倒新停浊酒杯。

《登高》约作于代宗大历二年（767），是诗人晚年的作品。安史之乱后，杜甫举家避难入蜀，在成都居住一段时间后，又因战乱，流寓夔州。时值九九重阳佳节，诗人扶病登台，想到青春之不再、功业之难成，不禁百感交集，写下了这首著名的诗篇。此诗向为人所称道，杨伦称为"杜集七言律第一"（《杜诗镜铨》），胡应麟评说"此诗自当为古今七言律第一"（《诗薮》），是诗人七言律诗最具代表性的作品。

前四句写秋景，后四句抒秋情。首联以夔州的景物为对象，用高度概括的笔法，写出了江边秋景的壮阔与悲凉。诗人选取了风、天、猿、渚、沙、鸟六种意象，并且用急、高、啸哀、清、白、飞回，从感觉、视觉、听觉、声音、色彩等角度加以描写形容，写得极为博大浑茫，形象性和节奏感极强，为全诗渲染了苍茫悲凉的气氛。颔联紧承首联而来，将写景拓展到更深远的空间，写得极为开阔而雄奇。此联上句写"落木"，下句写"长江"，"无边""不尽"深远开阔，"萧萧""滚滚"生动雄奇。此句写得气势磅礴，而且又透视着不尽的悲慨之情，体现了诗人沉郁悲凉的艺术风格。颈联转向抒发悲秋作客、多病登台的身世飘零之感和凄苦孤独的情怀。"悲秋"已难耐，又兼

"多病";"常作客"已出飘零之苦,"独登台"又添孤独之情,以层进的笔法写出了沉痛的悲苦情怀。尾联上下句分别承颈联上下句,"悲秋作客"带来"艰难苦恨";"百年多病"引出"潦倒停酒",进一步抒发了诗人穷困潦倒的悲凉之情。结尾"软冷收之,而无限悲凉之意,溢于言表"(胡应麟《诗薮》)。

作品将空阔萧瑟的秋景和凄苦孤独的情怀融合在一起,写得苍劲悲凉,典型地体现了杜诗沉郁顿挫的风格。全诗通篇对仗,句句合律,一意贯串,一气呵成,如行云流水,工巧而又自然,刻意布置而又无斧凿之感。"一篇之中句句皆律,一句之中字字皆律,而实一意贯串,一气呵成。"(胡应麟《诗薮》)诗歌的语言精工凝练,含蕴深刻。首联短短两句,容纳了六种物象,而且又从不同角度进行了形容描写,可谓字字精当,无一虚设。颈联意蕴极深广,"十四字之间,含有八意","万里,地之远也;秋,时之惨凄也;作客,羁旅也;常作客,久旅也;百年,暮齿也;多病,衰疾也;台,高迥处也;独登台,无亲朋也"。(罗大经《鹤林玉露》)所以,无论是写景,还是抒情,此诗都达到了极高的艺术境地。

第四节 中唐诗

中唐处盛唐诗歌高潮之后盛极难继之时,许多诗人立足新变,大胆探索,独辟蹊径,诗坛出现一种多元化艺术追求的倾向,流派纷呈,风格各异,迎来了唐诗的第二次繁荣。

中唐前期二十余年,即大历、贞元时期,是中唐诗歌的第一阶段,诗歌创作处于低潮,是由盛唐诗歌向中唐诗歌发展的过渡时期。其特点主要体现在两个方面,一方面继承了盛唐气象的余韵,另一方面又表现出孤独寂寞的情思,凄凉衰飒的意境。正如刘熙载所说:"降及钱刘,虽神情未远,而气骨顿衰。"(《艺概》)又如四库馆臣所说:"大历以还,诗格初变。开元天宝浑厚之气,渐远渐离。"(《四库全书总目》)代表作家主要有韦应物、刘长卿、"大历十才子"等。

中唐后期为贞元、元和年间,社会处于大乱后的相对稳定时期,向往中兴成为普遍心态,与政治改革同时,诗坛也出现革新风气,开拓出新的诗歌天地。

一、韩孟诗派

韩孟诗派就是由中唐诗人韩愈、孟郊等人组成的诗歌流派。在创作理论上,主张"不平则鸣",强调内心不平情感的抒发,重视诗歌的抒情功能。"笔补造化",既要有创造性的诗思,又要对物象进行主观裁夺。"能自树立,不因循",崇尚雄奇怪异之美,语言上追求生涩瘦硬,句式上有散文化倾向。

韩孟诗派在倡导"不平则鸣""笔补造化"的同时,还特别崇尚雄奇怪异之美。在《调张籍》一诗中,韩愈这样写道:"李杜文章在,光焰万丈长。……想当施手时,巨刃磨天扬。……我愿生两翅,捕逐出八荒。精神忽交通,百怪入我肠。刺手拔鲸牙,举瓢酌天浆。"他说张籍的诗是"文章自娱戏,金石日击撞。龙文百斛鼎,笔力可独扛"(《病中赠张十八》);说自己与孟郊、张籍等人的诗是"险语破鬼胆,高词媲皇坟"

(《醉赠张秘书》)。其着眼点都在力量的雄大、词语的险怪和造境的奇特。

(一) 韩愈

1. 韩愈的生平

韩愈(768—824),字退之,河内河阳(今河南孟州市)人。自谓郡望昌黎,世称韩昌黎。宋代苏轼称他"文起八代之衰",明人推他为唐宋八大家之首,与柳宗元并称"韩柳",有"文章巨公"和"百代文宗"之名,著有《韩昌黎集》四十卷、《外集》十卷等。

2. 韩愈的创作主张

韩愈创作主张的重心是雄奇险怪,他是唐代古文运动的领袖,在革新文风的同时,也致力于诗歌的革新。他极力推崇陈子昂、李白、杜甫的诗歌,意欲纠正大历以来的平庸诗风。在继承李、杜的基础上,勇于创新,自成一家,并开辟了以奇崛险怪为特色的韩孟诗派。

"不平则鸣"说是韩愈提出的创作发生论。此说见于他的《送孟东野序》:"大凡物不得其平则鸣,……人之于言也亦然,有不得已者而后言,其歌也有思,其哭也有怀。"韩愈认为,遭遇不平引起的心理冲动是激发创作的动力。他深知忧愁怨愤的情感和文学的关系密切,故在《荆潭唱和诗序》中,他特别强调:"夫和平之音淡薄,而愁思之声要妙;欢愉之辞难工,而穷苦之言易好也。"其说突出作家主体心理在创作中的功能和作用。"不平则鸣",就是外界事物之变在作家主体心理中所引起的情绪反应的投射和外化,亦即外界客观世界的变化对文学创作起到了触动引发作用。它包含主体心理活动在文学创作中的调节、制约、整合等重要内容。外界事物变化引起主体内心的"喜怒窘穷,忧悲愉佚"等复杂情绪,这固然是由外在事物的本身特性所引起的,但更主要的则是由作家主体内在心理活动所决定的。一方面这种"不平"不断地调整和修正作家的心理结构,另一方面也通过对这种"不平"的鸣放,使内心情欲达到宣泄和新的平衡。"不平则鸣"说的另一要点在于注重诗歌的抒情功能。韩愈更重视文,他说自己是"余事作诗人"(《和席八十二韵》),明确认为与他那些"约六经之旨""扶树教道"的文相比,其诗只是抒写"感激怨怼奇怪之辞"(《上宰相书》),以"抒忧娱悲"(《上兵部李侍郎书》)而已。然而也正由于韩愈没有把诗与文等量齐观,才使诗歌避免了成为道学工具、政治附庸的命运,才得以保持其"抒忧娱悲""感激怨怼"的美学品性。"感激怨怼"就是"不平","抒忧娱悲"就是将此"不平"不加限制、痛痛快快地抒发出去,所谓"郁于中而泄于外"(《送孟东野序》),指的便是这种情况。由此看来,韩愈提倡"不平则鸣",就是提倡审美上的情绪宣泄,尤其是"感激怨怼"情绪的宣泄,这可以说是抓住了文学抒情特质的一个重要方面。

"不平则鸣"说是对孔子"诗可以怨"、司马迁的"发愤著书"说的继承,拓展了文学表现的领域,从作家主体的心理活动这一独特角度接触到了文学和人的生存际遇及人类命运这种文学艺术的本质问题,突破了儒家把文学看作节制读者性情手段的观念,体现了明显的主体意识和个性特点。"不平则鸣"说对后世影响深远,宋代欧阳修在其基础上提出"诗穷而后工"的观点,明代李贽评论《水浒传》时指出其乃"发愤之所作"等。

3. 韩愈的创作风格

韩愈的创作风格主要体现在三个方面：其一是以文为诗，不追求诗句的紧缩，而欣赏诗句的散文美。把散文化倾向引入诗中，也就是所谓的"以文为诗"。如："玉川先生洛城里，破屋数间而已矣。一奴长须不裹头，一婢赤脚老无齿。辛勤奉养十余人，上有慈亲下妻子……"（《寄卢仝》）其二是以议论为诗，最有代表性的作品就是《山石》，诗云："山石荦确行径微，黄昏到寺蝙蝠飞。升堂坐阶新雨足，芭蕉叶大栀子肥。僧言古壁佛画好，以火来照所见稀。铺床拂席置羹饭，粗粝亦足饱我饥。夜深静卧百虫绝，清月出岭光入扉。天明独去无道路，出入高下穷烟霏。山红涧碧纷烂漫，时见松枥皆十围。当流赤足踏涧石，水声激激风生衣。人生如此自可乐，岂必局束为人鞿，嗟哉吾党二三子，安得至老不更归？"其三是其雄奇险怪的诗风，如《听颖师弹琴》诗云："昵昵儿女语，恩怨相尔汝。划然变轩昂，勇士赴敌场。浮云柳絮无根蒂，天地阔远随飞扬。喧啾百鸟群，忽见孤凤凰。跻攀分寸不可上，失势一落千丈强。嗟余有两耳，未省听丝篁。自闻颖师弹，起坐在一旁。推手遽止之，湿衣泪滂滂。颖乎尔诚能，无以冰炭置我肠。"

4. 作品讲读

（1）《早春呈水部张十八员外二首》其一。

天街小雨润如酥，草色遥看近却无。最是一年春好处，绝胜烟柳满皇都。

这是一首歌咏初春景色的诗作。首二句描写细雨滋润下若隐若现的草色，渲染了一种轻柔的春的氛围，传达出生的喜悦和快意。末二句以初春草色和暮春烟柳作比，抒发了作者对初春的喜爱。艺术上，作者善于从平凡景物中挖掘新奇的意象以表现自己的独特感受。尤其"草色"一句，后人评为"写照工甚，如画家设色，在有意无意间，"，将早春草色那份惹人怜爱、逗人情思的意趣一笔画出。全诗用笔精炼，形神兼备，风格清新，意境隽永。

（2）《左迁至蓝关示侄孙湘》。

一封朝奏九重天，夕贬潮阳路八千。欲为圣明除弊事，肯将衰朽惜残年！云横秦岭家何在？雪拥蓝关马不前。知汝远来应有意，好收吾骨瘴江边。

本诗主要抒发诗人被贬的愤懑。首联开门见山交代自己遭受左迁之事，怨愤之情溢于言表。颔联即事明志，申述左迁之因，表现忠而获罪的怨愤、老而弥坚的气概。颈联宕开写景。既写出了当地实景的壮阔气象，又在前瞻后顾中传递出对家人的思念，对长安的怀恋，对往事的怨愤和对前途的忧伤。尾联以叮嘱后事作结，把沉痛感情推向极致。这首七律，风格沉雄悲怆。融叙事、写景、抒情于一炉，以文为诗，语言明快准确。

（二）孟郊

1. 孟郊的生平与创作

孟郊（751—814）字东野，湖州武康（今浙江德清）人。他和贾岛齐名，皆以苦吟著称，苏轼称"郊寒岛瘦"。

孟郊诗中不乏关注社会下层民众生活的,但更多的是表现自我悲愤和贫寒生活的作品。如其《登科后》颇能反映唐代士人登科后的复杂心理:"昔日龌龊不足夸,今朝放荡思无涯。春风得意马蹄疾,一日看尽长安花。"其诗注重造语炼字,追求构思的奇特超常。孟郊的代表作是《秋怀十五首》《游子吟》《自叹》《赠崔纯亮》等。其好处在于能救平滑浅陋之失,弊病又在于冷僻艰涩。孟诗最突出的特点是以幽僻、清冷、苦涩的意象写凄怆寒苦的生活,诗境狭窄,风格峭硬。苏轼所谓"郊寒岛瘦",概括得非常中肯。孟郊诗中写得最好的反而是那首古朴平易的小诗《游子吟》。

2. 作品讲读:《游子吟》

慈母手中线,游子身上衣。临行密密缝,意恐迟迟归。谁言寸草心,报得三春晖。这首小诗巧用比兴,擅长写出具有代表性的细节。语言平淡朴实,情感真挚动人,因为朴实所以感人,因为真挚所以可贵,这首小诗曾经引起后世无数读者的感动与共鸣。试举一例,莫砺锋先生在谈到这首感人肺腑的小诗时说:

孟郊的《游子吟》则是感人至深的短诗名作。古往今来,多少诗人歌咏过母爱?可是孟郊这首寥寥三十字的短诗仍被推为绝唱,原因很简单:真挚才是天下之至情,朴素才是天下之至美。直到今天,"三春之晖"仍是人们用来形容母爱的最好词汇,它的艺术感染力抵得上一般作品的万语千言。我也曾东施效颦地用这个词汇来形容母爱,那是写于二十多年前的一首小诗,即《南京车站送母东归》:"又作异乡别,石城寒雨霏。贫家多聚散,微愿每乖违。梦绕故园路,泪沾新补衣。此身犹寸草,何以报春晖?"那时我还在跟程千帆先生读研究生,程先生规定我们要练习写诗,我就把这首小诗当做一次"窗课"交给先生了。我的习作往往被程先生批评得体无完肤,而且经常得到措辞严厉的评语,这首小诗却意外地得到了程先生的称赞:"此诗佳,似大历。至情至文,此等是也。"我当然明白程先生这么说无非是为了不让我泄气,以鼓励我继续练习写诗。我的这首小诗绝对称不上一个"佳"字,但说它出于"至情",我自觉当之无愧。那时辛劳了大半辈子的母亲已经退休,正与我的幼妹生活在一起。有一次母亲到南京来看望我的外婆,顺便到南京大学的宿舍里为我整理整理衣被。几天后我到火车站送母亲东归,风雨凄凄,我的心情也与天气一样的凄凉。我站在月台上望着头发花白的母亲的身影随着移动的车窗渐渐远去,想到自己年过三旬,却尚是一个依靠每月三十几元助学金生活的研究生,平生要想让母亲安度晚年的小小心愿不知到何年何月才能实现,心中便充满了失意和怅惘。我忽然想起清人黄仲则的《别老母》:"搴帷别母河梁去,白发愁看泪眼枯。惨惨柴门风雪夜,此时有子不如无!"我觉得有满腹的话需要倾吐,就写出了这首小诗。不幸的是诗中"微愿每乖违"一句后来竟成了"诗谶"!几年后我毕业留校任教了,但是居室狭小,收入低微,孩子幼小,母亲虽然时时到南京来与我们同住,却总是住不安稳。我好不容易熬到了经济上不再捉襟见肘、居室也稍为宽敞一些的地步,母亲却患了癌症,不久就与我们永别了。不断的失望终于变成了绝望,我永远无法报答母亲的三春之晖了![1]

莫砺锋先生以自己的切身经历来解读这首小诗,话语可以说是从他的肺腑之中流出来

---

[1] 莫砺锋:《莫砺锋诗话》,见莫砺锋《莫砺锋文集》卷七,凤凰出版社2019年版,第109—110页。

的，他解读这首小诗时的感情是这样的朴素真挚，我们在阅读莫先生解读孟郊此诗之语后也自然而然地被他感动了。好的诗歌就具有这样生生不已的生命力，能够产生一种兴发感动的力量，使一代又一代的读者在阅读它时不由自主地被其中所包含的美好的情思所打动，从而引起共鸣，得到熏陶，升华自己，美化人生。

胡海建教授曾从深层的文化心理着眼来作探讨，认为"对感激的关注古已有之，东西方皆然。西方文化中的感激集中体现为基督教徒对上帝的虔诚回报，每年一度的感恩节即是明证。中国文化中同样存在着浓厚的感激意识。《诗经》中有'投桃报李'之说，唐代孟郊留下'谁言寸草心，报复三春晖'的动人诗句，中国文化的三大主流——儒、释、道思想中含有丰富的感恩思想。任现品指出，儒家忠孝节义四大伦常观点的内在核心都是感恩，并认为感激意识的最大化是儒家文化的重要特色，可以用忠来报君恩，孝为报亲恩，节为报夫恩，义为报友恩来一以贯之。在思想的长河中，感恩有一个悠长的过去，但在心理学研究中，感激却只有一个短暂的历史"①，并对"常存感激之心"的积极意义进行了深入分析"在伤痛中心怀感激的积极者状态更好"②，"修女实验证实快乐会使人长寿"③，"Appreciate 的意思：感激与增值"④，"感激能形成良性循环"，"每天写下最少五件值得感激的事可以使人在生理和心理上都有较高的健康水平"⑤。一言以蔽之，只有常怀感恩之心，才能让我们的生活充满阳光、充满希望、充满生机、充满活力、充满信心、充满快乐。

二、李贺

（一）李贺的生平与创作

李贺（790—816），字长吉，河南昌谷（今河南宜阳）人。家族为唐皇室远支，父李晋肃曾作边疆小官，早逝。家境困窘，他天才早熟，胸怀大志，曾令韩愈等人惊异。但因避父讳，不得应举进士，失去仕进之路，只做过职掌祭祀的九品小官奉礼郎。少年失意，郁闷而终，年二十七岁。他作诗勤奋苦吟，呕心沥血。有《李长吉歌诗》四卷，存诗二百余首。

李贺的诗歌内容主要是诉说怀才不遇的悲愤。如《开愁歌》写道："我当二十不得意，一心愁谢如枯兰。衣如飞鹑马如狗，临歧击剑生铜吼。"又如《致酒行》写道："我有迷魂招不得，雄鸡一声天下白。少年心事当拿云，谁念幽寒坐呜呃？"李贺还想奋斗，可是没有时间了，他常将怀才不遇与人生短促结合起来描写，钱锺书先生认为李贺诗歌"于光阴之速，年命之短，世变无涯，人生有尽，每感怆低徊，长言永叹"（《谈艺录》十四）。如这首《苦昼短》就将这种人生感慨表达得淋漓尽致、低回往复，诗云：

---

① 胡海建：《哈佛积极教育心理学》，哈尔滨工程大学出版社2015年12月版，第131页。
② 胡海建：《哈佛积极教育心理学》，哈尔滨工程大学出版社2015年12月版，第131页。
③ 胡海建：《哈佛积极教育心理学》，哈尔滨工程大学出版社2015年12月版，第133页。
④ 胡海建：《哈佛积极教育心理学》，哈尔滨工程大学出版社2015年12月版，第140页。
⑤ 胡海建：《哈佛积极教育心理学》，哈尔滨工程大学出版社2015年12月版，第147页。

飞光飞光，劝尔一杯酒。吾不识青天高、黄地厚。唯见月寒日暖，来煎人寿。食熊则肥，食蛙则瘦。神君何在？太一安有？天东有若木，下置衔烛龙。吾将斩龙足，嚼龙肉，使之朝不得回，夜不得伏。自然老者不死，少者不哭。何为服黄金、吞白玉？谁似任公子，云中骑碧驴？刘彻茂陵多滞骨，嬴政梓棺费鲍鱼。

对于神鬼世界及死亡的描写，在李贺诗中也占有很大比重。这类诗一方面反映了诗人对于现实世界的失望与否定，寄希望于缥缈的仙境，同时也流露出了诗人较为颓废的思想情感，如《梦天》《天上谣》《苏小小墓》《神弦》等。试看他怀念钱塘名妓的这篇《苏小小墓》，诗云：

幽兰露，如啼眼。无物结同心，烟花不堪剪。草如茵，松如盖。风为裳，水为佩。油壁车，夕相待。冷翠烛，劳光彩。西陵下，风吹雨。

李贺也有一些反映社会现实的诗。如《老夫采玉歌》：

采玉采玉须水碧，琢作步摇徒好色。老夫饥寒龙为愁，蓝溪水气无清白。夜雨冈头食蓁子，杜鹃口血老夫泪。蓝溪之水厌生人，身死千年恨溪水。斜山柏风雨如啸，泉脚挂绳青袅袅。村寒白屋念娇婴，古台石磴悬肠草。

李贺诗的艺术特点主要表现在：他倾心于幽奇冷艳诗境的构造，既"笔补造化"，又师心作怪。虽然这些诗人因自身遭际所限，视野不够宏阔，取材偏于狭窄，大都在苦吟上下功夫，以致雄奇不足而怪异有余，诗境也多流于幽僻塞涩，但他却以自己的美学追求和创作实践有力地回应了韩愈的主张，强化了以怪奇为主的风格特点。试看其《李凭箜篌引》：

吴丝蜀桐张高秋，空山凝云颓不流。江娥啼竹素女愁，李凭中国弹箜篌。昆山玉碎凤凰叫，芙蓉泣露香兰笑。十二门前融冷光，二十三丝动紫皇。女娲炼石补天处，石破天惊逗秋雨。梦入神山教神妪，老鱼跳波瘦蛟舞。吴质不眠倚桂树，露脚斜飞湿寒兔。

李贺的诗歌也被称为"长吉体"。"长吉体"在构思、意象、遣词、设色等方面都表现出新奇独创的特色，形成瑰丽冷艳、虚幻怪诞的浪漫风格，在整个中国诗歌史上，独树一帜。有"诗鬼"之称。

李贺诗歌成就的取得，暗合了西方心理学理论中的"保持新鲜感的三种方法"[①]。具体来说，李贺注重内心世界的深层开掘和虚幻意象的营造，形成凄艳怪诞的诗风。李贺诗歌中具有丰富奇特的艺术想象、幻想与夸张，他熟练运用神话传说和怪诞、华美的词汇，别出心裁地创造出超现实的、从未有过的艺术世界。李贺追求语言的表现力，喜用浓艳词句，渲染物象的色彩和情态，构成极具个性化、表现力的诗歌意象群，如写草：寒绿、颓绿、丝绿、凝绿、静绿。写花：笑红、冷红、愁红、老红、堕红。风有酸风，雨有香雨，泪有红泪，春有古春，新颖奇丽。为造成刺激性效果，他还喜用"鬼""泣""死"等字，以形成奇峭幽怨的境界。结构常常超越时空自由地跳跃，想落天外，不拘法度。李贺的诗往往是连缀着印象和感觉的片段，局部可以达到细致入微的真实，而整体却不可思议地荒诞化。如《长歌续短歌》《雁门太守行》皆是忽此忽彼，迷离惝恍，透出诗人思维的不定性和灵魂的无着无落。其缺陷也是显而易见的：题材过于狭

[①] 胡海建：《哈佛积极教育心理学》，哈尔滨工程大学出版社2015年版，第148页。

窄,情绪过于低沉,一意追求怪异,难免走向神秘晦涩和阴森恐怖。

(二)作品讲读

1.《雁门太守行》

黑云压城城欲摧,甲光向日金鳞开。角声满天秋色里,塞上燕脂凝夜紫。半卷红旗临易水,霜重鼓寒声不起。报君黄金台上意,提携玉龙为君死。

对此诗内容的理解,分歧很大。或说写敌兵压境,或说写官军围城;或说写奋勇反击,或说写驰援奇袭;或说写战斗过程,或说写将战情景。一般认为,此诗运用"印象连缀"式的结构,暗示和烘托的手法,秾艳斑驳的色彩,渲染了悲壮惨烈的战斗氛围,描写并歌颂了危城守将誓死报国的决心。

2.《梦天》

老兔寒蟾泣天色,云楼半开壁斜白。玉轮轧露湿团光,鸾佩相逢桂香陌。黄尘清水三山下,更变千年如走马。遥望齐州九点烟,一泓海水杯中泻。

此诗写梦游月宫奇丽变幻的境界。前四句写梦游月宫,后四句写俯视人间。在奇诡的想象中,可以看到诗人在现实生活中找不到出路的苦闷和迷惘,也寄寓了人事沧桑的深沉感慨。

三、白居易

(一)白居易生平与创作

白居易(772—846),字乐天,原籍太原,后迁居下邽(今陕西渭南),号香山居士。思想发展和创作道路以四十四岁贬江州司马为界限,分为"兼济天下"和"独善其身"前后两个时期。

前期,白居易仕途一帆风顺,政治态度十分积极。元和初,他与元稹"闭户累月,揣摩当代之事",写成《策林》七十五篇。任左拾遗的三年里,累次上言规劝皇帝体恤民情,革除弊政,还利用诗歌来配合斗争,凡"难于指言者,辄咏歌之",创作了大量的政治讽喻诗,使统治者"变色""扼腕""切齿"的《秦中吟》和《新乐府》等反映现实的诗篇就产生在这一时期。

后期,白居易"穷则独善其身"的思想占据了主导地位。为避免卷入牛李党争,他选择了一条中隐的道路,屡求外任,曾任杭州、苏州太守。致仕后请求归隐,在洛阳十八年,修香山寺,自号香山居士。晚年,尤其受佛老思想的影响,走上妥协、乐天知命、消极颓唐的道路,于是大量的闲适诗、感伤诗代替了前期的讽喻诗。后期尽管白居易由"兼济"走向"独善",但是他仍然未尝忘记民生疾苦,尽力为百姓做有益的事情,绝不与黑暗的官场同流合污,始终保持了自己高洁的品格。

白居易著有《白氏长庆集》,是由元稹和他本人先后编定的,存诗两千八百余首。白居易是唐代创作最多的诗人。他曾经把自己五十一岁以前写的一千三百多首诗歌分为四类:讽喻诗、闲适诗、感伤诗、杂律诗。晚年又将五十一岁后的诗只分为"格诗"和"律诗"两类。

白居易自述感伤诗创作原因是"事物牵于外，情理动于内，随感遇而形于咏叹者，一百首，谓之感伤诗"。以《长恨歌》和《琵琶行》为代表，标志着白诗的最高成就。

白居易曾自述讽喻诗的写作历程：

> 自拾遗来，凡所适所感，关于美刺比兴者，又自武德讫元和，因事立题，题为新乐府者，共一百五十首，谓之讽喻诗。（《与元九书》）

其中的《新乐府》五十首，《秦中吟》十首，都是白居易现实主义诗歌理论的典型表现。白居易讽喻诗的特点主要体现在内容上，真实广泛地反映了当时的黑暗政治统治，充分揭露出统治阶层骄奢淫逸的生活和人民的苦痛，起到了政治上的美刺作用，符合儒家的比兴传统，代表作如《红线毯》《杜陵叟》《轻肥》《卖炭翁》《上阳白发人》《新丰折臂翁》等。这些诗体现出白居易对社会、对政治、对人民的强烈正义感和责任感。艺术上，这些讽喻诗主题专一，中心突出，感情浓烈。"一吟悲一事"，"首句标其目，卒章显其志"。此外，他还善于运用一二警句统摄全篇，达到言浅意深，平淡中见奇警的艺术效果。白居易擅长从纷繁的真人真事中选取具有典型意义的事物，进行高度的概括和集中，从而达到以小见大、窥斑知豹的艺术效果。这些诗歌形象鲜明生动，塑造了一系列鲜明的艺术形象。白居易尤其善于运用简练生动的外貌描写和细致入微的心理刻画以及典型的细节来展现人物性格。关于白居易讽喻诗创作的心理动机，欧丽娟有较新颖的解读，她指出：

> 白居易于口诛笔伐之际，还同时享受着当道震动、权贵侧目，而同侪礼赞、百姓颂扬的特殊名望所带来的心理满足，从朝廷考试到歌席酒筵，他的诗人人都读过，还被用来做考试题目，其中充满了一种微妙的权力快感，甚至在贬谪到江州的旅途中，白居易还很得意于这三四千里的路上，到处都有人认识他，都有地方题他的诗。
>
> 试看这在段沾沾自喜的话语中，又哪里有一点受苦百姓的踪迹？可是先前他说他之所以写讽喻诗，是因为忧国忧民，所谓"惟歌生民病，愿得天子知"（《寄唐生诗》）、"但伤民病痛，不识时忌讳。遂作秦中吟，一吟悲一事"（《伤唐衢二首》其二），但到了被贬谪的时候，他所注意的重点，却只剩下这些诗能够震撼权贵的影响力，以及被人传诵的名气了！
>
> 因此甚至让人高度怀疑：这样一种对于世俗价值患得患失的心理，也连带影响到他写讽喻诗的心理动机，其实并没有像李白、杜甫那样单纯地完全出自理想。从白居易自己的描述，可以推敲出白居易之所以写讽喻诗强烈抨击时政弊端，固然也有儒家兼济天下的理想性，但本质上恐怕还是为了"名入众耳""得名于文章"，利用讽喻诗快速获得名望，应该才是更重要的原因。①

欧丽娟灵采焕发品诗心，新见叠涌释内蕴，她的解读言之成理，持之有据，可备一说。此外，白居易诗歌的语言通俗浅切，有"白诗解姬"的佳话。他还善于引口语入诗，竟有"天下俚语被乐天道尽"（胡仔《苕溪渔隐丛话》引王安石语）之说。白居易诗歌流传广远，与此不无关系。

白居易的影响体现在元白诗派上。元白诗派是指中唐时期以元稹、白居易为代表的

---

① 欧丽娟：《唐诗可以这样读》，浙江人民出版社2018年版，第318页。

诗派，强调诗歌反映现实，批判现实的社会政治功能；提倡"新乐府"创作，长于叙事，有明显的尚通俗、重写实、务浅尽的特点。此诗派的代表诗人还有张籍、王建等。

（二）作品讲读

1.《赋得古原草送别》

离离原上草，一岁一枯荣。野火烧不尽，春风吹又生。远芳侵古道，晴翠接荒城。又送王孙去，萋萋满别情。

这首诗写得构思精巧，结构严密，平易动人。前六句写古原草，后两句写送别。前六句写草之盛寓后两句别情之深长。同时，前六句写自然界的草由枯而荣，后两句写人生由合而离，将自然和人生做了对照，情味无穷。清人赵翼评价此诗时道："眼前景，口头语，不须雕琢，自能沁人心脾，耐人咀嚼。"

2.《轻肥》（一作《江南旱》）

意气骄满路，鞍马光照尘。借问何为者，人称是内臣。朱绂皆大夫，紫绶悉将军。夸赴军中宴，走马去如云。尊罍溢九酝，水陆罗八珍。果擘洞庭橘，脍切天池鳞。食饱心自若，酒酣气益振。是岁江南旱，衢州人食人。

此诗是《秦中吟》十首中的第七首，主要揭露中唐时期朝政腐败，宦官专权，民不聊生的现实。本诗最突出的特点是对比强烈，在对比中充分揭示出社会的不合理。与杜甫的"朱门酒肉臭，路有冻死骨"有异曲同工之妙。因此，虽不发议论，不做说明，却有着撼人心魄的批判力量。其次，描写传神。作者以赴宴、席间、宴后为序，刻画宦官们的淫逸生活，其骄奢跋扈态，仿佛可见。

3.《长恨歌》

汉皇重色思倾国，御宇多年求不得。杨家有女初长成，养在深闺人未识。天生丽质难自弃，一朝选在君王侧。回眸一笑百媚生，六宫粉黛无颜色。春寒赐浴华清池，温泉水滑洗凝脂。侍儿扶起娇无力，始是新承恩泽时。云鬓花颜金步摇，芙蓉帐暖度春宵。春宵苦短日高起，从此君王不早朝。承欢侍宴无闲暇，春从春游夜专夜。后宫佳丽三千人，三千宠爱在一身。金屋妆成娇侍夜，玉楼宴罢醉和春。姊妹弟兄皆列土，可怜光彩生门户。遂令天下父母心，不重生男重生女。骊宫高处入青云，仙乐风飘处处闻。缓歌慢舞凝丝竹，尽日君王看不足。渔阳鼙鼓动地来，惊破《霓裳羽衣曲》。九重城阙烟尘生，千乘万骑西南行。翠华摇摇行复止，西出都门百余里。六军不发无奈何，宛转蛾眉马前死。花钿委地无人收，翠翘金雀玉搔头。君王掩面救不得，回看血泪相和流。黄埃散漫风萧索，云栈萦纡登剑阁。峨眉山下少人行，旌旗无光日色薄。蜀江水碧蜀山青，圣主朝朝暮暮情。行宫见月伤心色，夜雨闻铃肠断声。天旋地转回龙驭，到此踌躇不能去。马嵬坡下泥土中，不见玉颜空死处。君臣相顾尽沾衣，东望都门信马归。归来池苑皆依旧，太液芙蓉未央柳。芙蓉如面柳如眉，对此如何不泪垂。春风桃李花开日，秋雨梧桐叶落时。西宫南内多秋草，落叶满阶红不扫。梨园弟子白发新，椒房阿监青娥老。夕殿萤飞思悄然，孤灯挑尽未成眠。迟迟钟鼓初长夜，耿耿星河欲曙天。鸳鸯瓦冷霜华重，翡翠衾寒谁与共。悠悠生死别经年，魂魄不曾来入梦。临邛道士鸿都客，能以精诚致魂魄。为感君王辗转思，遂教方士殷勤觅。排空驭气奔如电，升天入地求之遍。上穷碧落下黄泉，两处茫茫皆不见。忽闻海上有仙山，山在虚无缥渺间。楼阁玲珑五云起，其中绰约多仙子。中有一人字太真，雪肤花貌参差是。金阙西厢叩玉扃，转教小玉报双成。闻道汉家天子使，九华帐里梦魂惊。揽衣推枕起徘徊，珠箔银屏迤逦开。云鬓半偏新睡觉，花冠不整下堂来。风吹仙袂飘飘举，犹似霓裳羽衣舞。玉容寂寞泪阑干，梨花一枝春带雨。含情凝睇谢君王，一别音容两渺茫。昭阳殿里恩爱绝，蓬莱宫中日月长。回头下望人寰处，不见长安见尘雾。惟将旧物表深情，钿合金钗寄将去。钗留一股合一扇，钗擘黄金合分钿。但教心似金钿坚，天上人间会相见。临别殷勤重寄词，词中有誓两心知。七月七日长生殿，夜半无人私语时。在天愿作比翼鸟，在地愿为连理枝。天长地久有时尽，此恨绵绵无绝期。

关于这首《长恨歌》的主题，有爱情说、讽喻说和讽喻、爱情双重主题等多种说法。依白居易的"一篇长恨有风情"，应从较广阔的时代意义上去把握和理解其"长恨"主题所蕴含的悲剧意蕴，即把李、杨的悲剧分别看作爱情悲剧、政治悲剧和时代悲剧，从而使爱情主题、政治主题和时代感伤主题，各有所依存和附丽，构成一个有内在联系的三重变奏的统一整体。《长恨歌》的艺术特点主要表现在三个方面：完整的叙事与强烈的抒情相结合，写实与浪漫的虚构相结合，使诗歌风情摇曳，生动流转，极富艺术感染力。通过景物描写，突出刻画人物的内心世界。细腻、生动的人物肖像描写，突出主人公的形象。

4.《琵琶行》

元和十年，予左迁九江郡司马。明年秋，送客湓浦口。闻舟中夜弹琵琶者，听其音，铮铮然有京都声。问其人，本长安倡女，尝学琵琶于穆、曹二善才，年长色衰，委身为贾人妇。遂命酒，使快弹数曲，曲罢悯默。自叙少小时欢乐事，今漂沦憔悴，转徙于江湖间。予出官二年，恬然自安，感斯人言，是夕始觉有迁谪意。因为长句，歌以赠之，凡六百一十二言，命曰《琵琶行》。

浔阳江头夜送客，枫叶荻花秋瑟瑟。主人下马客在船，举酒欲饮无管弦。醉不成欢惨将别，别时茫茫江浸月。忽闻水上琵琶声，主人忘归客不发。寻声暗问弹者谁，琵琶声停欲语迟。移船相近邀相见，添酒回灯重开宴。千呼万唤始出来，犹抱琵琶半遮面。转轴拨弦三两声，未成曲调先有情。弦弦掩抑声声思，似诉平生不得志。低眉信手续续弹，说尽心中无限事。轻拢慢捻抹复挑，初为《霓裳》后《六幺》。大弦嘈嘈如急雨，小弦切切如私语。嘈嘈切切错杂弹，大珠小珠落玉盘。间关莺语花底滑，幽咽泉流冰下难。冰泉冷涩弦凝绝，凝绝不通声暂歇。别有幽愁暗恨生，此时无声胜有声。银瓶乍破水浆迸，铁骑突出刀枪鸣。曲终收拨当心画，四弦一声如裂帛。东船西舫悄无言，唯见江心秋月白。沉吟放拨插弦中，整顿衣裳起敛容。自言本是京城女，家在虾蟆陵下住。十三学得琵琶成，名属教坊第一部。曲罢曾教善才服，妆成每被秋娘妒。五陵年少争缠头，一曲红绡不知数。钿头银篦击节碎，血色罗裙翻酒污。今年欢笑复明年，秋月春风等闲度。弟走从军阿姨死，暮去朝来颜色故。门前冷落鞍马稀，老大嫁作商人妇。商人重利轻别离，前月浮梁买茶去。去来江口守空船，绕船月明江水寒。夜深忽梦少年事，梦啼妆泪红阑干。我闻琵琶已叹息，又闻此语重唧唧。同是天涯沦落人，相逢何必曾相识！我从去年辞帝京，谪居卧病浔阳城。浔阳地僻无音乐，终岁不闻丝竹声。住近湓江地低湿，黄芦苦竹绕宅生。其间旦暮闻何物？杜鹃啼血猿哀鸣。春江花朝秋月夜，往往取酒还独倾。岂无山歌与村笛？呕哑嘲哳难为听。今夜闻君琵琶语，如听仙乐耳暂明。莫辞更坐弹一曲，为君翻作《琵琶行》。感我此言良久立，却坐促弦弦转急。凄凄不似向前声，满座重闻皆掩泣。座中泣下谁最多？江州司马青衫湿。

  这首诗通过琵琶女前后不同的人生遭际，抒发了作者因仕途失意而产生的"同是天涯沦落人，相逢何必曾相识"的悲怨感情，表达了诗人对遭贬的不满与怨恨。欧丽娟对此诗的主题有着非常新颖的看法，她指出：

  既然在《琵琶行》中，所聚焦的都是"繁华—沦落"的单向结构，随之展开被贬谪的怅怨以及对长安的眷恋，显示出白居易最在意的就是世俗的得失，以致"失意"变质为"失势"，所追慕的"繁华"实更近于"浮华"。而琵琶女魂牵梦萦、念念不忘的繁华生活，也是由地位、物质、声名所构成，属于个人一生中爆发于青春岁月的巅峰经验，且满足于外部的、社会化的世俗虚荣。据此而言，可以说在价值取向和人生追求中，确实"他们都有两面性：琵琶女既崇尚艺术又喜爱金钱；诗人具有艺术才华又渴慕权势；上层官吏既追求权势又不放弃名利"，这就是构成"同是天涯沦落人"的另一个原因。原来本质上他们是同一类的人，不只是"天涯沦落"的遭遇相同而已！……就亚里斯多德所谓"诗比历史更真实"的意义而言，《琵琶行》这篇传记色彩浓厚的长诗，毋宁更是作诗人本身的自我呈现。并且，在"得罪于文章"而被贬为江州司马之后，白居易就不再写让他名闻遐迩的讽喻诗了，算起来，所谓的讽喻时期只有短短几年，相关作品共一百七十二首，这和他六十年以上的创作过程、三千八百多首诗（编者按：应是两千八百多首诗）的创作总量相比，其实算是稍纵即逝、九牛一毛，但却变成现代读者对于白居易的价值判断所在，恐怕是太过以偏概全。①

此说言之有理，持之有故，深入细腻地揭示出了白居易深层次的文化性格与人生思考。这首诗在艺术上也很有特点，主要体现在如下几个方面：精妙的艺术构思。通过景物描写来烘托人物感情。通过人物的动作、神态来展示其性格、心理。出色的音乐描写：善于使用多种比喻；音乐形象多姿多彩，以声传情；通过各种动作进行描写；善于渲染音乐效果，语言富于音乐性。

四、刘禹锡

（一）刘禹锡的生平与创作

  刘禹锡（772—842），字梦得，洛阳人。永贞元年（805）与柳宗元等辅佐王叔文执政革新。失败后贬朗州司马，以后又长期被贬任连州、夔州、和州刺史。晚年回到洛阳，任太子宾客，世称刘宾客。与白居易齐名，世称"刘白"。

  刘禹锡诗雄豪苍劲，白居易称他为"诗豪"："彭城刘梦得，诗豪者也。其锋森然，少敢当者。"（《刘白唱和集》）对他非常钦佩。杨慎评价道："元和以后，诗人之全集可观者数家，当以刘禹锡为第一。其诗入选及人所脍炙不下百首矣。"（《升庵外集》卷七

---

① 欧丽娟：《唐诗可以这样读》，浙江人民出版社2018年版，第318—319页，第327页。

十六）著有《刘梦得文集》四十卷。

刘禹锡的诗，从内容上，分为讽喻诗、感遇诗、咏史诗和民歌体诗。

刘禹锡的诗歌创作，善用典实而透脱不滞，词采丰美而笔致流利，造境明丽清远而风神俊爽，又有一种恢宏的气度，骨力豪劲。他的讽喻诗和感遇诗多作于被贬期间。他的讽喻诗词旨隐晦而寓意深刻，感遇诗寄慨遥深而正气凛然，如《酬乐天扬州初逢席上见赠》。他的咏史诗多为登临历史遗迹的怀古之作，一般采用五七言律绝的形式。通过对与前朝史实有关的古迹风景的描写，抒发千古兴亡之感和对现实的认识，有着深沉的历史和人生的沧桑感、隽永感。他的竹枝词，注意吸收民间口语，并学习民歌悠扬婉转的情调，富有浓郁的生活气息和地方特色。如《竹枝词二首》其一："杨柳青青江水平，闻郎江上踏歌声。东边日出西边雨，道是无晴却有晴。"

刘禹锡的诗大都写得简洁明快，风格刚健爽朗，有哲人的睿智，诗人的挚情，在中唐诗坛上，有自己独特的风格。

（二）作品讲读：《西塞山怀古》

王濬楼船下益州，金陵王气黯然收。千寻铁锁沉江底，一片降幡出石头。
人世几回伤往事，山形依旧枕寒流。今逢四海为家日，故垒萧萧芦荻秋。

这首诗在描写怀古幽思的风景中，融入了现实的忧患意识。诗中歌颂了国家的统一事业，对当世拥兵自重、凭险割据的藩镇提出了警告。诗的前半部分怀古，西晋东下的摧枯拉朽之势，与阻挡统一的割据势力的最终灭亡，互相映照。后半部分叹今，"四海为家"的统一局面与荒凉冷落的"故垒"遗迹对举，构成鲜明的古今对比，含蓄深沉，意在言外。此诗语言平易、简洁，议论精辟，意象精当、新颖，风格沉着痛快，雄浑苍劲。

五、柳宗元

（一）柳宗元的生平与创作

柳宗元（773—819），字子厚，祖籍河东（今山西省永济市运城、芮城一带），世称"柳河东"，因官终柳州刺史，又称"柳柳州"。与韩愈共同倡导唐代古文运动，并称为"韩柳"，与刘禹锡并称"刘柳"，是"唐宋八大家"之一。

柳宗元一生留诗文作品达六百余篇，其文的成就大于诗。柳宗元的诗歌内容主要是抒写谪贬的抑郁悲伤和思乡之情。如《登柳州城楼》，难以排遣的愁思充塞于天地山海之间。他在贬谪期间所写的山水田园诗，主要以清静幽寂的自然景物来消解心灵的痛苦，解脱现实的困扰，表现自己不同流俗的思想情操。如《江雪》《渔翁》等，营造出地老天荒的空旷孤寂境界，意境淡泊简古，冷峭清远。

（二）作品讲读

1. 《江雪》

千山鸟飞绝，万径人踪灭。孤舟蓑笠翁，独钓寒江雪。

此诗为作者被贬为永州司马时所作,是一首托物言志的小诗,写景雄浑,寄托遥深。诗中描绘了一幅雪中寒江垂钓图,诗中的渔翁正是作者自身的写照,表现了诗人在永贞革新失败遭贬后的满腔孤愤,体现了诗人凛然无畏的坚强意志和永不同流合污的高贵品质,同时也反映了诗人孤芳自赏的性格。

2.《登柳州城楼寄漳汀封连四州》

城上高楼接大荒,海天愁思正茫茫。惊风乱飐芙蓉水,密雨斜侵薜荔墙。岭树重遮千里目,江流曲似九回肠。共来百越文身地,犹自音书滞一乡。

这首诗写于西江流域的柳州城楼,诗人借登楼远眺,抒发了自己连遭打击、被贬遐荒的忧愤和对友人的思念之情。首联写西江流域的远景,怀友之情,缘景而生,充溢天地。颔联写西江流域的近景,景中寓有遭受迫害打击、忧伤时事、处境险恶的感慨。颈联转写远景,前句透露怀友的殷切,后句喻指自己在西江流域的愁思的绵邈曲折。尾联直抒情怀,着一"共"字,关联自己与友人,彼此遭遇相同,但音书阻隔,这就在前面叹处境险恶、悲友朋不见的基础上,更添一分惆怅。全诗寓情于景,巧用比兴,意境深远。

(三)柳宗元对西江流域的描写及其影响

结合柳宗元《答刘连州邦字》中的"西江崩云下漓水,劈箭上浔江"一句,我们知道柳宗元贬谪南至柳州是通过湘水下漓江,经桂江,再由浔江逆流而上。从此,他的命运就与西江流域发生了密切的联系。

作为元和五大诗人之一,柳宗元在西江流域的柳州生活多年,对西江流域的风物有详尽的描写,有时也表现出一种对当地环境的疏离感、恐惧感,时常忧心忡忡,深感前途未卜,内心充满了悲怨之情。试看他沦落到西江流域的抒情之作:

瘴江南去入云烟,望尽黄茅是海边。山腹雨晴添象迹,潭心日暖长蛟涎。射工巧伺游人影,飓母偏惊旅客船。从此忧来非一事,岂容华发待流年。(《岭南郊行》)

圣代提封尽海壖,狼荒犹得纪山川。华夷图上应初录,风土记中殊未传。椎髻老人难借问,黄茅深峒敢留连。南宫有意求遗俗,试检周书王会篇。(《南省转牒欲具注国图令尽通风俗故事》)

越绝孤城千万峰,空斋不语坐高春。印文生绿经旬合,砚匣留尘尽日封。梅岭寒烟藏翡翠,桂江秋水露鲴鳙。丈人本自忘机事,为想年来憔悴容。(《柳州寄丈人周韶州》)

这些思想感情在柳宗元诗歌中十分普遍,形成了柳诗中常见的骚怨精神。面对放逐的命运,柳宗元与屈原有一脉相承的关系,他在描写西江流域的诗歌中也体现了《离骚》中的骚怨之情。

当然,人是复杂的统一体,骚怨精神是柳宗元迁谪西江流域时主要特点,但不是唯一的特点,柳宗元谪居西江流域的作品中也不乏清新明朗、自嘲自解之作,如这首《柳州城西北隅种柑树》就颇有陶渊明躬耕自资、倔强不屈的风神意态:

手植黄柑二百株,春来新叶遍城隅。方同楚客怜皇树,不学荆州利木奴。几岁开花闻喷雪,何人摘实见垂珠。若教坐待成林日,滋味还堪养老夫。

在蛮山瘴水之地，柳宗元想到通过种柑树来养活自己，并写入诗中，可谓妙趣横生，诗人潇洒自如的精神气质也确实令人向往，清人吴闿生在《古今诗范》卷十六中曾揭示此诗的妙处：

　　深文曲致，盖恐其久谪不归，而词反和缓，所以妙也。①

我们认为，此诗除了词义和缓外，还表现了诗人高洁的人品与热爱劳动的性格，充分认识到了一分耕耘，一分收获。与此类似的，还有《种柳戏题》一诗，诗云：

　　柳州柳刺史，种柳柳江边。谈笑为故事，推移成昔年。垂阴当覆地，耸干会参天。好作思人树，惭无惠化传。

柳宗元以迁客逐臣的身份来到柳州，在西江流域支流的柳江边种植柳树，但他没有自暴自弃，而是"谈笑为故事"，安心工作，热爱生活，并且在日常生活中体现出自己想为当地百姓干实事的精神风貌。从这个角度来看，元好问认为柳宗元的诗歌接近谢灵运，在谈到柳宗元时说："谢客风容映古今，发源谁似柳州深。朱弦一拂遗音在，却是当年寂寞心。"（《论诗三十首》其十二）但我们却认为柳宗元这首《种柳戏题》之作与陶渊明诗歌颇有酷似之处，与"开春理常业，岁功聊可观"的诗句有异曲同工之妙，都表现出诗人幽默、自娱、苦中作乐、随遇而安的风神意态。

除此之外，柳宗元在西江流域为宦时也关心民生疾苦，勤政爱民，兴办学校，培养人才，发展当地的生产力，减轻赋税。最为难能可贵的是柳宗元在《柳州峒氓》一诗中表现出来的精神：

　　郡城南下接通津，异服殊音不可亲。青箬裹盐归峒客，绿荷包饭趁墟人。鹅毛御腊缝山罽，鸡骨占年拜水神。愁向公庭问重译，欲投章甫作文身。

这首诗表现了自己能够放下文人士大夫且出身名门望族的高贵身段，虚心接近百姓，入乡随俗，与当地百姓打成一片的思想感情，并在诗中真实生动地叙述了自己在西江流域生活时由刚开始的语言不通、生活习俗不同到热爱当地浓厚的地方特色的风俗，最后甚至愿意脱下文人士大夫的服装而改学当地的风俗，在自己身上也刺上花纹的心路历程，感情真挚、深刻感人。

在此诗中，柳宗元入乡随俗，和光同尘之精神气概跃然纸上，让我们感受到这位谪居岭南的政府官员既可敬又可亲的理想人格境界。

当然，除了种柑、入乡随俗之外，朋友也是柳宗元在西江流域排遣心灵苦闷的重大精神支柱。唐宪宗元和十年（815）三月，柳宗元面临着贬谪到西江流域的命运时，悲痛万分，禁不住在诗中与知交好友刘禹锡倾吐衷肠，诗云：

　　十年憔悴到秦京，谁料翻为岭外行。伏波故道风烟在，翁仲遗墟草树平。直以慵疏招物议，休将文字占时名。今朝不用临河别，垂泪千行便濯缨。（《衡阳与梦得分路赠别》）

读了好友寄来的诗作，刘禹锡感慨万端，也和了他一首，诗云：

　　去国十年同赴召，渡湘千里又分歧。重临事异黄丞相，三黜名惭柳士师。归目并随回雁尽，愁肠正遇断猿时。桂江东过连山下，相望长吟有所思。（《再授连州至衡阳酬

---

① 转引自孟二冬选注《韩愈柳宗元诗选》，中华书局2006年版，第227页。

柳柳州赠别》)

柳宗元与好友刘禹锡就这样在互相唱和交流中暂时缓解了迁谪的苦闷。

无疑，朋友是人生最宝贵的精神财富之一。有知交好友能够分担自己的痛苦，那么，一份痛苦就变成了一半。柳宗元正好就有这样几个能够倾听他内心痛苦的亲朋好友，如下列几首诗歌都是柳宗元在西江流域向他们诉说贬谪生活愁苦的，诗云：

零落残魂倍黯然，双垂别泪越江边。一身去国六千里，万死投荒十二年。桂岭瘴来云似墨，洞庭春尽水如天。欲知此后相思梦，长在荆门郢树烟。(《别舍弟宗一》)

临蒸且莫叹炎方，为报秋来雁几行。林邑东回山似戟，牂牁南下水如汤。蒹葭淅沥含秋雾，橘柚玲珑透夕阳。非是白蘋洲畔客，还将远意问潇湘。(《得卢衡州书因以诗寄》)

海畔尖山似剑铓，秋来处处割愁肠。若为化得身千亿，散上峰头望故乡。(《与浩初上人同看山寄京华亲故》)

林邑山联瘴海秋，牂牁水向郡前流。劳君远问龙城地，正北三千到锦州。(《柳州寄京中亲故》)

破额山前碧玉流，骚人遥驻木兰舟。春风无限潇湘意，欲采蘋花不自由。(《酬曹侍御过象县见寄》)

这些诗歌既让柳宗元在倾诉之中宣泄了苦闷，排遣了压力，又感人肺腑，影响深远，成了千古流传的佳作。由于这些作品都是在西江流域柳州写的，生动有力地刻画了当地自然风光与风土民情，正如清人汪森在《韩柳诗选》中说："柳工于记，而其诗之绝胜者，亦在山水登临之际。"[①] 人们在读这些作品，被它们感动之余自然而然就会联想到西江流域的自然风光及诗人生活在其中的思想感情，无形之中就起到了传播与弘扬西江流域地域文化的作用，柳宗元在西江流域社会发展史上的贡献是不可磨灭的。

著名的迁岭文人苏轼把柳宗元当作自己的"南迁二友"之一，在谪居岭南的时候必然常常阅读揣摩柳宗元的文化性格与人生思考，对柳宗元的创作心理与思想感情方面有较深入的同情之了解。此外，苏轼还能够结合自己在西江流域生活的具体环境来抒发自己的情感，如下列作品在苏东坡的诗集中就比较具有典型性：

晚途流落不堪言，海上春泥手自翻。汉使节空余皓首，故侯瓜在有颓垣。平生多难非天意，此去残年尽主恩。误辱使君相拔拭，宁闻老鹤更乘轩。(《次韵王郁林》)

乞得纷纷扰扰身，结茅都峤与仙邻。少而寡欲颜长好，老不求名语益真。许迈有妻还学道，陶潜无酒亦从人。相随十日还归去，万劫清游结此因。(《送邵道士彦肃归都峤》)

当年我作表忠碑，坐觉江山气未衰。舞凤却从天目下，收驹时有渥洼姿。据床到处堪吹笛，横槊何人解赋诗。知是丹霞破佛手，先声应已慑群夷。(《送钱承制广西都监》)

由于东坡在居岭生活中"尚友"古人，与陶渊明、柳宗元这样的先贤"朝夕相处"，从而使得自己的胸襟旷达，对宇宙、人生、社会、自然有一种通古今而观之的达

[①] 转引自孟二冬选注《韩愈柳宗元诗选》，中华书局2006年版，第15页。

观态度。他在诗歌中表现出来的思想感情也与他崇敬的迁岭前辈柳宗元有密切的内在联系，更多地表现出自己随遇而安、随遇而乐、随遇而适的生活方式与积极乐观的人生态度，体现出东坡在一定历史条件下丰富多彩、深刻幽微的人生思考与文化性格。

第五节　晚唐诗

晚唐是唐诗走向没落的时期，正所谓："夕阳无限好，只是近黄昏。"

一、晚唐诗歌特点

（一）风格特点

晚唐诗歌致力于艺术形式的精工雕琢，用苦闷象征代替功利目的，集中于感觉和情绪心理的抒发，追求韵外之致。以哀怨悱恻为美，以悲凉萧瑟为美，以淡泊情思为美，以幽艳细腻为美，晚唐诗所体现的是一种带有浓郁感伤情绪的美。

（二）题材特点

晚唐诗歌题材主要体现在两个方面。

一方面是怀古、咏史。晚唐诗歌通过对历史的咏叹，在对过去的依恋中，又带着一种无可奈何的心情，接受国运衰亡的现实，体认盛衰不可抗拒的哲理，此种矛盾复杂的心情，表现得既深沉又平静。如杜牧的《登乐游原》云："长空淡淡孤鸟没，万古消沉向此中。看取汉家何事业，五陵无树起秋风。"又如薛逢在《悼古》中所述："细推今古事堪愁，贵贱同归土一丘。汉武玉堂人岂在，石家金谷水空流。光阴自旦还将暮，草木从春又到秋。闲事与时俱不了，且将身暂醉乡游。"笔者认为这些诗歌开启了后来元曲的抒情范式与审美风貌，试看关汉卿的《〔双调〕乔牌儿》，此曲唱道：

世情推物理，人生贵适意，想人间造物搬兴废。吉藏凶，凶藏吉。

〔夜行船〕富贵哪能长富贵？日盈昃月满亏蚀。地下东南，天高西北，天地尚无完体。

……

〔锦上花〕展放愁眉，休争闲气。今日容颜，老如昨日。古往今来，恁须尽知，贤的愚的，贫的和富的。

〔幺〕到头这一身，难逃那一日。受用了一朝，一朝便宜。百岁光阴，七十者稀。急急流年，滔滔逝水。

这首曲子曾被金庸先生引用，认为"曲中辞意豁达，显是个饱经忧患、看破了世情之人的胸怀"[①]，其实此曲的妙处乃是化用了晚唐咏史怀古诗的意境，展露的正是李商隐所说的"客散酒醒深夜后，更持红烛赏残花"的感伤惆怅、无可奈何而又故作豁达的心理状态。

---

① 金庸：《倚天屠龙记》，广州出版社2013年版，第681页。

另一方面，晚唐诗歌中的爱情题材也值得注意，展示了诗人深层、幽微的个人内心情感世界。这表现出两种倾向：一是表达爱的精神境界，爱的心路历程，以李商隐为代表；二是注重男女情爱的外在表现，满足感官上的享受，以温庭筠为代表。

二、杜牧

（一）杜牧的生平

杜牧（803—约852），字牧之，京兆万年（今陕西西安）人。祖父杜佑，三朝为相，又是著名的历史学家，著有《通典》二百卷，是中国典章制度史的一部名著。杜牧二十六岁进士及第，相继在江西、宣歙、淮南使幕任幕僚，后又任黄州、池州、睦州刺史。晚年出守湖州，官终中书舍人。

杜牧有经邦济世之志，讲究经世致用之学，议政谈兵尤为所长，曾为《孙子》作注十三篇。著有《罪言》《原十六卫》《战论》《守论》等文，议论施政用兵的进退得失，颇有卓越见识。被人认为"此人真王佐才也"。但他的仕途并不顺利，未有作为。一生成就主要在文学方面。

（二）杜牧的诗歌创作

杜牧诗歌的主要内容体现在以下四个方面。

首先是感怀忧时。杜牧诗最具现实意义的是论政议兵、忧时伤乱、表现民生疾苦及抒写壮志的一类诗歌，如《感怀诗》《郡斋独酌》《河湟》《早雁》等。他的《郡斋独酌》真实地描绘了动乱的时代，悯乱伤时与奋身报国之情流露笔端："岂为妻子计，未去山林藏。平生五色线，愿补舜衣裳。弦歌救燕赵，兰沚浴河湟。"

其次是咏史怀古诗。多是七绝，他的《赤壁》《登乐游园》《过华清宫三绝句》《过勤政楼》等，或抒写对历史兴亡成败的深沉感慨，或借题发挥讽刺现实，寓含对历史和政治的深刻见识，或者借史事抒发自己抑郁不平之气。这类诗往往将咏史怀古与写景抒情交织在一起。常常出奇立异，作翻案文章，颇具史论色彩。前人盛称杜牧这类咏史绝句为"二十八字史论"。试看他的《乌江亭》："胜败由来事不期，包羞忍辱是男儿。江东子弟多才俊，卷土重来未可知。"就比较典型地反映了杜牧咏史怀古诗的特征。又如《题商山四皓庙》诗云："吕氏强梁嗣子柔，我于天性岂恩仇。南军不祖左边袖，四老安刘是灭刘。"还有著名的《过华清宫三绝句》诗云：

长安回望绣成堆，山顶千门次第开。一骑红尘妃子笑，无人知是荔枝来。

新丰绿树起黄埃，数骑渔阳探使回。霓裳一曲千峰上，舞破中原始下来。

万国笙歌醉太平，倚天楼殿月分明。云中乱拍禄山舞，风过重峦下笑声。

体现出了杜牧对历史与众不同的思考与叙述，毕竟咏史只是叙述过去，并不等于过去。

再次是写景抒情诗。如《泊秦淮》《江南春》《山行》《清明》《秋夕》等，大多并非单纯写景，而是借景以抒发对历史或现实的感慨。善于捕捉自然景物中美的形象，把握人物微妙复杂的心理和情态，在短短的两句或四句诗里，构成一幅画面，创造出一个优美的意境，含蓄精练，意味深长。尽管也时带忧伤，却总是豪宕风流。如《山行》：

"远上寒山石径斜,白云生处有人家。停车坐爱枫林晚,霜叶红于二月花。"又如《秋夕》:"银烛秋光冷画屏,轻罗小扇扑流萤。天阶夜色凉如水,坐看牵牛织女星。"还有,《泊秦淮》也很感人:"烟笼寒水月笼沙,夜泊秦淮近酒家。商女不知亡国恨,隔江犹唱后庭花。"

最后,杜牧的艳情诗也值得一提。杜牧有一些诗歌反映了城市生活以及他与歌女们的恋情。比较著名的是《遣怀》,诗云:

落魄江淮载酒行,楚腰纤细掌中轻。十年一觉扬州梦,赢得青楼薄幸名。

还有绝句《赠别二首》:

多情却似总无情,唯觉樽前笑不成。蜡烛有心还惜别,替人垂泪到天明。

娉娉袅袅十三余,豆蔻梢头二月初。春风十里扬州路,卷上珠帘总不如。

杜牧诗歌的艺术特点主要表现在五个方面:其一,注重思想内容而又不轻视艺术形式,主张"文以意为主,气为辅,以辞采章句为之兵卫"(《答庄充书》),"苦心为诗,本求高绝。不务奇丽,不涉习俗。不今不古,处于中间。"(《献诗启》)故其诗意蕴深厚、寄慨深沉,意境高远。杜牧诗歌风格既有雄姿英发、风流俊爽、峭拔劲健的一面,又有清丽婉曲、含蓄隽永的一面。其二,杜牧诗歌在艺术手法上常常将叙事、写景、抒情、议论交融在一起,为抒情服务。其反映现实的诗歌常常是在叙事写景之中抒发深沉的感慨;其咏史、怀古诗常常是在述古抒情中夹杂着精警的议论;其写景诗常常是借景抒情。其三,常常采用比兴、寄托与暗示、暗喻的手法,表现出寓意含蓄、意在言外的艺术效果。其四,杜牧诗歌语言鲜明爽朗,凝练隽永。其五,诗歌体裁上古体、近体兼擅,尤擅七律、七绝。尤其是七绝的咏史、怀古诗和写景抒情诗,词采清丽,画面鲜明,风调悠扬,表露出才气俊爽与思致活泼的特点,倍受后人推崇。清代刘熙载评其诗"雄姿英发"(《艺概·诗概》)。明代杨慎说:"宋人评其诗豪而艳,宕而丽,于律诗中特拗峭,以矫时弊。"(《升庵诗话》)

(三)作品讲读:《赤壁》

折戟沉沙铁未销,自将磨洗认前朝。东风不与周郎便,铜雀春深锁二乔。

赤壁之战,周郎功莫大焉,历史早有定论,而杜牧却说他幸而成功,几乎家国不保,议论之矫拔,见解之独到,令人耳目一新。其中也寄寓了诗人自己的牢骚与不平。这首诗的艺术特点表现在:一是工于发端,不写山川形胜,而由一个细节写起,生动自然。二是精于议论,作翻案文章。三是言近旨远,直中见曲,"含蓄深窈"。

《彦周诗话》评价道:"杜牧之作《赤壁》诗,……意谓赤壁不能纵火,为曹公夺二乔置之铜雀台上也。孙氏霸业,系此一战。社稷存亡,生灵涂炭都不问,只恐捉了二乔,可见措大不识好恶。"后来为杜牧诗作注的冯集梧反驳说:"诗不当如此论,此直村学究读史见识,岂足与语诗人言近旨远之故乎!"(《樊川诗集注》)

三、李商隐

(一)李商隐的生平

李商隐(813—858),字义山,号玉溪生(又作"玉谿生")、樊南生。怀州河内

(今河南沁阳)人,出身小官僚家庭。早年得到牛党令狐父子的赏识,曾师事令狐楚并被引为幕府巡官,二十五岁时靠令狐楚之子令狐绹荐举,进士及第。次年入李党的泾原节度使王茂元幕府,王茂元爱其才,以女妻之,牛党成员因此诋毁他"背恩"。后来牛党执政,令狐绹为相十年,李商隐一直遭到冷遇,终其一生清寒潦倒,居官不过幕僚、县尉。政治上屡遭挫折,爱情婚姻上又遇不幸,诗人极度痛苦,在抑郁穷困中死去,年仅四十六岁。

(二) 李商隐的性格

时世、家世、身世,从各方面促成了李商隐易于感伤的、内向型的性格与心态。他所禀赋的才情,他的悲剧性和内向型的性格,使他灵心善感,而且感情异常丰富细腻。国事家事、春去秋来、人情世态,以及与朋友、与异性的交往,均能引发他丰富的感情活动,"有情天地内,多感是诗人""多感""有情",及其所带有的悲剧色彩,在李商隐的创作中表现得十分突出。

(三) 李商隐诗歌创作内容

李商隐诗歌的内容主要可分为以下几类:

(1) 政治诗。李商隐的政治诗反映广阔的社会生活及其政治见解,或批判现实政治,或忧国伤时,体现其思想中的儒家用世精神和忧患精神。如《有感二首》《重有感》《曲江》《韩碑》等。

(2) 咏史诗。李商隐的咏史诗或借古以讽今,或托古以抒怀。如《隋宫》《贾生》《马嵬》《瑶池》等都是名篇。试看《马嵬》诗云:

海外徒闻更九州,他生未卜此生休。空闻虎旅传宵柝,无复鸡人报晓筹。此日六军同驻马,当时七夕笑牵牛。如何四纪为天子,不及卢家有莫愁。

此诗对唐玄宗宠爱杨贵妃而导致国家衰落的历史事实进行了深刻的揭露与反思,浅语皆有味,淡语皆有致,是一首言浅意深的咏史名作,可与白居易的《长恨歌》、杜牧的《华清宫》相媲美。又如李商隐的《贾生》也是值得一提的佳作,诗云:

宣室求贤访逐臣,贾生才调更无伦。可怜夜半虚前席,不问苍生问鬼神。

(3) 感怀诗。李商隐多抒写身世之悲、命运之慨,如《安定城楼》《登乐游原》《初食笋呈座中》《锦瑟》等;大量的咏物诗多借咏物以抒怀寄慨。如《蝉》《流莺》《柳》等。又如《夕阳楼》云:

花明柳暗绕天愁,上尽重城更上楼。欲问孤鸿向何处,不知身世自悠悠。

再如《初食笋呈座中》诗云:

嫩箨香苞初出林,于陵论价重如金。皇都陆海应无数,忍剪凌云一寸心。

(4) 爱情诗。李商隐的爱情诗多以"无题"为题,有的还别有寓托。诗歌多以爱情生活中的悲剧性相思作为主题,让男女之间的交往与纠葛真正得到升华,带有浓厚的精神追求的色彩,显得深情绵邈,又飘忽迷离,如《无题》(相见时难别亦难)、《无题》(昨夜星辰昨夜风)都是脍炙人口的名篇,《夜雨寄北》《春雨》等也是名篇。试看其《无题》诗两首:

昨夜星辰昨夜风，画楼西畔桂堂东。身无彩凤双飞翼，心有灵犀一点通。隔座送钩春酒暖，分曹射覆蜡灯红。嗟余听鼓应官去，走马兰台类转蓬。（其一）

来是空言去绝踪，月斜楼上五更钟。梦为远别啼难唤，书被催成墨未浓。蜡照半笼金翡翠，麝熏微度绣芙蓉。刘郎已恨蓬山远，更隔蓬山一万重。（其二）

（四）李商隐诗歌的艺术特色

李商隐的诗歌既善于吸取前人的成果，又能开拓创新。形成了深情绵邈、绮丽精工的主体诗风。清人吴乔说："唐人能自辟宇宙者，惟李、杜、昌黎、义山。"（《西昆发微序》）李商隐诗歌最突出的特点就是寄托遥深而措辞婉曲，情调幽美，朦胧多义。其诗常常采用比兴、象征、暗示、寓托等手法，形成意蕴深刻而含蓄、情思绵密而邈远的艺术特点，甚至造成扑朔迷离的朦胧意象和曲折复杂的内涵，使后人难以准确地解读。金人元好问就曾感叹道"诗家总爱西昆好，独恨无人作郑笺"（《论诗绝句三十首》）。李商隐好用典使事，神话传说、历史史实、文学典故，在他的笔下无不得心应手地运用，用法灵活多变，或正用，或反用，或活用，常常翻新出奇，有时不用原典的事理，而着眼于原典所传达或所喻示的情思韵味。有时对典故作别有会心的生发，增大了诗歌的表现空间，但也因用典过多、过偏，使诗歌表现出晦涩的弊病。李商隐作诗讲究字句的锤炼，语言精练华美、深曲委婉，音韵和谐，对仗精工。但也有少数诗歌写得语词浅近、质朴自然，如《登乐游原》《夜雨寄北》等。李商隐诗歌体裁上尤工七律和七绝。其七律学习杜甫而得其境界的浑融和诗律的精严，但诗法更为工致细密，其《无题》诗就是典范的作品；其七绝寄托遥深，婉曲精丽，耐人寻味，堪称晚唐绝唱。

（五）作品讲读

1.《无题》

相见时难别亦难，东风无力百花残。春蚕到死丝方尽，蜡炬成灰泪始干。晓镜但愁云鬓改，夜吟应觉月光寒。蓬山此去无多路，青鸟殷勤为探看。

这首爱情诗，表现了刻骨铭心的相思之苦和对爱情的热烈执着的追求。

首联写别离，上句写相见难，是机会难得，强调客观情势，离别更难，是不忍分离，强调主观感情；下句转写暮春景色，令人无限伤感，更突出了浓重的分别之情。颔联写别后相思，上句以春蚕为喻，用"丝"谐"思"，突出了相思的悠长；下句以蜡炬为喻，用蜡泪比人泪，突出了相思的痛苦。颈联，由己及人，设想对方情状：早上照镜，只愁青春容貌正在消失；夜晚吟诗，感觉孤独的残月寒光逼人。尾联，写一别万里，相见无期，只能寄希望于青鸟传书，互通音信。这是绝望与希望的矛盾交织，更见爱情的痛苦深沉。这首诗感情委婉深沉，哀怨缠绵。比喻新颖贴切，精妙传神。笔致变化多端，文情摇曳生姿；前两联写别之难、思之苦似已说尽，颈联则又推开一层，由己及人，更见一往情深，尾联则在绝望中寄托希望，愈见别离相思之苦。

2.《锦瑟》

锦瑟无端五十弦，一弦一柱思华年。庄生晓梦迷蝴蝶，望帝春心托杜鹃。沧海月明珠有泪，蓝田日暖玉生烟。此情可待成追忆，只是当时已惘然。

李商隐《锦瑟》的主题历来多有争论：咏瑟、悼亡诗、自伤身世之词、感叹时事、爱情诗等，由于意象的多重使用，使诗歌出现歧义，致使"一篇《锦瑟》解人难"。此处将《锦瑟》解读为一首自伤身世之作。诗的首联以锦瑟起兴，"无端"二字是以痴语形式说出来的怨语、情语；"五十弦"说明弦多音繁，音繁思乱，因而，加重了下句"一弦一柱"和"思"的分量，这分量最后落到"华年"二字身上，使忆念之怅惘油然而起，"思"的意绪绵延而至。颔联以"庄生""望帝"两个典故，写"思"之两层内涵。前一句喻世事多变，如梦似幻，迷惘莫测；"迷"字深含苦味。后句喻仕途坎坷，壮志难申，怨情唯托杜鹃；"托"字语含悲凉。此联运用了"庄周梦蝶"的典故，提出认识自己（我是谁）的问题，具有深刻的哲学意义。描述梦境幻觉与做梦的心态，具有心理学意义。揭示主体与对象的转化关系（物化），具有艺术创作论意义。物化是指幻觉中自我变化为对象之物的一种精神状态，这种物我合一的境界，与艺术创作中的对象化心境相通。颈联以沧海遗珠、蓝田蕴玉两个典故取喻，共写"思"之另一层内涵：怀才不遇之愤。"珠有泪"写遗珠无以为用之悲，"玉生烟"表蕴玉终会升腾之志。颔联和颈联用典深曲，意象繁复，取喻贴切，把自己身处如梦世事中那种春心难托、壮志难酬，遗珠蕴玉、怀才不遇的复杂人生感受倾吐出来。尾联回应开头的"无端"之"思"，以"可待成追忆"强调"此情"非今追忆始得，以"当时已惘然"点明"此情"由来已久。可见"只是""此情"该是多么酸楚、沉重。

这首诗在艺术上的特点首先是情致深蕴。它善于运用象征、比兴、明喻、暗示等多种手法，塑造许多迷离惝恍的意象，渲染朦胧隐约的意境，以抒写自己积郁已久的深沉苦闷，使诗歌具有意境深幽的特色。其次是善于用典。诗的二、三两联连用数典，或一句一典，一典一喻，如颔联；或一句数典，数典复喻，如颈联。用典均深隐而贴切，诗情蕴藉绵邈。此外，词采华美，色调朦胧，也是此诗特点。

第六节　词的产生与发展

一、词体的基本知识

词是唐五代兴起的一种配乐歌唱的新诗体，依据固定的曲谱而填写的歌词，通常分为上下片（又称作"阕"），也有不分片或三、四段的，句式长短不齐，也有平仄、押韵等格律的要求。

词在唐五代时称为"曲子"或"曲子词"，后称为"词"；也有"乐府""诗余""歌曲""长短句""琴趣"等称呼。

词有许多调子，标志着词调名称的是词牌，如《沁园春》《满江红》等。由于配合不同的乐曲歌唱，所以"调有定句，句有定字，字有定声"。词调的平仄格律样式称为词谱。

词调按乐曲长短分为小令、中调、长调。小令源于酒令，又叫令曲，字少调短。如林逋词《相思令》。中调介于小令与长调之间，又有"近"（近拍）、"引"（引歌）之称。慢词又称长调，词调按乐曲长短分类的一种样式，指乐曲较长，字数较多的词调，一般在九十字以上，例如《雨霖铃》《满江红》。毛先舒在《填词名解》中指出："五十八字以内为小令，自五十九始至九十字止为中调，九十一字以外者俱为长调。"

二、词的产生、发展

词最早是在民间传唱，后经文人模仿创作，才逐渐变成一种成熟的新诗体。

（一）隋代到初盛唐时期

这个时期的词主要在民间传播，作品较少，创作呈偶发、散在状态。以敦煌曲子词为代表。敦煌发现的《云谣集杂曲子》收作品三十首，内容题材较为宽泛；风格上，有着民间文学的清新与质朴，生活气息浓郁；体制粗备，未臻成熟，表现出开始独立成体的过渡性特征。如《望江南》：

莫攀我，攀我太心偏。我是曲江临池柳，者（这）人折去那人攀，恩爱一时间。

天上月，遥望似一团银。夜久更阑风渐紧，为奴吹散月边云，照见负心人。

又如《菩萨蛮》：

枕前发尽千般愿，要休且待青山烂。水面上秤锤浮，直待黄河彻底枯。　白日参辰现，北斗回南面。休即未能休，且待三更见日头。

（二）中唐时期

中唐以后词逐渐进入文人的创作领域，张志和、韦应物、戴叔伦、白居易、刘禹锡等参加词的创作，使词向文人化方向发展，从偶发走向自觉，表现在两个方面：一方面文人思想、情趣明显增加；另一方面体制从粗放向成熟演进。

张志和有《渔歌子》五首，表现了诗人隐居的生活情趣，其一极为有名：

西塞山前白鹭飞．桃花流水鳜鱼肥。青箬笠，绿蓑衣，斜风细雨不须归。

此词展示了一幅清新明丽的江南水乡风景画，既有文人诗笔的淡雅，又有民间渔歌的通俗。形象之外，可见作者潇洒、恬淡的人格、胸襟。由于文人词在当时尚属初创时期，因而本篇形式上与七言绝句极近，不同处唯在以七言绝句第三句破为两个三字句，但这一很小的变动，已使节奏、韵律产生了特有的音乐效果和情致、韵味，表现出新的生命力。再看白居易的《忆江南》（其一）：

江南好，风景旧曾谙。日出江花红胜火，春来江水绿如蓝。能不忆江南。

此词写得景色明艳如画，感情炽热真切，语言鲜明生动，具有浓郁的民歌风味。又如《长相思》：

汴水流，泗水流，流到瓜洲古渡头。吴山点点愁。　思悠悠，恨悠悠，恨到归时方始休。月明人倚楼。

此词上片写景，下片抒情，情景交融，意境深远，表现的爱情已经完全是词的格调。

相传为李白所作的《菩萨蛮》《忆秦娥》是不可多得的佳作：

平林漠漠烟如织，寒山一带伤心碧。暝色入高楼，有人楼上愁。　玉阶空伫立，宿鸟归飞急。何处是归程？长亭更短亭。（《菩萨蛮》）

箫声咽，秦娥梦断秦楼月。秦楼月，年年柳色，灞陵伤别。　乐游原上清秋节，

咸阳古道音尘绝。音尘绝，西风残照，汉家陵阙。(《忆秦娥》)

这两首词都写得意境阔大，风格苍劲，气象雄浑，寄意深远，南宋黄升《唐宋诸贤绝妙词选》认为"二词为百代词曲之祖"。

（三）晚唐五代

这一时期是词发展到兴盛的阶段，其标志为：文人自觉进行词的创作，作品大量产生；词的内容范围、体制、文辞、风格基本形成。代表词人是温庭筠，以及五代南唐、西蜀两地的韦庄、李煜、冯延巳等人。

温庭筠是中国文学史上第一个致力于填词的人，今存词有七十余首，词集名《金荃集》。其词题材比较狭窄，多以妇女生活为题材，大多是写宫女的宫怨、少妇的闺思、歌伎的生活，等等，多用女子声吻。境界与格调都不高。

温词的艺术特征是细腻绵密，香软秾艳，委婉含蓄，富艳精工，声律和谐，富于音乐的美感。其词色彩秾艳，辞藻华丽，充满脂粉气，因此，孙光宪在《北梦琐言》中以"香而软"来概括他的词风。

最能够代表温词艺术风格的词是《菩萨蛮》：

小山重叠金明灭，鬓云欲度香腮雪。懒起画蛾眉，弄妆梳洗迟。　　照花前后镜，花面交相映。新贴绣罗襦，双双金鹧鸪。

这是一首写闺怨的词作。上片写居室的精美，贵族女子的睡态和晨起梳妆。从"懒起""梳洗迟"等外在行为的刻画中，可觉察到女主人公的慵倦和万般心事。下片写对镜簪花，末句荡开一笔，偶然间看到罗衣上彩绣的双双鹧鸪，触发她深闺独处的寂寞、幽怨，意在言外，看似平淡至极，却是点睛之笔。此词将主人公举止动作和与之相关的物象组成一个朦胧凄迷的画面，借以表现人物丰富复杂的内心世界，蕴藉含蓄，耐人寻味。全词构思精巧，语辞富艳精工，色彩明丽，风格柔媚。

温词也有清新自然和境界开阔的作品。如《梦江南》：

梳洗罢，独倚望江楼。过尽千帆皆不是，斜晖脉脉水悠悠，肠断白蘋洲。

此词写女子盼望爱人归来的一片痴情，一反温词的秾丽、细密、婉约，而是以清淡、疏朗、明快见长，但却情致幽远，韵味深长。

温庭筠在词史上具有特别重要的地位。他是唐代致力于作词的第一人，开辟了文人词新的道路，进一步完善了词的艺术形式，使词在文采声情、修辞意境等方面形成与诗截然不同的风格，真正成为一种与诗并行的文学样式。温庭筠的词对五代、两宋婉约词的发展，也有很大的影响。

五代时形成两个词创作中心：西蜀、南唐。

西蜀词人奉温庭筠为鼻祖，形成花间词派。《花间集》是西蜀赵崇祚编辑的最早的文人词集，共十卷，辑录了温庭筠等十八位文人的词作五百首。内容上主要写男女离别相思之情，歌舞宴乐之事。文辞清丽，风格绮艳，意境婉媚。但也有部分作品写得较为清丽自然，境界高远。它集中代表了词在格律方面的规范化，标志着在文辞、风格、意境上词性特征的进一步确立。

南唐词人以冯延巳、南唐二主（中主李璟、后主李煜）为代表。南唐词的特点主要体现在两个方面：一方面在词的境界和气象上较为开阔；另一方面风格上情致缠绵。南唐词人中成就最高的是李煜。

三、李煜

（一）李煜的生平

李煜（937—978），字重光，二十五岁继其父李璟之位成为南唐主，世称李后主。在位十五年，但政事不修，纵情享乐，苟且偷安。公元975年，李煜四十岁时，宋兵破金陵，国亡，肉袒降宋，受封违命侯，过了三年如同囚徒般的屈辱生活。太平兴国三年（978）卒，相传为宋太宗赵光义赐牵机药酒毒死。李煜在政治上软弱无能，毫无建树，但在文学艺术上却才华横溢，洞晓音乐，工书，善画，精于鉴赏，经史诗文皆通，尤工于词。李煜词收入《南唐二主词》中，共存四十五首。

（二）李煜的创作

李煜词的思想内容以开宝八年（975）降宋为界，分为前后两期。前期词以描写宫廷生活、男女情爱的题材为主，也有一些抒发离愁别恨的作品。在内容题材上仍受南朝宫体诗和花间词的影响，但却是他内心世界和情感的真实表达。如《浣溪沙》（红日已高）、《玉楼春》（晓妆初了）、《清平乐》（别来春半）等。试看《浣溪沙》：

红日已高三丈透，金炉次第添香兽，红锦地衣随步皱。　　佳人舞点金钗溜，酒恶时拈花蕊嗅，别殿遥闻箫鼓奏。

他此时所作的《清平乐》较有新意：

别来春半，触目柔肠断。砌下落梅如雪乱，拂了一身还满。　　雁来音信无凭，路遥归梦难成。离恨恰如春草，更行更远还生。

李煜后期词以抒写故国之思、亡国之痛为主要内容，感情真挚沉痛，凄怆动人，颇具艺术感染力。如《乌夜啼》（无言独上）、《虞美人》（春花秋月）、《浪淘沙令》（帘外雨潺潺）等。

李煜词的艺术特点主要体现在四个方面：其一，用真性情写出其帝王生活的快乐与亡国的悲痛，情意真切，具有强烈的抒情性和巨大的艺术感染力。王国维认为："后主之词，真所谓以血书者也。"（《人间词话》）其二，本色而不雕琢，多用口语和白描，词篇虽美，却是丽质天成，不靠容饰和辞藻。周济《介存斋论词杂著》指出："毛嫱、西施，天下美妇人也，严妆佳，淡妆亦佳。粗服乱头不掩国色。飞卿，严妆也；端己，淡妆也；后主，则粗服乱头矣。"王国维也指出："温飞卿之词，句秀也；韦端己之词，骨秀也；李重光之词，神秀也。"（《人间词话》）其三，直抒胸臆。他的词直写观感，自然率真，绝无拘束。这相较于从前的词常借女子的遭遇曲折表达个人的情感来说，是一个重大的突破，从而使词成为言志抒怀的新体诗，扩展和提高了词的境界。其四，善于采用景中寓情的手法，把抽象的情思融入景物之中，创造出情景交融的艺术境界；还善于运用对比、比喻、象征等修辞手法，以提高抒情的表现力。王国维指出："词至李后主而眼界始大，感慨遂深，遂变伶工之词为士大夫之词。"（《人间词话》）

（三）作品讲读

1.《乌夜啼》

无言独上西楼，月如钩。寂寞梧桐深院锁清秋。　　剪不断，理还乱，是离愁。别是一般滋味在心头。

此词借悲秋写去国之悲。上片就环境烘托，重在突出寂寞难排的滋味。下片写离愁满怀，却无可形容，所以直接道出，"别是"一句尤为沉痛，真所谓"亡国之音哀以思"。艺术上，写景抒情纯用白描，景中含情，情因景显，情景交融成一种凄清落寞的意境。全词语言简练，取舍精当，声调凄楚，风格悲凉。

2.《浪淘沙》

帘外雨潺潺，春意阑珊。罗衾不耐五更寒。梦里不知身是客，一晌贪欢。　　独自莫凭栏，无限江山。别时容易见时难，流水落花春去也，天上人间！

此词借伤春写亡国之痛，上片写寒晓梦回，下片写凭栏怨恨，通篇明白如话，情境凄惨，十分动人。这首词善于以细节来描摹心态，如不耐五更寒、梦里贪欢、不敢凭栏等细节，都确切地勾勒出作者的痛苦心迹。作者还善于以对比、比喻等手法抒写感情，如梦中梦醒的对比、别易见难的对比、天上人间的对比等，都确切地抒写了作者的今昔之慨。又如以潺潺细雨喻愁之多，以"五更寒"喻境之凄，以流水落花春去喻美好事物一去不复返，都使作者苦情哀意可见可感。

3.《虞美人》

春花秋月何时了，往事知多少！小楼昨夜又东风，故国不堪回首月明中。　　雕栏玉砌应犹在，只是朱颜改。问君能有几多愁？恰似一江春水向东流。

这是一曲追念故国，感伤身世的哀歌。上片以设问起笔，春花秋叶，清风朗月，而故国不见，往事伤怀，美景与浓愁造成巨大的反差，将作者心中幽咽难平的亡国伤痛表明无余。下片紧承上片，写想象中的故宫人去楼空之凄凉。故国依旧，而自己归为臣虏，朱颜零落，物是人非，愁绪满怀，却无可排遣，只好寄喻于滔滔东去的一江春水，将愁绪带出词外，以真情感人。

此词被看作李煜的绝命词，其最大的特色便在于情感的真挚深沉上，所谓"国家不幸诗人幸，话到沧桑句便工"，作者只是直抒胸臆，表现本色，便收到了动人心魄的艺术效果。全词风格清丽凄怆，形象鲜明生动，语言凝练省净，尤其末句以春水喻愁，更是新颖、贴切、形象，极富表现力。

第七节　曲子词与唐人小说文体特征的内在契合

王国维有言:"四言敝而有《楚辞》,《楚辞》敝而有五言,五言敝而有七言,古诗敝而有律绝,律绝敝而有词,盖文体通行既久,染指遂多,自成习套。豪杰之士,亦难于其中自出新意,故遁而作他体,以自解脱。一切文体所以始盛终衰者,皆由于此。"①曲子词的兴起,正如唐传奇的繁荣,都是时至中唐以后才开始发生的文学现象。对于唐人小说这种新型文体,前人曾描述过它的特点:"唐人小说,不可不熟,小小情事,凄惋欲绝,洵有神遇而不自知者。"②笔者认为,"小小情事,凄惋欲绝"也正是曲子词十分重要的特点之一。曲子词与歌妓有着千丝万缕的联系,唐人传奇小说也大多是以妓女、仙女为主要题材,它们有着相近似的审美心理、艺术风貌,其文化精神是相通的,反映了中唐以来文人开始"从俗""从众",以大众化、娱乐性为视角的创作倾向,从而呈现出通俗文学的迷人风采,标志着中国通俗大众文学之芽已经破土而出并宣告:在中国文学发展史上,大众市民的通俗文学与封建正统的庙堂文学之各领风骚、各呈异彩的时期,已经到来了。

一、娱乐性的创作目的

有一个事例,很能说明唐人小说与曲子词这两种文体在功能设置上的共通性。宋初大文豪钱惟演"平生唯好读书,坐则读经史、卧则读小说,上厕则读小辞"③,正襟危坐地读经史,大多是在办公时间。钱惟演生活的年代还没有多少娱乐活动,当时他们所读的大多是唐人小说与曲子词,与封建正统文化代表的经史诗文相比,小说与曲子词被认为是"小道末技",不像经史诗文那样被正统文人重视,所以他们就可以卧着、蹲着读。这种现象,在后来尽管有许多词人和小说家一再为之鸣不平,但是在唐五代甚至北宋初期,词与小说却始终未能获取如同经史诗文那样"经国之大业、不朽之盛事"严肃堂皇的地位。小说和词一样,在当时大多数人看来,都只不过是以娱乐消遣为主要功能的文体样式。于是,文人自己也就对这两种文体的政教功能要求不高。正如《汉书·艺文志》云:

小说家者流,盖出于稗官,街谈巷语,道听途说者之所造也。孔子曰:"虽小道,必有可观者焉,致远恐泥,是以君子弗为也。"然亦弗灭也。闾里小知者之所及,亦使缀而不忘。④

又如《花间集序》云:

绮筵公子,绣幌佳人,递叶叶之花笺,文抽丽锦;举纤纤之玉指,拍按香檀。……庶使西园英哲,用资羽盖之欢。⑤

---

① 王国维:《人间词话》,人民文学出版社 1982 年版,第 218 页。
② 汪辟疆:《唐人小说》,古典文学出版社 1955 年版,第 1 页。
③ 上海古籍出版社编:《宋元笔记小说大观》,上海古籍出版社 2001 年版,第 53 页。
④ 〔汉〕班固著,〔唐〕颜师古注:《汉书》卷三〇,中华书局 1962 年版,第 1745 页。
⑤ 施蛰存:《词籍序跋萃编》,中国社会科学出版社 1994 年版,第 631 页。

小说出于"稗官"："王者欲知闾巷风俗，故立稗官使称说之。"① 稗官考察的闾巷风俗，大都出自"街谈巷语""道听途说"等，这就说明了小说的主要用途是"资闲谈"的，重要目的不是用来教化人、宣讲儒家政教理想，而是反映、表达一些市民大众最关切、最感兴趣的话题和内容，诸如谈论男女关系、政客之贪污腐化等。因此在小说中，文人创作的禁忌较少，被封建正统文化思想压抑的市民意识和审美趣味就经常能自如从容地表现出来，不像作诗文、读经史时那样"为君、为臣、为民、为物、为事而作"② 了，也不必再强迫自己必须"载道""言志""不平则鸣""穷而后工"，等等，唐人小说的作者们大多在创作小说时并不想载什么道、言什么志，多数情况下也不再是在"愤愤不平""穷困潦倒"时产生创作灵感的。相反，他们在写小说时，却大多当作一种娱乐，自娱之余，复以娱人，经常是在呼朋唤友、酣饮达旦，谈艺论文，指点世事的情况下引发故事素材的，从而为自己、为他人的娱乐需要而作，即主要目的和功能变成了"自娱娱人"，这样反而能更自由、更大胆、更直接地发挥文人士子们的学识和才情，更真实具体地表现他们的生活方式和情感体验。而读者在阅读这类小说时，也就常能将自己的心理状态和小说的内容结合起来，将自己代入小说的感情世界里去，读者的个性与感情和传奇小说中表现的个性与感情产生了共鸣，从而引起了他们更加强烈的感受。因此，正因为这种小说是通俗读物，以消遣性、娱乐性为特点，才更能表达自我的真情实感和灵动才气，从而在广大市民群众和具有世俗趣味的封建正统文士中产生广泛影响。

　　词体的兴起及功能与小说十分相似。正如夏承焘先生所说："尊前歌舞为词所由起。"③ 尊前歌舞是当时文人和市民大众所普遍喜好的娱乐活动。曲子词作为一种"小道""薄技"，也并不担负"载道""言志"的功能，主要是用来侑觞佐欢和供声色之娱的，即"因翻旧阕之辞，写以新声之调。敢陈薄伎，聊佐清欢"（欧阳修《采桑子·西湖念语》）④。此时的"薄伎"，即文人引以为荣的才华伎艺。这些经过苦练、积累而来的"薄伎"，不再是为国为民或修齐治平了，而是为了"佐清欢"。这里的"清欢"，不同于后来苏轼词"细雨斜风作小寒，淡烟疏柳媚晴滩。入淮清洛渐漫漫，雪沫乳花浮午盏。蓼茸蒿笋试春盘，人生有味是清欢"（《浣溪沙》）中的人生境界，而大多是指沉溺于酒色财气的感官刺激中寻欢作乐、痛饮高歌、激扬文字、逞才使气。这种以歌舞妓女为中介，以秦楼楚馆、勾栏瓦肆为主要娱乐场所的风俗习气，对当时文化艺术的发展和繁荣起了不可忽视的作用，也增加了曲子词的创作与需求量。因此，在创作和欣赏这类文体时，作者和听众、读者也就不在乎它是否具有为政治或社会价值服务的功能，而能够在更大程度上将这一文体当作表现人类情感的一种特定形式，这样也就更能够使作者与听众、读者的心灵相沟通，使他们的心产生共鸣。通过阐明曲子词特质的《花间集序》及王昆吾先生的《唐代酒令与词》⑤，我们也可窥见词的消遣、娱乐功能。正因为

---

① 〔清〕班固著，〔唐〕颜师古注：《汉书》卷三〇，中华书局1962年版，第1745页。
② 〔唐〕白居易：《新乐府序》，见王汝弼选注《白居易选集》，上海古籍出版社1980年版，第46页。
③ 夏承焘：《令词出于酒令考》，载《词学季刊》1936年第3期。
④ 唐圭璋编：《全宋词》，中华书局1965年版，第120页。
⑤ 王昆吾：《唐代酒令与词》，载《文史》1988年第30辑。

唐五代词的内容多关涉男女关系，以经世济用为理想的士大夫自然不认为它有多大政治或社会价值，所以出身富贵、公务繁重的钱惟演虽然喜欢读曲子词，也只敢说自己在业余时间里才读小说与词，这实际上体现的是一种封建文化卫道士的自饰心态——明明欣赏并倾心于小说和词等文学样式，却不敢在正式场合里理直气壮地宣扬，而是看时间、分场合地流露出自己的世俗偏好，他在潜意识中已认可了一个事实，即小说与词具有相通的功能——娱乐消遣。他的同僚们从他的日常行为中也了解到这位政坛兼文坛大家的内心隐情和庸俗爱好，因此，在钱惟演从洛阳贬谪汉东时，欧阳修等幕僚为了安慰他，在他临走时为他送行，也就有了下面的情境：

　　后钱相谪汉东，诸公送别至彭婆镇，钱相置酒作长短句，俾妓歌之，甚悲。钱相泣下，诸公皆泣下。王沂公代为留守，御吏如束湿，诸公俱不堪其忧。日讶其多出游，责曰："公等自比寇莱公何如？寇莱公尚坐奢纵，取祸贬死，况其下者！"希深而下不敢对，永叔取手板起立曰："以修论之，莱公之祸不在杯酒，在老不知退尔。"时沂公年已高，若为之动。诸公伟之。永叔后用沂公荐入馆，然犹不忘钱相。或谓钱相薨，易名者三，卒得美谥，永叔之力云。①

　　这时的文坛盟主钱惟演也只有在"置酒作长短句，俾妓歌之"时才能暂时忘怀生命的沉重与不幸，长短句即曲子词中所抒发或表现的悲欢离合、喜怒哀乐之情，在钱惟演的心灵中引起了共鸣，所以有"甚悲"之语。其实，这段记载恰好表现了大批因"奢纵"而"取祸贬死"，沉溺于"杯酒"而不知进退的文人政客的世俗趣味。欧阳修用词来娱宾遣兴，他在创作诗文时不忘自己修齐治平的职责，写了很多出色的政论文，也写了许多优秀的与历史、哲学、文学有关的文字。但与此同时，他还创作了大量的曲子词，在曲子词中他完全弃"载道""言志""穷而后工""不平则鸣"的规范于不顾，而是大量地表现男女之间相思爱恋的情感内容。钱惟演、欧阳修等宋初大文人对曲子词这种文体的认知，和我们所论述的唐五代词人在创作曲子词时的文艺思想是一致的，他们都没有用"载道""言志"的标准来衡量这种文体的优劣，而只限于将之作为一种能够满足自己娱乐需求或迎合他人世俗趣味的文体样式。

　　若将小说文体与曲子词联系起来看问题，把它们的文体特征置于中唐以来社会文化的大背景下进行考察，应能发现许多有意味的现象：曲子词与小说作为通俗文学，由于功能的娱乐性、消遣性而具有了相通的文体特征，即它们都是市民们喜闻乐见的文体样式。另外，唐人小说与曲子词都具有不被封建正统文人重视的特点。唐人小说散佚及不知作者姓氏的有许多，曲子词也有类似的命运："文章豪放之士，鲜不寄意于此，随亦自扫其迹，曰谑浪游戏而已。"②"游戏"，正是小说家与词作者们共同的创作态度。因为"游戏"，因为不重视，所以，在创作时，小说家与词作者，不必像作"经国之大业，不朽之盛事"的诗文那样，要以"载道""言志"为基本要求与目的，而是能够在其中关注平民文化所强调的个体价值、热衷于表达自我的世俗情感，较多地涉及市民生活、封建文人的日常琐事及与此相关的题材，这就导致小说与词所反映的大多是封建文

---

　　① 〔宋〕邵伯温：《邵氏闻见录》卷八，见上海古籍出版社编《宋元笔记小说大观》，上海古籍出版社2001年版，第1693页。

　　② 施蛰存：《词籍序跋萃编》，中国社会科学出版社1994年版，第169页。

人审美趣味向市民趣味倾斜的内容。士大夫终究还是抵挡不住世俗风情的诱惑，开始放下架子接受连绵不断涌入他们生活环境中的新事物，这是中唐以来社会文化观念及价值取向开始转型的一个前奏，同时也是中唐以来中国通俗文化发展所结出的丰硕果实。中唐以来的许多小说家及词人，开始把市民意识带入正统文人创作的领域，如中唐时期的大诗人元稹创作的传奇小说《会真记》，大异于传统文学观念所注重的"温柔敦厚""乐而不淫"，而是在小说中酣畅淋漓地抒发了文人士子的世俗情欲，从而为后来的通俗文学《西厢记诸宫调》《西厢记》杂剧提供了直接的素材，展示出以世俗爱情为主题的文学作品的迷人魅力；通过后来流行小说《红楼梦》的有关情节，也可以看到《会真记》这部传奇小说的通俗性、娱乐性特征。还有白居易、白行简、陈鸿、李绅、沈既济、李朝威、蒋防、温庭筠等文人，他们有些是词人兼小说家，有些遭受了"累年不第"①的悲惨命运，但他们却不甘寂寞，在烟花巷陌、秦楼楚馆的声色之娱中坚持创作，贡献了大量的优秀作品，这些作品满足了广大市民群众及封建文人的世俗偏好和审美趣味。温庭筠就是其中一位天才绝伦的风流才子，他以潇洒细腻的性情，倾力于小说与词的创作，在这两种文体中注入了他浪漫不羁的艺术才情，从而成了一位重要的小说家及花间词风的开山祖师。温庭筠的小说大多已经散佚了，现在能够看到的三十三篇，收在《太平广记》中，分别录于报应、义气、知人、器量、贡举、将帅、才名、酒、谬误、治生、褊急、嘲诮、嗤鄙、梦、鬼、妖怪、人妖、草木、狐、杂录等名目下，其中有些是奇闻佚事，有些是怪谈趣闻，属于笔记性或传奇性的小说。他在这种小说中建构出了一个个光彩夺目、奇异险绝、鬼神莫测的虚幻世界，向市民大众散发出神奇而巨大的诱惑力，其整体风貌与词有着相似之处，都是曲折地表现了市民大众的价值观念和人情世故。其词中的"谢娘心曲"和歌妓情结，也迎合了当时市民大众的审美趣味，是歌舞佐酒与填词听歌世俗行为盛行的表现。可以说，唐人在创作小说与曲子词时开始从"言志""载道"的严肃社会教化束缚中解放出来，他们不再是为修齐治平、建功立业、表达志向、流传后世而作，而是兴之所至、任性而为，小说表现了文人士子及市民大众的世俗趣味，是他们"冲口而出的浪漫之想、放浪之辞"②；词则是他们"内外无事，朋僚亲旧，或当燕集，多运藻思，为乐府新词，俾歌者倚丝竹而歌之，所以娱宾而遣兴也"③，以娱乐怡情、消遣解闷作为它们的主要功能。

作为"流行歌曲"的曲子词与作为通俗小说的唐传奇，满足了当时市民大众和封建士人的人文精神需求与审美需求，自然而然地受到了众多听众、读者的喜爱，尽管听众、读者各自的资质、学养、才情有深浅宽狭的差异，但他们从其中体验到的乐趣却是相通的。因此，通俗性、娱乐性使唐人小说与曲子词的文体特征在功能设置上有着深刻的内在契合。

二、世俗化的创作题材

曲子词的题材，大体分为爱情婚姻、羁旅行役、浮生悟语、咏史怀古、遁迹隐逸、

---

① 〔五代〕刘昫等：《旧唐书》卷一百九十《温庭筠传》，中华书局1975年版，第5079页。
② 陈文新：《论笔记体与传奇体的品格差异》，载《学术研究》1995年第1期。
③ 施蛰存：《词籍序跋萃编》，中国社会科学出版社1994年版，第15页。

山川风物、都市人文、节令咏物等八类，其中又以爱情婚姻、羁旅行役和浮生悟语三类题材为主。唐人小说在题材选择上，与曲子词也是十分相似的，在唐代传奇全盛时期的名篇中，以爱情婚姻为题材的就有《柳氏传》《柳毅传》《李娃传》《莺莺传》《霍小玉传》等，羁旅行役和浮生悟语等题材在唐传奇中也有重要地位，如《枕中记》《南柯太守传》等。唐人小说和曲子词中的这类题材大都迎合了封建文人和市民大众平民化、世俗化的审美理想与审美趣味。

唐人小说与曲子词都是市民大众的文学，亦即平民的文学，无论作品风格是华美艳丽还是低俗浅陋，其题材的平民化、大众化都决定了它们在本质上是通俗的，这不仅仅是一个简单的题材选择的内在契合，实际上还表现了当时文人审美趣味的转变，即从对治国平天下、功名事业的热衷追求转移至对爱情、婚姻和家庭生活等日常琐事的关注。这是中唐以来，文人士子们价值观念改变，社会成员的生活方式、人生态度和审美取向发生变化的结果。最明显的例子就是曲子词中爱情婚姻题材的大量涌现，且这类题材大多是以平民的态度和视角来进行表达、描绘的，这种现象在以前的经史诗文中很少出现。我们在词中可以看到诸如"日日花前常病酒，不辞镜里朱颜瘦"（冯延巳《蝶恋花》）的甘愿为思念伊人而日渐消瘦憔悴的执着态度，还有"目送征鸿飞杳杳，思随流水去茫茫，兰红波碧忆潇湘"（孙光宪《浣溪沙》）的铭心刻骨的忆恋与"记得绿罗裙，处处怜芳草"（牛希济《生查子》）的情意之笃和爱恋之深。这些大多是对市民大众之男女世俗爱情婚姻观的素描。我们在词中可以看到如"去路香尘莫扫，扫即郎去归迟"（韦庄《清平乐》）的相濡以沫、情逾金石，这些更是对平民世俗家庭生活真实具体的描绘。我们在词中还可以看到诸如"陌上谁家年少，足风流。妾拟将身嫁与，一生休。纵被无情弃，不能羞"（韦庄《思帝乡》）的一见钟情、一往情深，"过尽千帆皆不是，斜晖脉脉水悠悠。肠断白苹洲"（温庭筠《梦江南》）的不尽情思、无穷愿望，这种情感也大多透露了平民爱情生活的浪漫情思和忠贞不渝的理想追求。唐人小说中的爱情题材所表现的此类平民观念，也是构成唐传奇全盛时期的重要审美特征之一。如"唐代小说成熟的起点"[①] 的《离魂记》中的倩娘为了爱情，不怕艰险，冲破封建家长的束缚，甚至分离灵魂和躯体，终于和情人形影相随，对这种生死不渝的爱情的描写，不再是受到严酷礼教、森然等级的封建压制下的贵族阶层视角，而是带有市民大众理想中所常见的人性的觉醒即自我本质力量及独立人格价值的认同，具有了平民文化中通俗文学内容的主干和灵魂。又如《柳氏传》《李娃传》《霍小玉传》，也都是写青年男女的爱情婚姻故事，且都是以妓女为主角，这也是与曲子词相融相契之处。曲子词中的抒情主人公，大都是些歌妓，曲子词中保存了许多动人的歌妓形象，妓女们在词人笔下各具性格、体貌，各有艺术特色，栩栩如生，词人们笔下的抒情主人公和描绘的对象，主要就是一个个美丽风流、天真热情、盈盈妙龄、歌声娇柔的女子。曲子词对这些歌妓的艺术才能、内心生活、情感体验进行了深刻具体的表现，体现了词人对歌妓们真挚热忱的感情。这种现象，在唐人小说内容里也是十分引人注意的，其中的男主角形象通常是软弱、消极、暗淡的，而女性形象却大多是坚强、积极、光彩夺目的，如《柳氏传》中的歌妓

---

① 程毅中：《唐代小说史》，人民文学出版社2003年版，第116页。

柳氏，《李娃传》中的妓女李娃，《霍小玉传》中的霍小玉等，大多是光彩照人的，她们当中有的带着一种近乎天真的勇敢与热情，以至于只能在礼崩义坏的世俗社会中寂寥地消逝凋零，有的却如清莲般高洁纯粹带着慈爱母性的温柔善良傲然于世，她们大多数有着悲剧性的命运，如流星消逝于暗夜，莲花凋零于淤泥。这些美丽女子的伤逝，流露了市民大众面对强权压制时所必然体现出来的慷慨激烈、俊逸明爽的风神，这类题材的传奇小说大多符合广大市民群众的审美理想和价值标准，读来令人回肠荡气、唏嘘不已。人们时常感叹封建社会里文人与妓女之间的情感，这是当时封建礼教以外的一种独特的爱情存在方式，男女双方虽然在社会地位、经济基础、生活方式、生命体验上相差悬殊，但这种情感是建立在男女两情相悦的真爱基础上的，是一种平民化、世俗化、进步的爱情婚姻。因此，文人士子们用他们敏锐的观察力、丰富的想象力和一种细腻深厚的同情心，有力地表现出了当时普遍存在的人类情感，这类爱情婚姻题材在唐人小说与曲子词里的普遍流行，反映了中唐以来社会文化观念发生变化的大背景下所必然呈现出来的世俗民情、世俗观念与世俗生活，是唐人小说与曲子词文体特征取得内在契合的本质所在，也是它们区别于历代正统经、史、诗、文而具有独特审美新质的显现。

众所周知，羁旅行役的题材自古就有，如《诗经》《楚辞》和汉赋中就有大量的迁客骚人所赋的名篇佳句。然而，中唐以来文人墨客在小说与曲子词中所表现的此类题材开始具有了新的情感体验与审美特质。唐人小说和曲子词中此类题材所表现的生活内容、人生态度、价值取向，大多表达了一种不甘沉溺于仕宦而自得其乐的享乐心态。这时的文人与以往封建时期的门阀士族和上层品官不同，他们一旦遭遇迁谪，往往就沦落到地方，和平民大众有了更多相互了解的机会，如白居易、元稹、韦庄、温庭筠等，或贬谪奔窜，或羁旅行役，秦楼楚馆、歌舞筵席成了他们和平民阶层频繁交往的场所，从中他们会与平民阶层产生出一种若有若无、欲说还休的真实情感，勾起"同是天涯沦落人，相逢何必曾相识"的深切共鸣，这种情感的共鸣是何等的悲凉深厚，没有相似的人生体验，断不能说出"座中泣下谁最多？江州司马青衫湿"这样富有"同情之了解"的话来。正是他们长期处于下层平民中间，与平民多次接触，从而认同了平民的文化观念和价值取向。而且，他们大多是庶族出身，由平民而入仕流，地方的民风民俗和世态人情，亦容易感染他们的生活作风，他们也就较易放下架子，较以往的门阀贵族具有更从容地接受世俗趣味的能力。中唐以来，文人士大夫阶层的市井化、平民化倾向十分明显，在世风民俗的同化过程中，文人个体的世俗享乐意识逐渐加强，在灯红酒绿、纵酒狂歌中沉溺于物质享受，这样就容易在声色犬马或清风明月中放松解脱而趋向淡泊自守和豁达大度，而不必像以往的文人如屈原、杜甫那样为外在的名场得失、宦海浮沉、国计民生而患得患失、沉迷其中而无法自拔。这时，沉湎于声色之娱或风月之中的世俗才子也就大异于以往的封建正统文人了，他们更接受平民化、世俗化的生活作风。于是，唐人小说和曲子词中文人羁旅行役的题材往往就和平民大众常谈的浮生乐事联系起来了，如欧阳炯的《江城子》："晚日金陵岸草平，落霞明，水无情。六代繁华，暗逐逝波声。空有姑苏台上月，如西子镜，照江城。"《渔父》："摆脱尘机上钓船，免教荣辱有流年。无系绊，没愁煎，须信船中有散仙"中的旷达自适、委运任命之情溢于言表；唐传奇中的《南柯太守传》《枕中记》把人间的荣华富贵浓缩于枕中一梦，梦中的显赫与羁旅行役的凄清,造成了真幻错综、世事无常的空幻虚无之感,这些都反映出中唐以来平民思想盛行并和士人思想交汇融合,从而使得当时的文学创作也具有了平民化、世俗化的审美特征。

三、商业性的创作功能

关于古代小说的源起,一向有很多种不同的说法,但大致都认为:在唐以前小说还处在萌芽状态,到了唐代,才发生飞跃,出现了空前繁盛的局面。曲子词的繁盛,稍晚于小说,但大体上都是在中唐以来的共同社会文化背景下发生的,是当时通俗文化发达的标志和成果。在曲子词中,有大量情感内容和传奇笔记的唐人小说比较接近,这两种文体容易为都市生活中的听众或读者接受,也容易产生商业性效果,便于大量的生产,因此,它们是当时相当流行的文体。这说明当时庶民阶层已经兴起、平民文化开始盛行,由此导致了庶族地主阶级和市民大众阶层中普遍形成了喜好娱乐消遣的社会风气,示诸文学创作,就体现出文人平民化、世俗化的审美趣味。

唐人小说与曲子词的作者,大多为平民和庶族阶层,他们当中有些出身寒微,靠自己的努力和才华得以进入仕途,有的潦倒终生,一直未能进入仕流,但他们的人生态度、生活方式、情感体验等,却都表现出了平民化、世俗化的特征。这是因为庶族阶层的兴起、平民文化的盛行,带来了思想解放的潮流。自中唐以来,中国封建社会及其文化开始走向衰退,皇权的重新专制和士人的逐渐离心日益明显,庶族阶层渐渐取代门阀士族而开始进入社会的上级阶层。同时,社会经济在这种情况下反而更加繁荣、城市经济高度发展、上层社会日益华靡奢侈,这种社会风尚促使了士人普遍的及时行乐心理。商业的繁荣使文人的写作也沾染上了浓厚的商业色彩,他们开始注重平民、大众的审美需求,大众的审美趣味可能摧毁文艺写作的美学品质,也可能促使文艺写作的蓬勃兴旺。作为封建社会前期向后期转变阶段的唐宋时代的文人士子,他们的价值观和创作取向也就在这种情形下发生了相应的变化。这种变化,充分体现了正统文化观念的淡化和平民阶层价值体系的逐渐形成,造成了士大夫群体享乐意识的勃兴,大众意识的强化以及社会对通俗文化的认同。正是在这种意义上,从唐人小说到曲子词,反映了士人文化价值观念、审美趣味取向的新动向,主要表现在文体特征上的娱乐性、通俗性的功能设置和题材选择上大抵具有了平民化、世俗化的审美特征。唐人小说和曲子词就是建立在这样一种共有的文化价值选择的基础上,繁荣于这样一个共通的社会生活环境中,这应是它们共同作为通俗文学而取得内在契合的重要原因。

以上,笔者分析了唐人小说与曲子词在功能设置和题材选择上的内在契合点,旨在表明一种观点:小说、词都是人们的审美创造,主要形式是美,这就要求它们首先是求赏心悦目或悦耳动听的,人始终是文学作品创造的主体,文学作品的基本内容是人的感情和生命,这就使得文学创作理所当然地表现符合个人审美理想和审美趣味的人类情感与生活。因此,文学作品的功能设置、题材选取只要是遵循美的规律建造出来的,就具有符合个体特征的审美品格和价值。正由于创作主体,即唐代小说家与唐五代词人在价值观念、情感体验、生存状态、行为方式上的相融相契,使得唐人小说与曲子词在"叙事性""缘情性"文体特有内涵已定的情势下,也仍然能够取得内在契合,它们都生动地反映了中唐以来新型人文背景下的文士审美心态，打上了那一特定历史时期的文化烙印，是时代文化的产物。

第八节　白居易诗与唐宋词的内在契合

一、人生苦短、及时行乐的享乐心理

自中唐以来，中国封建社会及其文化开始走向衰败，皇权专制和士人的日渐离心同步进行，庶族地主日益取代门阀地主而占据社会的主要地位。同时，社会经济（特别是城市经济）进一步发展，"社会各方面都在衰落苦闷中，而独有商业却是并不衰落的"①，城市经济的高度发展和上层社会日益华靡奢侈的风尚颇有诱惑力，促使士人产生"为乐当及时"的享乐心理。作为封建社会前期向后期转变阶段的唐宋时代的士人们，他们的人生观和价值取向也就势必发生相应的变化。白居易就是一个极为典型的中唐士人，"虽然一直做官，但那打算，差不多只剩了两点：第一，获得丰厚的享受之资；第二，实行官隐，把任外官闲官作为避免卷入政治斗争全身远祸的途径"②，"是一个乐天知命、及时行乐、得过且过的庸人"③。在讲求经世致用的中唐时代，白居易从未把自己看作一个高高在上的救世主、圣人，他认为自己本来就是一个平凡的人，试看他的自述：

所禀有巧拙，不可改者性。所赋有厚薄，不可移者命。我性拙且蠢，我命薄且屯。问我何以知，所知良有因。亦曾举两足，学人踏红尘。从兹知性拙，不解转如轮。亦曾奋六翮，高飞到青云。从兹知命薄，摧落不逡巡。慕贵而厌贱，乐富而恶贫，同生天地间，我岂异于人？性命苟如此，反则成苦辛。以此自安分，虽穷每欣欣……（《咏拙》）

这种自我定位使他不必像盛唐文士那样追求清高超世，而能以"闲适""知足"安顿身心，保持内心的平和："足适已忘履，身适已忘衣；况我心又适，兼忘是与非。三适合为一，怡怡复熙熙"（《三适·赠道友》）、"闲适有余，酣乐不暇。苦词无一字，忧叹无一声。岂牵强所能致耶！盖亦发中而形外耳。斯乐也，实本之于省分知足，济之以家给身闲，文之以觞咏弦歌，饰之以山水风月。此而不适，何往而适哉"（《序洛诗》），这些自述反映了中唐以来世俗才子型进士的生活方式、生活态度以及随之而来的审美观念的变迁。

中唐士人大都受当时逐步形成的追求世俗享乐的庶族地主阶级文化氛围的熏染，具有世俗气的一面，这种世俗气在白居易身上体现得最为明显，司空图称白居易为"都市豪沽"，意即在此。《四库全书总目提要》所云："词自晚唐五代以来，以情切清丽为宗，到柳永而一变，如诗家之有白居易。"④ 柳永词中亦有"继梦得文章，乐天惠爱"（《木兰花慢》）之句，他对白居易有一种异常亲切的感觉，而其词正是反映了宋代文化

---

① 林庚：《中国文学简史》，北京大学出版社1988年版。
② 王谦泰：《论白居易思想转变在卸拾遗之际》，载《文学遗产》1994年第6期。
③ 顾学颉、周汝昌：《白居易诗选》前言，人民文学出版社1963年版，第11页。
④ 〔清〕永瑢等：《四库全书总目提要》卷一九八集部词曲类，中华书局1965影印本。

正处在由"雅"向"俗"倾斜转变时期的特点，与其生活态度的市民化一样，均表现出"从俗"的审美趣味与"合众"的艺术格调。"中晚唐和五代文化虽然不能说是'宋型文化'的典型代表，却无疑是'宋型文化'的前奏或开端"①。白居易在其"闲适诗"中所表现出的那种贪恋名位，觞咏弦歌，吟玩情性的及时行乐的享乐思想，正是那一时期士人审美观念变迁的体现，偏向对世俗感受的抒发，显得俗气十足和世俗生活气息浓郁。白居易诗歌中及时行乐的享乐思想具有了"从俗""合时"的倾向，恩格斯在论及18世纪法国和德国哲学繁荣原因时指出："哲学和那个时代的文学的普遍繁荣一样，都是经济高涨的结果。"②白居易诗和唐宋词的繁荣，也起源于中唐这一特定时代的特定文化背景：都市的繁荣和市民阶层的兴起。

  白居易诗歌中酒筵著辞甚多，反映了当时都市文化娱乐活动的兴旺繁荣，与都市文化娱乐活动中的酒筵气氛相适宜，重视酒筵间歌唱的佐欢效果，"以亲朋合散之际，取其释恨佐欢"（《与元九书》）。试看白居易的《醉歌示伎人商玲珑》云："玲珑再拜歌初毕。谁道使君不解歌，……玲珑玲珑奈老何，使君歌了汝更歌"。其《劝酒》云："劝君一盏君莫辞，劝君两盏君莫疑，劝君三盏君始知。"其《劝我酒》云："劝我酒，我不辞；请君歌，歌莫迟。"其《莫走柳条辞送别》云："莫期杨柳弱，劝酒胜于人。"其《短歌》云："为君举酒歌短歌。"其《狂歌词》云："劝君酒杯满，听我狂歌词。"此外，白居易还有《劝酒歌》二首，《劝醉寄元九》一首，《代谢好妓答崔员外》等多种赠妓诗。正是这种应歌佐欢的娱乐功能，使得白居易在诗中所欲宣泄和表现的及时享乐心理也就更为充分和明显，人生苦短、今朝有酒今朝醉的思想，明显与白居易诗歌"少时犹不忧生计，老后谁能惜酒钱？共把十千沽一斗，相看七十欠三年"（《与梦得闲饮且约后期》）中所表现的享乐心理契合得十分紧密，都从人生短暂这一认识出发，认为应及时饮酒行乐。这种沾染着大都市商业社会享乐气息的世俗气，也许更符合当时文人创作的审美追求。

  苏轼在《祭柳子玉文》中以"白俗"品评白居易。这里的"俗"，不仅是指语言的"浅俗""通俗"，更是指其诗中思想内容的"世俗""凡俗""从众随俗"，与当时和后世社会世俗文士的审美情趣相投合。对此，欧丽娟教授有比较深入细致的分析，她指出：

  考虑"元轻白俗"是具有对仗意义的并称关系，所谓的"俗"和"轻"上下平行，应该出于同一个意义范畴。既然"元轻"是指元稹的为人轻浮、轻薄，故有种种巧宦干求之举，也有抛弃崔莺莺的薄幸之态；那么"俗"也应该是就人格评价而言，与文学表现上的用语浅俗、内容浅易无关，而是指白居易的心性世俗，追求的是一般人所热衷的世俗价值，主要便是功名利禄，以致表现出对外在得失的过度重视。③

此言很有道理，持之有故。苏轼不因"白俗"而蔑视白居易，正相反，他自己就"独敬爱乐天"（周必大《二老堂诗话》），"其景仰香山者，不止一再言之"（赵翼《瓯北

---

① 刘尊明：《晚唐五代词发展兴盛的文化观照》，载《文学遗产》1995年第1期。
② 中共中央马克思恩格斯列宁斯大林著作编译局：《马克思恩格斯选集》第四卷，人民出版社1972年版，第485页。
③ 欧丽娟：《唐诗可以这样读》，浙江人民出版社2018年版，第322页。

诗话》），这正是因为白居易诗歌反映了新型庶族地主阶级的审美心理与文化性格。

中唐时期的科举制趋于繁盛，大量"膏粱子弟"和"新进小生"在跻身仕途的同时，也带进了庶族地主阶级和市民社会中的那股及时享乐的世俗气，正是这股世俗气，使白居易诗歌标志着中国市民文学之芽已经破土而出、开了中国市民文学的先声。这种市民文学就是以世俗平庸而又华靡奢侈的生活为表现对象的，其最突出的内容就是：自我意识增强；追求世俗社会的享受和乐趣、追求闲适畅快；生活方式、生活态度、审美心理接近世俗潮流。试看白居易的自述："只有一身宜爱护。"（《读道德经》）"月俸百千官二品，朝廷雇我作闲人。"（《从同州刺史改授太子少傅分司》）"常闻俗间语，有钱在处乐。"（《西行》）"把酒仰问天，古今谁不死？所贵未死间，少忧多欢喜。"（《把酒》）"人生不富即贫穷，光阴易过闲难得。"（《闲吟》）"浮荣及虚位，皆是身之宾，惟有衣与食，此事最关身。苟免饥寒外，余物尽浮云。"（《初除户曹喜而言志》）这些自述之语在一定意义上反映了社会的进化和个人价值的提高。

唐宋词人比之前代的文人更加珍视生命和追求享乐，已成了一个显而易见的事实。大抵到了中唐，文人认识到大唐帝国中兴的愿望已成泡影之后，更清楚地意识到外在的功名事业不可求得，便开始强烈地感受到个体意识的价值，促使人生的价值取向才转向及时行乐的享乐主义，向世人展示自己人性中平凡庸俗甚至低级趣味的一面。如下面这些句子在唐宋词中就比较常见："者边走、那边走，只是寻花柳。那边走，者边走，莫厌金杯酒"（王衍《醉妆词》）、"玉楼冰簟鸳鸯锦，粉融和汗流山枕……须作一生拚，尽君今日欢"（牛峤《菩萨蛮》），从这些露骨的及时行乐的心理描写中，我们不难发现大量文人词作中市民文化素质的存在。尽管文各有体，"诗言志""词言情"之畛域分明，人生苦短、及时行乐的享乐心理，却是白居易诗歌与唐宋词的共同主题，这正是它们的内在契合点之一，反映了唐宋词人与白居易在思想感情上的一大共鸣之处。

二、去日苦多、人生如寄的感伤情绪

感伤是人类情绪的一种，属心理学范畴，指当客体不能符合或满足主体的需要时所产生的一种相对消极或负面的主观体验。白居易把其诗中"有事物牵于外，情理动于内，随感遇而形于叹咏者"谓之"感伤诗"（《与元九书》）。就白居易诗的具体情况来看，感伤诗显然集中于谪宦经历与伤悼悲怀之中。不过，由于浓厚的感伤情绪伴随时代而生，白居易感伤诗的范围实际上难以明确界定，在感伤题材之外的部分作品中也往往通过借题发挥的方式将自身的感伤情绪贯溢其间。这类忧患人生的感伤情绪看似与上述享乐心理格格不入，背道而驰，细究下来，它们之间却又存在着内在的联系和"相反相成"的关系。感伤情绪与享乐心理，虽然一悲一乐，一忧一喜，但它们却既源于同一起点，又归于同一终点——对于个体生命的无限珍惜和对个人生活的无限关注之情："朝见日上天，暮见日入地。不觉明镜中，忽年三十四。勿言身未老，冉冉行将至。白发虽未生，朱颜已先悴。人生讵几何，在世犹如寄。虽有七十期，十人无一二。今我犹未悟，往往不适意。胡为方寸间，不贮浩然气？……"（《感时》）既表现了及时行乐和追求适意的享乐心理，又有生命短暂、人生如寄的感伤情绪。

中唐以来，由于社会的发展和个体意识的觉醒与张扬，人们对于人生价值的关注也就越发密切。从这点出发，文士们会很自然地产生及时行乐的享乐心理，同时，却又会产生忧伤好景不长或嗟叹人生多悲的感伤情绪。另一方面，唐宋名家词人中，虽然多是巨卿重臣，但身世大多与白居易有相似之处，即以庶族出身应举入仕，都有过苦读不辍的人生经历："二十已来，昼课赋，夜课书，间又课诗，不遑遑息矣。以至于口舌成疮，手肘成胝，既壮而肤革不丰盈，未老而齿发早衰白，瞥瞥然如飞蝇在眸子中者，动以万数。盖以苦学力文所致，又自悲矣。"（《与元九书》）其结果往往如《悲哉行》所描写的："十上方一第，成名常苦迟。纵有宦达者，两鬓已成丝"，或如《花前叹》所感叹的："年颜盛壮名未成，官职欲高身已老。万茎白发直堪恨，一片绯衫何足道。"由此也就可以理解，"不如展眉开口笑，龙门醉卧香山行"的及时行乐心理中实在是有一种"况吾头白眼已暗，终日戚促何所成"（《秋日与张宾客舒著作同游龙门醉中狂歌》）的对时光年华流逝的深切感伤情绪存在；在"酒筵歌席莫辞频"的及时享乐的生涯中，却又感发出"满目山河空念远，落花风雨更伤春，不如怜取眼前人"（晏殊《浣溪沙》）的深沉感伤来。反映在唐宋词中，就是典型的感伤情绪：伤春悲秋。

　　照理说，"春秋多佳日，登高赋新诗"（陶渊明《移居》），春秋两季本是一年四季中踏青登高、尽情赏玩的大好时光。然而，在唐宋词中，它们却变成了最易引起感伤情绪的季节："谁道闲情抛掷久？每到春来，惆怅还依旧""烦恼韶光能几许？肠断魂销，看却春还去"（冯延巳《鹊踏枝》）、"佳节若为酬？但把清尊断送秋。万事到头都是梦，休休，明日黄花蝶也愁"（苏轼《南乡子·重阳》），本是最能使人赏心悦目的春秋两季，到了唐宋词人的眼中、笔下，竟变得如此令人伤感和引人烦恼。究其思想底蕴，主要是他们对于人生短暂和生命流逝的忧惧和留恋。人生是美好的，而最美的是青春时光。人生是短暂的，而青春更为短暂。而在这美好短暂的青春时光里，这些文人士子们却又大多困于科场、穷苦悲吟。由此也就可以知道：所谓"伤春"，表现的实际是一种对青春眷恋而挽留不住的感伤，对珍美之生命的零落凋伤的一种悼惜之情。所谓"悲愁"，表现的是一种对人生悲哀和生命短暂的咏叹，对个人死亡的恐惧，反映了中唐以来特定时代背景下的一个特定阶层的普遍心理。在词这种文学形式中，中晚唐以来的这种时代心理终于找到了它最合适的归宿。这正是白居易与韩愈等当时正统诗人的不同，而与唐宋词人相融相契的内在因素，正因此，其诗歌在当时和后代传诵得最为广远的，仍然是他的《长恨歌》《琵琶行》之类的感伤诗。白居易诗曰："前年种桃核，今岁成花树。去岁新婴儿，今年已学步。但惊物成长，不觉身衰暮。去矣欲何如，少年留不住。因书今日意，遍寄诸亲故。壮岁不欢娱，长年当悔悟"（《叹老》）、"相争两蜗角，所得一牛毛"（《不如来饮酒七首》其七）、"蜗牛角上争何事，石火光中寄此身"（《对酒五首》其二）。那么词的时代内容又是什么呢？"浮生长恨欢娱少，肯爱千金轻一笑？为君持酒劝斜阳，且向花间留晚照""一场愁梦酒醒时，斜阳却照深深院"（晏殊《踏莎行》），"细雨湿流光，芳草年年与恨长"不正是"去矣欲何如，少年留不住……壮岁不欢娱，长年当悔悟"吗？尽管追求那样一种汲汲顾景唯恐不及似的欢乐，但其中却蕴含着一种对时光年华流逝的深切慨叹和惋惜的感伤。归根到底是一种忧患人生的心理，功名富贵得之不易，士人们可以从中寻觅到很多的人生乐趣和人间幸福，但个体生命却又不能永久，即使通过"十年寒窗"的苦读，"成名""宦达"了，美人迟暮之感也会给他们带来无穷无尽的感伤和忧虑。"对酒当歌,人生几何。譬如朝露,去日苦多",天下枭雄曹操尚且如此,善感文人情何以堪!这种忧患人生的感伤情绪,在此前的诗文作品中也屡有反映,但像白居易诗歌和唐宋词那样普遍又集中地表现人类感伤情绪以至有"感伤诗""闲愁词"的形成,却是很独特的现象。这根源于白居易与唐宋词人对社会、对人生的共同认识,在生活经历、生活方式上的某些相似之处,还有更重要的因素,那便是他们审美心态上的内在契合。

三、但求适意、不拘形迹的归隐意识

自中唐以后,地主阶级内部的权利之争也逐步凸现出来,永贞革新的失败,甘露事件的发生,使一部分地主文人看透了政治上的倾轧杀戮,从而退出官场,走向山林。但绝大多数文人仍在官场权利圈子中打滚,政治环境的变化,使中唐以后的文士们比以往更喜欢谈论隐逸了,"自是宦情衰落,无意于出处,唯以逍遥自得,吟咏情性为事"①。这时的隐逸观念较以前"无道则隐"(《论语·泰伯》)、"古之所谓隐士,非伏其身而不见也,非闭其言而不出也,非藏其知而不发也,时命大谬也"(《庄子·缮性篇》)发生了深刻的变化,传统意义上的隐逸逐渐失去其形式上与内容上的许多部分,由过去单纯的洁身自好的修身养性的道德观念,转变为保留了部分道德内容,更看重适意人生、诗意人生的生活方式:"大隐住朝市,小隐入丘樊。丘樊太冷落,朝市太嚣喧。不如作中隐,隐在留司官。似出复似处,非忙亦非闲。君若好登游,城南有秋山。君若爱游荡,城东有春园。君若欲一醉,时出赴宾筵,……人生处一世,其道难两全。贱即苦冻馁,贵则多忧患。惟此中隐士,致身吉且安。穷通与丰约,正在四者间。"(《中隐》)可见,白居易的归隐意识,有逃避与反抗现实社会的一面,正如他在《九年十一月二十一日感事而作》中所说:"祸福茫茫不可期,大都早退似先知。当君白首同归日,是我青山独往时。顾索素琴应不暇,忆牵黄犬定难追。麒麟作脯龙为醢,何似泥中曳尾龟。"但在更大程度上白居易的中隐思想则是代表一种悟透人生后的享乐心理,这种纯任主观、自在适意的享乐成分较之传统隐逸清心寡欲的避世有很大的不同。如他诗中所说的"身适忘四支,心适忘是非"(《隐几》)是其隐逸心态,"囊中贮余俸,郭外买闲田"(《新居书事四十韵寄元郎中张博士》)是其隐逸生活方式,不必像上古隐士那样过着安于清贫、箪食瓢饮的隐逸生活,饱受饥寒的困扰,也不必像许由、巢父那样幕天席地、睡在树上。而是"月俸百千官二品,朝廷雇我作闲人"(《从同州刺史改换太子少傅分司》),有着一官半职,优游于进退之间,超脱于山林与魏阙之上。过着听歌看舞、养尊处优、酒肉不辞、声色不避,浸染着浓重世俗味的中隐生活。

在传统社会内部矛盾日深的情况下,白居易的"中隐"为士人实现人格、追求隐逸提供了一条可行之路。所以,在中唐以后,它理所当然地被隐心未泯的士人奉为圭臬。李泽厚先生在《美的历程·苏轼的意义》中说:"苏一生并未退隐,也从未真正'归田',但他通过诗文所表达出来的那种人生空漠之感,却比前人任何口头上或事实

---

① 〔五代〕刘昫等:《旧唐书·白居易传》,中华书局1975年版。

上的'退隐'、'归田'、'遁世'要更深刻、更沉重。"①把这些话用来评价白居易或许更为适当，因为苏轼思想中所涵盖的代表着中国封建社会后期隐逸文化的基本要素或核心因子在白居易身上均已逐步生成和大体具备。试看白居易的诗句："年光忽冉冉，世事本悠悠。何必待衰老，然后悟浮休。真隐岂长远，至道在冥搜。身虽世界住，心与虚无游……寡欲虽少病，乐天心不忧。何以明吾志，《周易》在床头。"(《永崇里观居》)"身觉浮云无所著，心同止水有何情。但知潇洒疏朝市，不要崎岖隐姓名。"(《答元八郎中杨十二博士》)"长生无得者，举世若蜉蝣。逝者不重回，存者难久留。踟蹰未死间，何若怀百忧。"(《效陶潜体诗十六首》其一)苏轼的"未成小隐成中隐"(《六月二十七日望湖楼醉书五绝》)、"出处依稀似乐天"(《予去杭十六年而复来留二年而去平生自觉出处作三绝句》)，所流露出的对白居易出处仕进间进退自如的中隐方式的垂羡溢于言表。朱敦儒的名作《西江月》一词云："世事短如春梦，人情薄似秋云，不须计较与劳心，万事原来有命。　　幸遇三杯酒好，况逢一朵花新，片时欢笑且相亲，明日阴晴未定。"这首小词被认为是"上有居易俟命之识见，下无行险侥幸之心理"，"此乐天知命之言，可为昏夜乞哀以求富贵利达者戒。"(《草堂诗余隽》)正是这种但求适意、不拘形迹的归隐意识，使中唐以来的隐逸更加泛化、更加世俗化、更加心性化也更加普泛化。

这些隐逸特点在唐宋词中体现得也很明显，词体艺术在其初创之际，就有了隐者的身影，张志和以一曲《渔歌子》开启了隐逸词的先河，从此词坛上的隐逸之歌便不绝如缕，代有新声，成为创作内容的一个重要方面。就唐宋词中隐逸主题思想而言，白居易式的浸染着世俗味的隐逸内容占了很大比重，词作中的隐逸思想与白居易的"中隐"理论相一致，是那个时代所特有的一种文化现象，表现了禅宗世俗化的特点，这也正是唐宋词所表达的归隐意识不同于前代诗文的一个重要特质，它明显地类似于白居易的那些闲适诗，呈现为一种"世俗化""心性化"状态，即这种隐遁之思并不意味着词人对实际生活方式的选择和追求，而主要是一种"精神"状态。换句话说，唐宋词人之咏叹隐逸，并非真的要绝尘避世，其实质在于追求一种全身适意的人生境界。葛长庚《行香子》词中"酒熟堪篘。客对至留，更无荣、无辱、无忧。退闲步，著甚来由。但倦时眠、渴时饮、醉时讴"的任真而为、闲逸适意，与白居易《自诲》诗"往日来日皆敝然，胡为自苦于其间？乐天乐天，而今而后，汝其饥而食，渴而饮，昼而兴，夜而寝。无浪喜，无妄忧"的任运委顺、随缘自适如出一辙，何其相似！这正是唐宋词与白居易诗歌在归隐意识上的相融相契之处，若向深处考察，其根源于白居易诗与唐宋词中的隐逸思想都来自道家哲学，并同时都与当时的禅宗思想有密切联系。

唐宋词人的阶级地位、仕途经历和思想倾向与白居易有相似之处，大都出身进士阶层而跻身于上层官僚，禅宗随缘自适的世界观、道家虚静恬淡的生活信条极容易对这一阶层的文人士子产生影响，因而唐宋词中表现隐逸闲适情调的作品也就像白居易的闲适诗一样，归隐意识更加泛化、更加世俗化、更加心性化：但求适意、不拘形

---

① 李泽厚：《美的历程》，安徽文艺出版社1999年版，第159页。

迹，追求一种诗意的生存方式；无需买山、无需择地，只要心中想到"隐"就可以算是隐者了。如睡觉是隐："真个先生爱睡，睡里百般滋味。转面又翻身，随意十方游戏，游戏、游戏，到了原无一事。"（朱敦儒《如梦令》）醉酒也是隐："十年裘马锦江滨，酒隐红尘。"（陆游《风入松》）读书也可以隐："且向琴书深处隐。"（张炎《南楼令》）可以看出，但求适意、不拘形迹的归隐意识使唐宋词判然有别于以韩愈为代表的正统诗人们"道貌岸然"的圣贤气象，而这却正是唐宋词与白居易诗的内在契合点：审美流向归结到了一点，就是以闲适为美。

以上分析了唐宋词与白居易诗歌的三个内在契合点，旨在说明诗、词都是人们的审美创造，人始终是文学作品创造的主体，文学作品都表现符合个人审美理想的人类情感与生活。马克思有句名言："按照美的规律来建造。"[①] 文学作品的倾向性，只要遵循美的规律体现出来，就具有审美的品格和价值。正由于创作主体，即白居易与唐宋词人在审美心理上的相融相契，使得白居易诗歌与唐宋词在"诗言志""词缘情""诗庄词媚"天然疆界已定的情势下，也仍然能够取得内在契合：它们都生动地反映了中唐以来新型人文背景下士人们的审美心态，打上了那一历史时期的文化烙印，是时代文化的产物。

---

① 中共中央马克思恩格斯列宁斯大林著作编译局：《马克思恩格斯全集》第42卷，人民出版社1979年版，第97页。

第五章　宋代诗歌

陈寅恪说:"华夏民族之文化,历数千载之演进,造极于赵宋之世。"① 宋代文学是宋代文化中最重要的一环。

宋代(960—1279),共319年,其中以1127年为界分为北宋与南宋两个阶段。其社会特点可概括为:①处理对外关系特别软弱;②内部政权特别稳定;③文官制度相当成熟;④城市经济相当发达。

宋代诗歌总况主要体现在两个方面:第一,宋词被称为"一代之文学",词人与词作众多,名家有柳永、晏殊、苏轼、秦观、周邦彦、李清照、辛弃疾、姜夔、吴文英等人。风格总体上偏于艳科,特别讲究抒情性与音乐性,并形成婉约与豪放两大流派。第二,宋诗的成就可以与宋词相提并论,但风格与唐诗和宋词不同,整体上含蓄、深沉,以文为诗成为基本风气。严羽《沧浪诗话》批评宋代诗人"以文字为诗,以才学为诗,以议论为诗"。

第一节　北宋词

北宋初期词基本上沿袭五代词风,内容以描写艳情为主,多写悲欢离合与闲愁。风格阴柔、婉约。代表人物是晏殊、欧阳修、张先。但也有一些词人在开拓词境方面做出尝试,如范仲淹、王安石。

一、欧阳修

候馆梅残,溪桥柳细,草薰风暖摇征辔。离愁渐远渐无穷,迢迢不断如春水。寸寸柔肠,盈盈粉泪。楼高莫近危栏倚。平芜尽处是春山,行人更在春山外。

《踏莎行·候馆梅残》是欧阳修的代表作之一。这首词以写柔情取胜,上片写离人离别之愁,下片写思妇思念之悲。上下片相对而写,错综成文,使情感的表现极为生动、婉约缠绵。

表现手法上,此词以乐景写哀情,倍见其哀。通过比喻之法,以"春水"喻愁,"春山"喻远,将抽象理念化为具体之意象。结尾则用递进之法,进一步渲染离愁别恨,有力地凸显了主题。

二、范仲淹

范仲淹(989—1052),谥文正。范仲淹独辟蹊径,写边塞生活,为词开辟了崭新的审美境界,也开启了宋词贴近生活和现实人生的创作方向。而沉郁苍凉的风格,则成为

---

① 陈寅恪:《邓广铭宋史职官志考证序》,见陈寅恪《金明馆丛稿二编》,上海古籍出版社1980年版,第245页。

后来豪放词的滥觞。试看其代表作《渔家傲》：

  塞下秋来风景异。衡阳雁去无留意。四面边声连角起，千嶂里，长烟落日孤城闭。

  浊酒一杯家万里。燕然未勒归无计。羌管悠悠霜满地，人不寐，将军白发征夫泪。

  这首词写边地将士生活的艰苦，表达了作者破敌立功的决心和思念家乡的矛盾心情，在词的题材上，突破了以往"花间樽前"的狭窄内容，表现出爱国主题。

  此词上片开头两句，概括描述秋日边塞荒凉冷落的景象。其中，"风景异"和"无留意"六个字，又笼罩全篇，统领着下面数层。"四面边声"三句，为第二层，写日暮黄昏之际的景物：边声嘈杂，号角呜咽；重峦叠嶂，狼烟升腾；残阳斜照，孤城紧闭。选景典型、生动，构成了一幅苍凉悲壮的塞外关山图。下片开头两句，写守边将士思念家乡，同时又渴望建功立业的矛盾心理。侧重抒情，用典自然。"羌管悠悠"三句，为最后一层，是以景结情。主要写入夜以后，年迈的将军和年轻的士卒因思乡念功而伤心落泪的情景。夜空悠悠的羌笛，大地惨白的秋霜，共同渲染出一种悲怆苍凉的艺术氛围。

  此词结构严谨。表现手法上，通过环境描写、气氛烘托、心理刻画，反映思乡与爱国的矛盾。词的意境悲凉苍茫，阔大深沉，有壮美之感，上承唐代边塞诗的传统，下启苏轼、辛弃疾的豪放风格。

  再看范仲淹婉约风格的《苏幕遮》：

  碧云天，黄叶地，秋色连波，波上寒烟翠。山映斜阳天接水，芳草无情，更在斜阳外。 黯乡魂，追旅思，夜夜除非，好梦留人睡。明月楼高休独倚，酒入愁肠，化作相思泪。

此词写"别恨"，情柔语丽。以"无情"诉说相思，用"好梦"反衬孤独。低回婉转，情景交融。"铁石心肠人亦可作此销魂语"（许昂霄《词综偶评》）。

三、柳永

  宋词从唐五代词的余韵中显示出自己的特色，自柳永伊始。在词史上，柳永被称为第一个"职业词人"，他的出现，使词风第一次开始发生显著的变化。

  柳永仕宦不显，并且他的词为当时士林所轻视，所以有关他的传记材料很少。他的字叫耆卿，初名三变。柳永做过县令、屯田员外郎等小官，政绩不显，穷困潦倒，多为歌伎写作歌词，晚年死于润州。其词风靡一时。时人说："凡有井水处，即能歌柳词。"恰是他盛名的最佳写照。下面这首《鹤冲天》颇能反映他的人生遭际与性格特征：

  黄金榜上，偶失龙头望。明代暂遗贤，如何向？未遂风云便，争不恣狂荡。何须论得丧？才子词人，自是白衣卿相。 烟花巷陌，依约丹青屏障。幸有意中人，堪寻访。且恁偎红翠，风流事、平生畅。青春都一饷。忍把浮名，换了浅斟低唱。

  柳永对词的贡献主要表现在四个方面：①扩大了词的题材内容。将都市繁华、旅途风光、市民生活、羁旅愁情、人生感慨、男女恋情等写入词中。②发展了慢词。柳永大力创作慢词，从根本上改变了唐五代以来词坛小令一统天下的格局，使慢词与小令两种体式平分秋色。"慢"本指音乐而言，"盖调长拍缓，即古曼声之意也"（《词谱》卷十一）。一般说来，字数都比较多，因而扩大了词的表现力。慢词本始于民间，唐文人偶尔为之，至柳永始大盛，占其作品十之七八。③丰富了词的表现手法，善于铺叙渲染。吸取赋的表现手法，在词创作中创造性地运用了铺叙和白描，层层铺叙，恣意渲染，力求意足而语畅。如《望海潮》《雨霖铃》。④语言晓畅，不避俚俗，雅俗共赏。柳永不仅从音乐体制上改变和发展了词的声腔体式，而且从创作方向上改变了词的审美内涵和审美趣味，即变"雅"为"俗"，着意运用通俗化的语言表现世俗化的市民生活情趣。试看他的《雨霖铃》：

寒蝉凄切，对长亭晚，骤雨初歇。都门帐饮无绪，留恋处，兰舟催发。执手相看泪眼，竟无语凝噎。念去去，千里烟波，暮霭沉沉楚天阔。　　多情自古伤离别，更那堪，冷落清秋节。今宵酒醒何处？杨柳岸，晓风残月。此去经年，应是良辰好景虚设。便纵有千种风情，更与何人说。

此词是柳永的代表作之一，写与恋人分手时的离愁别恨，同时也抒发了自己坎坷不遇和前途黯淡的感慨。上片开端三句用暮色中的长亭，骤雨乍晴，寒蝉哀鸣等自然景物渲染离愁的气氛，揭开了别离的场面。然后由景及人。一对恋人无心饯别，两情依依不舍，舟子偏又"催发"。"相看泪眼""无语凝噎"细致刻画了不忍分别而又不得不分别的情态。最后两句，想到一叶扁舟启程之后，越行越远，周围只剩下沉沉暮霭，烟波千里，不胜惆怅。下片头两句直接抒写出此时此刻个人难以忍受的心情，过渡到下片。"今宵酒醒何处"三句对别后做了进一层的设想，想到酒醒后将是天各一方，只剩下杨柳、残月等令人添愁的景色。最后四句推想久别之后抑郁不欢的情状。此词长于铺叙渲染，以"离别"为线索，从执手告别，写到别后情景的设想，以至推想到别后难堪的情状，感情逐层深入。写景抒情纯用白描，情景交融、虚实兼写。此词语言明白如话。音律谐婉，词意妥帖，委曲尽致。

四、苏轼

（一）苏轼的词创作

在词的创作上，苏轼是宋词发展史上的一座重要里程碑。"词至东坡，倾荡磊落，如诗，如文，如天地奇观。"（刘辰翁《辛稼轩词序》）其词"一洗绮罗香泽之态，摆脱绸缪宛转之度，使人登高望远，举首高歌，而逸怀浩气，超然乎尘垢之外"（胡寅《酒边集序》）。自有词人以来，未曾有人得到过这样的评价。宋代李廌的《师友谈记》记载了一件有趣的事情："章元弼顷娶中表陈氏，甚端丽。元弼貌寝陋，嗜学。初，《眉山集》有雕本，元弼得之。夜观忘寐。陈氏有言，遂求去。元弼出之。元弼每以此说为朋友言之，且曰：'缘吾读《眉山集》而致之也。'"可见，苏轼在当时的影响力确实是非同凡响的。

苏轼对词最大的创造，一言以蔽之，就是以诗为词。具体表现在以下三个方面。

第一，内容上，打破了过去多写男女爱情、离愁别恨的传统，举凡怀古、悼亡、山水、田园、仕途失意、报国雄心、人生奥秘等，无不可以入词。这就扩大了词的表现领域，提高了词的境界，使词从以娱乐为主，转变为以抒发个人的人生感受为主，从而具有了与诗相同的功能与作用。

刘熙载《艺概》中云："东坡词颇似老杜诗，以其无意不可入，无事不可言也。"试读他的《江城子·密州出猎》：

老夫聊发少年狂，左牵黄，右擎苍。锦帽貂裘，千骑卷平冈。为报倾城随太守，亲射虎，看孙郎。　酒酣胸胆尚开张，鬓微霜，又何妨！持节云中，何日遣冯唐？会挽雕弓如满月，西北望，射天狼。

此词抒写报国之志、爱国之情，作于1075年冬，当时苏轼在密州知州任上。苏轼借出猎的壮观景象与英武的自我形象的塑造，抒发了自己希望驰骋疆场，杀敌报国的拳拳之心，展示出一位传统文人以家国为重的政治理想。全词场面阔大，音调激越，情感高昂，用典贴切，语句通畅，是苏轼第一首豪放词。

词本"昵昵儿女语"，苏词则出现了"划然变轩昂"的场面。用词反映重大主题，突破了词为"艳科"的传统。试读其《定风波》，词的小序曰：

三月七日，沙湖道中遇雨。雨具先去，同行皆狼狈，余独不觉，已而遂晴，故作此。

莫听穿林打叶声，何妨吟啸且徐行。竹杖芒鞋轻胜马，谁怕？一蓑烟雨任平生。

料峭春风吹酒醒，微冷，山头斜照却相迎。回首向来萧瑟处，归去，也无风雨也无晴。

此词作于元丰五年（1082）。《东坡志林》载："黄州东南三十里为沙湖，亦曰螺师店。子买田其间，因往相田得疾。"郑文焯《手批东坡乐府》曰："此足征是翁坦荡之怀，任天而动。琢句亦瘦逸，能道眼前景，以曲笔写胸臆，倚声能事尽之矣。"

《江城子·十年生死两茫茫》是苏轼悼念亡妻的作品：

十年生死两茫茫，不思量，自难忘。千里孤坟，无处话凄凉。纵使相逢应不识，尘满面，鬓如霜。　夜来幽梦忽还乡，小轩窗，正梳妆。相顾无言，惟有泪千行。料得年年断肠处，明月夜，短松冈。

此词作于1075年知密州任上。此年，苏轼的妻子王弗已逝世十年，而他自己十年来，在仕途上几经贬谪，品尝到人生的无限艰辛，当他把对亡妻的思念与自己的人生感慨结合起来的时候，突破了传统对爱情的写法，在感情真切哀婉中显露出一份沉郁与厚重，使词的抒情功能得到进一步的扩大。

再如，苏轼把他的创作视野扩展到农村方面，在徐州时作《浣溪沙·徐门石潭谢雨》五首，描绘了淳朴的农民和徐州的农村风光。如其四：

簌簌衣巾落枣花，村南村北响缫车。牛衣古柳卖黄瓜。　酒困路长惟欲睡，日高人渴漫思茶。敲门试问野人家。

苏轼咏物词在词境、词意上亦多创新。咏物词盛于南宋，北宋还不太多见。

《卜算子·黄州定慧院寓居作》载：

缺月挂疏桐，漏断人初静。时见幽人独往来，缥缈孤鸿影。　惊起却回头，有恨无人省。拣尽寒枝不肯栖，寂寞沙洲冷。

这首词是元丰三年（1080）苏轼初贬黄州寓居定慧院时所作。词中借月夜孤鸿这一形象托物寓怀，表达了词人孤高自许、蔑视流俗的心境。这首词的境界，确如黄庭坚所说："东坡道人在黄州时作，语意高妙，似非吃烟火食人语，非胸中有万卷书，笔下无一点尘俗气,孰能至此!"(《豫章黄先生文集》卷二六《跋东坡乐府》)这种高旷洒脱、绝去尘俗的境界,得益于高妙的艺术技巧。作者"以性灵咏物语",取神题外,意中设境,托物寓人。对孤鸿和月夜环境背景的描写中,选景叙事均简约凝练,空灵飞动,含蓄蕴藉,生动传神,具有高度的典型性。陈廷焯评此词说:"寓意高远,运笔空灵,措语忠厚,是坡仙独至处,美成、白石亦不能到也。"(《词则·大雅集》)

第二,在风格上,打破了以婉约为主的传统,开豪放词风又风格多样。《水龙吟·次韵章质夫杨花词》写得极其缠绵,婉约的程度不下于传统的婉约词。《念奴娇·赤壁怀古》《江城子·密州出猎》则极尽豪放。

东坡词的风格多样,使宋词变得多姿多彩,而不再是单一的一种风格。"词体大约有二,一体婉约,一体豪放。婉约者欲其词情蕴藉,豪放者欲其气象恢弘。"(张綖《诗余图谱》)婉约派在题材选择方面多写儿女之情,离别之思;在表达方法上多用含蓄蕴藉的方法将情思曲折表达出来;风格委婉、绮丽。从晚唐五代温庭筠开始,后有宋代的欧阳修、柳永、秦观、周邦彦、李清照等。豪放派是由北宋词人苏轼所开创,南宋辛弃疾将其创作推向高峰。豪放词题材广泛,表现方法以铺叙、直抒为主,风格恢宏、沉郁,艺术成就颇高,对后世文学影响巨大。

第三,在词与音乐的关系上,打破了以词附属于音乐的传统,使词成为独立的抒情工具。苏轼的词,往往不协音律。由于创作在一定程度上摆脱了音乐的束缚,苏轼的词具有更大的自由度,因而更能表现出他的艺术个性。李清照说他的词是"句读不葺之诗"(《词论》)。陆游却说:"非不能歌,但豪放,不喜裁剪以就声律耳。"(陆游《老子庵笔记》卷五)总之,词发展到苏轼,娱乐功能减弱了,而抒情功能大大加强了,实际上已经成了诗的另一种形式。至此,诗与词之间的那道鸿沟便基本上填平了。

(二)作品讲读

1.《水调歌头》

丙辰中秋,欢饮达旦,大醉,作此篇,兼怀子由。

明月几时有,把酒问青天。不知天上宫阙,今夕是何年。我欲乘风归去,又恐琼楼玉宇,高处不胜寒。起舞弄清影,何似在人间。 转朱阁,低绮户,照无眠。不应有恨,何事长向别时圆。人有悲欢离合,月有阴晴圆缺,此事古难全。但愿人长久,千里共婵娟。

这是一首中秋绝唱,咏月遣怀之作。表达了作者对亲人的深切怀念,对宇宙与人生、入世与出世的思考,以及对于人生的热爱与美好的祝愿。前人已经有月夜怀人的诗句。如谢庄《月赋》:"美人迈兮音尘阙,隔千里兮共明月。"鲍照《玩月城西门廨中》:"三五二八时,千里与君同。"张九龄《望月怀远》:"海上生明月,天涯共此时。"许浑《秋霁寄远》:"唯应待明月,千里与君同。"可宋人胡仔《渔隐丛话后集》卷三九评论道:"中秋词,自东坡《水调歌头》一出,余词俱废。"王文诰在《苏文忠公诗编注集成》中曰:"此是名篇,可谓前无古人,后无来者。"

此词上片写对月遣怀,抒出世之想而结以人间之乐。起首四句一层,写对天上的憧憬。东晋湛方生《帆入南湖诗》云:"此水何时流?此山何时有?"对万物终始发出疑问，唐人诗中多有此调。唐张若虚《春江花月夜》云："江畔何人初见月？江月何年初照人？"李白《把酒问月》云："青天有月来几时？我今停杯一问之。人攀明月不可得，月行却与人相随。皎如飞镜临丹阙，绿烟灭尽清辉发。但见宵从海上来，宁知晓向云间没。白兔捣药秋复春，嫦娥孤栖与谁邻？今人不见古时月，今月曾经照古人。古人今人若流水，共看明月皆如此。唯愿当歌对酒时，月光长照金樽里。"

"我欲"三句一层，欲"归去"是承，"又恐"是转。想要"归去"是因为人间的烦恼，"又恐"是因为耐不住天上的寒冷与寂寞。"起舞"二句对比写出词人对人间的留恋。这便是对人生、对生活的热爱。

此词下片写望月怀人，伤手足离别而归以美好祝愿。前三句写对月无眠，"无眠"的原因没有说，但联系作者此时的情绪可知。"不应有恨"二句，迁怒于月，故发呆想，关照题目中的"怀"字。"人有悲欢离合"二句，写人与月都不能长久完满，是一种高度的哲理概括。接着便自我宽解：只要大家都平平安安，即使远在千里之外，能共对明月，互相思念，也是一种慰藉。

此词艺术上的特点也非常突出：言情婉转，抑扬转折。如上片，先说"我欲"，次说"又恐"，是一转，再说"何似"，又一转。将憧憬到迟疑、下结论，出世、入世的复杂情感婉转写出。下片，"不应"两句写恨，"人有"两句是解脱，从而推出最后的愿望来。全词婉转变化，愈转愈深。全词紧扣一个"月"字：把酒问月，起舞弄月，无眠对月，因别恨月，为月解脱，千里而共明月。以月起，以月结。全词如皓月千里，一片明净，境界高旷。同时，此词兼有婉约与豪放：浩荡中又有婉转，豪放中有缠绵。

2.《念奴娇·赤壁怀古》

大江东去，浪淘尽，千古风流人物。故垒西边，人道是，三国周郎赤壁。乱石穿空，惊涛拍岸，卷起千堆雪。江山如画，一时多少豪杰。　　遥想公瑾当年，小乔初嫁了，雄姿英发。羽扇纶巾，谈笑间、樯橹灰飞烟灭。故国神游，多情应笑我，早生华发。人生如梦，一樽还酹江月。

此首作品是宋神宗元丰五年（1082）苏轼谪居黄州任团练副使时，游赤壁写下的名篇。作品通过描绘赤壁雄伟壮丽的自然景色、歌颂历史英雄人物来抒发自己因仕途失意而感到壮志难酬的悲愤心情以及旷达的人生感悟。全词写景阔大，抒情深沉，议论精到，作品将此三者融为一体，意境阔大，气势恢宏，风格雄奇奔放，是苏轼豪放词的代表作品。宋人俞文豹在《吹剑录》中说："柳郎中词，只合十七八女郎，执红牙拍板，歌杨柳岸晓风残月。学士词须关西大汉，铜琵琶，铁绰板，唱大江东去。"

宋代罗大经的《鹤林玉露》卷一六所载颇能反映出苏东坡的文化性格与人生思考：

太史公《伯夷传》、苏东坡《赤壁赋》，文章绝唱也。其机轴略同。《伯夷传》以"求仁得仁，又何怨"之语设问，谓夫子称其不怨，而《采薇》之诗犹若未免怨，何也？盖天道无亲，常与善人，而达观古今操行不轨者多富乐，公正发愤者每遇祸，是以不免于怨也。虽然，富贵何足求，节操为可尚，其重在此，其轻在彼。况君子疾没世而名不称，伯夷、颜子得夫子而名益彰，则所得亦已多矣，又何怨之有？《赤壁赋》因客吹箫而有怨慕之声，以此漫问，谓举酒相属，凌万顷之茫然，可谓至乐，而箫声乃若哀怨，何也？盖此乃周郎破曹公之地，以曹公之雄豪，亦终归于安在？况吾与子寄蜉蝣于天地，哀吾生之须臾，宜其托遗响而悲也。虽然，自其变者而观之，虽天地曾不能一瞬；自其不变者而观之，则物与我皆无尽也，又何必羡长江而哀吾生哉！矧江风山月，用之无尽，此天下之至乐。于是洗盏更酌，而向之感慨，风休冰释矣。东坡步骤太史公者也。

儒家教我们进取，给我们一个施展才华的平台；道家教我们无为，给我们自我超越的智慧；佛家教我们慈悲，给我们一片洁净的心灵。苏东坡的思想融合了儒、释、道，他的词给人以审美愉悦和文化熏陶，以其独特的风采影响了广大后人，给后人以心灵的启迪与慰藉。

五、秦观

秦观（1049—1100），字太虚，后改字少游，号淮海居士，江苏高邮人。少有大志，但其仕途不顺，三十七岁中举，四十三岁时，因苏轼推荐，除太学博士，迁秘书省正字，兼国史院编修官。后因苏轼的关系，卷入党争的漩涡，先后被贬郴州、横州、雷州等地，徽宗立，放还，至滕州卒，有《淮海居士长短句》三卷行于世。

秦观词可分为前后两个时期。前期词大多是男女恋情、伤春悲秋之作，表现出对纯洁真挚爱情的向往，缠绵悱恻，凄婉悲凉。他最为人传诵的词大半是作于被贬逐之后，后期词主要抒写贬谪流放的痛苦心绪，情调更为凄楚，愈来愈趋于低沉哀伤。

秦观词的内容相对狭窄，但较有抒情深度，而且带有十分鲜明的惆怅感伤的个性色彩。他尤其擅长把男女之间的思恋怀想同个人的坎坷际遇结合来写，"将身世之感打并入艳情"（周济《宋四家词选》），这是秦观对传统情词的一大开拓。试读其《踏莎行》：

雾失楼台，月迷津渡。桃源望断无寻处。可堪孤馆闭春寒，杜鹃声里斜阳暮。
驿寄梅花，鱼传尺素。砌成此恨无重数。郴江幸自绕郴山，为谁流下潇湘去。

此词是秦观谪居湖南郴州时所作。作品表达了词人遭遇贬谪后的凄凉处境以及幽愤迷茫、寂寞思乡的情怀。词调凄婉、哀怨，是秦观贬谪词的代表作品。此词上片描绘凄迷的春夜景象和冷落的旅舍环境，透露出作者对前途的迷茫和独处异乡的寂寞。下片写友人的寄赠反而勾起作者被贬谪的幽怨，并以郴江离开郴山流向潇湘，比喻自己的离乡远谪。

全词运用象征、比喻等手法，借景言情，含蕴深厚。具体表现在：①将外在的客观景物与内在的心绪情感联系在一起，以景传情，情景交融，创造出一种典型的"有我之境"。王国维在《人间词话》中指出："词以境界为最上，有境界自成高格，自有名句。""有有我之境，有无我之境：'泪眼问花花不语，乱红飞过秋千去'，'可堪孤馆闭春寒，杜鹃声里斜阳暮'，有我之境也；'采菊东篱下，悠然见南山'，'寒波澹澹起，白鸟悠悠下'，无我之境也。有我之境，以我观物，故物皆着我之色彩；无我之境，以物观物，故不知何者为我，何者为物。"②用比兴、象征之法来表达孤独、凄苦的心境，以及对自身命运难以把握的惆怅与苦闷。其中的名句"郴江幸自绕郴山，为谁流下潇湘去"，借日夜流动不息的郴江来抒发自己飘零流荡的贬谪羁旅之情，郴江日夜流动不止的意象，暗喻着词人遭贬的遥遥无期，与开篇前后呼应，传达出无限凄苦之情；而在对郴江的无理之问中，表达对自身命运不可把握的幽愤、苦闷之情，有含不尽之意见于言外的艺术效果。明代毛晋《宋六十名家词》云："坡翁绝爱此词尾二句，自书于扇云：'少游已矣，虽万人何赎！'"

再看其《鹊桥仙》：

纤云弄巧，飞星传恨，银汉迢迢暗度。金风玉露一相逢，便胜却、人间无数。

柔情似水，佳期如梦，忍顾鹊桥归路。两情若是久长时，又岂在、朝朝暮暮。

通过对牛郎织女一年一度在星前月下的美满结合以及离别后的长期相思的细腻描写，歌颂了诚挚、坚贞的爱情。一反前人俗套，自出机杼，被后人称为"化腐朽为神奇"。词的上片写七夕的景色和牛郎、织女相会的欢乐，下片写别离的悲哀和坚贞的情感。

此词的艺术特点主要表现在三个方面。首先，此词立意新颖，境界高绝。一反离别感伤的老调，同时把爱情升华到一个高尚、纯洁的精神境界，深化了双星故事的思想内涵，提高了词体的品格。其次，此词叙议相间，情理兼胜。此词叙述精当，议论精警，以议论来深化感情、点明题旨，同时议论、说理中又融入了浓厚的情感，理借情而愈彰，情寓理而相得，使事、情、理三者水乳交融，达到了感人肺腑的艺术效果。钱锺书先生对此中道理有非常深刻的见解，正如周振甫、冀勤两位先生分析的那样：

钱先生指出：王国维就宝黛悲剧的分析，说明他"似于叔本华之道未尽，于其理未彻"，如果能尽其道，彻其理，则应当明白"木石因缘，倘幸成就，喜将变忧，佳耦始者或以怨耦终，遥闻声而相思相慕，习进前而渐疏渐厌"。《红楼梦》写宝黛爱情，好就好在没有将他们撮合。钱先生在《管锥编》多次讲到诗文中表现的男女乖离，初非一律，所谓"见多情易厌，见少情易变；但得长相思，便是长想见。"（张云璈《相见词》）"最为简括圆赅。"①

最后，秦观此词采用了象征手法，借牛郎、织女悲欢离合的神话故事写下界男女的真情，表面上字字在叙写天上的双星，实际上又句句暗喻人间的爱情，这样就使整篇作品既缥缈空灵，又富于浓厚的人情味，闪现出浪漫的绚丽色彩。

第二节　南宋词

一、李清照

李清照（1084—约1151），号易安居士，济南人。宋代最杰出的词人之一，中国文学史上艺术成就最高的女作家。著有《漱玉词》。

李清照在《论词》中提出词"别是一家"之说。所谓"别是一家"，意指词是与诗不同的一种独立的抒情文体，词对音乐性和节奏感有更独特的要求，不仅分平仄，还要"分五音，又分五声，又分六律，又分清浊轻重"，以便协律可歌。李清照反对将词变成"句读不葺之诗"，主张词作要保持自身独立的文体特性。沈家庄先生认为，李清照

---

① 周振甫、冀勤编：《钱钟书〈谈艺录〉读本》，上海教育出版社1992年版，第387页。

提出词"别是一家"的意义是从本体论出发确立了词体独立的文学地位。①

李清照的词作主要写闺中生活情景，生动细腻地展现了自己的生命历程和情感历程。其作品，因南渡分为两期，前后期内容风格颇异。前期词描写少女、少妇时期的生活，多写幸福的爱情，大胆表达对爱情的向往与追求，歌颂美好的自然风光，情调明快，间或表现一点因与丈夫短暂离别带来的愁绪，但不过是淡淡的愁思和感伤。如《醉花阴》云：

薄雾浓云愁永昼。瑞脑消金兽。佳节又重阳，玉枕纱厨，半夜凉初透。　东篱把酒黄昏后。有暗香盈袖。莫道不消魂，帘卷西风，人比黄花瘦。

这首《醉花阴》是李清照前期的词作，主要抒发了词人独居闺中寂寞而凄苦的心情。上片写闺中之寂寞、愁苦，从白天写到夜半，从室外写到室内，莫不是一片愁苦之情；下片则写黄昏时赏菊东篱，引发对自身的一种伤感之情。作品主要用烘景托情之法，来展示主人公的内心感受。上片写秋景之悲凉，衬托词人极度的寂寞；下片以秋菊与人相比，更突出人的孤独与寂寞。

李清照后期词作主要写遭遇丧乱，家破夫亡的辛酸痛苦、孤独哀伤。词作充满了伤离感乱、凄楚哀怨的感伤情绪。如《声声慢》就是她这一时期的代表作②：

寻寻觅觅，冷冷清清，凄凄惨惨戚戚。乍暖还寒时候，最难将息。三杯两盏淡酒，怎敌他、晚来风急。雁过也，正伤心，却是旧时相识。　满地黄花堆积。憔悴损，如今有谁堪摘。守着窗儿，独自怎生得黑。梧桐更兼细雨，到黄昏、点点滴滴。这次第，怎一个愁字了得。

这首词抒写深秋孤独寂寞的愁苦之情，融抒情写景于一体，上下两片一气呵成。此词用铺叙手法，把内心的愁绪和细微的感受层层展开。起首三句总述心境，以凄惨愁苦之情总摄全篇，中间以日常生活的情景层层铺垫渲染：寒暖难调、酒不敌寒、雁声增愁、睹花伤怀、寒窗难守、细雨添愁。煞尾逼出一个"愁字"总结全篇，回应上文。以愁起，以愁结，满纸皆愁。此词语言精美，朴素清新。尤其是叠词的运用，新奇贴切，历来为词家称赞。"寻寻觅觅，冷冷清清，凄凄惨惨戚戚"，从动作写到环境，从环境深入心境，层层深入，淋漓尽致地道出了词人晚年孤独凄清的处境和凄惨愁苦的心境。

词学史上的"易安体"指的是李清照的词善于运用白描手法，"以浅俗之语，发清新之思"（邹祗谟《远志斋词衷》），造语新警，饶有韵味，意境素雅高远，颇具特色，因其自号易安居士，故后人称其词为"易安体"。

二、辛弃疾

辛弃疾（1140—1207），字幼安，号稼轩，历城（今山东济南）人。1161年起义抗

---

① 沈家庄：《李清照词"别是一家"说刍论》，见沈家庄《竹窗簃词学论稿》，广西师范大学出版社1994年版，第160—173页。

② 但有些学者不同意这一看法，如陈祖美、沈家庄等先生认为这首词不是李清照在国破家亡、家破人亡时所作，而是李清照在赵明诚因无嗣而另结新欢时所作。参见陈祖美《李清照评传》第二章《饱尝人间甘苦的一生》第六节《赵明诚的"天台之遇"和李清照的被疏无嗣》（南京大学出版社1995年版，第64—77页）、沈家庄《论李清照部分愁情词中的隐情》（沈家庄：《竹窗簃词学论稿》，广西师范大学出版社1994年版，第129—143页）。

金，生擒叛将归宋。此后四十余年的生涯中，他除了有一半时间辗转在江西、福建等地任地方官外，大部分时间赋闲在家。作为一个主战派，他有勇有谋，文武双全，但生不逢时，郁郁而终。《稼轩长短句》存词六百余首，是宋代存词最多的词人。

辛弃疾的一生，是英雄的一生，亦是失意的一生。辛弃疾一辈子坚持抗金的政治主张，反对妥协投降，加之其性格"刚拙自信"，不愿趋炎附势，因而得不到朝廷的重用，"三仕三已"，在政治上长期失意。中晚年后，曾一度退居江西农村，流连诗酒，啸傲山水，到山林云水中去寻找精神的避难所，心境趋于平淡。但他始终不忘抗金救国，收复失地，临终前还"大呼杀贼数声"。

辛弃疾的词不是传统的文人词，而是英雄之词。他将永不消歇的爱国之情、高昂的战斗激情、请缨无路与报国无门而使英雄空老的满腔悲愤之情，一泄于词中，使其词题材阔大，气势纵横，意境雄奇，成为南宋伟大的爱国词人，也是继苏轼之后，又一个豪放派词人。四库馆臣评价稼轩词时道："慷慨纵横，有不可一世之概，于倚声家为变调。而异军特起，能于剪红刻翠之外，屹然别立一宗，迄今不废。"（《四库全书总目提要》）

辛弃疾对词境的开拓主要表现在他的词内容广泛，"率多抚时感事之作"（刘克庄《辛稼轩集序》）。具体来说，主要表现在下面三个方面。

第一，英雄形象的自我展示。辛词的抒情主人公，是"壮岁旌旗拥万夫"的热血男儿，是时刻不忘收复故国江山、"到死心如铁"的报国志士，是"气吞万里如虎"的个性鲜明的英雄形象。这样的句子时常出现在他的笔下："英雄事，曹刘敌。"（《满江红·江行简杨济翁周显先》）"道男儿、到死心如铁。看试手，补天裂。"（《贺新郎·同父见和再用前韵》）"少年横槊，气凭陵，酒圣诗豪余事。"（《念奴娇·双陆，和陈仁和韵》）下面两首词比较典型地反映了辛弃疾的思想感情。试看《南乡子·登京口北固亭有怀》：

何处望神州，满眼风光北固楼。千古兴亡多少事，悠悠，不尽长江滚滚流。　　年少万兜鍪，坐断江南战未休。天下英雄谁敌手，曹刘，生子当如孙仲谋。

再看《鹧鸪天·有客慨然谈功名因追念少年时事戏作》：

壮岁旌旗拥万夫。锦襜突骑渡江初。燕兵夜娖银胡䩮，汉箭朝飞金仆姑。　　追往事，叹今吾。春风不染白髭须。却将万字平戎策，换得东家种树书。

第二，苦闷忧患与对社会的理性批判。辛词在"忧愁风雨"中批判社会弊端，拓展心灵世界，表现出深广的忧患意识和"可怜白发生"的个体人生苦闷。他的词中有英雄失路、老却英雄似等闲的悲怨；有对国家、民族前途的关切，还有对民族苦难根源的反思；更有难以言说、无法言说、欲说还休的苦闷与无奈。如《菩萨蛮·书江西造口壁》云：

郁孤台下清江水。中间多少行人泪。西北望长安。可怜无数山。　　青山遮不住。毕竟东流去。江晚正愁余。山深闻鹧鸪。

他的《丑奴儿·书博山道中壁》更加道尽了人性中普遍存在的无奈与伤感：

少年不识愁滋味，爱上层楼。爱上层楼，为赋新词强说愁。　　而今识尽愁滋味，欲说还休。欲说还休，却道天凉好个秋。

欧丽娟教授对这首词有很深刻细腻的分析解读，她说：

前半篇的"少年不识愁滋味，爱上层楼。爱上层楼，为赋新词强说愁"，最是适合少年心境，许多人都体会过。但是生命是往前走的，人生不会永远停留在"年少春衫薄"的时刻，"不识愁滋味"而"为赋新词强说愁"的辛弃疾，也终于被时间、被岁月推到了"而今识尽愁滋味"的人生阶段。可是什么叫"识尽愁滋味"呢？十五、二十岁左右的年轻人，即使完全不明白什么叫"识尽愁滋味"，却可以自以为很熟悉、很了解，对于凄切、悲凉、沧桑等凄美的词语也都感受深刻，浸润在这些词语所带来的情境里，不但点滴在心头，还可以写出很动人的文章来描述这些感受。……但是，正如辛弃疾所体悟到的，事过多年，在经历过真实的苦难以后再回头去看，却真的只能说是"为赋新词强说愁"。诗人前辈没有冤枉你，对你年少阶段明明很深切的感受，却说是"强说愁"，那是只有等到真切地走入泥泞，历经人世的苦痛，被东西南北风千磨万击，而真正懂得什么叫"愁滋味"之后，再回过头看看二十岁的愁绪，相对之下，确实只能说就是无端闲愁。……这时你不会再喧嚣地求告，到处去声张自己的苦楚辛酸，因为那种平静来自你深刻的了解，最深的心声用说是没有用的。说出来只不过是制造噪声，或者只会扭曲原貌，或者只会更加无味，都会让自己更落入一种浮躁的、小气的、等着别人来给你安慰的可怜姿态；而平静里会有一种尊严，因为一切都回到自我的内心里，靠自己承担、沉淀、转化，产生一种坦然以对的坚毅力量。然后你便明白，有一种尊严是建立在沉默之上，于是人就会越来越沉默。①

辛词精微深厚，远非常人所能通解。欧丽娟教授用她对人性的透彻理解来给我们分析此词的思想意蕴，故能入情入理，启人深思，让人读了感慨万端，心领神会，从而与她一样因这首词产生了深切的情感共鸣。

第三，对农村田园生活与隐逸情趣的表现。辛词还展现出清新自然的农村图景、"稻花香里说丰年"的田园生活与平凡质朴的乡土人物，体现出平等博大的胸怀及恬淡闲适的隐士情怀。下列作品就很能表现辛弃疾对田园风光的由衷热爱之情。试看《清平乐》：

茅檐低小，溪上青青草。醉里吴音相媚好，白发谁家翁媪？　　大儿锄豆溪东，中儿正织鸡笼。最喜小儿无赖，溪头卧剥莲蓬。

再看其《西江月·夜行黄沙道中》：

明月别枝惊鹊，清风半夜鸣蝉。稻花香里说丰年，听取蛙声一片。　　七八个星天外，两三点雨山前。旧时茅店社林边，路转溪桥忽见。

对比官场上的尔虞我诈、钩心斗角、波诡云谲，辛弃疾明显更加热爱山林云水中的一松一竹、花香鸟语。如他在《鹧鸪天》中写道：

不向长安路上行，却教山寺厌逢迎。味无味处求吾乐，材不材间过此生。

宁作我，岂其卿。人间走遍却归耕。一松一竹真朋友，山鸟山花好弟兄。

很明显，辛弃疾词中"一松一竹真朋友，山鸟山花好弟兄"是从杜甫诗句"一重一掩吾肺腑，山鸟山花吾友于"（《岳麓山道林二寺行》）中化用而来的，反映了辛词在思想感情与艺术手法方面与诗圣杜甫存在着一脉相承的内在联系，取得了很高的成就。

---

① 欧丽娟：《唐诗可以这样读》，浙江人民出版社2018年版，第76—79页。

中国词学史上的"稼轩体"因辛弃疾号稼轩得名,其词作具有鲜明的个性特色,风格雄深雅健,语言沉郁刚劲,意象雄奇飞动,境界悲壮豪放,以文为词,被称为"稼轩体"。具体表现在三个方面。

第一,新的意象群的塑造(如抒情意象的军事化)与意境的雄奇阔大,如《破阵子·为陈同甫赋壮词以寄之》:

醉里挑灯看剑,梦回吹角连营。八百里分麾下炙,五十弦翻塞外声。沙场秋点兵。马作的卢飞快,弓如霹雳弦惊。了却君王天下事,赢得生前身后名。可怜白发生。

再看其《沁园春·灵山齐庵赋,时筑偃湖未成》:

叠嶂西驰,万马回旋,众山欲东。正惊湍直下,跳珠倒溅,小桥横截,缺月初弓。老合投闲,天教多事,检校长身十万松。吾庐小,在龙蛇影外,风雨声中。　争先见面重重。看爽气朝来三数峰。似谢家子弟,衣冠磊落,相如庭户,车骑雍容。我觉其间,雄深雅健,如对文章太史公。新堤路,问偃湖何日,烟水濛濛。

第二,新的表现方法:"以文为词"。辛词大量使用散文化的句式,熔铸经史,以经史典籍、诸子散文、楚辞及杜诗、韩文入词,增大词的散文化;大量运用典故,议论化倾向明显。这方面的代表作是《贺新郎》:

甚矣吾衰矣。怅平生、交游零落,只今余几。白发空垂三千丈,一笑人间万事。问何物、能令公喜。我见青山多妩媚,料青山、见我应如是。情与貌,略相似。　一樽搔首东窗里。想渊明、《停云》诗就,此时风味。江左沉酣求名者,岂识浊醪妙理。回首叫、云飞风起。不恨古人吾不见,恨古人不见吾狂耳。知我者,二三子。

对于辛弃疾词中大量描写山水田园的内容,莫砺锋教授在《诗意人生·侠士辛弃疾》中专门辟出"跳动心灵在山水田园中的安顿"一节来探讨。他在分析辛词这首《贺新郎》"甚矣吾衰矣"时指出:

此时辛弃疾年近花甲,与他志同道合的友人陈亮、韩元吉等皆已去世,难怪开篇就是一声长叹!他坐在以陶诗篇目命名的"停云亭"中悠然独酌,不免想到陶渊明这位异代知己。可是交游零落,还有谁能让自己欣然开怀呢?环顾宇内,只剩大自然而已。于是他脱口而呼:"我见青山多妩媚,料青山见我应如是!""妩媚"一语,本是唐太宗评价直臣魏征的话,故可用来形容男性风度之可爱。青山巍然屹立,雄深秀伟,有着崇高壮伟的美学品质,这在辛弃疾眼中正是妩媚之极。而辛弃疾本人相貌奇伟,英才盖世,有着堂堂正正的人格精神,他坚信自己在青山眼中肯定也是同样的妩媚。词人与青山达成了深沉的共鸣,英雄在自然的怀抱里找到了默契和抚慰。谁说壮志未酬、赍恨没世的辛弃疾未能实现人生的超越?他的人生分明像一首宏伟雄壮的交响诗,战马嘶叫和鸣镝呼啸是其第一乐章,飞湍瀑流和万壑松涛便是其最后的乐章。[①]

王水照先生对辛弃疾退居时期心态有非常认真的评议,他从饮酒即"浊醪妙理"这一有趣的角度出发,将辛弃疾与苏东坡进行对比研究后,指出:

苏轼却明确认为,海量如张方平、欧阳修、梅尧臣者,算不得善饮者,"善饮者,澹然与平时无少异也"(《书渊明诗》)。他还说:"《饮酒》诗云:'客养千金躯,临化

[①] 莫砺锋:《莫砺锋文集》卷八,凤凰出版社2019年版,第149—150页。

消其宝。'宝不过躯，躯化则宝亡矣。人言靖节不知道，吾不信也。"（《书渊明饮酒诗后》）即以半醉半醒的微醺为饮酒的最佳选择，目的是追求"醉中味"，而不是口腹之欲的无度满足，更不是斫性伐体、对自我"宝躯"的作践。这是苏轼对陶公饮酒的又一层理解。这种半醺境界，辛弃疾直到开禧三年（公元1207年）八月病中才开始有所体会："深自觉，昨非今是。美安乐窝中泰和汤，更剧饮无过，半醺而已。"（《洞仙歌·丁卯八月病中作》）但到九月十日，他却怀着陶渊明"觉今是而昨非"的醒悟离开了人间。他曾说："饮酒已输陶靖节"（《读邵尧夫诗》），如果从把握陶公饮酒的人生意义来看，这句客气话含有深刻的道理。①

辛弃疾另一首大量使用典故的名作是他的《贺新郎·别茂嘉十二弟》，这首词是送给他因事被贬官到西江流域桂林的族弟辛茂嘉的，这首词写得大气磅礴，又沉郁顿挫。词云：

绿树听鹈鴃。更那堪、鹧鸪声住，杜鹃声切。啼到春归无寻处，苦恨芳菲都歇。算未抵，人间离别。马上琵琶关塞黑。更长门翠辇辞金阙。看燕燕，送归妾。　　将军百战声名裂。向河梁、回头万里，故人长绝。易水萧萧西风冷，满座衣冠似雪，正壮士悲歌未彻。啼鸟还知如许恨，料不啼清泪长啼血。谁共我，醉明月。

著名词学专家胡云翼对此词有精辟细致的解读，他指出：

辛弃疾对茂嘉的受到贬谪，感触很深。通过怀古来写别词，便意味着不是倾诉兄弟的私情。全词以残春的啼鸟作为衬托，列叙古代英雄美人的辞家去国，铸成千古莫赎的恨事，以发抒自己的感慨。周济《宋四家词选》说："上半阕北都旧恨，下半阕南渡新恨。"这说得并不确切。前段主要是借汉朝的和亲来讽刺宋朝一贯对敌妥协的政策；后段以匈奴、强秦喻金，借李陵、荆轲的事迹寄寓自己壮志不酬的苦闷。陈廷焯《白雨斋词话》说："沉郁苍凉，跳跃动荡，古今无此笔力。"这评价虽然太高，还是可以作为参考。②

这首词连续用了西汉宫女王昭君、西汉陈皇后、春秋卫庄公妾戴妫、汉代名将李陵、战国刺客荆轲的典故，熔铸经史，扩大了词的抒情内蕴、增强了词的情感浓度。邓小军先生认为："周济《宋四家词选》评云：'上半阕北都旧恨，下半阕南渡新恨'。卓有见地，可惜语焉不详。"他因此而对此词的古典与今典进行了细致入微、抽茧剥丝、详细周到的分析与阐述，从而得出了两个结论：

第一，稼轩《贺新郎·别茂嘉弟》词的主要结构，乃是古典字面，今典实指。即借用古典，以指陈靖康之耻、岳飞之死之当代史。从而亦寄托了稼轩自己遭受南宋政权排斥之悲愤，及对南宋政权对金妥协投降政策之判断。

第二，稼轩此词达到了古典字面、今典实指之艺术的巅峰境地。③

邓小军先生的这两个结论在胡云翼先生研究的基础上继续开拓创新，颇有见地，允为定论。

---

① 王水照：《苏、辛退居时期的心态平议》，见王水照《王水照自选集》，上海教育出版社2000年版，第341页。
② 胡云翼选注：《宋词选》，上海古籍出版社1978年版，第305页。
③ 邓小军：《辛弃疾〈贺新郎·别茂嘉弟〉词的古典与今典》，见邓小军《古诗考释》，商务印书馆2013年版，第90页。

我们再来看辛弃疾的这首《永遇乐·京口北固亭怀古》：

千古江山，英雄无觅，孙仲谋处。舞榭歌台，风流总被、雨打风吹去。斜阳草树，寻常巷陌，人道寄奴曾住。想当年，金戈铁马，气吞万里如虎。　　元嘉草草，封狼居胥，赢得仓皇北顾。四十三年，望中犹记，烽火扬州路。可堪回首，佛狸祠下，一片神鸦社鼓。凭谁问，廉颇老矣，尚能饭否。

这首词表现了辛弃疾坚决主张北伐而又反对冒进的正确主张，抒发了老当益壮的报国壮志和英雄无用武之地的愤懑。词的上片，正面歌颂两位古代英雄，即与京口有关的孙权和刘裕。然而崇古在于非今，大有英雄已矣、今已无人之慨。"无觅"二字，乃是对现实的深沉感叹，也是对当权者的激励与鞭策。下片批评了元嘉北伐，以总结历史教训并由古及今。作者援引元嘉故事，旨在于警告韩侂胄以史为鉴，慎重行事。"四十三年"六句，以当年战斗的烽火和今日祠祭的鼓乐对比，说明往日的抗战精神无存，敌占区人民民族意识已经消失，所以有"可堪回首"的感叹。而自己虽然也被起用，但毕竟不被重用，难以实现报国之心，因此又有"凭谁问"的苍凉叹息。此词最大特点是用典多而贴切，虽不正面议论，但内涵丰富，意旨甚明，作者议论，尽在典实之中，直露中有含蓄。其次，此词怀古抒情，壮怀激烈，爱国之情溢于言表，一腔孤愤泄于笔端。感情激昂排宕，风格苍凉悲壮。《词品》认为"辛词当以北固亭怀古《永遇乐》为第一"，是很有见地的。

第三，辛词具有多样化的艺术风格：雄深雅健，悲壮沉郁，俊爽流丽，飘逸闲适，缜纤婉丽均有所表现；刚柔相济、亦庄亦谐是其个体风格的表现。

试看其《青玉案·元夕》：

东风夜放花千树。更吹落、星如雨。宝马雕车香满路。凤箫声动，玉壶光转，一夜鱼龙舞。　　蛾儿雪柳黄金缕。笑语盈盈暗香去。众里寻他千百度。蓦然回首，那人却在，灯火阑珊处。

此词塑造了一个不随流俗、自甘寂寞的"那人"形象，正是作者的化身，运用比兴寄托手法，表现出作者在政治上虽处境孤危，但却不怵不悔，执着于自己的理想和追求，绝不妥协。反衬手法的运用也是此词的一个重要特点。全词可分两个层次。前九句为一层，分别写繁灯、游人、音乐歌舞和女士的争美斗艳，极写游乐之盛。后四句为一层，写那女子正独立在灯火阑珊之处，以繁华热闹的景象反衬灯火稀疏的一角，以笑语盈盈的逐欢情态反衬孤芳自赏的精神。在反衬和间接描写中塑造形象，虽正面着笔不多，却个性鲜明，给人印象特别深刻。

再看他的《水龙吟·登建康赏心亭》：

楚天千里清秋，水随天去秋无际。遥岑远目，献愁供恨，玉簪罗髻。落日楼头，断鸿声里，江南游子。把吴钩看了，栏杆拍遍，无人会，登临意。　　休说鲈鱼堪脍。尽西风、季鹰归未。求田问舍，怕应羞见，刘郎才气。可惜流年，忧愁风雨，树犹如此。倩何人，唤取红巾翠袖，揾英雄泪。

此词作于宋孝宗乾道五年（1169），是辛弃疾南归之后的第八个年头，时任建康府通判。八年来，他坚持自己抗金的政治主张，屡屡向朝廷上书，却遭到一些权贵的嫉恨，多次受到贬谪，收复失地的愿望难以实现。当时，家乡父老仍在金人铁蹄蹂躏之下,而自己空有一腔报国热情,却无用武之地,满心的热望,满心的悲苦,满心的激愤,便借登亭观景抒发出来,展示其报国无门的痛苦以及年华虚度、功业难建的悲伤。词风激愤而悲凉,为辛词的代表作之一。

还有这首"肝肠似火,色貌如花"的《摸鱼儿》也很值得我们注意,词云:

淳熙己亥自湖北漕移湖南,同官王正之置酒小山亭为赋。

更能消、几番风雨,匆匆春又归去。惜春长怕花开早,何况落红无数。春且住,见说道、天涯芳草无归路。怨春不语。算只有殷勤,画檐蛛网,尽日惹飞絮。　　长门事,准拟佳期又误。蛾眉曾有人妒。千金纵买相如赋,脉脉此情谁诉。君莫舞,君不见、玉环飞燕皆尘土。闲愁最苦。休去倚危栏,斜阳正在,烟柳断肠处。

此词作于宋孝宗淳熙六年(1179)。这时,辛弃疾由湖北转运副使调任湖南,无形之中,又经历一种贬谪,当友人置酒饯别之际,写下这首作品,抒发自己在政治上的幽愤之情以及对国家、民族前途的忧虑之思。作品的上片,用传统的比兴手法,借写伤春、惜春、留春、怨春,寄托自己在政治上的幽愤;下片则引用典故,申诉自己报国无门的郁闷之情,对投降派提出警告,结尾又表露出对时局的深忧。

三、陆游

陆游(1125—1210),字务观,号放翁,山阴人。著有《渭南文集》《剑南诗稿》。

陆游词的主要内容是抒发他壮志未酬的幽愤,如《诉衷情》云:

当年万里觅封侯。匹马戍梁州。关河梦断何处,尘暗旧貂裘。　　胡未灭,鬓先秋。泪空流。此生谁料,心在天山,身老沧洲。

此词抒写报国之壮志难酬,把请缨无路、报国无门、"老却英雄似等闲"的感伤愤激之情表达得淋漓尽致。

陆游的咏物词以《卜算子·咏梅》为代表,这首词咏物寄意,感物伤时,非常值得重视。词云:

驿外断桥边,寂寞开无主。已是黄昏独自愁,更著风和雨。　　无意苦争春,一任群芳妒。零落成泥碾作尘,只有香如故。

此词托物言志,看似咏物,实则咏怀。上片渲染梅花恶劣的生存环境,暗示了作者一生的艰难政治处境和遭受的严酷政治打击。下片刻画梅花崇高的品质,写照出自我傲岸的个性以及即使粉身碎骨也要坚持气节、操守的顽强意志。结构上先后映照,严谨自然。下片的"无意苦争春"照应上片的"寂寞开无主","一任群芳妒"则另辟新意;下片的"零落成泥碾作尘"照应上片的"更著风和雨","只有香如故"辟出新意。通篇使用比兴象征艺术手法,巧妙贴切,笔法简练传神。

四、姜夔

姜夔(1154—1221?),字尧章,号白石道人,一生未入仕途,清贫自守,保持耿介清高的雅士身份。又以诗词、散文、音乐创作自娱,是继苏轼之后又一位艺术全才,当时受到社会名流的多方推崇,对后世亦产生极大影响。其词上承周邦彦,下开吴文英、张炎。格律严密,字句精工,风格清空峭拔,能自度曲,音律谐婉,被奉为雅词的典范，在辛派之外别立一宗。有《白石道人歌曲》传世，近人夏承焘有《姜白石词编年笺注》。

姜夔词的题材主要体现在两个方面：一方面，他的恋情词净化爱恋细节，注重精神上的苦恋相思，展示一种精神境界；另一方面，他的咏物词将自身的人生失意、人生信念、对国事的感慨与咏物融为一体，空灵蕴藉，寄托遥深。

姜夔词的艺术特点主要体现在五个方面：①反俗为雅，创建清刚淳雅的审美风格。姜夔接受苏轼、辛弃疾的影响，也移诗法入词，目的不是要扩大词的表现功能，而是使词的语言风格雅化和刚化。又秉承周邦彦字练句琢的创作态度，借鉴江西诗派清劲瘦硬的语言特色来改造传统词作华丽柔软的语言基调，创造出一种清刚雅醇的审美风格。②幽冷悲凉的词境。姜夔词往往以冷香、冷云、冷月、冷枫、暗柳、暗香等衰落、枯败、阴冷的意象群来创设幽冷悲凉的词境，表现词人浪迹江湖时的凄凉悲苦、孤独寂寞的人生感受。③别出心裁的艺术思维和表现手法。写情状物，虚处传神，清空含蓄。张炎在《词源》中评姜夔词"清空""如野云孤飞，去留无迹"。④能自度曲，音律严整谐婉，而语句精工。⑤精心撰作小序，与词作相映成趣。他的代表作品主要有《扬州慢·淮左名都》《点降唇·燕雁无心》《暗香》《疏影》等。试看他的《扬州慢》：

淳熙丙申至日，予过维扬。夜雪初霁，荠麦弥望。入其城则四顾萧条，寒水自碧，暮色渐起，戍角悲吟，予怀怆然，感慨今昔，因自度此曲。千岩老人以为有黍离之悲也。

淮左名都，竹西佳处，解鞍少驻初程。过春风十里，尽荠麦青青。自胡马窥江去后，废池乔木，犹厌言兵。渐黄昏，清角吹寒，都在空城。　杜郎俊赏，算而今、重到须惊。纵豆蔻词工，青楼梦好，难赋深情。二十四桥仍在，波心荡、冷月无声。念桥边红药，年年知为谁生。

此词作于宋孝宗淳熙三年（1176）。宋高宗时，金人曾两度发动大规模南侵，扬州两次遭到严重破坏。十五年之后，当词人经过扬州，眼见扬州被金兵焚掠一空的凄凉惨景，词人感叹今昔，追怀丧乱，写下这首作品。词中通过种种荒凉景象的铺叙，以昔日的繁华与今日的残破相比，展示出金人入侵给扬州带来的巨大灾难，表现词人忧国伤时之心，是姜词中反映现实较为深刻的作品。此词写得含蓄蕴藉，言有尽而意无穷。主要表现在：以景传情，在景物描写中，寄寓其深沉的感叹，含蓄蕴藉；用今昔对比之法，衬托出扬州现今的荒凉；化用杜牧诗意，使之成为今昔对比的媒介，语言典雅，表情含蕴；用拟人之法，把具体物象抽象化、感情化，从中表现词人强烈的主观情感。

第三节　南宋遗民词人对陶渊明的接受

陶渊明与魏晋风度的关系，已有学者进行过精辟独到的阐述。① 现在普遍认同，陶诗既表现了自然的美，也充分展现了超然脱俗、潇洒开阔的胸襟，有玄心、有洞见、有

---

① 袁行霈：《陶渊明与魏晋风流》，见《魏晋南北朝文学与思想学术研讨会论文集》，台北文史哲出版社1991年版，第571—597页，转引自《中国典籍与文化论丛》第一辑，收入袁行霈《陶渊明研究》，北京大学出版社1997年版，第30—57页。

妙赏、有深情，是魏晋风流的典范①。

南宋遗民词人对魏晋风度接受最明显的表现，还在于他们对"古今隐逸诗人之宗"陶渊明的接受、效仿与学习，这集中体现在他们的生活方式、人生态度与创作风貌三个方面。

一、在生活方式上对陶渊明的接受

人都是生活在具体社会环境下的，如何处理和看待人与人之间、人与社会之间的关系，是每个正常的社会人都要面对的问题，在遇到这些问题时，每个人采取的行为方式是不同的，也由此体现出他们人格形象、精神气质方面的区别。

遗民词人在宋元易代之际的社会环境下，从晋宋时人陶渊明身上汲取了生活的智慧，在处理和看待人与人之间、人与社会之间的关系，在感叹社会与人事，抒发自己的遗民情怀时，在寻求适宜自己出入进退的生活方式时，很自然地就想到了他。如下列情形，在遗民词中是不难找到的：

算唯有渊明，黄花岁晚，此兴共千古。（王易简《摸鱼儿》）
悠然意，对九江山色，还醉陶家。（张炎《瑶台聚八仙》）
疏篱尚存晋菊，想依然，认得渊明。（张炎《声声慢·别四明诸友归杭》）
有谁知得，庾信闲愁，陶令闲情。（仇远《庆春宫》）
一曲秋风，写尽渊明意。（陈允平《点绛唇》）
渊明中路相候。何须更待三三径，也自长拖衫袖。（刘辰翁《摸鱼儿》）
青灯耿耿。算除却渊明，谁怜孤影。（仇远《台城路·寄子发》）
细和陶诗，径寻坡隐，时访峰头鹤。（赵必象《念奴娇·饯朱沧洲》）
金谷平泉俱尘土，谁是当年豪胜，但五柳、依然陶令。（何梦桂《贺新郎》）
尚记得、巴山夜雨，耿无语、共说生平，都付陶诗。（张炎《塞翁吟·友云》）

从上面这些例子中，可以看到遗民词人在词中对陶渊明"醉酒""闲居""琴趣""种柳""作诗"等生活方式都有效仿和学习。他们的生活方式与陶渊明有共同之处，即隐居，于是，他们向隐逸诗人之宗的陶渊明学习，便是很自然的事了。

下面，我们再来具体分析遗民词人在学习陶渊明生活方式时的心态情感与人格形象：

老子平生，辛勤几年，始有此庐。也学那陶潜，篱栽些菊，依他杜甫，园种些蔬。除了雕梁，肯容紫燕，谁管门前长者车。怪近日，把一庭明月，却借伊渠。鬓边白发纷如。又何苦招宾欤。　　但夏榻宵眠，面风欹枕，冬檐昼短，背日观书。若有人寻，只教僮道，这屋主人自居。休羡彼，有摇金宝辔，织翠华裾。（蒋捷《沁园春·为老人书南堂壁》）

遗民词人在隐居生活实践时，"也学那陶潜，篱栽些菊，依他杜甫，园种些蔬"。他们不羡慕达官贵人拥有的摇金宝辔、织翠华裾；不理睬门前的"长者车"，生活方式正像隐居不仕的陶渊明一样，可谓简陋而凡俗。从中也透露了一个信息，即遗民词人较

---

① 冯友兰：《三松堂学术论文集》，北京大学出版社1984年版，第609—616页。

多地摆脱了传统士人中较普遍的修齐治平的人生理想和建功立业的人生追求,因此,他们更少受到礼仪的束缚,更不需要世俗的做作,在"夏榻宵眠,面风欹枕,冬檐昼短,背日观书"的生活方式下,细心体会身心的轻快宁静,自由闲适。这类表现晋宋时人陶渊明生活方式的词,在审美趣味上也因带有了渊明的隐逸气而使其"甚有奇气,……每读之爽神数日"①。"若有人寻,只教僮道,这屋主人自居。休羡彼,有摇金宝辔,织翠华裾",也正体现了隐居生活中的遗民词人较普遍的心态情感与人格形象。

在宋元易代之际的苦难时代,陶渊明就成了遗民词人在隐居生活方式上普遍效仿和学习的榜样,成了其词中的重要题材与意象。遗民词人常借陶渊明思归隐居的生活方式来抒发自己的感受,通过他们的咏陶,也可以看到遗民词人自我隐居生活方式的生动展现。如张炎《月下笛·寄仇山村》中说:

别后,都依旧。但靖节门前,近来无柳。盟鸥尚有。可怜西塞渔叟。

刘辰翁《双调望江南·寿王秋水》中说:

篱下菊,醉把一枝枝。花水乞君三十斛,秋风记我一聊诗。留看晚香时。

在与至交好友交游唱和时,遗民词人就常借陶渊明"门前柳""篱下菊"的生活环境和"醉把一枝枝""留看晚香时"的生活方式来展现自我在亡国之后隐居生活中的心态情感、人格形象,向友人表达自我胸中的隐逸之志。

他们对魏晋风度的效仿与学习,表现得如此普遍和突出,以至常在词中探讨陶渊明归隐田园生活方式的种种内在意蕴。如王奕说:

八十日官,浩然归去,知心者希。谓诗有招魂,姑言其概,注其《述酒》,亦特其微。不事小儿,惟书甲子,皆是先生杜得机。看《时运》,与夫《荣木》,始识真归。

黄唐邈不可追。慨四十无闻昨已非。故怀彼仙师,策夫名骥,志夫童冠,寔寐交挥。人表何时,谁生过鲁,愿企高风慕浴沂。兹行也,尚庶几短葛,不负公衣。(《沁园春·过彭泽发明靖节归来之本心》)

此词描述了陶渊明浩然归去后隐逸人格形象的种种表现,通过其"不事小儿、惟书甲子"的生活方式,表达了词人自我"愿企高风慕浴沂。兹行也,尚庶几短葛,不负公衣"的向往之情,于是"仆有和陶短葛",在生活方式、人格形象上明确表示要向陶渊明学习。

南宋遗民词人的隐居生活实践,是在经历了生活的伤痕和痛苦后,是对生活有了深刻的体验后的一种人生选择,这一点也是他们与陶渊明有着内在契合的地方。正因如此,他们在国破家亡的抑郁不平中也仍能迸发出超然自适之语,在凄凉沉痛中也能呈现出飘逸旷达之气,故能将归隐后逍遥自在、遨游于青山绿水间的隐逸人格形象摄印在其词作中。试看:

赢得老夫谙阅世,不作少年太息。看两余、依旧青山色。汶上归来重过我,最峰头、新长芝堪摘。分半席、共横笛。(王奕《贺新郎·舟下匡庐》)

再看:

已是摇落堪悲,飘零多感,那更长安道。衰草寒芜吟未尽,无那平烟残照。千古闲

---

① 〔清〕李调元:《雨村词话》,见唐圭璋编《词话丛编》,中华书局1986年版,第1411页。

愁,百年往事,不了黄花笑。渔樵深处,满庭红叶休扫。(王易简《酹江月》)

俞陛云评曰:"'衰草'至'黄花'五句颇超旷。草窗之友,固无弱手也。"① 在摇落堪悲、飘零多感的悲剧性生命体验里,遗民词人仍然不作悲痛忧伤语,能"不了黄花一笑",这"一笑",正是他们在"渔樵深处,满庭红叶休扫"的隐逸生活实践中对"千古闲愁、百年往事"的洞察后,所达到的超旷精神的传神写照,自画出其在隐逸生活方式下的心态情感、人格形象,是他们在生活方式上效仿、学习渊明的结果。

鲁迅先生曾经谈到归隐后的陶渊明,说他:"随便饮酒,乞食,高兴的时候就谈论和作文章,……他的态度是不容易学的"②。遗民词人则极力赞赏、学习和模仿陶渊明的人生态度、生活方式,经常用词敷写陶诗情趣、意境。如下面的词句在遗民词集中就时常出现:

不饮强须饮,今日是重阳。向来健者安在,世事两茫茫。叔子去人远矣,正复何关人事,堕泪忽成行。叔子泪自堕,湮没使人伤。 燕何归,鸿欲断,蝶休忙。渊明自无可奈,冷眼菊花黄。看取龙山落日,又见骑台荒草,谁弱复谁强。酒亦有何好,暂醉得相忘。(刘辰翁《水调歌头·甲午九日牛山作》)

要识渊明琴趣,真真意、都在无弦。熏风里,纶巾羽扇,一枕北窗眠。(陈允平《满庭芳》)

翠吟悄。似有人黄裳,孤伫埃表。渐老侵芳岁,识君恨不早。料应陶令吟怀在,凝此秋香妙。傲霜姿,尚想前身,倚窗余傲。 回首醉年少。控骏马蓉边,红鞯茸帽。淡泊东篱,有谁肯、梦飞到。正襟三诵悠然句,聊遣花微笑。酒休赊,醒眼看花正好。(蒋捷《探芳信·菊》)

苔径独行清昼。瑟瑟松风如旧。出岫本无心,迟种门前杨柳。回首。回首。篱下白衣来否。(张炎《如梦令·渊明行径》)

三径归来秋早。门外金铺谁扫。东篱不种闲花草,恼乱西风未了。 霜华侵鬓渊明老。南山晓。啼红怨绿骎骎少。自采落英黄小。(仇远《秋蕊香》)

便万里传宣谁不美。便万里封侯谁不愿。适意处,退为佳。田园尽可渊明粟,弓刀何似邵平瓜。但年年,清浅水,看梅花。(赵文《最高楼·寿刘介叔》)

在这些词作中,我们发现,遗民词似乎具有了以往唐宋词史上较少见到的自传性特征。在他们这一片咏陶、学陶的词作中,遗民词人自身的行为方式、隐居生活方式、观念情感也展示出来了。

南宋遗民词人在宋亡之后,或隐居山林,或曾被迫做过学官,或曾赴朝廷征召,但都没有甘心屈事新朝,他们这种高尚节操,也使他们也与晋宋易代时期的陶渊明有着内在契合之处。他们大多以陶渊明为遗民偶像,大多认为"柴桑深避处,亦有晋遗民"(汪元量《杭州杂诗和林石田》其二十一),"田园剩得老来身。浪言陶处士,犹是晋朝臣"(何梦桂《临江仙·和毅斋见寿》),"谁知陶靖节,只是晋朝人"(郑思肖《对菊四首》其四)。在词作中坚决把陶渊明当作晋朝人,正是遗民词人把自己当作宋朝人的

---

① 俞陛云:《唐五代两宋词选释》,上海古籍出版社1985年版,第596页。
② 鲁迅:《魏晋风度及文章与药及酒之关系》,见鲁迅《魏晋风度及其他》,上海古籍出版社2000年版,第197页。

思想表现,因此,遗民词人大多用遗民意识来理解和接受陶渊明出处进退的行为方式。

但是,应当指出的是,陶渊明不一定把自己当作遗民,他可能只是率性任真而已。而遗民词人却是真把自己当成遗民,十分看重自己的遗民身份,于是他们也就很自然地把渊明隐逸高蹈、不仕新朝的行为方式理解成一种遗民情感意识的反映。试看他们借用陶渊明经历而作的自我表白:

便须门掩柴桑,黄卷伴孤隐。(张炎《祝英台近》)

到年年,无肠堪断,向清明,独自掩荆扉。(赵文《八声甘州》)

三径有余乐,逢人问我,为说肝肠如昨。(家铉翁《念奴娇》)

他们这种"门掩柴桑""独自掩荆扉""三径有余乐"的行为方式,是他们在学习陶渊明时自我遗民意识的流露。正如刘辰翁所说:"予犹以贫似渊明,独诵其诗辞。……甲子,则予与渊明命也,亦本无高处,正自不得不尔。'八表同昏,平路伊阻',诵《停云》此语,泪下沾土,何能无情。"(《虎溪莲社堂记》)在隐居不仕的生活实践中,遗民词人或执着难拔、或超然自适、或深沉幽怨、或浓烈外露,都在与陶渊明取得共鸣时表达了自己的遗民意识,起到淡释人生苦闷、调和生命矛盾的作用。这主要来自他们在行为方式、生活方式上与陶渊明接近,由此在其深层情感上就表现为对陶渊明精神自由的向往和追求,审美趣味明显向晋宋时人靠近。

二、在人生态度上对陶渊明隐逸人格精神的接受

遗民词人对陶渊明隐居生活方式的各个方面都有描绘,任何一个方面都表达了词人对陶渊明的某点理解与认同,反映了他们的价值观念、心态情感与审美趣味。从总体上看,遗民词人对陶渊明的效仿与学习,更主要的还是从人生态度和隐士品格的认同上表现出来的。

陶渊明的人生态度和品格,受到遗民词人的推崇和钦佩,他们对陶渊明委天任运、旷达自适的隐逸观念,从情感层面到理性认识上都有着较深切的理解和认同。下面的词句,在遗民词集中随处可见:

傲人世、醉中一息。何日赋归来,水之南,云之北。(陈允平《迎春乐》)

柳换枯阴,赋归来何晚?(王沂孙《醉蓬莱·归故山》)

荷衣制了,待寻壑经丘、溯云孤啸、学取渊明,抱琴归去好。(张炎《台城路·章静山别业会饮》)

赋归何晚,依依径菊,弄香时节。(张炎《桂枝香·送宾月叶公东归》)

有秫田二顷,菊松三径,不如归去。(赵必{象}《宴清都》)

待移根、与赋归来,敢比渊明松菊。(陈德武《惜余春慢》)

三径田园如昨,久矣赋归辞。(赵必{象}《水调歌头·寿梁多竹八十》)

菊松尽可归欤,叹折腰为米,渊明已错。(赵必{象}《念奴娇·饯朱沧洲》)

杜曲桑麻、柴桑松菊,归计成迟暮。(何梦桂《大江东去·自寿》)

征衣冷落荷衣暖,径虽荒,也合归休。(张炎《风入松》)

这些词句都用了陶渊明《归去来兮辞》中"归去来兮！田园将芜胡不归？"①之意。这种"归去"意识，是遗民词人在人生态度上对陶渊明隐逸人格精神接受、效仿与学习的集中体现。在遗民词人丰富的历史遐想中，陶渊明成了他们隐居不仕、去国怀乡、以词遣愁的隔世知音，正如他们所说的"千载一元亮，舍此将安归"（牟巘《东坡九日尊俎萧然有怀宜兴高安诸子侄和渊明贫士七首》）。遗民词中的"归去"意识，交织着爱国热情、民族自尊和隐逸品质，体现了独特时代的一个独特词人群体对生活的思考，对生存境遇、人生态度的选择，这种词人群体一致向陶渊明人生态度学习、效仿的现象，表明宋元之际词人的人格精神开始发生群体性的转变，从"积极事功"型转向"隐逸归去"型。

遗民词人的"归去"隐居，密切了词人们与自然山水的关系，使他们的山水意识深化，吟咏山水风物，便成为这一词人群体最突出的审美活动，从而也形成了他们独特的人生态度。如张炎说："东坡词……《哨遍》一曲，檃栝《归去来辞》，更是精妙，周秦诸人所不能到。"②把东坡山水隐居词作，看成高于周邦彦、秦观诸人的艳情之作。这是他们山水意识勃兴的体现。这种山水意识，也正是遗民词人在隐居生活中向陶渊明学习而形成的。张炎论词一向"以意趣为主，要不蹈袭前人语意"③，但对苏轼檃栝陶渊明《归去来辞》的《哨遍》却推崇备至，正反映了他们对"小窗容膝闭柴扉""但知登山临水啸咏"的陶渊明人生意趣的好尚，赞赏那种"归去来，谁不遣君归"的人生态度。学习和效仿陶渊明的人格精神，是大多数"归去"隐居的遗民词人的一种精神寄托，是他们价值观念、审美趋向的典型特征，也成为他们在词作中展示自我隐逸人格形象的方式和手段。

陶渊明是晋宋时期一个具有特殊生命哲学意味的形象。笔者认为，遗民词人旷达超脱的胸襟、清空雅正的意趣、对自然山水的热爱、山水咏物词作的勃兴，无疑都有陶渊明影响的印记。遗民词人群体性的崇陶、学陶，既缘于宋元易代之际战争频繁、社会动荡、世积离乱的社会现实，如王闿运所说："学阮、陶只可处悲愤乱世。"④又与遗民词人的隐居生活方式和隐居心态情感密切相关。这些经历了易代之苦的文士们，对异族政权持有拒斥倾向，在心理上具有较强的异己感和去国怀乡之情。如张炎说："甚远客他乡、老怀如此。醉余梦里"（《扫花游》），"见说新愁，如今也到鸥边"（《高阳台·西湖春感》），"断肠不恨江南老。恨落叶、飘零最久"（《月下笛·寄仇山村溧阳》）等，典型地体现了他们隐居时的生活状态和心态情感，与这样的生活状态和心态相联系，他们在词中就多表现忠爱之忧、故国之痛、乡关之思和隐逸之念一类的主题，尤其是厌倦仕宦、向往隐逸，更是成为遗民词人一种较为普遍的人生态度。陶渊明解官归田、任性适意、冲夷平淡的隐逸人格精神，显然与遗民词人隐居生活实践中的心理追求相契合。

从遗民词人对陶渊明隐逸人格精神的效仿与学习中，也可以大致反映出宋元易代之

---

① 袁行霈：《陶渊明集笺注》，中华书局2003年版，第460页。以下所选陶诗，未注明者，都用此书，不另出注。
② 〔宋〕张炎：《词源》，见唐圭璋编《词话丛编》，中华书局1986年版，第267页。
③ 〔宋〕张炎：《词源》，见唐圭璋编《词话丛编》，中华书局1986年版，第260页。
④ 〔清〕王闿运著，马积高主编《湘绮楼诗文集》，岳麓书社1996年版，第2274页。

际的时代风尚、文化环境。王昶说:"姜、张诸人以高贤志士放迹江湖,其旨远,其词文,托物比兴,因时伤事,即酒食游戏,无不有黍离周道之感,与诗异曲而同工,且清婉窈眇、言者无罪,听者泪落。"① 诚哉斯言!"高贤志士"的遗民词人,在"放迹江湖"、隐居山林之际,即使在"酒食游戏"中,也要表现出那个时代的独特士人风流:

宇宙此山此日,今夕几人同。举世谁不醉,独属陶公。(刘将孙《八声甘州·九日登高》)

但东篱半醉,残灯自修菊谱。(刘辰翁《莺啼序》)

小小黄花尔许愁。楚事悠悠。晋事悠悠。荒芜三径渺中洲。开几番秋。落几番秋。不是孤芳万古留。餐亦堪羞。采亦堪羞。离骚赋罢酒新刍。醒也风流。醉也风流。(黎廷瑞《一剪梅·菊酒》)

在陶醉的精神状态中领会当年陶公隐逸田园之趣,这实际上就反映了南宋后期以来的时代特征与士风转变,江湖词人姜夔及广大遗民词人的创作,正是这一时代特征与士风转变的体现。所以说,遗民词人对陶渊明的接受、效仿与学习,也意味着中国文化精神的一次转变,深刻地呈现出社会审美理想与审美兴趣的转移,与当时整个文坛中隐逸题材勃兴的创作倾向是相一致的,是那个时代特有的一种文化现象。

这种文化现象,反映在词体文学的创作上,便是创作主体精神上的转化,由唐宋词人在"或当燕集,多运藻思为乐府新词,俾歌者倚丝竹而歌之,所以娱宾而遣兴"②"敢陈薄伎,聊佐清欢"(欧阳修《采桑子·西湖念语》)中创作大量"谑浪游戏"③"剪红刻翠"④"惟婉转妩媚为善"⑤ 的"艳科"⑥ 之作,转化为遗民词人用词来抒写胸中块垒、身世盛衰之感,抒发故国之思、黍离之感、隐逸高蹈之念,成为词人寄托人品襟怀、借词言志的工具⑦。

三、词作风格上的陶诗特征

词之内容是会深刻影响到词之风格的。唐宋词表现的大多是倚红偎翠、寻欢作乐的生活内容,其创作就自然呈现出绮艳旖旎的风貌。宋元易代的特殊时代环境,使遗民词人对陶渊明隐逸人格精神的学习、效仿,较以往任何一个时代和群体都更具有鲜明的特征。这一特征体现在其词创作上就是沉郁深厚中总是表现出一股清空飘逸的气象。如朱彝尊在评遗民词时所说:"诵其词可以观其志意所存,虽有山林友朋之娱,而身世之感

---

① 〔清〕王昶:《姚苣汀词雅序》,见续修四库全书编委会编《续修四库全书》第1438册,上海古籍出版社2006年版,第90页。
② 〔宋〕陈世修:《阳春集序》,见施蛰存主编《词籍序跋萃编》,上海古籍出版社1998年版,第15页。
③ 〔宋〕胡寅:《向芗林酒边集序》,见施蛰存主编《词籍序跋萃编》,上海古籍出版社1998年版,第168页。
④ 〔宋〕张炎:《山中白云词提要》,见〔清〕永瑢等《四库全书总目》,中华书局1965年版,第1822页。
⑤ 〔宋〕王炎:《双溪诗馀自序》,见施蛰存主编《词籍序跋萃编》,上海古籍出版社1998年版,第302页。
⑥ 谢桃坊《词为艳科辨》认为:就词的基本内容而言,艳词仍是主要的,词为艳科是词文学所产生的社会环境与文化条件决定的,词之所以成为时代文学,奥秘即在于它为艳科。见谢桃坊《宋词辨》,上海古籍出版社1999年版,第35—48页。
⑦ 但这并不等于说北宋词人不会用词言志,陈师道就说苏轼"以诗为词,如教坊雷大使之舞,虽极天下之工,要非本色"(〔清〕何文焕辑《历代诗话》,中华书局1981年版,第309页)。这里只是相对而言。

别有凄然言外者,其骚人《橘颂》之遗音乎?"① 或如李汉珍所说:"以禾黍之痛,托之歌谣,百世之下,犹想见其怀抱。"② 这些说法都印证了遗民词人自己对词体文学创作的看法:"此即昌黎之于东野,六一之于宛陵也。惟其富赡雄伟,欲为清空而不可得,一旦见之,若厌膏粱而甘藜藿,故不觉有契于心耳。"③ 这其中的"清空"二字,正是遗民词人群体在隐居生活实践中学习、效仿陶渊明隐逸人格精神的结果。

遗民词人在潜身草野、怡情山水的隐居生活中,为了求得对现实痛苦的一种暂时性精神超脱,在心理需要上与晋宋时人陶渊明主体精神相契合,从而在他身上寻找精神支柱,试想借鉴解脱痛苦、化其郁结的方式,这样就导致了南宋遗民词在审美理想上也具有了清空秀远、沉郁深厚的特点。

陶渊明高雅脱俗、超然出世的清空诗风,为姜白石所推崇,也为遗民词人所效仿,使他们在抒发隐逸旷达之情时,既具有"自然高妙"④ 之境,又具有其特有的"清空"之妙。正如前人所说"诗之妙处无他,清空而已"⑤,"人之为诗要有野意。盖诗非文不腴,非质不枯,能始腴而终枯,无中边之殊,意味自长,风人以来得野意,惟渊明耳。"⑥ 笔者认为,这"野意"无它,乃是隐逸之士"野云孤飞、去留无迹"的"清空"之境。可见,"水榭高歌、松轩静唱",抒发"盘泊之意、缥缈之情"的时候,诗与词"其间作用,理且一焉"⑦。故当遗民词人将陶诗意象融入词中的时候,也便将陶诗中所包含的隐逸人格精神意蕴带入词中了,使其词因此而具有了清空、自然的独特风格。试读以下例句:

万尘自远,径松存、仿佛斜川⑧深意。(张炎《壶中天·咏周静镜园池》)

吴苑双身,蜀城高髻,忽到柴门⑨。(王沂孙《一萼红》)

东晋图书,南山杞菊,谁识幽居怀抱。(张炎《台城路》)

悠然意,独对南山⑩一笑。(张炎《征招》)

何代非卿非相,底事柴桑老子,偏凭不推刘。(王奕《水调歌头·和陆放翁多景楼》)

尘外柴桑,灯前儿女,笑语忘归。(张炎《一萼红》)

---

① 〔清〕朱彝尊:《乐府补题序》,见《影印文渊阁四库全书》第1318册,第61页。
② 冒广生:《草间词序》,见冒广生著,冒怀辛整理《冒鹤亭词曲论文集》,上海古籍出版社1992年版,第489页。
③ 〔宋〕周密:《浩然斋雅谈》卷上,见《文渊阁四库全书》第1481册,第821页。
④ 〔宋〕姜夔:《白石诗说》,见〔清〕何文焕辑《历代诗话》本,中华书局1981年版,第682页。
⑤ 〔清〕田同之:《西圃诗说》,见郭绍虞编《清诗话续编》(上),上海古籍出版社1983年版,第757页。
⑥ 〔宋〕陈知柔:《体斋诗话》,见郭绍虞《宋诗话辑佚》(下),第484页。
⑦ 〔宋〕潘阆:《逍遥词附记》,见张惠民《宋代词学资料汇编》,汕头大学出版社1993年版,第191页。
⑧ 斜川:江西庐山境内。陶渊明作有《游斜川》诗并序。
⑨ 柴门:用陶渊明《登卯岁始春怀古田舍》"长吟掩柴门,聊为陇亩民"句,喻隐居之所。
⑩ 化用陶潜《饮酒》诗句"采菊东篱下,悠然见南山"之意,萧统《陶渊明传》:"尝九月九日,出宅边菊丛中坐,久之满手把菊,忽值弘送酒至,即便就酌,醉而归",所以后人就有"莫嫌老圃秋容淡,要看黄花晚节香"(《名胜志载韩琦诗》)之句,宋遗民词中的咏菊大多"即渊明'三径就荒'之意,全从自己生感,非呆赋菊花也"(高亮功评《山中白云词》,参见葛渭君、王晓红校辑《山中白云词》,辽宁教育出版社2001年版,第38页)。

啸傲柴桑①影里，且怡颜莫问，谁古谁今。（张炎《甘州》）
那知又、五柳门荒，曾听得，鹃啼了。（张炎《水龙吟·春晚留别故人》）②
飘飘爽气，飞鸟相与俱还③。（张炎《庆清朝》）
爱吾庐、琴书自乐④，好襟怀，初不要人知。（张炎《一萼红》）
爱吾庐、旁湖千顷，苍茫一片清润。（张炎《摸鱼子》）
松菊依然，柴桑自爱吾庐⑤。（李彭老《高阳台·寄题孙壁山房》）
但靖节门前，近来无柳。（张炎《月下笛·寄仇山村溧阳》）
吟思远，负东篱、还赋小山。（周密《声声慢》）
三径已荒凉，更如今怀抱。（张炎《征招·答仇山村见寄》）
但也曾三径、抚松采菊，随分吟哦。（蒋捷《大圣乐·陶成之生日》）

从这些词例中，我们清楚地看到，遗民词人在词作题材内容上对陶渊明隐逸人格精神的效仿与歌咏，也引发了其词审美功能与艺术风格的新变。

正所谓"凡交情之冷淡，身世之飘零，皆可于一草一木发之"⑥，遗民词人的流离之苦、隐忍之痛、怀想之悲、仕隐之惑，都使他们渴望通过游览自然景色来消解悲剧性的生命体验，在这一过程中，遗民词人胸中郁结着的隐逸之气，使他们与陶渊明的心境相吻合，故而反复地袭用陶诗中的意象，模仿陶渊明的闲雅情趣，以解脱痛苦、化其郁结，借陶渊明之酒杯浇自己胸中的块垒，正如他们自己所说是"耿无语、共说平生，都付陶诗"（张炎《塞翁吟·友云》）。通过这些陶诗意象，我们能理解、感受到他们在隐逸生活过程中所体验到的种种闲情逸致、高远旷达之感，唤起了人们对隐逸归去的情绪和向往，消磨掉他们的处世壮心，排遣他们现实政治生活中的压抑、孤独感，把握住隐逸生活中具体实在的乐趣。

这种乐趣，是他们在隐居生活实践中体验、怀想当年陶渊明隐居斜川时的风度而形成的，故斜川、东篱、柴桑、五柳、飞鸟、靖节、三径、松菊等陶诗意象反复出现在他们笔下，便是一种很自然的审美选择了。这种选择，就使得南宋遗民词像是一曲曲不绝如缕的隐逸之歌，笔墨酣畅，淋漓尽致地展示了他们自己的隐逸高蹈之情。词中描绘的隐居生活方式和人生态度，也是深得陶渊明隐居归田之趣的，从中可以看出，遗民词人对陶渊明隐逸人格精神的深刻理解。

笔者从南宋遗民词人的生活方式、人生态度与创作风貌三个方面论述了他们对陶渊明的接受、效仿与学习。

---

① 柴桑：东晋刘程之为柴桑令，为陶潜之父母官，多次招之同隐。陶潜《答刘柴桑》云："山泽久见招，胡事乃踌躇？"清代方东树称此诗说："公之辞彭泽与刘之去柴桑，其趣一同，故此和刘即自咏也。"（〔清〕方东树撰，汪绍楹校点：《昭昧詹言》卷四，人民文学出版社1961年版，第122页）
② 五柳：陶潜宅旁种五株柳树，因作《五柳先生传》。取自陶渊明《五柳先生传》之"宅边有五柳树，因以为号焉"之意。
③ "飞鸟"句：用陶潜《饮酒》其五中的"山气日夕佳，飞鸟相与还"。
④ 琴书自乐：用陶潜《归去来兮辞》中的"乐琴书以消忧"。
⑤ 檃括陶渊明"吾亦爱吾庐"（《读山海经十三首》之一）。
⑥ 〔清〕陈廷焯：《白雨斋词话》卷一，见唐圭璋《词话丛编》，中华书局1986年版，第3777页。

正如陈兰甫在评南宋遗民词时所说："无限沧桑身世感，新词多半说渊明。"① 遗民词人在述说、描绘、赞赏、歌咏渊明的过程中，未尝不包含自我隐居生活中的体验与感受。遗民词人自身的无限沧桑身世之感也消融到渊明的隐逸之"逸"趣中，从而使得遗民词人也以其鲜明生动的隐逸人格形象呈现在宋元易代之际的词坛上。

从遗民词人崇陶的创作心理和审美趣味中，可以透视出他们人生情趣与观照方式的演变。他们喜欢在词中用陶诗一类泛指隐逸的意象，来表现他们类似陶渊明隐逸的生活感受。他们词中的那些鲜明生动的陶渊明形象，折射出遗民词人自我隐居生活方式中的形象，从而具有了陶渊明旷达飘逸的气质，以致夏承焘先生在作王奕、赵文、吴存、黎廷瑞、蒲道源等遗民词人年谱时也感叹："宋元遗民词，颇有生气。"② 笔者认为，宋元遗民词中的"生气"，不是像宋南渡词人群体或中兴词人群体的那种英雄豪杰之气，而是隐士旷达飘逸胸襟外化在词中的一种精神境界。

第四节　宋诗简析

宋诗的特点主要有四个方面：①相比唐诗主情，宋诗更主理，以理趣见长；②散文化、议论化倾向极为明显；③追求新奇，讲究用事用典；④讲究练句练字，避凡近，求生远。

一、北宋诗

（一）欧阳修的诗

欧阳修诗歌特点主要表现在三个方面：第一，反映现实，表现个人的人生经历，抒发个人的人生感悟与情怀；第二，将议论与叙事、抒情融为一体，得韩诗奇崛畅尽之势，而无枯燥艰涩之失；第三，语言清新流畅，具有流丽宛转的风格。如他的名作《戏答元珍》就比较突出地反映了这些特点，诗云：

春风疑不到天涯，二月山城未见花。残雪压枝犹有桔，冻雷惊笋欲抽芽。夜闻归雁生乡思，病入新年感物华。曾是洛阳花下客，野芳虽晚不须嗟。

此诗为欧阳修谪居夷陵时所作，传达出诗人贬谪生活中的寂寞、思乡之情，以及对前途并未失去信心的自慰自勉之意。首联写出山城的荒僻、冷落，借景抒情，表达政治失意后的感慨；颔联从反面着笔，借早春蕴含着的生机之景，表达内心对前途未失去信心的希望；颈联转写乡思客愁，疾病缠身，时光变迁，万物更迭的诸般感受，意蕴极其丰富；尾联借回忆往昔，感慨现今，抒发自慰自勉之情，感情由低回走向高昂。此诗情感跌宕变化，语言平易，风格清新。

（二）王安石的诗

王安石（1021—1086）字介甫，晚号半山，江西临川人，北宋神宗朝宰相，著名政

---

① 陈兰甫：《山中白云词》，见吴则虞校辑《山中白云词》，中华书局1983年版，第211页。
② 夏承焘：《天风阁学词日记》，见夏承焘《夏承焘集》（五），浙江古籍出版社1998年版，第57页。

治家、文学家。在散文创作上,以简洁峻切的风格著称,列"唐宋八大家"之位。

王安石的诗歌创作以五十六岁退居江宁分为前后两期。前期诗歌比较注重反映社会现实、抒发自己的政治见解、人生感悟等,包括政治诗、抒情诗和咏史诗,具有浓厚的政治色彩,风格直截刻露。代表作有《河北民》《思王逢原》《明妃曲》等。

后期,王安石退出政治舞台后,其心境趋于平和,诗风也发生较大变化:以描写湖光山色、抒发逸情远志为其主要内容;体裁上,则以七绝为主;风格上,以风神远韵见长,有较高的艺术性,深得后人赞赏。后人所谓的"王荆公体"("半山体"),主要指王安石后期诗歌中的那些写景抒情的绝句。这些诗描写细致,修辞巧妙,韵味深永,体现了向唐诗复归的倾向。代表作品有《泊船瓜洲》《书湖阴先生壁》《北陂杏花》等。

王安石的诗歌受到世人的高度评价。黄庭坚曰:"荆公暮年作小诗,雅丽精绝,脱去流俗。"(胡仔《苕溪渔隐丛话》)叶梦得曰:"王荆公晚年诗律尤精严,选语用字,间不容发。"(《石林诗话》卷上)严羽《沧浪诗话》云:"公绝句最高,其得意处高出苏、黄之上。"杨万里云:"读半山绝句可当朝餐。"(《诚斋集》八十二卷)如其《书湖阴先生壁》诗云:

茅檐长扫净无苔,花木成畦手自栽。一水护田将绿绕,两山排闼送青来。

又如《泊船瓜洲》:

京口瓜洲一水间,钟山只隔数重山。春风又绿江南岸,明月何时照我还。

还有《北陂杏花》:

一陂春水绕花身,身影妖娆各占春。纵被春风吹作雪,绝胜南陌碾成尘。

《明妃曲二首》其一也比较典型地反映了王安石诗的风格,诗云:

明妃初出汉宫时,泪湿春风鬓脚垂。低徊顾影无颜色,尚得君王不自持。归来却怪丹青手,入眼平生几曾有?意态由来画不成,当时枉杀毛延寿。一去心知更不归,可怜著尽汉宫衣。寄声欲问塞南事,只有年年鸿雁飞。家人万里传消息,好在毡城莫相忆。君不见咫尺长门闭阿娇,人生失意无南北!

历来写昭君题材,或悲其远嫁、或写其寂寞,或写其汉宫之思,或罪画师,等等。王安石此诗别是一种立意,同情美人失意只是表层之意,更深看,是借昭君抒写怀才不遇的愤懑。昭君形象刻画得气韵生动,正侧结合,虚实并举。此诗议论精警,立意超绝。我们可将其与下面几首叙写王昭君的诗歌对照着来读,诗云:

毛延寿画欲通神,忍为黄金不为人。马上琵琶行万里,汉宫长有隔生春。(李商隐《王昭君》)

非君惜鸾殿,非妾妒蛾眉。薄命由骄虏,无情是画师。嫁来胡地日,不并汉宫时。辛苦无聊赖,何堪上马辞。(沈佺期《王昭君》)

一回望月一回悲,望月月移人不移。何时得见汉朝使,为妾传书斩画师。(崔国辅《昭君》)

二、苏轼的诗

(一)苏轼诗歌的主要类型

苏轼的诗歌题材广阔,内容丰富,风格多样,比较全面地反映了时代风貌,真实地记录了自己的生活历程，同时也发展了宋诗以文为诗、以议论为诗、以才学为诗的特色，集中代表了宋诗的特点。正如叶燮所说：

> 苏轼之诗，其境界皆开辟古今之所未有，天地万物，嬉笑怒骂，无不鼓舞于笔端。（《原诗》）

从内容上看，苏诗大致可分为以下五类：

第一，反映现实的政治诗。干预现实、批判现实始终是苏诗的重要主题，此类诗作主要针对社会弊端及新法流弊而发，体现了作者关心民生疾苦、忧虑国家命运的淑世情怀，代表作品有《荔支叹》《吴中田妇叹》等。

第二，表现自我的抒怀诗。此类诗作多是描写个人遭遇，抒写自我情怀，塑造自我形象，而这些感慨情怀又多是在诗人个人经历与社会政治、时代环境的碰撞中产生的，融入了诗人对人生的深刻思考，因此内涵相当丰富，具有一定的普遍意义，颇能代表苏诗的特色和成就。如《食荔支》：

> 罗浮山下四时春，卢橘杨梅次第新。日啖荔支三百颗，不辞长作岭南人。

又如《汲江煎茶》：

> 活水还须活火烹，自临钓石取深清。大瓢贮月归春瓮，小勺分江入夜瓶。雪雨已翻煎处脚，松风忽作泻时声。枯肠未易禁三碗，坐听荒城长短更。

第三，歌咏自然的景物诗。此类诗作是苏轼一生"身行万里半天下"所见所闻的忠实记录，歌颂了祖国山河的壮丽多姿，同时还注入了诗人的浓郁情感和高雅情趣，代表作品有《饮湖上初晴后雨》《六月二十七日望湖楼醉书》等。试读其《六月二十七日望湖楼醉书》其一：

> 黑云翻墨未遮山，白雨跳珠乱入船。卷地风来忽吹散，望湖楼下水如天。

第四，因物寓理的理趣诗。作者在对富于情趣的自然景物、生活片段的叙写中，往往融入深刻的哲理体悟，即景寄理，意在言外，具体意象与哲思理趣浑然一体，这是苏轼对宋诗的一大贡献，代表作品有《题西林壁》《和子由渑池怀旧》等。试看《和子由渑池怀旧》：

> 人生到处知何似？应似飞鸿踏雪泥。泥上偶然留指爪，鸿飞那复计东西？老僧已死成新塔，坏壁无由见旧题。往日崎岖还记否？路长人困蹇驴嘶。

又如《题西林壁》：

> 横看成岭侧成峰，远近高低各不同。不识庐山真面目，只缘身在此山中。

第五，咏物题画诗。其题画诗充分发挥诗歌的想象特点，成功地将空间艺术化为语言艺术，扩展和深化了画中的意境。其咏物诗既深得事物精髓，又和自己的性格、情趣融合无迹，情韵独具，代表作品有《惠崇春江晚景》《梅花二首》等。

此外，苏轼还创作了大量的和陶诗、论诗诗、描写风土人情的民俗诗等，也都各具特色。

（二）苏轼诗歌的艺术特色

苏轼诗歌的艺术特色主要体现在以文为诗，以古体写近体，其诗纵横开阖，收放自如，最大限度地发挥了诗歌的自由度。他的诗还精于议论，新奇警策，深刻透辟，往往借助于形象的描绘和生动的叙事，即事明理，叙议结合。他的诗构思新颖，想象奇幻，比喻新巧。如《惠崇春江晓景》诗云：

竹外桃花三两枝，春江水暖鸭先知。蒌蒿满地芦芽短，正是河豚欲上时。

王水照先生特别注意到了这首小诗，专门撰写论文《生活的真实与艺术的真实——从苏轼〈惠崇春江晓景〉谈起》对此诗作深刻细腻的解读，他指出：

这首生意盎然、饶有情趣的名作，语意显豁，通俗易懂，却不料招来前人的异议和争论：一是"鸭先知"问题，一是"河豚欲上时"问题。对此作一番辨析和研究，有助于对苏诗写作特色和诗歌艺术特性的理解。……诗歌中的艺术形象总是个别的、有限的，它不可能也不必要穷尽所有的生活现象。诗人总是努力捕捉那些蕴含更多内容和意义的个别生活形象或场景，来表达他所感受或认识到的象外之旨、景外之意。"春江水暖鸭先知"，这里鸭对早春的感知，不是作为生物学对象的特点，不是论定它在同类水禽中是否最为敏感，也不是论定它是否比人先知，而是诗人从鸭戏春江的欢乐场面中敏锐地感受到春天的消息。因此，他强调甚或夸张鸭对水温感知这一特点，实际上是对它与人的精神密切相关乃至相通的那一特点的强调或夸张，从而表达对春天的喜悦和礼赞，对生活的热爱和肯定。通过个别表现一般，以少胜多，一以当十，正是艺术创作的一般规律。……诗歌中的自然形象，不是诗人对客观事物一般属性的简单模拟，而是他心灵中对自然美的捕捉和再现，是人的本质的对象化。对于苏轼这首诗的意境来说，河豚究竟何时何地才是"初上"的争论，没有什么重要性，即使它或许有悖于科学常识的真实，却真实地描绘出一幅春机勃发的图画，满足了艺术创造者和欣赏者的审美要求。①

无独有偶，莫砺锋先生也非常重视苏轼的这首小诗，他特别从饮食题材的角度对此诗进行了新颖别致的阐述，他说：

苏轼精于品鉴食物中的精品，最著称的是江南的河豚和岭南的荔枝。河豚鲜美无比，但是容易引起食物中毒，所以苏轼的挚友李常虽是江南人氏，却从来不食河豚，还声称"河豚非忠臣孝子所宜食"，意谓士人应珍爱生命，不能为尝美味而轻生。苏轼则不然，他不但盛赞河豚之美说"直那一死"，而且曾在诗中及之："竹外桃花三两枝，春江水暖鸭先知。蒌蒿满地芦芽短，正是河豚欲上时。"（《惠崇春江晚景二首》之一）后人盛赞此诗，大多着眼于前二句富含哲理。对于本文来说，后二句同样值得重视。此诗本是题画诗，竹、鸭、蒌蒿、芦芽诸物都可能是画中之物，但河豚则是图中所无者，况且河豚形体丑陋，梅尧臣曾说"其状已可怪""忿腹若封豕"（《范饶州坐中客语食河豚鱼》），根本不宜入画，苏轼何以咏及之？合理的推测便是因为其美味。此外，根据苏诗注家所云，此诗中的"蒌蒿""芦芽"也都与烹饪河豚有关，所以清人王士禛认为"蒌蒿满地芦芽短"此句"非泛咏景物，可见坡诗无一字无来历也"。可见，此诗的主题之一便是咏河豚之美味。②

莫砺锋先生在解析杜甫的《赠卫八处士》时讲的一段话也可以用来评介苏轼的这首小

---

① 王水照：《苏轼研究》，中华书局2015年版，第275、277、283页。
② 莫砺锋：《饮食题材的诗意提升：从陶渊明到苏轼》，见莫砺锋《莫砺锋文集》卷二，凤凰出版社2019年版，第95—96页。

诗，他说：

> 最高明的诗人不在于他描写的是多么重大的主题，而在于他能把普普通通的日常生活中的平凡情景写得那么优美，那么动人，这是最了不起的才华。①

从王水照、莫砺锋两位宋代文学研究的著名学者的分析论述中，我们也可以更好地理解这首小诗及诗歌赏析的一些重要经验。

三、南宋诗

以下重点介绍南宋中兴四大诗人中的陆游、杨万里、范成大。

（一）陆游

陆游转益多师，终成大家。他始学江西诗派，师事曾几，又私淑吕本中，还广泛地学习前代的优秀诗人，如屈原、杜甫、李白、岑参、陶渊明等。试看陆游自述：

古人学问无遗力，少壮工夫老始成。纸上得来终觉浅，绝知此事要躬行。（《冬夜读书示子聿》）

汝果欲学诗，功夫在诗外。（《示子遹》）

人生需广大，勿作井底蛙。（《自贻》）

文章本天成，妙手偶得之。（《文章》）

清代赵翼在《瓯北诗话》中说陆游的诗风共有三变："早年拘泥，中年放肆，晚年平淡。"

陆诗的题材内容主要表现在三个方面。

第一，抗敌复国，是最重要的主题。"古来作诗之多，莫过于放翁。""其诗之言恢复者十之五六。"陆游常在诗中抒发杀敌报国、收复中原的雄心壮志，揭露谴责投降派的妥协退让政策，抒发壮志难酬的悲愤。代表作如《山关月》《书愤》等。梁启超评价道："诗界千年靡靡风，兵魂销尽国魂空。集中十九从军乐，亘古男儿一放翁。"（《读陆放翁集》）试看《十一月四日风雨大作》：

僵卧孤村不自哀，尚思为国戍轮台。夜阑卧听风吹雨，铁马冰河入梦来。

此诗是奇情壮思的纪梦诗，展现报国未酬之志。

又如《秋夜将晓出篱门迎凉有感》：

三万里河东入海，五千仞岳上摩天。遗民泪尽胡尘里，南望王师又一年。

此诗表现了诗人想象北国江山，渴望恢复故土。

还有著名的《关山月》：

和戎诏下十五年，将军不战空临边。朱门沉沉按歌舞，厩马肥死弓断弦。戍楼刁斗催落月，三十从军今白发。笛里谁知壮士心，沙头空照征人骨。中原干戈古亦闻，岂有逆胡传子孙？遗民忍死望恢复，几处今宵垂泪痕。

此诗用乐府旧题写时事，借壮士之口，抒发报国无路的怨愤。

《关山月》为乐府旧题，《乐府解题》："《关山月》，伤离别也。"这种离别又总与

---

① 莫砺锋：《莫砺锋说唐诗》，见莫砺锋《莫砺锋文集》卷九，凤凰出版社2019年版，第72页。

征戍联系一起。南北朝至唐不少诗人都以此为题写诗，一般是抒写戍卒思妇之情，隐含一种厌战情绪。如李白的《关山月》云：

明月出天山，苍茫云海间。长风几万里，吹度玉门关。汉下白登道，胡窥青海湾。由来征战地，不见有人还。戍客望边色，思归多苦颜。高楼当此夜，叹息未应闲。

我们再来看陆游的《书愤》（1186年）淳熙十三年于山阴：

早岁那知世事艰，中原北望气如山。楼船夜雪瓜洲渡，铁马秋风大散关。塞上长城空自许，镜中衰鬓已先斑。出师一表真名世，千载谁堪伯仲间。

陆游的这首《书愤》诗自述生平，追怀往事，感慨世道艰难，立誓报国而壮志难酬，"老却英雄似等闲"，只有抒发悲愤。这首七律深受杜诗影响，气韵沉雄，境界宏大。诗中化用典故，比拟贴切。中间二联对仗工稳，颔联全以名词组合而生气勃勃。情绪激越，格调悲壮。诗中对比手法的运用也非常巧妙。

第二，陆游还有大量写景咏物之作，表达他的隐逸情趣。如《临安春雨初霁》《游山西村》等。其《临安春雨初霁》云：

世味年来薄似纱，谁令骑马客京华。小楼一夜听春雨，深巷明朝卖杏花。矮纸斜行闲作草，晴窗细乳戏分茶。素衣莫起风尘叹，犹及清明可到家。

这首诗歌描写江南春景与书斋闲情，表现对京城宦游的厌倦。

《游山西村》（1167 于山阴镜湖）云：

莫笑农家腊酒浑，丰年留客足鸡豚。山重水复疑无路，柳暗花明又一村。箫鼓追随春社近，衣冠简朴古风存。从今若许闲乘月，拄杖无时夜叩门。

这首诗描写宁静的山村景色，淳朴的社日民俗。

第三，陆游表达爱情的诗歌也引起了世人的关注。如《沈园二首》：

城上斜阳画角哀，沈园非复旧池台。伤心桥下春波绿，曾是惊鸿照影来。

梦断香消四十年，沈园柳老不吹绵。此身行作稽山土，犹吊遗踪一泫然。

这样的爱情感旧诗，被称为"绝等伤心之诗"。

陆游诗歌的艺术特点主要体现在五个方面。

第一，强烈的现实主义精神（抗金爱国主题、日常生活情景），同时又有浓厚的浪漫主义色彩。往往借用丰富的想象、奇特的夸张、梦境、幻境来抒发他热烈奔放的感情，如：

天为碧罗幕，月作白玉钩。织女织庆云，裁成五色裘。披裘对酒谁为客，长揖北辰相献酬。（《江楼吹笛饮酒大醉中作》）

三更抚枕忽大叫，梦中夺得松亭关。（《楼上醉书》）

第二，陆诗风格多样。融李白的飘逸奔放与杜甫的沉郁顿挫于一炉，气象开阔，感情热烈，雄浑奔放，凝重沉郁，结构恢宏，章法严谨。有一代"诗史""小李白"之称。同时又清新明丽，疏朗自然。试读他的《长歌行》：

人生不作安期生，醉入东海骑长鲸。犹当出作李西平，手枭逆贼清旧京。金印煌煌未入手，白发种种来无情。成都古寺卧秋晚，落照偏傍僧窗明。岂其马上破贼手，哦诗长作寒螀鸣？兴来买尽市桥酒，大车磊落堆长瓶。豪竹哀丝助剧饮，如巨野受黄河倾。平时一滴不入口，意气顿使千人惊。国仇未报壮士老，匣中宝剑空有声。何当凯旋宴将士，三更雪压飞狐城。

这首诗笔力清壮顿挫，结构波澜迭起，恢宏雄放的气势寓于明朗晓畅的语言和整饬的句式之中，典型地体现出陆诗的个性风格，故被后人推为陆诗的压卷之作。

第三，注重主观感情的表达，一般不对生活过程做较细的铺叙、描写；善于对现实进行高度概括，增大了诗歌的空间与时间容量。

第四，语言晓畅平易，精练自然，富有浓郁的生活气息。

第五，陆游诗歌体裁各体皆工，尤擅长七言律诗。

陆游诗歌受到后人的高度评价。沈德潜说："放翁七言律对仗工稳，使事熨贴，当时无与比埒。"（《说诗晬语》）李慈铭指出："宋人自苏、黄、陆三家外，绝无能自立者。"（《越缦堂读书记》）

（二）杨万里

杨万里（1127—1206），字廷秀，号诚斋。著有《诚斋集》。是南宋时期一位自具风格的诗人。早年写诗，学江西诗派。中年以后，则批判江西诗派的求奇、求新的弊病，主张师法自然，不模拟前人，创作出独具风格的"诚斋体"。

杨万里诗歌很有特点，主要表现在四个方面：①题材上以描写自然景物与日常生活为主，并善于发掘其中蕴含的理趣，使作品充满浓郁的生活气息与深邃的哲理；②丰富、新颖的想象；③幽默诙谐的风趣；④自然活泼的语言，不堆砌典故，语言通俗，意境浅豁。例如《小池》《闲居初夏午睡起》。

试看《闲居初夏午睡起》：

梅子留酸软齿牙，芭蕉分绿与窗纱。日长睡起无情思，闲看儿童捉柳花。

这首诗是诚斋体"活法诗"的代表，写闲居所见所感，善于捕捉新鲜的生活情景，通过侧写儿童的天真，委婉地表达对于生命活力的向往。又如《小池》：

泉眼无声惜细流，树阴照水爱晴柔。小荷才露尖尖角，早有蜻蜓立上头。

还有《过松源晨炊漆公店》也是具有理趣的作品，诗云：

莫言下岭便无难，赚得行人错喜欢。正入万山圈子里，一山放出一山拦。

杨万里诗歌中亦有痛伤国事之作，如《初入淮河四绝句》：

船离洪泽岸头沙，人到淮河意不佳。何必桑干方是远，中流以北即天涯。（其一）

中原父老莫空谈，逢着王人诉不堪。却是归鸿不能语，一年一度到江南。（其四）

这两首诗写诗人奉使北行途中的深沉感受及忧国情怀。

（三）范成大

范成大（1126—1193），字致能，号石湖居士。其诗歌受江西诗派以及中唐李贺、王建等人的影响，爱搬用冷僻的典故，诗歌在轻巧中显出生涩。

范成大诗歌题材内容较广，有一些深刻反映民生疾苦的诗篇，如《催租行》《后催租行》等。最有价值的是他所写的使金纪行诗和田园诗。使金纪行诗主要表现北方的山川风物、沦陷区人民渴望恢复中原的感情，展示诗人强烈的爱国主义思想。如《州桥》：

州桥南北是天街，父老年年等驾回。忍泪失声询使者，几时真有六军来？

这首诗叙写出使至汴梁的见闻，借中原父老之问表达故国之忧，语短情长。

范成大的田园诗以反映田家生活、田园风光为主，表现出对田家生活的喜爱以及对农民遭受残酷剥削的同情，意蕴深沉，尤以《四时田园杂兴》为其代表。《四时田园杂兴》是范成大退隐石湖所写的田园组诗，共六十首七言绝句，每十二首为一组，分咏春日、晚春、夏日、秋日和冬日的田园生活，全面、真切地描写了农村生活的各种细节，是对古代田园诗的进一步发展。试看《四时田园杂兴》中的几首诗：

胡蝶双双入菜花，日长无客到田家。鸡飞过篱犬吠窦，知有行商来买茶。（《晚春田园杂兴》其三）

昼出耘田夜绩麻，村庄儿女各当家。童孙未解供耕织，也傍桑阴学种瓜。（《夏日田园杂兴》其七）

采菱辛苦废犁锄，血指流丹鬼质枯。无力买田聊种水，近来湖面亦收租。（《夏日田园杂兴》其十一）

新筑场泥镜面平，家家打稻趁霜晴。笑歌声里轻雷动，一夜连枷响到明。（《秋日田园杂兴》其八）

第五节　名流印可、文人干谒与南宋诗歌风貌

随着科举规模的扩大，南宋文人频繁地游宦、游幕、游学、游谒，在人际交往、诗酒酬酢中创作诗文，留下了比前代更多的唱酬、赠别、祝寿、干谒之作，更充分地显示出诗歌的社交、娱乐、应酬功能。重视人际关系的观念及南宋文人干谒请托、印可延誉的行为，客观上成了当时诗歌风貌形成的强有力推手之一。笔者以杨万里、陆游、姜夔等人的人际交往、文学创作为中心，在分析他们的人际关系网的基础上，由微观到宏观，由个案到群体，探讨名流印可、文人干谒与南宋诗歌风貌形成之间千丝万缕的内在联系。

陆游在《跋吕舍人九经堂诗》中特别谈及"人情"及"师友""子孙"等人际、人伦关系在士人文学创作中的地位与影响：

前辈以文章名世者，名愈高，则求者愈众，故其间亦有徇人情而作者。有识之士多以为恨。如吕公《九经堂诗》，盖自少时与昭德尊老诸公，师友渊源，讲习渐渍所得，又为其子孙而发，故雄笔大论如此。於虖，凛乎其可敬畏也哉！[①]

此跋可看作他的"夫子自道"语，透露出南宋诗人对交游故旧、师友渊源、学缘血缘、人际交往等事实的重视。他们的作品很多是"徇人情而作"，令人"可敬畏"的是文中所说的"师友渊源""子孙"亲属等"人情"关系。南宋"以文章名世者"碍于情面，为后生晚辈印可延誉之际，往往与人为善、热情周到，甚至于言过其实、不遗余力。名流显人作文论艺之际，在很大程度上带有唱和酬酢的成分，诗歌的主要功能是社交应酬的功能。结交同类、抵触异己等由人际关系导致的某些情绪客观上对当时诗歌创作与批

[①] 钱仲联、马亚中主编：《陆游全集校注》，浙江教育出版社2011版，第241页。

评风貌存在着正、反两方面的影响。

一、诚斋之风

杨万里与尤袤、范成大、陆游并称为"中兴四大诗人",这四大诗人中杨、范、陆是时代的翘楚,刘克庄评高似孙时道:"老笔如湘弦泗磬,多人间俚耳所未闻者,有石湖、放翁、诚斋之风。"[①]可见当时对此三人的推崇。

杨万里自述文学创作灵感时特别强调其受友人唱和索诗及交游故旧索序之启发影响,以《诚斋集》卷八〇为例,其中有下列文字:

予游居寝食,非诗无所与归。……大儿长孺请曰:"大人久不作诗,今可作矣乎?"予蹙然曰:"三年不为礼,礼必坏。三年不为诗,诗必颣。善,如尔之请也。"是日,始拟作进士题。……明年二月,被朝旨为铨试考官,与友人谢昌国倡和,忽混混乎其来也。至丁未六月十三日,得故人刘伯顺书,送所刻《南海集》来,且索近诗。于是汇而次之,得诗四百首,名曰《朝天集》寄之云。[②]

西归过姑苏,谒石湖先生范公。公首索予诗。予谢曰:"诗在山林而人在城市,是二者常巧于相违,而喜于不相值。某虽有所谓《荆溪集》者,窃自薄陋,不敢为公出也。"既还舍,计在道及待次凡一年,得诗仅二百首,题曰《西归集》,录以寄公。今复寄刘伯顺与钟仲山。[③]

永明尉彭君文蔚,与予同郡且同乡举。自绍兴癸酉一别,至淳熙戊申七月二十五日,忽触热骑一马,来访予于南溪之上,……因出其《补注韩文》八帙以示予。上自先秦之古书,下逮汉晋之文史,近至故老之口传,旁罗远撠,幽讨明抉,殆数十万言。于是韩子之诗文,雅语奇字,发摘呈露,无余秘矣。[④]

予尝举似旧诗数联于友人尤延之,……延之慨然曰:"焚之可惜。"予亦无甚悔也。然焚之者无甚悔,存之者亦未至于无悔。延之曰:"诗何必一体哉!此集存之亦奚悔焉!"旧所存者五百八十首,大儿长孺再得一百五十八首,于是并录而序之云。同郡之士永新张德器屡求之不置,因以寄之。[⑤]

这种文字在杨万里文集中很普遍。若进一步分析杨万里这些序文中的深意,我们不难发现其中所提及的"大儿""友人""故人""范公""同郡""同乡举"等亲朋、好友、故交在其诗歌创作中的地位与影响,无论是他人对杨万里的品题鼓励,还是杨万里对他人的印可延誉,都十分注重自己与他人的关系。

杨万里步入仕途首先通过奔走南宋中兴名将张浚之门,经张的提携援引步步高升直至权力中心,后杨万里为子侄辈的仕途前程时常发挥他干谒请托方面的特长,利用他的人脉资源,频繁干谒奔走,请托延誉。试看他逢迎讨好丘侍郎的《跋丘宗卿侍郎见赠使北诗一轴》:

---

① 吴文治主编:《宋诗话全编》第八册,凤凰出版社1998年版,第8451页。
② 〔宋〕杨万里撰,辛更儒笺校:《杨万里集笺校》,中华书局2007年版,第3266页。
③ 〔宋〕杨万里撰,辛更儒笺校:《杨万里集笺校》,中华书局2007年版,第3262页。
④ 〔宋〕杨万里撰,辛更儒笺校:《杨万里集笺校》,中华书局2007年版,第3249页。
⑤ 〔宋〕杨万里撰,辛更儒笺校:《杨万里集笺校》,中华书局2007年版,第3257—3258页。

中原万象听驱使,总随诗句归行李。君不见晋人王右军,龙跳虎卧笔有神,何曾哦得一句子,自哦自写传世人。君不见唐人杜子美,万草千花句何绮,只以诗传字不传,却羡别人云落纸。莫道丘迟一轴诗,此诗此字绝世奇。再三莫遣鬼神知,鬼神知了偷却伊。①

丘宗卿"仪状魁杰,机神英悟""生无以报国,死愿为猛将以灭敌"②,乃一代名臣,在朝廷享有盛誉。在这首诗中,杨万里极力奉承丘宗卿,先赞扬丘有"誓取胡头为饮器,尽与黎民解倒悬"的豪情壮志,后又用"中原万象听驱使"恭维他,令人叹为观止。想不到他还能不惜工本盛赞丘之诗书绝妙,最终以"再三莫遣鬼神知,鬼神知了偷却伊"结尾。综观全诗,杨万里的品题延誉之功可谓炉火纯青、已臻化境。具有如此高妙印可技巧的杨万里,才能成就其独特风格的"齿牙伶俐""油腔滑调"的"诚斋体"。

葛天民在《寄杨诚斋》中赞美杨万里:"参禅学诗无两法,死蛇解弄活泼泼。"③ 张镃谈到杨万里时说:"目前言句知多少,罕有先生活法诗。"④ 刘克庄用充满羡慕的口吻道:"后来诚斋出,真得所谓活法,所谓流转圆美如弹丸者。"⑤ 钱锺书发现南宋时人评价杨万里主要集中在"活法"这一点上⑥。笔者认为,杨万里诗句的"活法"特质,主要来自其为人的灵活,善于奔走干谒、请托权贵。"文以气为主",风格即人,这样独特风格的诗句与杨万里的人格气质有着密切关系,人情练达、精通世故的个性特征,使其诗具有了"死蛇解弄活泼泼""罕有先生活法诗""流转圆美如弹丸者"的风格。然而,杨万里过于圆滑的诗风也引起了一些批评,乾隆评杨万里时说他"油腔滑调"⑦、李慈铭评杨万里诗"七绝间有清隽之作,不过齿牙伶俐而已"⑧,钱锺书在批评张镃时说"滑而不灵活,徒得诚斋短处"⑨。钱仲联评道:"以艺术技巧论,诚斋之病,正坐太巧。"⑩ 都对杨万里的个性与创作有所批评。

从刘克庄对杨万里诗歌的评价中,我们可更深刻地理解"诚斋体"之一斑:

诚斋《挽张魏公》云:"出昼民犹望,回军敌尚疑。"只十个字,而道尽魏公一生。其得人心且为虏所畏,与夫罢相、解都督事,皆在里许,然读者都草草看了。⑪

刘克庄老于世故,是江湖派中的领袖人物、名副其实的"以文章名世者",故能着眼杨万里诗中的印可延誉之妙而没有"草草看了"。透过刘克庄对杨万里的由衷赞叹,我们可以感受到杨万里的成功并非侥幸,这得益于他长期的磨砺,尤其是磨砺自己为人处世方面的能力。他那广泛的交游、誉满一世的口碑,都离不开他与人为善、世事洞明、人

---

① 〔宋〕杨万里撰,辛更儒笺校:《杨万里集笺校》,中华书局2007年版,第1565页。
② 〔元〕脱脱等:《宋史》卷三九八,中华书局1985年版,第12113页。
③ 傅璇琮等编:《全宋诗》,北京大学出版社1998年版,第32062页。
④ 傅璇琮等编:《全宋诗》,北京大学出版社1998年版,第31642页。
⑤ 〔宋〕刘克庄:《后村集》卷二四,见《影印文渊阁四库全书》第1180册,台湾商务印书馆1986年,第257页。
⑥ 钱锺书:《谈艺录》,中华书局1984年版,第122、446页。
⑦ 〔清〕乾隆御选:《唐宋诗醇》,中国三峡出版社1997年版,第503页。
⑧ 〔清〕李慈铭:《越缦堂日记》,辽宁教育出版社2001年版,第868页。
⑨ 钱锺书:《谈艺录》,中华书局1984年版,第121页。
⑩ 钱仲联、马亚中主编:《陆游全集校注》第六册,浙江教育出版社2011版,第113页。
⑪ 吴文治主编:《宋诗话全编》第八册,凤凰出版社1998年版,第8377页。

情练达的过人之处。

人际关系、朋友交情影响到杨万里的文学创作，也影响到他的文学批评。他的《霍和卿当世急务序》很有趣，其中载：

> 予淳熙甲辰十二月，初识霍和卿于监察御史谢昌国之宾阶。稠人中，未之奇也。既同见昌国，和卿先退，昌国留瀹茶小语。因曰："适某客识之否？有一书曰《当世急务》者，尝见之否？"予即借之以归。夜吹灯细读之，不觉起立，曰："此秦少游、陈去非之亚匹也。今世有此奇士，而我独不知，非恨欤？幸识其人，又见其书，未恨也。"①

这里的点睛传神之笔乃"幸识其人，又见其书，未恨也"。笔者的理解是先有谢昌国的援引介绍，杨万里知道他来头不小，乃监察御史关注之人，理所当然地渴望结交，故作如下评语："今世有此奇士，而我独不知，非恨欤？"而此"士"之"奇"主要在于他乃名流显宦推荐认识的人选。有此背景，我们才能理解杨万里为何"不觉起立"，极力为其印可品题。杨万里人情练达、精通世故的干谒风神与其文学批评的关系由此可见。

杨万里还在为人作序跋文字之际拉关系、套近乎，如他的《杜必简诗集序》就比较典型②，杨万里由"吾州户曹掾赵君彦法"自然而然地联想到"豫章代出诗人，今君家进贤，山谷江西之派，今有人矣"，后道其所畏时乃特别强调"又有少陵以为之孙，遂建大将鼓旗以出，独主百世诗人之夏盟"，还是从人际关系的角度出发来阐述杜审言诗的重要性。以求新、求变、求突破的"诚斋体"著称于世的杨万里如此看重血统传承、学缘地域，在对待人际关系、人情世故的态度方面不能免俗，可见传统文化习俗对南宋文人人生思考与文化性格方面的深刻影响。又如，杨万里将自己与友人尤袤的关系比作名满天下、让后世无限羡慕敬仰的李杜，说："谁把尤杨语同日？不教李杜独齐名。"③ 其文化自信、名流自觉溢于言表。杨万里通过长期的辛苦奔波、干谒请托、入仕宦游、文学创作、人际交往，已经确立了其丰厚的人脉资源，成为"以文章名世者"，这些人脉与名声使他充满自信，随着其"名愈高，则求者愈众，故其间亦有徇人情而作者"愈众，杨万里也责无旁贷地承担起为人印可延誉的义务，频频应人请托而作印可品题的序跋文字。

值得注意的是，杨万里在当时被尊奉为诗坛宗主。"与杨万里倡和颇多"④ 的袁说友在《和杨诚斋韵谢惠南海集诗》中评价道："斯文宗主赖公归，不使它杨僭等夷。四海声名今大手，万人辟易几降旗。"⑤ 姜特立在《谢杨诚斋惠长句》中对杨万里亦衷心赞叹："今日诗坛谁是主？诚斋诗律正施行。"⑥ 可以说，杨万里诗坛宗主地位及影响与其广泛的人际交往、屡为他人印可延誉的"诚斋"之风有着密切的联系。

---

① 〔宋〕杨万里撰，辛更儒笺校：《杨万里集笺校》，中华书局2007年版，第3271页。
② 〔宋〕杨万里撰，辛更儒笺校：《杨万里集笺校》，中华书局2007年版，第3305页。
③ 〔宋〕杨万里撰，辛更儒笺校：《杨万里集笺校》，中华书局2007年版，第1314页。
④ 〔清〕永瑢等：《四库全书总目提要》，中华书局1965年版，第1374页。
⑤ 〔宋〕袁说友：《东塘集》卷五，见《影印文渊阁四库全书》第1154册，台湾商务印书馆1986年版，第198页。
⑥ 〔宋〕姜特立：《梅山续稿》卷一，见《影印文渊阁四库全书》第1170册，台湾商务印书馆1986年版，第19页。

二、放翁气象

对自己与其他诗人之间的优势互补之处,杨万里看得十分清楚,在其所撰《千岩摘稿序》中委婉曲折地表露出来:

余尝论近世之诗人,若范石湖之清新,尤梁溪之平淡,陆放翁之敷腴,萧千岩之工致,皆余之所畏者云。①

杨万里能如此恰如其分地评价这几大诗人的风格特点,这是他们互相勉励、互相促进、甚至互相竞争从而达到一时瑜亮的结果。

这些大诗人之间频繁的交往唱和,对南宋诗歌风貌的形成起了十分重要的作用。陆游曾作《喜杨廷秀秘监再入馆》对杨万里其人其诗作了高度评价②。陆游不但佩服杨万里的诗歌创作实绩,对他的诗论及印可延誉的效果亦十分赞赏,甘拜下风,说道:

诚斋老子主诗盟,片言许可天下服。长歌为君定声价,赏音但须一夔足。蹋泥过我君岂误,拱璧何至求凡目。只愁明日遽来索,北窗连夜挑灯读。③

文章有定价,议论有至公,我不如诚斋,此评天下同。王子江西秀,诗有诚斋风,今年入修门,轩轩若飞鸿。人言诚斋诗,浩然与俱东,字字若长城,梯冲何由攻?我望已畏之,谨避不欲逢。一日来叩门,锦囊出几空。我欲与驰逐,未交力已穷。太息谓王子,诸人无此功。骑驴上灞桥,买酒醉新丰,知子定有人,讵必老钝翁。④

面对陆放翁的赞美褒扬,杨万里不甘示弱,次韵回复了陆放翁:

君诗如精金,入手知价重。铸作鼎及彝,所向一一中。我如驽并骥,夷涂不应共。难追紫蛇电,徒掣青丝鞚。折胶偶投漆,异榻岂同梦。不知清庙茅,可望明堂栋?平生怜坡老,高眼薄萧统。渠若有狯邪,心肯师晋宋。破琴聊再行,新笛正三弄。因君发狂言,湖山春已动。⑤

杨万里的诗歌创作理论与思想,除了体现在他的名著《诗论》《诚斋诗话》中,更大程度上还体现在他的一些序跋、唱和类的印可文字中。如在《再答陆务观郎中书》中对陆游诗作进行了新奇巧妙的印可延誉。⑥杨万里作此书时已经七十六岁了,陆放翁七十八岁,作为"前辈以文章名世者",他们除了互相支持、相互表达赞叹鼓励之情外,也以文会友,在文学创作、文学思想上相互切磋或竞争比较,反映出他们晚年想一振诗坛靡靡之音的愿望。

在这个方面,陆游与杨万里的想法与做法是一致的。他有一诗题为《次韵和杨伯子主簿见赠》⑦,杨伯子,即杨万里的儿子杨长孺,这首诗作于淳熙十六年(1189)冬,似是上引杨万里诗的注脚,陆游与杨万里对当时诗坛的见解与主张非常相似、如出一辙,两人都期许对方能通过诗歌创作来改变诗坛风气。值得注意的是,陆游在提出自己

---

① 〔宋〕杨万里撰,辛更儒笺校:《杨万里集笺校》,中华书局2007年版,第3280页。
② 钱仲联、马亚中主编:《陆游全集校注》第三册,浙江教育出版社2011版,第337页。
③ 钱仲联、马亚中主编:《陆游全集校注》第五册,浙江教育出版社2011版,第232页。
④ 钱仲联、马亚中主编:《陆游全集校注》第六册,浙江教育出版社2011版,第113页。
⑤ 〔宋〕杨万里撰,辛更儒笺校:《杨万里集笺校》,中华书局2007年版,第1375—1376页。
⑥ 〔宋〕杨万里撰,辛更儒笺校:《杨万里集笺校》,中华书局2007年版,第2879—2880页。
⑦ 钱仲联、马亚中主编:《陆游全集校注》第三册,浙江教育出版社2011版,第339页。

诗作主张时，特别强调杜伯高、程文若二人乃"皆近以诗文得名于诸公，而尤与予善"，可见陆游看到了名流公卿品题印可的重要性，而颇以与二人结交为荣，中国人重人情的一面在放翁笔下不期然而然地流露出来了。只有把南宋文人的创作放到当时人际关系的大背景下，才能在比较中、在与他人的相互联系中深入了解南宋文人的生存状态和复杂心理，理解他们创作的深层历史动因及心理依据。

杨万里、陆游两人的往来酬酢、诗词唱和客观上对当时文学群体的形成与文学流派的孕育起到了促进作用。戴复古在诗酒酬酢、往来唱和之际自然而然地就联想到杨万里、陆放翁，并将两位"中兴大诗人"放在一起讨论，表达对他们的敬爱、仰慕之情：

客星聚吴会，诗派落松江。老眼洞千古，旷怀开八窗。风流谈夺席，歌笑酒盈缸。杨陆不再作，何人可受降？①

江湖诗派的后劲方岳对杨万里、陆放翁亦推崇备至，竟至形诸梦寐：

老去不知三月暮，梦中亲见两诗人。②

正是看到名流印可品题的重要性，陆游在《尤延之尚书哀辞》中才热情洋溢地歌颂尤袤的文学事业，以期振兴当世文风③。事实证明，他们这样的自我期许和相互期待并非毫无根据，后人将尤、杨、范、陆并称为中兴四大诗人，如方回指出：

宋中兴以来，言治必曰"乾、淳"，言诗必曰"尤、杨、范、陆"。④

清代沈德潜也说：

南渡后诗，杨廷秀推尤、萧、范、陆四家，谓尤延之袤、萧东夫德藻、范致能成大、陆务观游也。后去东夫，易以廷秀，称尤、杨、范、陆。⑤

若从人际关系、名流印可的角度来思考南宋大诗人的创作历程，我们就可以更清楚地看到他们如何在相互酬酢、相互了解、相互竞争、相互尊重、相互品题印可、相互配合影响之下，共同促成了孝宗诗坛的繁荣。

陆游十分注意社交酬倡在士人诗歌创作中的意义及影响，诗歌的社交、娱乐、应酬功能在其集中占很大比例。他在《梅圣俞别集序》中高度评价了北宋梅尧臣、欧阳修时期的文坛盛况，从中我们可以感受到他对文人士大夫诗文酬酢、交游唱和的向往之情⑥。北宋文人交游唱和开始频繁，形成了文人集团及文学结盟现象。显然，欧、梅、苏、黄文坛结盟的繁荣景象深深吸引、感染了热情奔放的放翁，因此，他努力效仿前贤的行为方式也在情理之中。

实际上，陆游当时的交游可谓广阔，以他为中心的文人圈可媲美北宋欧、苏主盟的文坛。陆游在与朋友交往中常常表达自己的诗学观，其所撰《曾裘父诗集序》是一篇议论精辟、见解独到的小型诗论，从其对曾季狸诗的印可赞叹之辞中，我们得以一窥建

---

① 〔宋〕戴复古著，吴茂云、郑伟荣校点：《戴复古集》，浙江大学出版社2012年版，第107页。
② 〔宋〕方岳：《秋崖集》卷二，见《影印文渊阁四库全书》第1182册，台湾商务印书馆1986年版，第152页。
③ 钱仲联、马亚中主编：《陆游全集校注》第一册，浙江教育出版社2011版，第471页。
④ 〔宋〕方回：《桐江集》卷三，见〔清〕阮元辑《影印宛委别藏》第105册，江苏古籍出版社1988年版，第234页。
⑤ 〔清〕沈德潜著，霍松林校注：《说诗晬语》卷下，人民文学出版社1979年版，第234页。
⑥ 钱仲联、马亚中主编：《陆游全集校注》第九册，浙江教育出版社2011年版，第379—380页。

炎过江诸贤赏识、提携后辈的拳拳之心。① 在这篇品题延誉的文字中，陆游还详叙了自己与曾裘父相识相知的过程，情深意切，感人肺腑，名流印可与放翁气象的关系由此可见。

三、白石意度

南宋时期的名流巨卿楼钥在评价江湖文士戴复古时指出：

唐人以诗名家者众，近时文士多而诗人少。文犹可以发身，诗虽甚工，反成屠龙之技，苟非深得其趣，谁能好之？②

姜夔是一位深得诗歌之趣的江湖谒客，并用这种"屠龙之技"去干谒"深得其趣"的名流贵卿，以获得一些物质资料来维持生活。通过写奉承逢迎的文字，姜夔虽不能大富大贵，却也能衣食无忧，养家糊口，甚至还能享受携妓游玩之乐③。绍熙二年（1191），姜白石从合肥归访范成大，在他家赏雪梅，创作了流芳千古的杰作《暗香》《疏影》两首自度曲，范成大一高兴就将家中色艺双全的歌妓小红赠给了他。姜白石看上去一副文弱书生的样子，却世事洞明，人情练达，在风波险恶的江湖文士竞争中明哲保身，与文坛名流、政界显要范成大、杨万里、张平甫等结为好友，有着非同一般的交情。那时的军政要员和豪门贵族对这些有才华的干谒之士十分优待。从中，我们可感受到当时的社会风尚与士人风度。

通过详细考证，夏承焘发现与姜夔交往的人物高达一百零七名之多。这样广泛地交游，扩大了姜夔的社会影响并使他获得了丰厚的赏赐馈赠，成为当时名公巨卿争相交往、施舍援引的对象。他的生活方式在南宋中后期的文士中具有典型示范性。

姜夔为迎合名流巨卿的审美趣味而创作淳雅之作，那些文人"师之于前""效之于后"的，不仅是他的词风，也是他那种江湖谒客的谋生方式和生活态度。大多生活无依的文士也想以一技之长为干谒之资，奔走权贵之门，创作一些吟风弄月、奉承讨好的文字来请托延誉，获取生活资料。

姜夔诗词创作与批评理念的产生在某种程度上与其人际交往、人脉资源密切相关。他在《白石道人诗集自叙》中道：

近过梁溪、见尤延之先生。……先生因为余言："近世人士喜宗江西，温润有如范至能者乎？痛快有如杨廷秀者乎？高古如萧东夫，俊逸如陆务观，是皆自出机轴，亶有可观者，又奚以江西为。"余曰："诚斋之说政尔。"……余识千岩于潇湘之上、东来识诚斋、石湖，尝试论兹事，而诸公咸谓其与我合也。④

与萧东夫、杨廷秀、范至能、尤延之时相过从，交往甚密，客观上也影响到姜夔的诗歌创作风貌。姜夔凭着对几位名流的深入了解，从尤袤言简意赅的分析中悟出作诗之道、从干谒杨万里中求得品弦之法，《白石道人诗集自叙》中关于诗歌创作的许多精辟见解是他在奔走干谒这些名流显人时悟得的。

---

① 钱仲联、马亚中主编：《陆游全集校注》第九册，浙江教育出版社 2011 版，第 392—393 页。
② 〔宋〕戴复古著，吴茂云、郑伟荣校点：《戴复古集》，浙江大学出版社 2012 年版，第 380 页。
③ 夏承焘校辑：《白石诗词集》，人民文学出版社 1959 年版，第 91—92 页。
④ 夏承焘校辑：《白石诗词集》，人民文学出版社 1959 年版，第 1 页。

杨万里显然对姜夔奔走其门的目的颇有认识，常在诗文中为姜夔印可延誉，满足他请托延誉的心愿。如在《送姜夔尧章谒石湖先生》中道：

　　吾友彝陵萧太守，逢人说君不离口。袖诗东来谒老夫，惭无高价当璠玙。翻然却买松江艇，径去苏州参石湖。①

姜夔游杭州时，因岳父萧德藻引见，得以拜谒杨万里。杨万里又引荐姜夔去谒见当时更有名望的显宦范成大，并以诗送之。此诗可看作绝妙的推荐信。凭着杨的印可延誉，姜夔去晋谒范成大，在他府上寄居游食，受尽恩宠礼遇。

　　姜夔以诗词为干谒之资，迎合名流显宦，回报他们印可援引之恩，客观上影响了其文学创作与文学批评的风貌。如这首《送〈朝天续集〉归诚斋时在金陵》云：

　　翰墨场中老斩轮，真能一笔扫千军。年年花月无闲日，处处山川怕见君。箭在的中非尔力，风行水上自成文。先生只可三千首，回施江东日暮云。②

姜夔在此将杨万里诗歌创作的特长淋漓尽致地凸显出来。钱锺书说："杨万里的主要兴趣是天然景物，关心国事的作品远不及陆游的多而且好，同情民生疾苦的作品也不及范成大的多而且好。"③才艺超凡的姜夔早就敏锐地把握住了这一点，用"年年花月无闲日，处处山川怕见君"这样巧妙的奉承之辞将其揭示出来，深得诚斋创作的良苦用心。故杨万里读后大加赞赏，且报之以《进退格寄张功父姜尧章》，对姜夔诗进行了高度评价④，表现出对他的了解与同情。时人对姜夔高超干谒技艺的认可及名流印可之风盛行的深刻历史动因由此可见。

　　姜夔如此赞美杨万里，与名流显人的审美趣味有关。钱锺书指出，"知诚斋诗之妙而学之者，以张功甫为最早"⑤，"竹隐，徐渊子也。南湖，张功父也，皆参诚斋活法者"⑥。张镃生活奢侈，喜欢招待江湖食客，而姜夔正是豪门清客，他了解张镃的审美趣味，凡是主人喜欢的就推崇，凡是主人厌恶的就贬抑，这是江湖谒客的普遍行为。普通谒客难以把握主人的好恶喜尚，而姜夔的过人之处，就在于能凭借他敏锐的艺术直觉和长期干谒奔竞的经验，一下子就触摸到张镃内心深处的价值取向，并将其表而出之。庆元二年丙辰（1196）年，姜夔为张镃祖上所撰《张循王遗事》一文颇能说明其干谒手段之高明，以至楼钥也被其迎合奉承之辞所感染，作跋赞道：

　　尧章慕循王大功，而惜其细行小节人罕知者，矻矻然访问而得此，将以补史氏之遗，其志可嘉也。⑦

楼钥在赞叹姜夔文章之佳时，流露出他对姜夔善于捉住机会讨好权贵的干谒技艺的推崇，可见姜夔受宠于豪门望族的深刻原因。他为迎合名公巨卿、豪门望族清空、雅正的审美趣味而创作，力求淳雅，在文学创作中自然而然地展示出其江湖谒客的人格精神、命运遭际和复杂心理，从而形成唐宋词史上独具特色的清雅词派，对南宋中后期及清初

---

① 〔宋〕杨万里撰，辛更儒笺校：《杨万里集笺校》，中华书局 2007 年版，第 1119 页。
② 夏承焘校辑：《白石诗词集》，人民文学出版社 1959 年版，第 33 页。
③ 钱锺书：《宋诗选注》，人民文学出版社 2005 年版，第 161 页。
④ 〔宋〕杨万里撰，辛更儒笺校：《杨万里集笺校》，中华书局 2007 年版，第 2190 页。
⑤ 钱锺书：《谈艺录》，中华书局 1984 年版，第 121 页。
⑥ 钱锺书：《谈艺录》，中华书局 1984 年版，第 486 页。
⑦ 〔宋〕楼钥：《攻媿集》卷七一，见《影印文渊阁四库全书》第 1153 册，台湾商务印书馆 1986 年，第 172 页。

词产生了深远的影响。

四、余论

文学是人学，文学创作的主体是人，文学研究归根到底也要研究人的性格与情感。南宋文学的创作主体是特定背景、特定场域之下的文人，是"一切社会关系的总和"，研究文学不能无视人际关系、人情世故的存在。南宋官场、文坛上充满了争斗风波，喜同恶异、党同伐异现象严重。人际关系在南宋文人的社会活动中十分重要。南宋文人喜欢拉关系、组派别，既重才能学识，也重亲朋故旧、血缘学缘，于是干谒奔走、请托延誉之风盛行。这导致南宋文人综合素养和交际能力逐渐提高，文学创作应景应酬的功利目的表现突出，文学作品的工具性增强、艺术性削弱，实用功能扩大、人生意蕴减弱，促成了整个时代诗歌风貌的嬗变。

这种重视人际关系、亲朋故旧的思想，由来已久，是中国传统文化的一个重要组成部分，且经继承发展，在南宋这种特殊背景、特殊场域之下，开始凸显出来。这是南宋文人的普遍行为，是当时士风在文坛上的体现。"持以走谒门户""屈膝于王公大人不暇"的干谒行为，一方面锻炼了南宋士人的综合素养和交际应酬能力，另一方面，为了实现干谒请托的意图，他们的写作技巧相对单一，无非是想方设法迎合讨好对方，实现被提携奖掖或获取生活资料的意图，这在某种程度上促使当时的文学创作陷于固定化的写作模式，给人以千篇一律之感，扼杀了诗人才气，造成文学作品工具化、功利化、功能化而失却灵性。杜范撰写的《跋戴神童颜老文稿》指出干谒之文对文人才士性情、才气的扼杀：

余昔访戴君，见其子容貌丰秀，步趋详雅，固以远器深期之，尝语戴君曰："此天下良宝也，一第不足溷而子。宜以经史华润薰浸而茂悦之，以需其成。谨勿以世俗干禄之文揉其心、扼其胆，而使之制而不得骋也。"去之曾几何年，今乃徒见其揉心扼胆之文，而其人则已矣。①

可悲的是，南宋文人东西奔竞，"以世俗干禄之文揉其心、扼其胆，而使之制而不得骋"，在忧心忡忡、自矜狂傲、压抑自饰、迎合奉承中度过一生。明白这点，我们才能更好地理解王静安的名言：

东坡之旷在神，白石之旷在貌。白石如王衍口不言阿堵物，而暗中为营三窟之计，此其所以可鄙也。②

推广到整个南宋词坛，王国维明斥其为"羔雁之具"，并说："至南宋以后……词亦替矣。此亦文学升降之一关键也。"③ 夏承焘也指出：

宋诗的形式主义倾向是严重的，当时也就有由于反形式主义而却堕入另一种形式主义的。这些各式各样的形式主义是所谓"宗派"的基础。宋代"江西"之于"西昆"，是反对一种形式主义而堕入另一种更繁琐的形式主义，"江湖"之于"江西"，又是反

---

① 〔宋〕杜范：《清献集》卷一七，见《影印文渊阁四库全书》第 1175 册，台湾商务印书馆 1986 年版，第 750 页。
② 唐圭璋编：《词话丛编》，中华书局 1986 年版，第 4266 页。
③ 唐圭璋编：《词话丛编》，中华书局 1986 年版，第 4256 页。

对一种形式主义而堕入另一种更空洞的形式主义。①
这里特别提及两宋诗歌创作中的形式主义现象，若进一步研究，我们会发现南宋因人际交往、干谒酬酢、往来唱和而导致的形式主义现象更加严重。四库馆臣指出："宋自南渡而后，士大夫多求胜于空言，而不甚究心于实学。……贪多务博，即《诚斋》《剑南》《平园》诸集亦然，盖一时之风气。"② 宋伯仁因多与江湖诗人高翥、孙惟信等交游论诗，其诗歌创作与诗歌评论亦带有浓厚的江湖气息，被视为"江湖派中人"③，《雪岩吟草乙卷马塍稿自序》颇能反映他诗歌创作与批评的情况：

  诗如五味，所嗜不同。宗江西流派者则难听四灵之音调，读"日高花影重"之句，其视"青青河畔草"，即路旁苦李，心使然也。古人以诗陶写性情，随其所长而已，安能一天下之心如一人之心？吁，此诗门之多事也！甚至裂眦怒争，必欲字字浪仙、篇篇苟鹤，殊未思《骚》《选》文章，于世何用。伯仁学诗，出于随口应心，高下精粗，狂无节制，有如败草翻风，枯荷闹雨，低昂疾徐，因势而出，虽欲强之而不可。④

由"江西流派""四灵之音"自然而然联想到"诗门之多事"！此乃诗人们喜同恶异、党同伐异、拉帮结派、"以私情汩之"造成的，结果"南宋之衰，学派变为门户，诗派变为江湖"⑤。

  笔者认为，南宋文学作品中干谒请托之作与品题酬唱之作的增多，是导致这种现象产生的重要原因。酬世应景、交际往来频繁与形式主义文风的形成有着千丝万缕的内在联系。只有对南宋文人的干谒请托、名流印可现象进行心理层面、文化层面的深入分析，这个时期文学作品的思想内容、审美风貌才能得到全面而深刻的理解。南渡以来，高压政策、科举入仕、文人党争、地域家族，导致文丐奔竞现象严重，举子食客、下层文人纷纷奔走权贵巨卿之门。南宋诗歌风貌是由名流巨卿与谒客文人在相当长的时间内共同促进形成的，文人谒客的干谒请托与名流巨卿的印可援引相伴而行，诗歌的社交功能、应酬功能、娱乐功能与抒情功能并行不悖。它既是个人、自我的，更是群体、社会的；既是勇于探索、敢于创新、不畏表达的，更是应酬交际、逢迎讨好、功利世故的。这种文学的出现，实际上反映了整个社会时期正处于巨大改变的转折点：从北到南，南北对峙、南北融合，由雅而俗、由俗而雅，雅俗共赏；由自我到集体，由抒情到社交，由艺术到工具，由无心到功利，从长久的价值取向到瞬时的刺激享乐。

  以杨万里、陆游、姜夔等人的人际交往、文学创作为中心，笔者探讨了其中构成的一张巨大而复杂的社会关系网。南宋士人在进入仕途、涌向文坛之际，大多已学会了如何经营人脉资源。从南宋时期为数众多的应酬唱和、干谒请托、序跋印可的文字来看，人际关系、人情世故在当时文人士大夫中已被利用得炉火纯青，这也从一个侧面折射出中国传统文化习俗影响力之强盛。重视人际关系、人情世故的观念及时人干谒请托、印可延誉的行为，客观上也成了南宋诗歌风貌形成的强有力推手之一，值得我们进一步深

---

① 夏承焘：《夏承焘集》第八册，浙江古籍出版社1997年版，第213—214页。
② 〔清〕永瑢等：《四库全书总目提要》，中华书局1965年版，第1373页。
③ 〔清〕永瑢等：《四库全书总目提要》，中华书局1965年版，第1405页。
④ 祝尚书：《宋集序跋汇编》第五册，中华书局2010年版，第2062页。
⑤ 〔清〕永瑢等：《四库全书总目提要》，中华书局1965年版，第1391页。

入研究与探索。

第六节　南宋迁岭文人黄公度

　　南宋迁岭文人黄公度久负盛名。关于黄公度贬谪至岭南肇庆的原因，主要有两个方面：一是与秦桧的政敌、当时名臣赵鼎往来酬酢、时相过从、交往甚密；二是写诗讥讽时政而得罪了当时权奸秦桧，尤其是其欲著野史以讥讪讽谤时政，特别是要贬斥秦桧，从而遭到报复。笔者将在分析黄公度贬谪岭南原因的基础上，对黄公度的文化性格、人生思考及其在贬所肇庆的政事治绩与文学创作详加辨析，力图对黄公度在肇庆所作之词的思想内涵、审美风貌进行客观、公允的评价。

　　黄公度（1109—1156）是南宋抗议秦桧高压政策时所引人瞩目的一位重要人物，他字师宪，号知稼翁，绍兴八年（1138）进士第一，签书平海军节度判官，除秘书省正字。本有大好前程，因与赵鼎往来，并以诗忤秦桧而遭罢斥，被罢职主管台州崇道观，后更被贬谪至荒远的岭南肇庆府任通判。因在肇庆通判任上治绩突出、效果显著，引起朝中大臣及天子高宗的关注及赏识。在秦桧死后，黄公度很快复起，仕至尚书考功员外郎兼金部员外郎。绍兴二十六年（1156）卒，年四十八。陆心源《宋史翼》卷二四、陈骙《南宋馆阁录》卷八、厉鹗《宋诗纪事》卷四五都有关于黄公度的传记资料。黄公度的生平事迹，由此可以看出大概。

　　在有关黄公度的传记资料中，特别引起我们注意的是厉鹗所辑撰的《宋诗纪事》，其卷四五所选一共四首黄公度的诗中就有两首选自《肇庆府志》、一首选自《广东通志》，而且这首选自《广东通志》的诗实际上也是描写肇庆风光及诗人在肇庆的心迹情感。《宋诗纪事》是清代厉鹗编辑的宋代诗歌资料汇集，共一百卷，书中记载了与诗歌有关的事迹和人物，诗后列举了有关诗的本事。该书兼有诗选性质，各系以小传，以事存诗，以诗存人。有关传记性质的事，列于作者小传之后、诗之前；有关诗的本事，列于诗后。从厉鹗《宋诗纪事》中所选之诗、所记之事，我们也可以看出南宋迁岭文人黄公度与广东尤其是与肇庆关系之密切程度。故先引录《宋诗纪事》卷四五"黄公度"条如下。

　　《包孝肃清心堂》："千里有余刃，一堂聊赏心。庭虚延远吹，檐敞受繁阴。休吏帘初下，忘怀机自沉。人间足尘土，无路到清襟。"（《肇庆府志》）

　　《分水岭》："呜咽流泉万仞峰，断肠从此各西东。谁知不作多时别，依旧相逢沧海中。"（《肇庆府志》："黄公度为秘书省正字，贻书台官，言者谓其讥讪时政，罢为主管台州崇道观，过分水岭，有诗云云。及公归莆，赵丞相鼎谪居潮阳，谗者附会其说，谓公此诗指赵而言，将不久复偕还中都也。秦桧怒，令通判肇庆府。"）

　　《题嵩台二绝》："四山如画古端州，州在西江欲尽头。漫道江山解客留，老夫归思甚东流。""松菊壶山手自栽，二年羁宦客嵩台。无端却被东风误，又作恩平一梦回。"（《广东通志》）①

---

① 〔清〕厉鹗辑撰：《宋诗纪事》，上海古籍出版社2013年版，第1137—1138页。

其中的风景如画的"端州"、东流而去的"西江",都明确表达了诗人对肇庆风物的赞叹与流连。黄公度迁谪岭南后的身份、角色较之以往发生了改变,由歌者、文士、志士、谒客转为迁客,凸显了迁客这一词人群体的独特生存状态,体现出一种独特的社会心理,反映在词作、记录在词史上便是一种独特的审美风貌。南宋迁岭文人词新质的生成与词人的迁客身份有着深层而广泛的内在联系,着眼于词人的迁客身份,探讨词中抒情人物形象的构建、创作实践的意义和词作风格的形成,或许更能为之找到内在的逻辑依据。鉴于黄公度与广东尤其是与肇庆的密切联系,笔者将于此文重点探讨黄公度被贬岭南的前因后果及其在贬所肇庆的政事治绩与文学创作。

一、黄公度被贬至肇庆之因

前文我们已探讨黄公度被罢职主管台州崇道观,后更贬通判肇庆府的原因,下面详细述之。

我们首先来看黄、赵交往得罪秦桧而被罢职,后更被贬通判肇庆府的来龙去脉。黄、赵、秦三者之间关系非常微妙。中兴名将张浚解职后,赵鼎掌握大权,当时的秦桧还只是在他之下任职,后因"绍兴和议",赵鼎失去了宋高宗的信任,突然被解职,独居相位的秦桧通过与金和谈及解除三大将兵权来取悦高宗,这时的秦桧就决意置他的政敌赵鼎于死地而后快。美国普林斯顿大学教授、著名汉学家刘子健指出:

> 稳固的和平最终在1141年出现。在反对和议就是国家不忠的借口下,朝廷加紧了对仍然健在的主战派的迫害。庆祝和议的大赦将处于放逐之中的赵鼎排除在外。1144年,迫害蔓延到那些据报同像赵鼎这样的贬居官员有联络的人身上。赵鼎本人被流放到崖州的吉阳——孤悬在南中国海中的海南岛的南端,理由却是含混不明的,说他利用自己的追随者"阴怀向背"。既说是"阴怀",便不再需要任何确凿的证据来证明。一个多么狡猾的指控!①

可见,当时政治斗争波诡云谲、险象环生,人际关系相当复杂,置身事中而不明就里的文人士子因往往祸从口出、行为不"检"而导致大难之临。赵鼎的"追随者"黄公度就是因与赵鼎"有联络"而以"阴怀向背"的罪名而被贬至肇庆府的。

在这里值得一提的是,秦桧专执朝政之时,黄公度亦曾奔走其门,《知稼翁集》卷上所载《试院中蒙相君惠茶和钱教授韵》便是干谒奔竞秦桧之门的证据。尤其是绍兴十五年(1145)十月三日,宋高宗亲书"一德格天"匾额赐秦桧②、"一时缙绅献诗以贺"③,贺者中即有黄公度。令人费解的是黄公度所作贺词令人颇感有阿谀奉承的谄媚之态,如《知稼翁集》卷上有《御赐阁额二首》,其中既有"信誓山河固,庞恩雨露低。寒儒倚天禄,目断五云西"之类奉承的言语,又有"孤忠扶社稷,一德契穹苍"那样肉麻的谀辞。卷下《谢馆职》《谢宫祠》,皆隐其名,实际上都是写给当时宰相秦桧的。

---

① [美]刘子健著,赵冬梅译:《中国转向内在——两宋之际的文化转向》,江苏人民出版社2012年版,第124页。
② [宋]李心传:《建炎以来系年要录》,中华书局1988年版,第2486页。
③ [宋]吴曾:《能改斋漫录》卷一一,上海古籍出版社1984年版。

黄公度留下来的这几首贺词不能不成为其人格形象上的污点,这就像南渡时期另一名重要词人张元幹一样,夏承焘先生在《瞿髯论词绝句》中评张元幹其人其词时也说:"格天阁子比天高,万阕投门悯彼曹。一任纤儿开口笑,堂堂晚盖一人豪。"在很大程度上是讽喻张元幹的阿谀奉承行径。正如吴无闻先生所注的那样:"秦桧当权时,文人纷纷献诗词奉承。宋本张元幹《芦川集》《瑞鹤仙》词,有'倚格天俊阁'句,当是献给秦桧或秦桧家人祝寿的词。"① 这就充分说明了即使是志士词人的张元幹也不例外,在高压政策下为时裹挟、望风落笔,加入歌功颂德、阿谀奉承、文丐奔竞的行列。这是高压政策下文人普遍表现出来的文化性格与精神面貌,是当时文人士子的一个通病,黄公度自然也不例外。

对于这种在政治高压下"文人无行"的表现,我们应持何种态度呢?长期从事历史研究与教学工作,并对口述历史的发展有很大贡献的唐德刚先生有一段关于历史人物评价的观点,值得注意,他说:

在忧患余生中,历经国破家亡、家破人亡和大半生的颠沛流离之后,霜晨月夕,闭目沉思,再佐以读破千卷史书的分析,余终觉人类也只是脊椎动物之一种,圣贤、禽兽之分,哪有若斯之绝对哉?天何言哉?②

这段充满感情的话语实际上反映了唐先生多年研究历史人物的心得体会。唐德刚先生的议论十分精辟深刻。这确实是文史研究专家所应持的研究方法与态度。这种由人生阅历而得到的体悟,很值得我们注意。南宋迁岭文人黄公度一生的事迹及其在岭南尤其是在肇庆的政事治绩与文学创作实绩的评价,或许也可以运用唐德刚先生的文史批评方法来指导。

因此,在探求黄公度作贺词干谒讨好秦桧一事,我们也就应抱一种同情之了解的研究态度。根据相关材料可知,黄公度对秦桧前恭后倨的态度转变,与南渡四名臣之一的赵鼎有着非常密切的关系。黄公度与赵鼎性情相投、十分契合,不想却得罪了一直对赵鼎心怀叵测的权奸秦桧。绍兴十九年(1149),黄公度也因此而差通判肇庆府,摄知南恩州。据陈振孙《直斋书录解题》卷二一歌词类载:

《知稼翁集》一卷。考功郎官莆田黄公度师宪撰。绍兴戊午大魁。坐与赵忠简往来,得罪秦桧,流落岭表。更化召对为郎,未几死,年才四十八。③

他与赵忠简往来酬酢因而得罪秦桧的情形,在其词中也有具体生动的体现。如他那首著名的《青玉案》云:

邻鸡不管离怀苦。又还是、催人去。回首高城音信阻。霜桥月馆,水村烟市,总是思君处。　　裛残别袖燕支雨。谩留得、愁千缕。欲倩归鸿分付与。鸿飞不住。倚栏无语。独立长天暮。

这首词是有本事的,据《全宋词》引黄沃注:

公之初登第也,赵丞相鼎延见款密,别后以书来往。秦益公闻而憾之。及泉幕任满,始以故事召赴行在,公虽知非当路意,而迫于君命,不敢俟驾,故寓意此词。道过

---

① 夏承焘:《夏承焘集》第二册,浙江古籍出版社、浙江教育出版社1997年版,第534—535页。
② 唐德刚:《袁氏当国》,广西师范大学出版社2004年版,第151页。
③ 〔宋〕陈振孙著,徐小蛮、顾美华点校:《直斋书录解题》,上海古籍出版社1987年版,第625页。

分水岭,复题诗云:"谁知不作多时别。"又题崇安驿诗云:"睡美生憎晓色催。"皆此意也。既而罢归,离临安有词云:"湖上送残春,已负别时归约。"则公之去就,盖蚤定矣。①

虽然黄公度作诗投赘秦桧,却也与秦桧的政敌赵鼎时相过从,交往甚密。在高压政策下,在文丐奔竞中,党同伐异的文化性格使权倾朝野的秦桧最终因此而恨上了性情中人的黄公度,完全不顾及黄公度以前的阿谀奉承之词、谄媚讨好之态,将他贬到荒远僻静的肇庆府。

我们再来考察黄公度欲著野史而遭贬谪的因果关系。黄公度之所以想要著野史以谤时政,目的就是为南渡名臣赵鼎申冤、将秦桧这个大奸臣永远地钉在历史的耻辱柱上。这就令秦桧更加恨之入骨、必欲除掉他而后快。据《建炎以来系年要录》卷一五四载:

(绍兴十五年十一月)己酉,秘书省正字黄公度罢。侍御史汪勃言:"李文会居言路日,公度辄寄书喻之,俾其立异,且谓不从则当著野史讥讪,其意盖欲为赵鼎游说,阴怀向背,岂不可骇?伏望特赐处分。"故公度遂罢。②

黄公度《知稼翁集》卷后所附林大鼐《宋尚书考功员外郎黄公墓志铭》载:"居数月,言者论公尝贻书台官,讥议时政,实未尝有书也。罢归。"这其中的原因十分耐人寻味。

为什么黄公度会因欲著野史以谤时政而罢职主管台州崇道观,更贬通判肇庆府呢?这是因为我们中华民族十分重视自己的历史,历朝历代都有史官,即周必大所说的"国有史,家有集",中国的史官文化因此十分发达。"左史记言,右史记事",五经中的"书"即记言,"春秋"即记事,记言、记事就把帝王将相的言行记载下来。而南宋众多文人士大夫都从事历史研究,且其著述动机大多数与传承文化、宣扬忠臣义士、贬抑乱臣贼子有关,让前言往行不至于湮没无闻。如绍熙五年甲寅(1194)八日,徐梦莘撰成《三朝北盟会编》二百五十卷,他在自序里自述撰写内容与目标:

取诸家所说及诏敕、制诰、书疏、奏议、记传、行实、碑志、文集、杂著,事涉北盟者,悉取铨次。起政和七年登州航海通虏之初,终绍兴三十二年逆亮犯淮败盟之日,系以日月,以政、宣为上帙,靖康为中帙,建炎、绍兴为下帙,总名曰《三朝北盟会编》。尽四十有六年,分二百五十卷。其辞则因元本之旧。其事则集诸家之说,不敢私为去取,不敢妄立褒贬,参考折衷,其实自见。使忠臣义士、乱臣贼子善恶之迹,万世之下不得而掩没也。自成一家之书,以补史官之阙,此《会编》之本志也。③

以上这段记载比较典型地反映了南宋士大夫著史立说的真实情况。

嘉泰二年壬戌(1202),李心传自序其《建炎以来朝野杂记》撰写缘由时道:

心传年十四、五时,侍先君子官行都,颇得窃窥玉牒所藏金匮石室之副,退而过庭,则获剿闻名卿才大夫之议论。每念渡江以来,纪载未备,使明君良臣、名儒、猛将之行事,犹郁而未彰。至于七十年间,兵戎财赋之源流、礼乐制度之因革,有司之传,往往失坠,甚可惜也。乃缉建炎至今朝野所闻之事,凡有涉一时之利害与诸人之得失

---

① 唐圭璋编:《全宋词》第二册,中华书局1965年版,第1327页。
② 〔宋〕李心传:《建炎以来系年要录》卷一五四,中华书局1988年版,第2491页。
③ 〔宋〕徐梦莘:《三朝北盟会编》自序,见《文渊阁四库全书》第350册,第1页。

者，分门著录，起丁未迄壬戌，以类相从，凡六百有五事，勒为二十卷。①

其保存文献、为明君良臣、名儒猛将、名公巨人建明之伟者立传延誉使其是非同异之实不可得而掩的目的十分明显。

即使是野史笔记的作者张端义，在《贵耳集序》中也俨然自比"太史公"，生动形象地表达了自己独特的历史观：

> 余端平上书，得罪落南，无一书相随……因追忆旧录，记一事，必一书，积至百，则名之《贵耳录》。耳，为人至贵，言由音入，事由言听，古人有入耳著心之训，又有贵耳贱目之说。怅前录之已灰，喜斯集之脱稿，得妇在千里外，虽闻有此录，束缊之怒不及矣。录尾述其大略，窃比太史公自序云。②

张端义在《贵耳集卷中序》中又道：

> 《贵耳》二集续成，余谪八年，强自卓立，惟恐与草木俱腐。著书垂世，又犯大不韪。志非抑郁而怨于书也，又非臧否而讽于书也，又非谲怪而诞于书也，随所闻而笔焉，微有以寓感慨之意。而渡江以来，隆、绍间士大夫犹语元符、宣、政旧事，淳熙间士大夫犹语炎、隆旧事。庆元去淳熙未远，士大夫知前事者渐少，嘉定以后，视宣、炎间事十不知九矣，况今端、淳乎？使《贵耳集》不付子云之覆酱瓿，幸也！③

由此可见南宋士人在著书立说时所体现出来的对历史的高度重视。唐德刚曾对历史学家有一个生动形象的比喻，说他们是"大阿Q""最凶狠的阎王"，并举例道：

> 司马迁是个大阿Q，但是司马迁也是个最凶狠的"阎王"。他把刘邦这"小鬼"，戴高帽、游街、打入牛栏，让他两千年不能翻身、平反。这种以恩怨执笔的复杂心理，不但正式史家如此，野史家比正史家更可怕。④

反观黄公度，能力过人、才气过人、资质过人、智勇过人，这样的文人士大夫正是"大阿Q""最凶狠的阎王"！若以他那样的才华、能力、资质和智勇去著野史以谤时政、以讽权奸，后果不堪设想。故秦桧对黄公度欲著野史以讥讪自己的痛恨与惧怕程度也就可想而知了。

此外，《建炎以来朝野杂记》甲集卷六所载一则禁行私史的事例，则从反面说明了南宋社会普遍存在的对史料的重视、大奸臣秦桧对私史舆论的惧怕，尤其是对当时"大阿Q""最凶狠的阎王"的痛恨与惧怕：

> 顷秦丞相既和议，始有私史之禁。时李庄简光尝以此重得罪。秦相死，遂弛语言律。近岁私史益多，郡国皆锓本，人竞传之。嘉泰二年春，言者因奏禁私史，且请取李文简《续通鉴长编》、王季平《东都事略》、熊子复《九朝通略》、李柄《丁未录》及诸家传等书，下史官考订，或有裨于公议，乞即存留，不许刊行，其余悉皆禁绝，违者

---

① 〔宋〕李心传撰，徐规点校：《建炎以来朝野杂记》卷首，中华书局2000年版，第3页。
② 〔宋〕张端义撰，李保民校点：《贵耳集》卷上，见上海古籍出版社编《宋元笔记小说大观》，上海古籍出版社2001年版，第4260页。
③ 〔宋〕张端义撰，李保民校点：《贵耳集》卷中，见上海古籍出版社编《宋元笔记小说大观》，上海古籍出版社2001年版，第4281页。
④ 唐德刚：《"最大的阿Q，最凶狠的阎王"——试论〈传记文学〉的责任》，见唐德刚《书缘与人缘》，广西师范大学出版社2015年版，第157页。

坐之。①

秦桧心胸狭窄、心怀叵测之人格个性可以说在"秦丞相既和议,始有私史之禁。时李庄简光尝以此重得罪"这句客观平实的描述中呼之欲出了!后来虽说"悉皆禁绝,违者坐之",反而令人从中感受到南宋一朝从上到下的注重历史之风。因为若不重视,何必"悉皆禁绝"。这样,我们也就能更能够理解"公度辄寄书喻之,俾其立异,且谓不从则当著野史讥讪,其意盖欲为赵鼎游说,阴怀向背,岂不可骇"而被"特赐处分""公度遂罢"的深层次历史动因了。

二、黄公度在肇庆的生活与创作

黄公度在被贬之初,深切体验到人生荣辱、祸福、穷达、得失之间的巨大反差与鲜明对比,感情十分沉痛。在《谢授肇庆倅启》中感叹身世:

名重而实不副,命乖而与世多违。一辱泥涂,五移岁月。托身余润,如行雾露之中;回首旧游,若在云天之上。不图流落,尚轸记怜。置之偏州,宠以别乘。②

这种"回首旧游,若在云天之上。不图流落,尚轸记怜"的怀想之悲,表现了南宋迁岭文人在贬谪岭南后的生活里,经常怀念往昔的快乐生活。在痛苦的现实生活里回忆往日的欢乐事,更增添了他们的感伤惆怅,这种由今昔对比产生的怀想之悲,也是南宋迁岭文人群体悲剧性生命体验的表现之一。他们感慨曾经拥有的富贵繁华,都在一日之间如一场春梦似的消逝了。这种由今昔对比产生的人生感慨十分深沉。面对那蛮山瘴水、荒园丘墟,黄公度既没有像一般迁岭文人那样只沉湎于对往事的回忆而产生的愁苦、哀怨、低回掩抑、不能自拔,更没有沉湎于往事之中而无计可施、索寞以待,他具有与命运抗争的勇气和为改变命运而主动出击的力量。

虽然环境艰苦,黄公度并没有完全自暴自弃,而是想方设法活在当下,积极参加当地人民的生活实践,与当地百姓融合一体,为当地人民谋福利,造福百姓,他也在其中自得其乐。如龚茂良《宋左朝散郎尚书考功员外郎黄公行状》就记载了一件黄公度通判肇庆府时为受胥吏陷害之书生平反的光辉事迹,至今读来仍然令人欢欣鼓舞:

高要于百粤尤荒远,非以罪迁及资浅躐授者不至。或唁公,公笑曰:"是独不可为政耶?"先是,属邑胥于道得铜,寓书生舍,既而诬以为金,郡置之狱。狱且具,生寃甚,抑于有司,莫能明。公至,一问得其情,立出之,以其罪罪诬者,府中折服,军赖以无事。③

正是抱着这样乐观进取的人生态度,黄公度在肇庆期间,也曾广泛交游,结交达官名流,作诗投赞广东帅臣方滋,寻找脱离岭海的一切可能的机会。如其在《方务德滋生朝二首》中道:

一别帝城今几秋?忧时不复为身谋。枌榆故国三千里,桃李新阴四十州。④

他还与名流显人洪适往来酬酢、交游唱和,有《与洪景伯适》诗,诗云:

---

① 〔宋〕李心传撰,徐规点校:《建炎以来朝野杂记》,中华书局2000年版,第149页。
② 〔宋〕黄公度:《知稼翁集》卷下,见《文渊阁四库全书》本,第1139册,第550页。
③ 〔宋〕黄公度:《知稼翁集》卷后所附,见《文渊阁四库全书》本,第1139册,第583页。
④ 〔宋〕黄公度:《知稼翁集》卷下,见《文渊阁四库全书》第1139册,第541页。

快笔三江倒，宏材太室须。平生阅人久，所识似君无。岭海非长策，乾坤赖壮图。殷勤将寿羿，邂逅即亨衢。老骥心犹在，饥鹰寒易呼。何时殿门外，握手话江湖。

这样的诗句能感发人的志意，读来真能令人感动不已，具有李商隐《夜雨寄北》"君问归期未有期，巴山夜雨涨秋池。何当共剪西窗烛，却话巴山夜雨时"的审美意境。黄公度、洪适两人都曾在荒僻之地的岭海居住，却没有失去将来大展宏图的理想，设想将来能够"握手话江湖"，包含"过去的痛苦即快乐"的深刻哲理，使此诗成了情、景、事、理高度融合的佳作。黄公度的这类作品，大都表达自己谪居岭南肇庆的人生态度和人格个性，展示自己永不屈服、昂扬进取的精神。当然其中也流露出希望好友们在适当的时机关照一下自己，帮自己脱离蛮荒之地的岭海，到更广阔的天地去施展才华的愿望。

黄公度的确没有白费力气，他的努力得到了回报，受到了当时名流权贵的知赏爱护。《知稼翁集》卷下载黄公度《朝中措·雪诗二首贺方帅生朝》，其小序为其子黄沃所作，其中有这样的话语：

方务德滋时帅广东，以启谢云："俾尔黄发，欲三寿之作朋；遗我绿琴，顾双金之何报？"尝邀公至五羊，特为开燕，令洪丞相适代为乐语云："云外神仙，何拘弱水？海隅老稚，始识魁星。"又寄调《临江仙》以侑觞云："北斗南头云送喜，人间快睹魁星。向来平步到蓬瀛。如何天上客，来佐海边城？　方伯娱宾香作穗，风随歌扇凉生。且须滟滟引瑶觥。十年迟凤沼，万里寄鹏程。"及高要倅满，权帅置酒，令洪内相景卢迈作乐语，有云："三山宫阙，早窥云外之游；五岭烟花，行送日边之去。小驻南州之别业，肯临东道之初筵。"时二洪迭居帅幕下。又云："欲远方歆艳于大名，故高会勤渠于缛礼。"洪时摄帅司机宜。①

有了方滋及迭居帅幕的洪适、洪迈兄弟的知赏爱用，黄公度脱离岭海，召赴行在就是水到渠成、顺理成章的事了。龚茂良《宋左朝散郎尚书考功员外郎黄公行状》载：

二十五年冬被召赴阙。明年正月入对便殿，乞总权纲，厚风俗，所言皆切时病。上嘉纳之，且知公归自南海，问劳良久。公因历陈远人利病如上旨。立拜考功员外郎。于是天子识公，将益用之。

《建炎以来系年要录》卷一七一亦载：

（绍兴二十六年正月庚子）左朝奉郎通判肇庆府黄公度引见。上曰："卿官肇庆，岭外有何弊事？"公度曰："广东西路有数小郡，如贵、新、南恩之类，有至十年不除守臣者。权官苟且，郡政弛废，或不半年而去，监司又复差人。公私疲于迎送，民受其弊。"上曰："何不除人？"公度曰："盖缘其阙在堂，欲者不与，与者不欲。"上曰："若拨归部，当无此弊。"遂以公度为考功员外郎。②

可见，黄公度在岭南肇庆为通判时，没有虚度年华，而是认真踏实地工作，广泛交游、干谒奔走，切切实实地了解当地民风民俗、吏治腐败的具体情况。在入对便殿时，所言广南利弊皆切时病，从而受到天子赏识，遂为考功员外郎。当然，我们也不能忽视

---

① 唐圭璋编：《全宋词》第二册，中华书局1965年版，第1328—1329页。
② 〔宋〕李心传：《建炎以来系年要录》卷一七一，中华书局1988年4月版，第2811页。

一个重要因素：南渡以来谪居岭南尤其是在肇庆的士大夫在生活态度上与北宋相比已经有了一些变化，他们更加热爱岭南旖旎的风光。因此，笔者认为，南宋士人谪居岭南时仍然抱着脱离困境的热望而东西奔走、干谒事人、请托求知从而达到自己从岭南平安归来的目的，应当说这也是南宋谪居士人的一大特征。

黄公度还在肇庆地区登临览胜，时时吟咏诗词以歌咏肇庆山水名胜，如这首七言律诗《题七星岩》，就写尽了肇庆山水美景及其徜徉其中的复杂心情：

天上何时落斗星，化为巨石罗翠屏。洞折三叉盘空曲，壁立万仞穿青冥。客寻旧路不知处，龙去千载犹闻腥。欲访仙子问真诀，岩扃寂寂水泠泠。

七星岩在今广东肇庆市北部，文化历史悠久。早在公元460年，南北朝的《南越志》就记载道："高要县有石室，自生风烟，南北二门，状如人巧，意者以为神仙之下都，因名为嵩台。"又据《舆地纪胜·肇庆府·景物下》记载："石室山。《元和志》云：'在高要县北六里。'《图经》云：'唐天宝六年，改为嵩台山。'《南越志》云：'高要县有石室，自生风烟，南北二门状如人巧，号为神仙之下都，有耸石，土人谓之嵩台'……今为七星岩。"黄公度在这首诗中写道："天上何时落斗星，化为巨石罗翠屏"和"欲访仙子问真诀"，就运用了北斗七星化作七星岩的传说。

黄公度在通判肇庆府时，还创作了赞美肇庆名胜披云楼、清心堂、包公堂的诗篇。如《和章守（元振）三咏·披云楼》：

飞楼跨危堞，云雾晓披披。形胜供临眺，公馀来燕宜。江横睥睨阔，山入绮疏奇。风月本无价，君侯况有诗。

此诗是写给肇庆知府章元振（约1091—约1155）的，章元振字时举，南宋福建崇安县（今武夷山市）人。政和五年（1115）中进士，他和秦桧同科登第，秦桧当国时，章元振甘于远宦，不与秦桧往来。他曾任洪州分宁县尉。任期内除暴安良，断案英明。有富家被盗，罪犯被仆人抓获后畏罪自缢身亡。潮州远离京都，政令多受阻挠，他极力除弊革新，颇有建树。黄公度写这首诗时，章元振任知肇庆府，后来升朝议大夫、广东提举。披云楼始建于北宋政和三年（1113），端州郡守郑敦义将肇庆土城拓为砖城时所增创，并作匾于楼上，名曰"披云"，屹为一郡的伟观。由于崇楼杰阁，形势插天，故又称"飞云楼"。黄公度在绍兴十九年（1149）通判肇庆府时，写下了这首赞美披云楼的诗篇。披云楼在肇庆府的城墙上，前瞰西江，后枕北岭，龙盘虎踞，气势雄伟，令人叹为观止。

除此之外，黄公度《和章守三咏》的另外两首诗是其吟咏肇庆名胜清心堂、包公堂的五言律诗。诗如下：

华堂传绘事，昭代得仪刑。迹与莓苔古，名争兰茝馨。清风无远近，乔木未凋零。今日斫垠手，依然瘦鹤形。（《和章守三咏·右包公堂》）

诗中以"清风"比喻包公精神如清风远播；以"乔木"赞喻包公精神似乔木长青；以"瘦鹤"喻包公其人卓然独立的精神风貌。全诗赞美包公清正之风源远流长。

千里有余刃，一堂聊赏心。庭虚延远吹，檐敞受繁阴。休吏帘初下，忘怀机自沉。人间足尘土，无路到清襟。（《和章守三咏·右清心堂》）

肇庆是包拯的"成名地"，包拯掌管端州三年，《宋史·包拯传》中"包拯不持一砚归"的故事就发生在肇庆,是史书记载包公"廉洁"的唯一事例。千百年来,肇庆本地形成了具有浓郁包公文化特色的廉政文化,通过史学、文学、戏剧、绘画、建筑、民歌民谣等多种形式广为流传,在当地群众中塑造出朴素的廉洁价值观,成为肇庆廉政文化的宝贵资源。黄公度在他的诗作中表达了他在肇庆尚友古人,要与北宋名臣包拯为同调的积极态度,在肇庆这片当时的蛮荒之地也要保持自己高洁的人格和尽心竭力为百姓大众谋福利的愿望。

三、黄公度的文学成就

黄公度在岭南尤其在肇庆的文学创作取得了高度成就,受到四库馆臣的关注与赞赏:

公度早掇巍科,而卒时年仅四十八,仕宦不达,故《宋史》无传。《肇庆府志》称其为秘书省正字时,坐贻书台官言时政,罢为主管台州崇道观,过分水岭题诗,有"谁知不作多时别,依旧相逢沧海中"之句。时赵鼎方谪潮阳,说者谓此诗指鼎而言,遂触秦桧之怒,令通判肇庆府云云。殆亦端悫之士,不附时局,故言者得借赵鼎中之欤。其诗文皆平易浅显,在南宋之初,未能凌跞诸家。然词气恬静而轩爽,无一切典涩龌龊之态,是则所养为之矣。①

尤其值得一提的是,黄公度还有些词是写于岭南肇庆的,反映了他在肇庆时的生活环境和心迹情感,如下面两首词就很有代表性:

一枝雪里冷光浮。空自许清流。如今憔悴,蛮烟瘴雨,谁肯寻搜。　昔年曾共孤芳醉,争插玉钗头。天涯幸有,惜花人在,杯酒相酬。(《眼儿媚·梅词二首,和傅参议韵》)

幽香冷艳缀疏枝。横影卧霜溪。清楚浑如南郭,孤高胜似东篱。　岁寒风味,黄花尽处,密雪时飞。不比三春桃李,芳菲急在人知。(《朝中措》)

关于这两首词,《全宋词》引黄沃注:

公时为高要倅,傅参议雯彦济寓居五羊,尝遗示梅词。公依韵和之。初公被召命而西过分水岭,有诗云:"呜咽泉流万仞峰,断肠从此各西东。谁知不作多时别,依旧相逢沧海中。"及公遭谤归莆,赵丞相鼎先已谪居潮阳,谗者傅会其说,谓公此词指赵而言,将不久复偕还中都也。秦益公愈怒,至以岭南荒恶之地处之,此词盖自况也。②

贬谪广东肇庆的黄公度还著有一首寿词《满庭芳》描写岭南风光:

熊罴入梦,当重九之佳辰;贤哲间生,符半千之休运。弧桑纪瑞,篱菊泛金。辄敢取草木之微,以上配君子之德。虽词无作者之妙,而意得诗人之遗。式殚卑悰,仰祝遐寿。

枫岭摇丹,梧阶飘冷,一天风露惊秋。数丛篱下,滴滴晓香浮。不趁桃红李白,堪匹配、梅淡兰幽。孤芳晚,狂蜂戏蝶,长负岁寒愁。　年年,重九日,龙山高会,彭泽清流。向尊前一笑,未觉淹留。况有甘滋玉铉,佳名算、合在金瓯。功成后,夕英饱

---

① 〔清〕永瑢等:《四库全书总目》,中华书局1965年版,第1364页。
② 唐圭璋编:《全宋词》第二册,中华书局1965年版,第1328页。

饵，相伴赤松游。

《全宋词》引黄沃注：

高要太守章元振重九日为生朝，公以此词贺之。并序。公尝有《和章守三咏》，所谓包公堂、清心堂、披云楼，诗见集中①。

高要即今天的广东省肇庆市高要区。

南宋文人士子大多以寿词作为干谒之具，寿词数量至南宋激增，正如朱彝尊所说：

宣、政而后，士大夫争为献寿之词，联篇累牍，殊无意味。至魏华父，则非此不作矣。是集于千百之中，止存一二，虽华父亦置不录也。②

寿词的内容虽然千篇一律，"殊无意味"，但往往能够使士人达到干谒请托的目的，故非常有实用价值。对于寿词的文化功能，沈松勤先生有相当精辟的见解，他说：

在两宋，作为一种风尚习俗，祝贺寿辰，祈祷长生富贵，是一种约定俗成的社会行为。作为该行为的一种表征，寿词虽然绝大部分重复着一个不变的主题——长寿富贵，而且在近两千首寿词中，无论出于何人之手，大致如前述元宵词一样，"自是一家句法"而"不出于典实富艳"一途，无不洋溢着和乐吉祥的气息，在风格上也明显给人以千篇一律之感，堪称"无谓"！但事实充分表明，当日的词人们并不以此为嫌，而是争相染指其间。这是因为，一方面在祝寿庆生中，自寿抑或庆贺他人寿辰，创作和进献寿词，成了他们诸多社交生活中不可或缺的"礼数"之一，具有重要的社交功能；一方面在劝寿酒、唱寿词、佐清欢时，激发了自我生命的欲望和律动，表现了个体的生命意识和价值。因此，在赋予寿词流行的、普泛化的情感和艺术效应的同时，丰富了祝寿的表现形式，推进了祝寿风俗的盛行；反过来，又促进了寿词的大量产生。综观南宋词坛，似乎还给人这样的感觉：若不作寿词，便算不上一个真正的词人！③

寿词之所以在南宋词坛大量产生，除了以上黄公度等人"激发了自我生命的欲望和律动，表现了个体的生命意识和价值"的因素外，笔者认为更重要的，是因为南宋士人干谒请托的需要。黄公度的寿词，就是他在岭南时期人际交往和心态情感的一种表现形式，是他用来请托求知的重要工具。寿词，也成了南宋士人干谒权贵时所采取的最自然的形式，是他们干谒权贵时最体面、最冠冕堂皇的手段之一。

不同的士人写出来的寿词格调也自不同，无行文人所作寿词正好表现他们的无行，如李调元所说：

词至南宋而极，然词人之无行亦至南宋而极。而南宋之无行至康与之尤极。与之有声乐府，受知秦桧。桧生日，献《喜迁莺》词，中有"总道是文章孔孟，勋庸周召"。显为媚龟，不顾非笑，可谓丧心病狂。人即谄谀，何语不可贡媚，未有敢于亵孔、孟、周、召者，无耻至此，留为百世唾骂。④

康与之是南渡之初有名的应制词人，故其词表现出来的就是"丧心病狂"的小人之态。而像黄公度、辛弃疾、陈亮等人的寿词风格就与康与之辈不同，反映了他们以英雄豪

---

① 唐圭璋编：《全宋词》第二册，中华书局1965年版，第1330页。
② 〔清〕朱彝尊著，汪森编，民辉校点：《词综》，岳麓书社1995年版，发凡第13页。
③ 沈松勤：《唐宋词社会文化学研究》（第二版），浙江大学出版社2004年版，第275页。
④ 〔清〕李调元：《雨村词话》，见唐圭璋编《词话丛编》，中华书局1986年版，第1412页。

杰、高人雅士自许许人的特点。如辛弃疾写了三首投赠当时建康行宫留守史正志的寿词，就充满抗金恢复之意、雅量高致之态，明显受到黄公度寿词的影响。

黄公度在岭南肇庆所作之词也引起了时贤、后人的普遍关注。四库馆臣评道：

词仅十三调，共十四阕。据卷末其子沃跋语，乃收拾未得其半，录而藏之以传后裔者。每词之下，系以本事，并详及同时倡酬诗文。公度之生平本末，可以见其大概，较他家词集，特为详备。①

历代评点黄公度词的文人正是根据其词之本事，再结合其词风，知人论世，从而得出如下评价：

知稼翁以与赵鼎善，为秦桧所忌，至窜之岭南。其《眼儿媚》（略）情见乎词矣，而措语未尝不忠厚。②

黄公度《知稼翁词》，气格高远，语意浑厚，直合东坡、碧山为一手。所传不多，卓乎不可企及。③

曾丰在《知稼翁词集序》中更是高度评价道：

本朝太平二百年，乐章名家纷如也。文忠苏公文章妙天下，长短句特绪余耳，犹有与道德合者。"缺月疏桐"一章，触兴于惊鸿，发乎情性也，收思于冷洲，归乎礼义也。黄太史相多大以为非口食烟火人语，余恐不食烟火之人口所出仅尘外语，于礼义遑计欤？

考功所立，不在文字。余于乐章窥之，文字之中，所立寓焉。泉幕之解，非所欲去，而寓意于"邻鸡不管离情"之句。秘馆之除，非所欲就，而寓意于"残春已负归约"之句。凡感发而输写，大抵清而不激，和而不流，要其情性则适，揆之礼义而安。非能为词也，道德之美，腴于根而盎于华，不能不为词也。天于其年，苟夺之晚，俾更涵养，充而大之，窃意可与文忠相后先。④

陈廷焯、曾丰在此都将南宋迁岭文人黄公度与同样曾经被贬至岭海而以道德、"文章妙天下"著称的文忠公苏东坡相提并论，由此可见黄公度在岭南尤其是在肇庆时的创作风格及其描写岭南的词作在中国词学史上的地位与影响。

宋室南渡后，知肇庆府的名流显人除了黄公度外，还有张宋卿，他在绍兴二十七年（1157）进士及第，绍兴三十二年（1162）为秘书省正字，隆兴二年（1164）除校书郎，迁秘书郎，正色立朝，拒交权贵，名重缙绅，乾道元年（1165）除广西提刑，因张浚荐，知肇庆府，未几卒于官，年四十二。张宋卿本是博罗（今属广东）人，后卒于肇庆，也算是叶落归根。还有更多的士大夫是在朝廷的高压政策下或贬谪或流放或迁徙至岭南的，他们在岭南所从事的政事活动及在其中体现出来的文化性格与人生思考也值得我们做进一步的深入研究与探讨。

---

① 〔清〕永瑢等：《四库全书总目》卷一九八，集部、词曲类一，第1818页。
② 〔清〕陈廷焯著，杜维沫校点：《白雨斋词话》卷一，人民文学出版社1959年版，第26页。
③ 〔清〕陈廷焯著，杜维沫校点：《白雨斋词话》卷八，人民文学出版社1959年版，第209页。
④ 施蛰存主编：《词籍序跋萃编》，中国社会科学出版社1994年版，第195页。

第七节 南宋迁岭文人胡铨

南宋迁岭文人中，胡铨（1102—1180）是一位个性鲜明的人物。他在高压政治、谄谀之风盛行一时的形势下挺身而出，坚定不移地与权势对抗，谪居岭南十八年，却得以高寿，享年七十九，谥忠简。

胡铨当年以一篇《上高宗封事》名倾朝野，在宋南渡以来的文人士大夫中引起很大反响。我们了解他大多是通过张元幹的名作《贺新郎·送胡邦衡待制》：

梦绕神州路。怅秋风、连营画角，故宫离黍。底事昆仑倾砥柱。九地黄流乱注。聚万落、千村狐兔。天意从来高难问，况人情、老易悲如许。更南浦，送君去。　　凉生岸柳催残暑。耿斜河、疏星淡月，断云微度。万里江山知何处。回首对床夜语。雁不到、书成谁与。目尽青天怀今古，肯儿曹、恩怨相尔汝。举大白，听金缕。

这首慷慨悲歌之作写于高宗绍兴十二年（1142），胡铨四十一岁时。笔是有力的工具，张元幹通过如椽妙笔为他的好友胡铨壮行，充分展示了他们的人格个性和人生态度，体现了宋南渡以来有志恢复故国的志士仁人的丰富情感与内心世界。

细读有关胡铨及南宋迁岭文人的文集及当时的文献资料，引起笔者浓厚兴趣的是，胡铨为何如此高寿？他的高寿意味着什么？他的境遇、情怀及他被放逐、贬谪的缘由及其后在岭海之地的生活方式、生活作风。这些都值得我们深入研究、仔细探索。

一、倔强不屈、昂扬乐观

胡铨的高寿有偶然的因素，但更重要的还与他倔强不屈、昂扬乐观的人格个性和人生态度有关。性格决定命运，此之谓也。据王明清《挥麈后录》卷十《秦桧之修和盟胡铨上书除名张仲宗送行词削籍》载：

绍兴戊午，秦桧之再入相，遣王正道为计议使，以修和盟。十一月，枢密院编修官胡铨邦衡上书曰："王伦本一狎邪小人，市井无赖。顷缘宰相无识，遂举以使虏，专用诈诞，欺罔天听，骤得美官。天下之人切齿唾骂。今日无故诱致虏使，以诏谕江南为名，是欲臣妾我也，是欲刘豫我也。……邦衡囚朱崖几一纪方北归，至端明殿学士、通奉大夫，八十余而终，谥忠简，此天力也。"①

笔者认为，胡铨"八十余而终"固天力，亦关人事，反映了胡铨乐观的人生态度，尤其在贬谪岭南之际，他顺其自然，随遇而安，知足常乐。

王十朋在《跋王金判植诗》中特别注意胡铨不畏强权的倔强性格：

秦氏以国事仇，非和也，三纲五常之道灭矣，何足以语《春秋》？当时士大夫能力争者无几，惟胡君邦衡慨上请剑之书，至今读之，令人增气，且令后世不谓我宋无人，可谓有功于名教矣。（王十朋撰：《梅溪先生后集》卷二七）

胡铨的同乡、同样高寿的南宋名流周必大在《跋胡忠简公论和议稿》中通过"书

---

① 〔宋〕王明清撰，穆公校点：《挥麈后录》卷十，见上海古籍出版社编《宋元笔记小说大观》，上海古籍出版社2007年版，第3743—3745页。

者，心画也"的视角来阐释胡铨的端劲气骨：

绍兴戊午，胡忠简公三十有七，以枢密院编修官上书论和议，此其稿也。时长子方生，未几南迁。公知后祸叵测，惟从侄昌龄字长彦贤而可托，故以稿属之，今五十余年矣。昔颜鲁公与鱼朝恩《论坐位贴稿》，摹本已数百载，人争传宝。公之所论岂止坐位，而其心画端劲，实法鲁公，自当并传于百世。（《文忠集》卷四十七）

在《跋胡邦衡奏札稿》中，周必大还从"养气"这一角度来高度评价胡邦衡的人格个性与人生态度：

岁在戊申，高宗策士，淮海胡忠简公年二十有七，因御题问"治道本天，天道本民"，公首答云："汤武听民而兴，桀纣听天而亡。今陛下起干戈锋镝间，外乱内讧，而策臣数十条皆质之天，不听于民。"又谓宰相非晏殊，枢参非杜衍、韩琦、范仲淹，既批逆鳞，复侵当轴。圣主独察其忠，擢置巍科。是时直声已著缙绅间。后十年当绍兴戊午，以枢密院编修官上书，乞斩宰执，时年三十七，直声遂震于夷夏。尚有可诿曰年壮气刚也，已而窜逐岭海，去死一发，隆兴初然后还朝，摄贰夏官，年已六十余，议论盍少卑之？今览奏札残稿，忠愤峻厉视戊申、戊午反有加焉。其孙知邕州槻将刻石传远，见属一言。夫人之生也有血气，有浩然之气。少而刚，老而衰，血气也，众人以之，秉彝好德，养之以直，塞乎天地，少老如一，浩然之气也，胡忠简公以之。（《文忠集》卷五〇）

周必大是胡铨的同乡，也是他的知音。我们从此跋文中可以探究某些长寿之道，即大多数长寿之人不但"年壮气刚"，而且至老依然故我，"少老如一，浩然之气也"，大情大性地过了一生。可以说，胡铨之所以那样富有魅力，那样神完气足，那样逸兴遄飞，那样激荡人心，那样高寿不朽，原因是他充满活力、充满希望、充满生机、充满信心。阅读胡铨的作品，常常引起笔者对人生命运的思考。面对着相同或相似的境遇，不同的人对命运的理解和采取的行动往往是截然不同的。天下有两种人，一种人总是怨天尤人，不肯进取，年轻时觉得前途光明，历经人生的磨难挫折之后慢慢衰老，整个人逐渐变得消极颓废，陷入坍塌、扭曲；另一种人乐天知足，勇于拼搏，在人生的大风大浪中奋勇前进，在风尘困顿之际也能够将生活上的苦难置之度外，斯文通脱。

胡铨是一位始终如一与命运抗争的人物，他在蛮山瘴水的岭海之地，面对着政敌迫害和寂寞孤寂，仍然充满战胜敌人与恶劣环境的信心。其《与振文兄》中的自述心曲，或许可以看作周必大观点的最佳注脚，他说：

每念通判兄七十尚生还乡里，苏子卿十九年归汉，万里辽东亦归管宁。犬马之齿比通判兄少二十年，自戊午被放及今比李揆多一年，比子卿欠二年，比姜庆初欠三年，比东坡多十年，他不足论也。倘厄运渐满，如子卿则更二年耳，如庆初则更三年耳，岂可便作死汉看，谓不生还待下哉？如厄运未满，更展十年，不然更展二十年，尚得如通判兄还乡，有何不可？（《胡澹庵先生文集》卷十三）

或许是因为想通了，人的精神面貌跟着好转起来，胡铨在贬谪岭海之时自然而然呈现出儒家至大至刚、道家脱略虚空、佛家看破放下的胸襟气度。

胡铨似乎得到苏轼"不可救药乐天派"的真传，养成了乐天知命的积极心理，用自己的生命来进行创作，用自己的生活来实践他的作品中的思想。胡铨坚强不屈、昂扬乐观的文化性格与他在岭南谪居时期尚友古人有关。尤其是以苏东坡为榜样，在蛮山瘴水中用一双善于发现美的眼睛去欣赏自然的美景与享受生活的乐趣，学会自嘲，懂得进退：他在贬所总是放松的，游戏的，豁达的，展示出与命运斗争时游刃有余、从容自得的境界。胡铨于绍兴十二年（1142）至十八年（1148）谪居新州（1994年以前隶属广东肇庆地区，今为广东云浮市新兴县），宋时属广南东路。在那里谪居的六七年时光里，胡铨没有自暴自弃，而是随遇而安、顺其自然、知足常乐地生活，善于发现贬所的风物之美，并用歌词记载其在贬所时的所见所感：

谁念新州人老。几度斜阳芳草。眼雨欲晴时，梅雨故来相恼。休恼。休恼。今岁荔枝能好。（《如梦令》）

废寝忘食、乐以忘忧，不知老之将至，一晃眼，人生已近黄昏。这首词令人自然而然地联想到苏轼贬谪到岭南的食荔枝诗：

我生涉世本为口，一官久已轻莼鲈。人间何者非梦幻，南来万里真良图。（《四月十一日初食荔支》）

罗浮山下四时春，卢橘杨梅次第新。日啖荔枝三百颗，不辞长作岭南人。（《食荔枝二首》其二）

胡铨与苏轼一样，信而见疑、忠而被谤，被奸臣迫害而被贬谪到蛮山瘴水的岭南。他没有怨天尤人，而是把握现在、活在当下，用乐观旷达之心去体味生活之美，用他善于发现美的眼睛去欣赏岭南的斜阳芳草、梅雨荔枝，度过了充实的人生。苏东坡是南宋迁岭文人心中效仿的对象，无论是胡铨，还是李光，都从东坡的生活经验与人生智慧中获取了化解人生苦闷的方式。苏东坡在岭南一带的生活方式、人生态度及其应对人生苦难、调节心理苦闷的人生思考，永远留在了南宋迁岭文人心中。苏东坡是中国文学史乃至文化史上的全才，是一位十分有魅力的人物，他以其才华、学识和人格，塑造了后世文人的文化性格，给他们以直面惨淡人生、正视淋漓鲜血的勇气与信心，继续在蛮山瘴水的岭海之地奋勇前行。榜样的力量是无穷的，在南宋迁岭文人流离失所、播迁无定的过程中，前辈士人的心灵依然与他们息息相通，他们面临着岭南的山水风月时会自然而然地怀想古人、尚友古人，从他们身上汲取面对现实、超脱苦难的百丈甘泉。

胡铨在贬谪岭海之际、在友朋星散之时、在彷徨无地之中选择了继续抵抗。他在蛮山瘴水中思考人生、探索出路、从困境中挣扎出来乃至最终完成自我，都与他尚友古人有着密切联系。除了以苏东坡为挚友，学习他的人格个性与人生态度外，胡铨还以乡贤前辈、倔强执着的一代文宗欧阳修、一代诗坛宗主黄庭坚为榜样，在蛮山瘴水中通过怀想欧阳文忠公、黄山谷来抒写怀抱，寄托情感，我们从中亦可感受到他自己的人生思考与文化性格：

崖州何有水连空。人在浪花中。月屿一声横竹，云帆万里雄风。　　多情太守，三千珠履，二肆歌钟。日下即归黄霸，海南长想文翁。（《朝中措·黄守座上用六一先生韵》）

梦绕松江鲈玉飞。秋风莼美更鲈肥。不因入海求诗句，万里投荒亦岂宜。

青箬笠，绿荷衣。斜风细雨也须归。崖州险似风波海，海里风波有定时。（《鹧鸪天·癸酉吉阳用山谷韵》）

由此可见,"尚友"旷达豪迈、倔强执着的"古人",是帮助胡铨度过贬谪岭海生活困境、得享高寿的重要因素。

二、良好的人际关系

胡铨上书反抗秦桧的行为,引起了张元幹、王庭珪、李弥逊、陈刚中等仁人志士的深切同情。据史书载:"其谪广州也,朝士陈刚中以启事为贺。其谪新州也,同郡王廷珪以诗赠行。皆为人所讦,师古流袁州,廷珪流辰州,刚中谪知虔州安远县,遂死焉。"(《宋史》卷三七四《胡铨传》)在最艰难的岁月里,在遭到秦桧高压政策的迫害下,胡铨和当时的正义之士建立起了深厚感情,对胡铨而言,这是无比巨大的精神财富。

人生在世,良好的人际关系是非常重要的。如果能够交到两三个知己好友,哪怕是穷山恶水、瘴雨蛮烟的岭海,也让人感到惬意,值得留恋;如果遇到的都是些面目可憎、言语无味的奸佞小人,风景再美,条件再好,哪怕是政治、经济中心的京华,也令人厌倦生畏,产生远离该地的强烈愿望。所谓"我欲乘风归去,又恐琼楼玉宇,高处不胜寒。起舞弄清影,何似在人间"。"琼楼玉宇"的"高处",往往令人"不胜寒",反而是"在人间",可以让人"起舞弄清影",自由自在、潇洒走一回。而"京华倦客"往往是令人同情的。人间事本匆匆,对人的一生产生巨大影响和有着深刻意义的关键在人,而不是地方。令我们思念的往往不是地方而是人,地方因人而有了意义。虽然长期处在贬谪之地,但热爱与人交往,尤其是乐于奖掖后进,与同僚、晚辈、普通大众保持良好的人际关系,是胡铨得享高寿的又一重要原因。

周必大在谈到胡铨创作时,谓其有不可及者三:

用事博而精,下语豪而华,一也;士子投献,必用韵酬答,虽百韵亦然,盖愈多而愈工,二也;此篇和王君行简,年七十五,长歌小楷,与四五十人无异,三也。(《文忠集》卷四七《跋胡忠简公和王行简诗》)

因此,博学而有志之士多愿随之:

行简世家临川,志大而赡于文,久从公游,其人亦可知矣。(《文忠集》卷四七《跋胡忠简公和王行简诗》)

德不孤,必有邻。物以类聚、人以群分。从胡铨游者大多是"志大而赡于文"之辈。

在《跋王民瞻送胡邦衡南迁诗》中,周必大道:

有澹庵压嵩岱、排淮泗之举,然后可以发泸溪穿天心、透月窟之诗,不如是不称二绝。澹庵授之从弟廉夫锷,廉夫复授其子涣,所谓文献相承,衣钵单传者。若能刻石,人授之本,则法周沙界矣。(《周文忠公集》卷四七)

这亦道出了时人对胡邦衡人格精神、人生态度及文学风格的向往与传承,文献相承,斯文不灭,此之谓也。

楼钥《跋胡澹庵和学官八诗》也看到了这一点:

是时年逾六十,思若涌泉,笔力愈劲,英特之气,至今凛然。周益公为隧碑,言先生刻意诗骚,后生投赞,率次韵以酬,多至百韵数十篇。然则此八诗,犹先生之细也。

由此可见,爱与后生、士子交往,是胡铨性格中非常突出的特点。而后生、士子的投赞诗文,亦是为了得到胡铨的酬答,这就相当于得到名流的印证认可。名流印可,是士子的成名捷径，胡铨深通世故，通达情理，知道投赠士子的干谒目的、热望渴求。他不让人失望，"必用韵酬答""率次韵以酬"，是一种很难达到的人生境界。深受时人好评、有着很好名声的胡铨阅尽世态炎凉，仍不失与人为善的雅量高致。这表明，他的生活是圆融婉转的，有弹性，能适应环境，既在重大原则问题上敢于坚持不渝地斗争，也能在日常生活中世事洞明、人情练达。

这一点，在他所创作的娱宾遣兴的小词中体现得淋漓尽致。他除了写直面惨淡人生的作品，不失猛士本色，还有《青玉案·乙酉重九葛守座上作》这样的交际应酬之作：

宜霜开尽秋光老，感节物，愁多少。尘世难逢开口笑。满林风雨，一江烟水，飒爽惊吹帽。玉堂金马何须道。且斗取、尊前玉山倒。燕寝香清官事了，紫萸黄菊，皂罗红袂，花与人俱好。

此词写得风情婉娈，深得"词为艳科"之旨，正是这样圆熟婉转的生活方式和人生态度，使胡铨渡过了生活的难关，久谪海外，丹心不改，"年七十五，长歌小楷，与四五十人无异"，学有所长，艺有所精，得享高寿！

有一则逸闻趣事可以补充说明胡铨高寿的秘诀。据罗大经《鹤林玉露》乙编卷六"自警诗"条载：

胡澹庵（引者按，即胡铨）十年贬海外，北归之日，饮于湘潭胡氏园，题诗曰："君恩许归此一醉，旁有梨颊生微涡。"谓侍妓黎倩也。厥后朱文公见之，题绝句曰："十年浮海一身轻，归对黎涡却有情。世上无如人欲险，几人到此误平生。"《文公全集》载此诗，但题曰"自警"云。……乃知尤物移人，虽大智大勇不能免。由是言之，"世上无如人欲险"，信哉！

此则记载表面上似说朱熹讥讽胡铨不能脱离色欲的诱惑而误平生，实则我们由此更能理解"大智大勇"的胡铨有血有肉、生气勃勃、元气淋漓的一面。正是胡铨热爱生活、热爱生活中一切美好的事物，他才能在岭海飘零十余年而得北归，这体现其顽强拼搏的精神面貌。对此，四库馆臣有较通达的看法：

铨孤忠劲节照映千秋，乃以偶遇歌筵，不能作陈烈逾墙之遁，遂坐以自误平生，其操之为已蹙矣。平心而论，是固不足以为铨病也。（《四库全书总目》卷一百五十八集部十一·别集类十一《澹庵文集提要》）

如果我们再做进一步的联想，与胡铨一样是江西人且沦落岭南的国学大师陈寅恪也与伶人乐工之辈交往密切，引以为知己，在岭南的岁月里"著书唯剩颂红妆"，写出了九十万字的皇皇巨著《柳如是别传》，与胡铨一样得享高寿。

胡铨后来功成名就，与他的高寿密不可分。隆兴元年癸未（1163），胡铨六十三岁，侍宴于后殿，作《经筵玉音问答》，其中的跋语颇能表达他晚年心境：

予半生岭海，晚遇圣天子擢用，一岁之间，凡九迁其职。一月之间，凡三拜二千石之命，十拜迁秩之旨。至于隆兴癸未夏侍宴之恩，古今无比。（胡铨《胡澹庵先生文集》卷八）

胡铨成功的一个重要因素在于他的高寿，在"半生岭海"之余，能够熬到晚年，"遇圣天子擢用"，从而渐入佳境、备受恩宠、大展宏图。由此可见，长寿，对于饱经沧桑、忍辱负重而又大智大勇的南宋迁岭文人来说岂不重要乎？

三、偏多热血偏多骨　不悔情真不悔痴
——胡铨《如梦令》赏析

胡铨遭贬一事，引起了当时史学大家李心传的关注，他在史学名著《建炎以来系年要录》卷一五八中详载此事：

（绍兴十八年十一月）己亥，新州编管人胡铨移吉阳军编管。先是，太师秦桧尝于一德格天阁下书赵鼎、李光、胡铨三人姓名，时鼎、光皆在海南，广东经略使王鈇问右承议郎知新州张棣曰："胡铨何故未过海？"铨尝赋词曰："欲驾巾车归去，有豺狼当辙。"棣即奏铨不自省循，与见任寄居官往来唱和，毁谤当涂，语言不逊，公然怨望朝廷，鼓唱前说，犹要惑众，殊无忌惮。于是送海南编管。命下，棣选使臣游崇部送封小项筒过海，铨徒步赴贬，人皆怜之。至雷州，守臣王趯廉得崇以私茗自随，械送狱，且厚饷铨，是时诸道望风招流人以为奇货，惟趯能与人调护。……其后卒以此得罪。①

可见时人对胡铨生平事迹的重视，亦可见南宋士人对历史与人生的思考。

据门人兼同乡的杨万里所载：

（胡铨）居新兴时，尝名其室曰"澹"，盖取贾生"澹若深渊"之意，晚自号澹庵老人云。②

杨万里所言有理。笔者认为，胡铨号"澹庵老人"之"澹"字，来自《老子》第二十章"澹兮其若海"，表现出胡铨在谪居新州时宽广的胸怀及对恬淡、安定生活的向往，从中也可以看出他此时的人格个性与人生态度。曹操《步出夏门行·观沧海》中说："东临碣石，以观沧海。水何澹澹，山岛竦峙"，就用"澹澹"两字表现了大海孕大含深、吞吐日月、含孕群星的气魄。

---

① 〔宋〕李心传：《建炎以来系年要录》，中华书局1988年版，第2571页。据胡铨的门人兼同乡杨万里写的《胡公行状》，可以知道胡铨从新州贬到吉阳时的一些更具体的细节："新州太守张棣告公讪上，再谪吉阳军。时有观察使某上书乞代公行，不报。张棣择一牙校游崇送公，至半途，临大江，崇拔剑而前，公色不动，徐曰：'逮书谓送某至吉阳者赏，尔不爱赏乎？'崇笑而止。至朱崖，或谕公以有后命，家人为恸，公方著书，怡然也。吉阳士多执经受业者，凡经坏治，皆为良士。初，吉阳贡士未尝试礼部，公勉之行。及位于朝，乃请广西五至礼部者，乞不限年与推恩，自是仕者相踵。"（〔宋〕杨万里著，王琦珍整理：《杨万里诗文集》下，江西人民出版社2006年版，第1884页。）

② 〔宋〕杨万里：《胡公行状》，见〔宋〕杨万里著，王琦珍整理《杨万里诗文集》下，江西人民出版社2006年版，第1890页。周必大《益国文忠公集》卷三十《资政殿学士赠通奉大夫胡忠简公神道碑》亦载胡铨："在新兴名室曰澹，晚号澹庵老人。"新兴也就是绍兴间胡铨谪居地广南东路之新州。在胡铨谪居新州的六七年时间里，南宋朝廷掀起了一场声势浩大的"歌功颂德的政治文化运动"，"类似如此规模浩大的歌功颂德运动，在中国文学史上很难说是绝后，但完全可以说是空前的。"（沈松勤：《高压政治与"文丐奔竞"："绍兴和议"期间的文学生态》，见沈松勤《宋代政治与文学研究》，商务印书馆2010年版，第266页）在高压政治下文丐奔竞盛行，胡铨的意义就更加凸显出来了，据罗大经的《鹤林玉露》载："胡澹庵上书乞斩秦桧，金虏闻之，以千金求其书。三日得之，君臣失色曰：'南朝有人。'盖足以破其阴遣桧归之谋也。乾道初，虏使来，犹问胡铨今安在。张魏公曰：'秦太师专柄二十年，只成就得一胡邦衡。'"（〔宋〕罗大经著，王瑞来点校：《鹤林玉露》，中华书局1983年版，第105页）沈松勤对张浚的话有很精辟的解读，他指出："秦桧的'专柄'，给胡铨威武不屈、屹屹独立的人格提供了表现的舞台；也只有胡铨，才能如此。"（《宋代政治与文学研究》，第275页）又说："毋庸赘言，若大批士大夫如前述胡铨那样威武不屈、屹屹独立，秦桧相党或高压政治是断难生成和进行的，即所谓'皮之不存，毛将焉附'？而在以歌功颂德为内涵的话语体系中奔竞不息的'文丐'，无论是违心抑或真心，都充当了秦桧之'毛'赖以生成之'皮'。"（《宋代政治与文学研究》，第281页）

古人也用"澹"来表现天空的广阔，如杜牧的《乐游园》诗云："长空澹澹孤鸟没，万古销沉向此中。看取汉家何事业，五陵无树起秋风。"对于胡铨号"澹庵"的"澹"字，明人郑真于《荥阳外史集》卷一二《澹庵记》中有很好的解释，他说：

  宋南渡时，胡忠简公亦号澹庵，其上封事力诋秦桧，南荒万里，贬窜相继，而赋诗自适，曾不以利害死生为意，非真味于澹者不能也。

正因为胡铨有像大海一样的澹然胸襟，他才能在谪居岭海之际大节不改，素情自处，凭着一种快乐自适的心理状态活下来了，并且活过了他的敌人，赢得了人生的辉煌。

胡铨开朗的性格、乐观的人生态度、宁静致远的人格个性常常出现在他对西江流域风物的描摹上。胡铨所作《如梦令》载其在肇庆新兴时的所见所感：

  谁念新州人老。几度斜阳芳草。眼雨欲晴时，梅雨故来相恼。休恼。休恼。今岁荔枝能好。①

这首小词充分体现了胡铨小词的纪实性、自传性与日常性。荔枝，是西江流域的常见景物，也是当地特产，故常出现在迁岭文人笔下。胡铨之前的朱敦儒也曾迁至西江流域生活，他在词中就曾提及荔枝。不过大多数时候朱敦儒都感到当地的蛮山瘴水令人愁苦，其词带有一种灰暗阴沉的色调，如朱敦儒的小词："万里飘零南越，山引泪，酒添愁。不见凤楼龙阙，又惊秋。九日江亭闻望，蛮树绕，瘴云浮。肠断红蕉花晚，水西流。"（《沙塞子》）"山晓鹧鸪啼，云暗泷州路。榕叶阴浓荔枝青，百尺桄榔树。尽日不逢人，猛地风吹雨。惨黯蛮溪鬼峒寒，隐隐闻铜鼓。"（《卜算子》）这两首词的感情基调是沉重感伤的，色泽光影是灰暗阴沉的，明显不同于胡铨的沉郁顿挫又逸兴遄飞。

胡铨的这首小词既有词的美感特质，又有诗的美感特质，令我们自然而然地联想到苏轼贬谪到岭南的食荔枝诗：

  我生涉世本为口，一官久已轻莼鲈。人间何者非梦幻，南来万里真良图。（《四月十一日初食荔支》）

  罗浮山下四时春，卢橘杨梅次第新。日啖荔枝三百颗，不辞长作岭南人。（《食荔枝二首》之二）

胡铨的人格个性与人生态度与苏轼有相似之处。这样的境界，无论是诗，还是人生，都是我们传统文化中所认为的最高境界。荔枝，在迁岭文人生命历程中占有十分重要的地位，它象征着一些美好的事物。当诗人对生活中美好的事物产生了兴趣的时候，他的痛苦压抑之情就会减少，这是因为美好的事物能使我们的精神愉快。大自然、艺术都是美好的事物。苏东坡对岭南的美好事物——荔枝情有独钟，甚至以之喻生活中深刻的道理。如《东坡志林》中记载一则趣事：

  仆尝问荔枝何所似。或曰荔枝似龙眼，坐客皆笑其陋，荔枝实无所似也。仆云荔枝似江瑶柱，应者皆怃然，仆亦不辩。昨日见毕仲游，问杜甫似何人？仲游曰："似司马迁。"仆喜而不答，盖与曩言会也。

礼失求诸野，朝廷之中奔走干谒之风盛行，文人在朝廷里阿谀逢迎，在贬谪之地新

---

① 唐圭璋编：《全宋词》第二册，中华书局1999年版，第1613页。

州的胡铨却能独善其身，保持自我人格的高洁，并在贬所写出了如此优美动人，启人思考的佳作，正印证了东坡先生"花竹秀而野者也"之说。胡铨、黄公度等迁岭文人虽然才华横溢、志高才大，却被贬谪到蛮山瘴水之地，就像秀而野的花竹一样。胡铨本人对此亦深有体会，他在《秀野堂记》中说：

清江之新淦杨君图南，年未及衰，已为菟裘计，芗林向公名其堂曰"秀野"，取东坡诗所谓"花竹秀而野"者也。①

这段文字虽然是胡铨对向子諲"秀野"二字的解读，但也可以看成胡铨的夫子自道，他通过解读"秀野"二字，来表达自己随遇而安，虽野而秀、虽秀而野的性格特征与精神面貌。新州，是个小地方，文化使它变大。胡铨、黄公度、朱敦儒等南宋迁岭文人在西江流域生活时，他们将自己的心态情感、人格精神都在文学作品中呈现出来了，人们读了他们这些描写西江流域生活的作品，也能够学习到他们面对人生苦难、人生失意时的乐观精神、坦荡胸襟。同时南宋迁岭文人也把中原的先进文化、进步思想带到了当地，他们的文学作品，使西江流域的文化得到了发展。因此，世人开始熟悉新州、泷洲、康州、端州等一系列西江流域的地名，岭南不但有蛮山瘴水，也有斜阳芳草、梅雨荔枝，更有张元幹的《送胡邦衡待制赴新州》。

胡铨把自己在新州生活时的一个片段放进了这首小词里，这只是他在西江流域生活时的日常生活，似乎没有讲到什么大道理，但我们却可以从中读出他那勇者不惧、智者不惑、仁者不忧、也不恼的伟大人格。所谓"不著一字，尽得风流"。我们从中却可以感受到深刻的人生哲理，这样的词中之理与词中的意象浑然一体，"神理凑合时，自然恰得"②，"其中之理，至虚而实，至渺而近，灼然心目之间，殆如鸢飞鱼跃之昭著也。"③ 从胡铨描写日常生活片段的小词中，我们还能体会到他那爱国爱民爱生活的情怀，这就是叶嘉莹先生在解读小词时所提倡的"小词大雅"④：从一首小词里面可以看出"大雅"的人生，崇高的境界。"这种随着完成美感创造所产生的感受，同时也是一种感触。"⑤ 我们读胡铨这样的小词，无形之中也会有所"感触"，受到他那伟大精神、高尚人格的感召。正是因为胡铨没有在小词里面讲道德仁义、国家民族大义，只是平平淡淡地把他在新州生活时的日常生活、人生一景放进小词里，斜阳芳草、梅雨荔枝，都是胡铨贬谪岭南时亲切友好的朋友。胡铨在新州与物为友，与物相游，满足于当下，从而忘记忧虑、净化心灵，在山林云水中寻找到了精神的避难所、心灵的安顿处。胡铨的

---

① 〔宋〕胡铨撰：《秀野堂记》，见《胡澹庵先生文集》卷一九。
② 〔清〕王夫之著，戴鸿森笺注：《姜斋诗话笺注》，人民文学出版社1981年版，第63页。
③ 〔清〕叶燮：《原诗》，人民文学出版社1979年版，第32页。
④ 关于叶嘉莹"小词大雅"方面的理论阐释，见叶嘉莹《小词大雅——叶嘉莹说词的修养与境界》。叶先生指出："小词是很微妙的，你从小词里面可以看到，其中包含的很多言外的情意，而且确实是显示了这个作者他的修养，他的怀抱，他内心真正的，内心深处的品格，他内心真正的痛苦，都在小词之中表现出来了。""小词之中的修养和境界，与作者有关系，与作词的人有关系，与说词的人有关系。它为什么有这么多丰富的含义？有种种原因。有双重性别的原因，有双重语境的原因，在语言上有符示的原因，有象喻的原因。张惠言和王国维的理论，让我们能够从中学习、了解到，小词虽然篇幅短小，虽然被很多人轻视，说它不是抒情言志的大道理，可是它里边，有非常丰富的内涵。"（叶嘉莹：《小词大雅——叶嘉莹说词的修养与境界》，北京大学出版社2015年版，第149、163页。）
⑤ 〔德〕谢林著，梁志学、石泉译：《先验唯心论体系》，商务印书馆1976年版，第266页。

这首小词正印证了德国著名的古典哲学家谢林的一句名言：

美感创造不仅开始于对貌似不可解决的矛盾的感受，而且按照一切艺术家以及一切具有艺术家灵感的人们的供认，还结束于对无限和谐的感受。①

胡铨就是这样的"具有艺术家灵感"的词人，他在词中表现出来的这种处世哲学可以说是"对于命运开玩笑"②，也即是用一种乐观、玩世的态度来面对苦难悲剧的现实。胡铨虽然没有在小词中谈仁义道德，却没有一句不是仁义、不是道德、不是国家民族大义、不是中国文化所推崇的最高的人生境界——天人合一的境界。儒家讲乐山乐水，道家讲道法自然。"人生有味是清欢"，南宋迁岭文人胡铨就在偏远蛮荒的新州平平淡淡、快快乐乐地实现了自己的人生价值，也达到了中国传统文化所提倡的最高审美境界——自然、和谐。

据首句，可知此词当作于胡铨谪居新州期间，当时胡铨四十多岁了，寒来暑往，春夏秋冬，光阴荏苒，就这样在新州度过了生命中宝贵的时光，真是废寝忘食、乐以忘忧，不知老之将至，一晃眼，人生已近黄昏③。老却英雄似等闲、战士欲死无战场的幽深苍凉之感也油然而生。第二句紧承第一句而来，叶落归根，人老了就会思念故乡，阅世渐多，尝尽人生百态，几度看见斜阳落、几度看到芳草生的思乡之情油然而生。斜阳、芳草是令人思念故乡的意象，以前就有"日之夕矣，牛羊下来""日暮乡关何处是，烟波江上使人愁""日暮客愁新""王孙游兮不归，芳草生兮萋萋""离恨恰如芳草，更行更远还生"等经典名句，这反映了中国人见斜阳落、芳草生而思念故乡的民族文化心理。而新州的具体生活环境又是如此令人烦闷，"眼雨欲晴时，梅雨故来相恼"既写出了异乡人来到岭南时对当地自然环境的普遍不适应感，又透露出西江流域自然界的生命气息。"梅雨"确实令诸多词人感到愁苦忧伤，贺铸词说："试问闲愁都几许，一川烟草、满城风絮，梅子黄时雨。"（《青玉案》）张先词中说："数声鶗鴂，又报芳菲歇。惜春更把残红折。雨轻风色暴，梅子青子时节。"（《千秋岁》）都透露出浓重的感伤情绪。词人胡铨却没有一味沉湎于自己的抑郁苦闷之中不能自拔，而是马上发现了新州日常生活中美好的一面：今岁荔枝能好。这让我们感受到他淡泊的怀抱和恬淡易乐的

---

① ［德］谢林著，梁志学、石泉译：《先验唯心论体系》，商务印书馆1976年版，第266页。

② 朱光潜先生对"对于命运开玩笑"的人生态度进行了具体深入的解读，他说："'对于命运开玩笑'是一种遁逃，也是一种征服，偏于遁逃者以滑稽玩世，偏于征服者以豁达超世。滑稽与豁达虽没有绝对的分别，却有程度的等差。它们都是以'一笑置之'的态度应付人生的缺陷，豁达者在悲剧中参透人生世相，他的诙谐出入于至性深情，所以表面滑稽而骨子里沉痛；滑稽者则在喜剧中见出人事的乖讹，同时仿佛觉得这种发现是他的聪明，他的优胜，于是嘲笑以取乐，这种诙谐有时不免流于轻薄。豁达者虽超世而不忘怀于淑世，他对于人世，悲悯多于愤嫉。滑稽者则只知玩世，他对于人世，理智的了解多于情感的激动。豁达者的诙谐可以称为'悲剧的诙谐'，出发点是情感，而听者受感动也以情感。滑稽者的诙谐可以称为'喜剧的诙谐'，出发点是理智，而听者受感动也以理智。中国诗人陶潜和杜甫是于悲剧中见诙谐者，刘伶和金圣叹是从喜剧中见诙谐者，嵇康、李白则介乎二者之间。"（朱光潜：《诗论》，中华书局2012年版，第30页。）笔者认为"滑稽与豁达"的分别大概就像阿Q与苏轼的分别，阿Q给人的感觉是滑稽的，苏轼则是豁达大度的。

③ 胡铨在新州时，还曾赋词一首："富贵本无心，何事故乡轻别。空使猿惊鹤怨，误薜萝风月。囊锥刚出头来，不道甚时节。欲驾巾车归去，有豺狼当辙。"（上海古籍出版社编：《宋元笔记小说大观》，上海古籍出版社2007年版，第3745页。《四印斋所刻词》本《东溪词》认为是高登所作。）胡铨在新兴时通过书写高登此词来寄托自己的情感，借他人酒杯浇自己胸中之块垒，借他人之诗词抒自己之情怀，从此词我们也可以感受到胡铨谪居广东肇庆新兴时的人格个性与人生态度。

心情。人生天地间，不如意事十常八九，而胡铨却能在不如意的人生中，忘记个人的恩怨得失、抛开伤感忧戚的打击，从而发现了如意的、快乐的、值得欣慰、值得庆幸、值得珍惜、值得"慢慢走、欣赏啊"的一两件赏心乐事，这就令其"休恼、休恼"具有了真挚感人又催人向上的巨大精神力量。

胡铨的性情是刚烈的，但性情刚烈的他却能在新州过这样平淡的生活，这既是无奈的旷达，也是他的人格个性修炼到了一个宠辱不惊的极高境界的表现。生活中遇到的痛苦与挫折，打击与迫害，相逢与离散，让胡铨非常智慧地采取了在苦难生活中保持积极、乐观、向上的人生态度。胡铨在谪居新州的生活是寂寞的，而寂寞，岂不正是适合谪居之士胡铨思考人生、思考宇宙、思考自然的状态吗？胡铨反思现实人生、宇宙、自然的结果是更加热爱生活，热爱日常生活中的一花一木，更加倔强、让蛮山瘴水之地变成"今岁荔枝能好"的人间乐土。

胡铨这首小词有豪情、有逸趣、有雅兴，既沉郁顿挫，又逸兴遄飞，把生活波澜寓于自然清欢之中，把自己的生活环境、性情怀抱融入小词，而抒情主人公之旷达恬淡的人格形象也由此而见，体现了很高的人生境界与艺术成就。读这样的小词能给我们的人生带来一种无穷的安慰。小词之所以能让人感觉到"大雅"之审美趣味，就在于此。胡铨在评价杜甫时道："凡感于中，一于诗发之"[1]，在《灞陵文集序》中又指出："凡文皆生于不得已"[2]。这些评论虽然是胡铨评诗论文之语，但移来评论他自己的小词创作，亦大体恰当。可以说"感于中""不得已"的创作动因，也是胡铨的夫子自道，他的文学创作正体现出了有感而发、文生于情的审美风貌。

第八节 南宋迁岭文人张孝祥

宋室南渡后，北方文人迁入岭南，他们"大驾初渡江，中原皆避胡"（陆游《书叹》）之际，"衣冠方南奔，文献往往在"（陆游《谢徐居厚汪叔潜携酒见访》），以致"琼僻居海屿，旧俗殊陋，唐宋以来多名贤放谪，士族侨寓，风声气息先后濡染"（唐胄《正德琼台志》卷七《风俗》），不但丰富了西江流域的文化事业，而且以他们充沛的活力、创造的愉悦、崭新的体验，以及通过岭南风物意象的运用、意境的呈现、性情和声色的结合而形成了新的美感特质。这一切结合起来就成了南宋迁岭文学与其他时期文学相区别的重要特色。

一、对西江风物的描绘

张孝祥作为著名的南宋迁岭文人，创作了大量吟咏西江流域的名篇佳作，如《水调歌头·桂林中秋》《水调歌头·桂林集句》《满江红·思归寄柳州林守》等十首关于广西风物的词作，为记录西江流域社会文化的变迁作出了贡献，取得了很大的成就。张孝祥在西江流域所创作的文学作品反映南宋迁岭文人创作的时代风格、时代精神：清新、

---

[1] 〔宋〕胡铨：《僧祖信诗序》，见曾枣庄、刘琳编《全宋文》第195册，第268页。
[2] 〔宋〕胡铨：《灞陵文集序》，见曾枣庄、刘琳编《全宋文》第195册，第263页。

俊逸、深远、超逸。我们先来看乾道元年（1165）冬，张孝祥知静江府（今桂林）兼广南西路经略安抚使时作有《水调歌头·桂林集句》，这首词生动有力地表明了他对桂林山水的欣赏与热爱，对西江流域风物的好奇与赞叹：

> 五岭皆炎热，宜人独桂林。江南驿使未到，梅蕊破春心。繁会九衢三市，缥缈层楼杰观，雪片一冬深。自是清凉国，莫遣瘴烟侵。　江山好，青罗带，碧玉簪。平沙细浪欲尽，陟起忽千寻。家种黄柑丹荔，户拾明珠翠羽，箫鼓夜沉沉。莫问骖鸾事，有酒且频斟。

篇中多集唐人诗句，最为后人称道的首两句系杜甫的《寄杨五桂州谭》诗的起联，下片化用韩愈《送桂林严大夫》中的名句："江作青罗带，山如碧玉簪。户多输翠羽，家自种黄柑。"达到了"点铁成金、脱胎换骨"的效果，如盐入水，浑然一体，读这类词作，每每使人受到鼓舞，对祖国的大好河山油然而生一种热爱之情，并对美好的生活也平添了几许乐观与向往。又如其《水调歌头·桂林中秋作》也是写自己在桂林过中秋的生活场景和胸襟怀抱：

> 今夕复何夕，此地过中秋。赏心亭上唤客，追忆去年游。千里江山如画，万井笙歌不夜，扶路看遨头。玉界拥银阙，珠箔卷琼钩。　驭风去，忽吹到，岭边州。去年明月依旧，还照我登楼。楼下水明沙静，楼外参横斗转，搔首思悠悠。老子兴不浅，聊复此淹留。

那优美寥廓的山水之胜强烈地震撼我们的心灵，拓展我们的胸襟，也激起了我们对自然宇宙的热爱。千里江山、万井笙歌、玉界、银阙，水明沙静、参横斗转，这些优美动人的场景即是词人胸怀坦荡、壮心不已的外化，也是岭南一带真实存在的自然山水之景。据张孝祥的《千山观记》（《于湖集》卷一四）载：

> 桂林山水之胜甲东南。据山水之会，尽得其胜，无如西峰。乾道丙戌，历阳张某因超然亭故址作千山观，高爽闳达，放目万里，晦明风雨，各有态度。观成而余去，乃书记其极。

张孝祥提出"桂林山水之胜甲东南"显然比王正功的"桂林山水甲天下"要早，张孝祥此文正可与其歌咏桂林山水的词对照来读。这些南宋迁岭文人在不经意间，为新的词风和新的诗歌题材的兴起奠定了基础。宋南渡以后文人创作的关于岭南风物的诗词比以往大大增加了，引起后代诗歌研究者无穷的好奇。

西江流域风物进入南宋诗词文章中，有力地改变了南宋文学的面貌，进一步活跃了西江流域的文化活动，促进了西江流域社会文化的发展变迁，为西江流域的物质、精神文明建设做出了巨大贡献，以至于许多西江流域的风景区成了世界范围的风景名胜。诗人得"江山之助"，创作出优美的文学作品。"江山还需伟人扶"，自然风光也需要名流显人的品评印可，方可名声大振、流芳百世。对西江流域自然美景的发现、挖掘，品题延誉，深入影响了当地文化的发展、传播。笔者认为，西江流域社会变迁，离不开一代又一代迁岭文人的心血与努力。尤其是迁岭文人用自己的如椽妙笔描写当地风光时，他们更确切地说是在宣扬、传播当地的物质、精神文明。

二、多变的性格

对西江流域社会变迁做出重要贡献的南宋迁岭文人张孝祥，笔者在此着重考察他如何在当时特殊的政治环境中生存下来，并展示其复杂多变的性格。张孝祥是天才，他的为文与为人，都值得我们进行深入探讨。他性格多变，洋溢着浪漫与激情，如同一颗耀眼的流星，极尽光华，转瞬即逝。这位天才词客在南宋生活了短暂的三十八年，可谓天妒英才。在他短暂的一生中，他的行事、他的成长、他的诗词文章，体现了当时政治环境下士人变换的、弱德的、阴柔的个性特征与人格力量。张孝祥的创作与政治、功名紧密联系在一起，并非纯粹的抒情、娱乐，而是带有浓郁的功利目的和政治色彩。研究他的气质、性格和行事作风具有特别重要的意义。毫无疑问，张孝祥是一个优秀的作家，一个出色的政治家，也是一个复杂多变的人。

一方面，我们可以看到，张孝祥相当有能力，有很强的政治观察力、表达能力和干谒请托能力，作为一个政治人物，他也有很强的决断力；另一方面，我们又发现张孝详身上书生气十足，多愁善感，具有文学创作方面的天赋，他很会利用文学方面的天赋来跻身于政治舞台。政治上的风云变幻莫测，常常令他进退失据。白云苍狗，世情多变，尤其是在宋室南渡后的复杂时代里，张孝祥出身于特殊的家庭，中了状元，获得那样显赫的名声，却又遇到了状元出身的奸臣秦桧专政，他的悲剧命运就不可避免了。他复杂多变的性格、行为难免会引起人们对他的误解、误读，却由此令笔者产生了对他进行深入研究的浓厚兴趣。我们对历史人物的评价应抱一种"同情之了解"的态度，对于张孝详人生或顺或逆，或直或屈，或名列榜首或屈沉下僚时的种种复杂性、多变性，都应当透过表层的历史图景去深入挖掘烛照隐匿在历史深处的人物那无可奈何又矛盾痛苦的真实人性。

张孝祥才华出众，少年得志，一举成名，名满天下，谤亦随之。干谒奔走权贵之门成为张孝祥得志的一个重要原因，也是他受世人诟病的重要原因。据《宋史》本传载：

初，孝祥登第，出汤思退之门，思退为相，擢孝祥甚峻。而思退素不喜汪澈，孝祥与澈同为馆职，澈老成重厚，而孝祥年少气锐，往往陵拂之。至是澈为御史中丞，首劾孝祥奸不在卢杞下，孝祥遂罢。

政治生活中的人事浮沉、波诡云谲，使张孝祥卷进其中不能自拔。环境无情，造成他性格的矛盾复杂。有一事很能反映孝祥悲剧命运之根源："渡江初，大议惟和战。张浚主复仇，汤思退祖秦桧之说力主和。孝祥出入二人之门而两持其说，议者惜之。"① 性格决定命运，他的命运也由此而沉浮跌宕。孝宗即位时，张孝祥知平江府，张浚北伐，荐除中书舍人，迁直学士院兼都督府参赞军事，兼领建康留守。宋军符离溃败，被劾落职。汤思退罢，起知静江府兼广南西路经略安抚使，复以言者罢。张孝祥的一生，大起大落，带有明显的悲剧色彩。这种悲剧的造成，在某种程度上是因为他的才华在云谲波诡的政治场上无法发挥的结果。《宋史》作者对此非常感慨，指出：

张孝祥早负才俊，莅政扬声，迨其两持和战，君子每叹息焉。②

多才信为累。张孝祥奔走请托于主和、主战两大派系之门，在重要历史关头摇摆不定、"两持其说"，受到时人的惋惜。他言行多变表现得十分突出：一方面写了《六州

---

① 〔元〕脱脱等：《宋史》第34册，中华书局1985年版，第11944页。
② 〔元〕脱脱等：《宋史》第34册，中华书局1985年版，第11944页。

歌头》，对主抗战的张浚表现出深深的同情；另一方面，却奔走请托，干谒秦桧。《建炎以来系年要录》节录了张孝祥的对策："往者数厄阳九，国步艰棘，陛下宵衣旰食，思欲底定。上天祐之，畀以一德元老，志同气合，不动声色，致兹升平。四方协和，百度具举，虽尧、舜三代无以过之矣。……今朝廷之上，盖有大风动地，不移存赵之心。白刃在前，独奋安刘之略。忠义凛凛，易危为安者，固已论道经邦，燮和天下矣。臣辈委质事君，愿以是为标准，志念所欣慕者此也。"① 对"一德元老""不移存赵之心"的秦桧极尽奉承吹捧之能事。

状元之才的张孝祥不可避免地要干谒奔走当朝权臣秦桧之门，他们之间的相处与言谈，十分引人瞩目。在高宗一朝有不少干谒奔走秦桧之门的士人，秦桧权倾朝野，张孝祥干谒秦桧算是在意料之外、情理之中的事，一般无行文人干谒秦桧更是常有之事。我们从张孝祥的身上可以看到知识分子的风骨，也可感受到在当时政治环境下创作的无奈与悲哀。畏怕权势是文人的通病，张孝祥在束缚重重的有限的写作空间里，展示出变幻的阴柔的多重人格特征。

因此，知人论世，以意逆志，我们应结合张孝祥所处的时代，以己之意逆诗人之志，以词证词，以心证心，根据他成长、成才、成功的具体情况来考察辨析他的文化性格。据《建炎以来系年要录》卷一六六绍兴二十四年（1154）三月辛酉载：

绍兴二十四年三月辛酉，上御射殿，策试正奏名进士。……策问师友渊源，志念所欣慕，行何修而无伪，心何治而克诚。……举人孝祥策曰：……上读埙策，觉其所用皆桧、熺语，遂进孝祥为第一，而埙第三，赐孝祥以下三百五十六人及第至同出身。

这次进士考试，秦桧的孙子秦埙也参加了，秦桧的党羽主持这次考试，本来想录秦埙为第一，结果高宗为了抑制秦桧的势力，就擢张孝祥为状元。这是张孝祥早年非常重要的一个荣誉，正因为有了这样一个荣誉，才有了张孝祥后来的人生之路。虽然张孝祥在这最关键的殿试中取胜了，但是亦将人性的弱点暴露无遗，在殿试策中极尽阿谀奉承当朝宰相秦桧之能事，说什么"一德元老，志同气合，不动声色，致兹升平。四方协和，百度具举，虽尧舜三代，无以过之矣"（《建炎以来系年要录》卷一六六），肉麻至极，以至时人也因此而说张孝详"阿时"。王明清在《挥麈后录》卷一一就指出其中"大风动地"数语，取自熊彦诗贺秦桧语，"引此以对大问""遂魁天下"。可见，张孝祥能中状元，固然是因其才华出众，受到高宗赏识，亦有其投机取巧、阿谀逢迎秦桧的因素。

三、性格之转变

然而张孝祥的可贵之处在于他的性格不仅只有一面，还有另一面。只有将两个方面结合起来，我们才能在他那摇曳多变的文字世界中，走近这位天才，倾听他那复杂无奈的心声，理解历史漩涡中一名状元之才的人生思考与文化性格。张孝祥并不是完全没有骨气之人，他登第后就改变了原来的精神面貌和行事方式。据叶绍翁《四朝闻见录》乙集《张于湖》载：

高宗酷嗜翰墨，于湖张氏孝祥廷对之顷，宿醒犹未解，濡毫答圣问，立就万言，未

---

① 〔宋〕李心传：《建炎以来系年要录》，中华书局1988年版，第2712页。

尝加点。上讶一卷纸高轴大，试取阅之。读其卷首，大加称奖，而又字画遒劲，卓然颜鲁。上疑其为谪仙，亲擢首选。胪唱赋诗上尤隽永。张正谢毕，遂谒秦桧。桧语之曰："上不惟喜状元策，又且喜状元诗与字，可谓三绝。"又扣以诗何所本，字何所法。张正色以对："本杜诗，法颜字。"桧笑曰："天下好事，君家都占断！"盖嫉之也。

据李心传《建炎以来朝野杂记》乙集卷一五《四川类试榜首恩数差降事始》载：

安国既登第，独不附秦。安国几为所杀，由是见重于当时焉。

同一个张孝祥，竟有如此大的反差：一方面是"遂谒秦桧"，另一方面是"独不附秦"。为什么张孝祥会有从殿试时阿谀奉承秦桧，转变为登第后"独不附秦"的前恭后倨的表现呢？这两种表现，在笔者看来，都是真实的，也都有其合理性。笔者认为，历史上的事件和人物，要放到当时的历史环境中去考察和观照。张孝祥只是应试举人时，为了进入仕途不得不低声下气、巴结讨好权臣秦桧，后被高宗擢为举首，备受爱赏，自然感到了做人的尊严。这时，他一方面不满秦桧的飞扬跋扈，另一方面也不能再忍受"阿时"的恶名。人人皆有性情、人人皆有脾气，在一定的情势下会爆发出来，压抑沉默越久的人越容易爆发，何况张孝祥也意识到高宗有遏制秦党之意，于是就在文人奔竞的形势下"独不附秦"，轰轰烈烈干了一场，"由是见重于当时"。

但我们也不能忽略张孝祥确实有任人唯亲、植党连群的倾向。《建炎以来系年要录》卷一八三记载了汪澈弹章所详细列举张孝祥"轻躁纵横，挟数任术，年少气锐，浸无忌惮"的事例，如荐举黄文昌、张松、江续之诸人之贤，与侠士左郡交好之类，都不是空穴来风、无稽之谈，而是有一定根据的。据此而得出张孝祥"方登从班，而所为已如此，若假以岁时，植党连群，其为邦家之虞，当不在卢杞之下"的结论，也在情理之中了。我们不必为尊者讳，不过，在南宋干谒奔竞之风盛行的情势下，张孝祥有此种"植党连群"的倾向也是无可厚非的。张孝祥所植连的党群中不乏雅量高致之士，如韩元吉，字无咎，是名门显宦之后，以荫入仕，高宗朝，历知建安县，除司农寺主簿，后官至吏部尚书，被封为颍川郡王。黄昇说他是"名家文献、政事文学，为一代冠冕"（《中兴以来绝妙词选》卷三），他在《临江仙·寄张安国》中就有奉承时为知州的张孝祥之意：

自古文章贤太守，江南只数苏州。而今太守更风流。熏香开画阁，迎月上西楼。
见说宫妆高髻拥，司空却是遨头。五湖莫便具扁舟。玉堂红蕊在，还胜百花洲。

韩元吉在《张安国诗集序》中亦对张孝祥赞叹不已：

安国少举进士，出语已惊人，未尝为习诗也。既而取高第，遂自西掖兼直北门，迫于应用之文，其诗虽间出，犹未大肆也。逮夫少憩金陵，徜徉湖阴，浮湘江，上漓水，历衡山而望九嶷。泛洞庭，泊荆渚，其欢愉感慨，莫不什于诗。好事者称叹，以为殆不可及。（《南涧甲乙稿》卷十四）

张孝祥的门生谢尧仁也赞叹道：

于湖先生天人也，其文章如大海之起涛澜，泰山之腾云气。①

---

① 〔宋〕谢尧仁：《张于湖先生集序》，见〔宋〕张孝祥著，徐鹏校点《于湖居士文集》卷首，上海古籍出版社1980年版。

小人有党、君子亦有党，并非所有的援引结党、干谒请托行为都是品格低下的表现。

张孝祥拜谒抗金名将刘锜时，就将自己为国家天下大事而干谒事人的为人处世态度表达得很明确：

某幸甚，昨者江行，遂获进拜荣戟，恭惟领军开府相公道德勋业蟠际天地，内洽草木，外薄夷虏，中兴以来，一人而已。况珠幢玉节，奉诏东下，先声所暨，山川震叠，宾客如云，冠盖相望，士于兹蕲一望而拜，犹恐无因而至前。某也晚出不肖，又方放弃湖海，持刺修谒，极蒙赐见，温彦顾接，已过涯分，既又亲屈英衮，从以千骑，访之于寂寞无人之境。经纶之成谋，宏济之英略，开示抽绎，了无疑间，卓乎伟哉，弗可及已！

尝病兹世峨冠结绶，车载斗量，皆龌龊为身谋，不足与共事，无强人意者。　自承恃相公以来，于今十日，窃自庆抃，道知名世笃生人杰，湛乎渊渟，崒乎岳峙，至于得时而行，雷厉风飞，桑阴不徙，大功克建，则亦敛然退托于不能之地，弗以一毫留胸次，求之古昔有道之士，从容应世如此耳。①

正是因为张孝祥抱着一颗为国为民的公心而坚持不懈地拜谒奔竞于公卿显宦之门，不以有无职守而迟疑，所以才在隆兴二年（1164）二月，以右仆射张浚荐举，召入，除中书舍人，不久兼直学士院，又兼都督江淮军马府参赞军事，并兼知建康府（《宋史·张孝祥传》）。干谒奔走，在以人情关系为重要纽带的中国社会，对于士人命运的影响由此可见。

人情关系是一把双刃剑，陷入其中往往不能自拔。张孝祥善结交权贵，所以屡遭政敌诋毁，而诋毁他的重要手段也即是咬住张孝祥奔走干谒权门、善搞关系这一点不放：

隆兴二年十月四日，左朝奉郎敷文阁待制知建康府张孝祥落职放罢。以侍御史尹穑论其出入张浚、汤思退之门，反复不靖故也。（《宋会要辑稿》职官七一之八）

乾道二年四月十八日，诏静江府张孝详……并放罢。……以殿中侍御史王伯庠论孝详专事游宴。……故有是命。（《宋会要辑稿》职官七一之一四）

从张孝祥这个例子，我们可以看出中国传统文化中一个矛盾现象：一方面，士人要想在政治上有所作为，必须奔走权贵之门，干谒请托，在权贵的援引之下才较易进入仕途；另一方面，在中国传统观念中却普遍鄙薄干谒奔竞、"反复不靖""专事游宴"之徒，崇尚隐逸高蹈的雅量高致之士，因此，陶渊明式的隐士才备受中国士大夫赞赏，以至于有"不求闻达科"的趣事，甚至产生了士人先隐逸而后做官、走"终南捷径"的文化现象。

我们无意于对历史人物作通俗化、庸俗化的解读，也不满足站在道德的制高点重复那些既有评价体系对人物和事件的定调与分析，而是着力于呈现出一种历史的逻辑，还原当时的时代背景和社会条件，探索历史人物的心路历程和行为依据，从而走向一个更为深广的历史时空和精神世界。以古鉴今，以今鉴古，既从历史中读懂现实，也从现实出发去了解历史，从品读经典中获得智慧、感受常识、丰富人生。

---

① 〔宋〕张孝祥著，徐鹏校点：《于湖居士文集》，上海古籍出版社1980年6月版，第391页。

第六章 元代诗歌

第一节 角色转换与宋末元初词的新变

  词体文学，始于唐而盛行于宋，唐宋词以其深细丰富的思想内涵、灵活多变的句式和特有的内在旋律、节奏，打动和震撼了当时社会各阶层的广大听众和读者，也为后世传诵并被誉为"一代之胜"。

  诚然，作为中国古代文学一种主要的诗体样式，像其他文体一样，唐宋词也经历了自己独特的发展历史。词体文学作为代表一种时代精神的文学样式，从创作主体与词体功能演变的角度都有自己发展的某种规律。

  胡适曾将词体文学发展的历史划分界定为"歌者的词""诗人的词""词匠的词"[①]的演变过程，这一划分及界定，虽囿于主观偏见，未能客观确切地概述宋末元初词的全貌，而将宋末词人统称为词匠且评价很低。不过，值得注意的是，较之囿于词体艺术样式和风格本身的观照，胡氏的说法却开拓了我们的研究视野，为深入宋末元初南宋遗民词的研究，提供了思路和方向。即词史的发展，在不同时期有不同的特色，与词人的社会角色、地位、行为方式、生活态度、审美趣味、价值观念的演变有着密切联系。正如南宋遗民词人赵文所说："观欧晏词，知是庆历、嘉祐间人语；观周美成词，其为宣和、靖康也无疑矣。声音之为世道邪？世道之为声音邪？有不自知其然而然者矣！"[②] 词人们在其特定的社会文化环境中形成的气质、品性，影响着词的内质、审美风貌的发展与演变。

  南宋后期，隐逸之风开始盛行。宋末皇帝大多昏庸无道，任用小人。宋朝末期，世风日下，权相专政、小人得志，正直士人受到排挤，正如生活在南宋后期的罗大经所叹："王荆公论末世风俗云：'贤者不得行道，不肖者得行无道；贱者不得行礼，贵者得行无礼。'嗟夫！荆公生于本朝极盛之时，犹有此叹，况愈降愈下乎？"[③] 诚哉斯言！当时正直的士大夫或遭受政治迫害，或不满现实，或避祸远害，或仕进无门，或兼而有之，成了宋末隐逸之风盛行的重要原因。

  宋亡，一群亡国词人，出于民族自尊而拒绝仕元。这些词人隐居在山林云水，成了遗民。一般意义上的遗民，大多是以隐士的身份出现的，正如严迪昌所说："凡遗民必是隐逸范畴，但隐逸之士非尽属遗民，'汉官仪'、汉家衣冠的是否沦丧，正是甄别此

---

 ① 胡适：《胡适学术文集·中国文学史》（上），中华书局1998年版，第468页。
 ② 〔元〕赵文《青山集》卷二《吴山房乐府序》，见《影印文渊阁四库全书》第1195册，集部一三四，别集类，第13页。
 ③ 〔宋〕罗大经撰，王瑞来点校：《鹤林玉露》，中华书局1983年版，第165页。

中差异的历史标志。"① 南宋遗民词人或放浪山水、啸傲田园；或寄身佛寺、栖隐道观；或聚众授徒、闭门著述，隐士是他们共同的社会角色，隐居生活是他们共同的行为方式。宋元易代是历史上一个独特的时代，即汉族政权第一次被少数民族政权取代，宋王朝优待文人的政策，与元蒙统治下文人低下的社会地位形成强烈鲜明的对比与反差，促使归隐、羡隐成为当时士人的主要行为方式和心理特征。即使应召元朝官职的文士，其心理也异常复杂，大多悲观、内疚和悔恨，也盼望能早日归隐。如宋宗室之后赵孟頫入元后，应召为兵部郎中，直集贤院，出守济南，在写给遗民词人周密的《次韵周公谨见赠》中说："池鱼思故渊，槛兽念旧薮。官曹困窘束，卯入常尽酉。简书督期会，何用传不朽。十年从世故，尘土荡衣袖。归来忽相见，忘此离别久。缅怀德翁隐，坐羡沮溺偶。新诗使我和，颦里忘己丑。平生知我者，颇亦似公否？山林期晚岁，鸡黍共尊酒。却笑桓公言，凄然汉南柳。"羡隐之情充溢于字里行间。南宋遗民词人之所以与那些出任为元朝官职的故人仍保持着友谊，正是因为他们有着共同的痛苦体验、矛盾心理和尴尬处境，虽出处不同、进退有别，但其归隐、羡隐之心却是相通的。

　　江湖文士与南宋遗民促成了宋元之际隐逸之风的盛行。这种隐逸风气具有继承性和群体性的特点，是宋元时期士人长期相传和群体参与的行为风气。正因为如此，这种隐居不仕的行为风气像飓风一样具有感染性与传递性，自然而然地影响到了整个时代的社会风气，使宋末以来的隐逸之风蓬勃兴起、广为流行、余波不息、影响深远，形成了中国文化史上的一道独特景象。

　　宋元之际词林中的那种隐逸之风，正是普遍存在的社会风气在词体文学上的体现与反映，若从传统隐逸文化的深层次角度来探讨这一时期的词坛现象，对储藏在唐宋词史发展的最后阶段——南宋遗民词中丰富多样的因袭、演变信息，进行隐逸文化方面的阐释，或许有更多的可评可说之处，也更易于深入地发掘、把握唐宋词流变的后期轨迹。

　　南宋后期以来词体特征的形成，在很大程度上就取决于词人的隐士性格特征。因此，创作主体角色的改变，即由以前的歌者、诗人转变为词匠，词体特征发生了很大变化。正如朱彝尊在《词综·发凡》中说："世人言词，必称北宋。然词至南宋，始极其工，至宋季而始极其变。"② 这一"变"，就是由南宋后期的江湖词人与宋末元初的遗民词人完成的。

　　不过，需要指出的是，胡适所说"白石以后，直到宋末元初，是词匠的词"，笔者认为，从另一方面看，这又可以说是"隐士"的词。隐居不仕，是他们共同的生活方式，这种生活方式在宋元易代之际的词人群体中是一种普遍存在的现象。南宋遗民词人的身份、角色较之以往发生了改变，由歌者、文士、志士转为隐士，凸显了这一词人群体的独特生存状态，体现了一种独特的社会心理，反映在词作、记录在词史上的便是一种独特的社会文化现象。

　　宋元易代之际，创作主体的隐士身份、这一主体与隐居生活的密切关系，给唐宋词的情感内容和审美趋向注入了新质。具体地说，创作主体大多是隐士，隐居不仕，成了

---

① 严迪昌：《清史诗》，浙江古籍出版社2002年版，第61页。
② 〔清〕朱彝尊、汪森编，民辉校点：《词综》，岳麓书社1995年版，第10页。

南宋遗民词人的一种基本生存状态，他们的价值观念、思维方式、心理状态均体现了隐士的好恶与选择，示诸词作，即带有了隐逸文化影响下的审美特质。为了进一步确认南宋遗民词人的"遗民"身份、隐居生活在唐宋词史上造成的影响，我们可以从如下两个方面来看。一方面看他们的出处行为，另一方面看他们的心迹情感，即从外到内来证实南宋遗民词人"遗民"身份在文学史及词史上的定位与意义。

首先，我们来看南宋遗民词人的出处行为。涉及"逸民"与"遗民"之说，追溯至先秦，大多是指隐士。如《论语》记载孔子常遇到一些避世的隐士，即称作逸民。归庄在《历代遗民录序》中区分了遗民和隐士的关系，他说："凡怀道抱德不用于世者，皆谓之逸民；而遗民则惟在废兴之际，以为此前朝之所遗也。……故遗民之称，视其一时之去就，而不系乎终身之显晦，所以与孔子之表逸民，皇甫谧之传高士，微有不同者也。"① 依此说，遗民和隐士虽微有不同，还是存在着非常深刻的内在联系。即隐士是怀道抱德而不仕，遗民则是在废兴之际隐居不仕，相同点是两者都不仕，不同点是不仕的情形不同，若怀道抱德者在废兴之际而不仕，则遗民与隐士的身份就统一了。据蒋星煜在《中国隐士与中国文化》中的定义，认为："'隐士'的含义，是清高孤介，洁身自爱，知命达理，视富贵如浮云。"② 张立伟对遗民与隐逸的关系做了界定，他说："'遗民'一词有两层含义，一指亡国之民，二指改朝换代后不仕新朝的人。前一义与隐逸无关，后一义的遗民则是隐逸的一种。"③ 诚然，南宋遗民词人在宋元易代之际洁身自爱、拒不仕元，从出处行为上看，他们就应是隐逸的一种。

再看心迹情感。在考察南宋遗民词人的遗民身份时，既要看到他们的行为出处，又要明其心迹情感。笔者是这样来理解遗民和隐士关系的：遗民在兴废之际，不但甘于"隐"居不仕，而且还应具有"逸"的精神境界，即在心理趋向、精神面貌上具有隐君子之风，才算得上是隐士。在广泛披览有关南宋遗民词人的文献资料后，笔者获得的整体印象是隐士在词人群体中大量出现，隐逸高蹈，不仅成为词人群体普遍的行为方式，而且也是他们普遍的心理趋向。

例如朱彝尊在《乐府补题序》中介绍了唐珏、周密、仇远、张炎、王沂孙等遗民词人中的骨干后，说他们"大率皆宋末隐君子也"④，这九字确是的评。蒋景祁在《荆溪词初集序》中也说："吾荆溪……以词名者，则自宋末家竹山始也。竹山先生恬淡寡营，居滆湖之滨，日以吟咏自乐，故其词冲夷萧远，有隐君子之风。"⑤ 何梦桂自称为"山人"⑥；王沂孙号"玉笥山人"；王奕以"玉斗山人"自炫；仇远自号"山村民"；孙锐号"耕闲居士"；李彭老、李莱老兄弟自称为"龟溪二隐"；李珏号"鹤田"、又号"庐陵民"；周密以"草窗"为号；赵文号"青山"；汪元量号"水云"；刘壎自号"水云村人"；柴望在《凉州鼓吹自序》中自谓"山翁"⑦；以上等等，都体现了他们在心理

---

① 〔清〕归庄：《归庄集》卷三，上海古籍出版社1984年版，第170页。
② 蒋星煜：《中国隐士与中国文化》，上海书店1989年版，第1页。
③ 张立伟：《归去来兮——隐逸的文化透视》，生活、读书、新知三联书店1995年版，第213页。
④ 〔清〕朱彝尊：《乐府补题序》，见《影印文渊阁四库全书》第1318册，第61页。
⑤ 孙克强编：《唐宋人词话》，河南文艺出版社1999年版，第896页。
⑥ 〔宋〕何梦桂：《沁园春》，见唐圭璋编《全宋词》，中华书局1999年版，第3986页。
⑦ 施蛰存主编：《词籍序跋萃编》，中国社会科学出版社1994年版，第419页。

趋向上标榜隐逸的思想。

王昶在《书张叔夏年谱后》中大致描述了临安遗民词人群的心迹情感与精神面貌，他说："其来往江湖，幅巾拄杖，留连于诗酒翰墨之场，与遗民野老采薇餐菊，或歌或泣，志节可想见也。……读其词小序，自《夜飞鹊》书大德外，其余仅纪甲子，并未纪元，是乃师法柴桑，岂肯以承明为志耶？……朋好亦皆东南逃名遁世之士，如王碧山、周草窗、陈西麓、邓牧心、吴梦窗、李商隐、仇山村、李员房、白廷玉、韩竹涧、郑所南、钱舜举、李仲宾、赵子昂、张伯雨，可考者十五人，余悉声沉响寂。"①陈廷焯在《白雨斋词话》中评临安遗民词人陈允平时也说："西麓《八宝妆》云：'琴心锦意暗懒，又争奈、西风吹恨醒'，其有感于为制置司参议官时乎？然不肯仕元之意，已决于此矣。"②

沈雄《古今词话·词评上卷》引《柳塘词话》评江西遗民词人群时云："文山结诸路豪俊，发溪洞酋长以应之，有议其猖狂者。有'山河破碎水漂絮，身世浮沉风打萍。诸葛未亡犹是汉，伯夷虽死不从周'句。死年四十七，一时庐陵诸公俱不仕。"③江西遗民词人大多也有隐君子之风，故赵万里在校辑南宋遗民词时也说："宋末庐陵多隐君子。"④

从中可以看出，南宋遗民词人的两大群体——临安词人群和江西词人群的绝大多数成员都是隐士，他们的行为方式、思想情感与隐君子是一致的。所以，笔者认为，"隐君子"正是对他们身份的精确概括，南宋遗民词人应归为隐士一类。

南宋遗民词人，作为宋元之际词坛中的一个重要群体，他们的创作反映了这一易代之际词人群体较普遍的隐居生活方式及隐逸心迹情感。他们的隐居不仕既有忠于故国、维护民族自尊的原因，也是其在宋亡后流离漂泊生活中寻求精神栖息之所的需要，是他们在神州陆沉、时代浩劫中不得已的选择。身"隐"而导致心"逸"，他们的悲剧性生命体验，也逐渐使他们沉湎于隐居生活而流连忘返，在山林云水中寻求生活的乐趣与实现人生的价值，忘却了现实政治生活中的功名事业。这一社会角色、地位及其行为方式的改变，导致了他们生活态度、审美趣味、价值观念等方面的变化。

南宋遗民词人"遗民"的身份角色，表现在他们的社会生活实践、文学创作活动的各个方面。他们社会生活实践的场所，与以往词人不同。以往词人的实践场所，是在统治阶层提供的现实政治生活框架里，这时词人的人格形象，主要是在"修齐治平"的过程中得以体现，主要建构的就是"学而优则仕"⑤，"君子以自强不息"⑥，"先天下之忧而忧，后天下之乐而乐"等以天下为己任式的性格特征，追求功名和积极入仕是这时期词人普遍具有的人生观和价值观。文学创作，特别是词创作只是他们公务之外的余事，他们的时间、精力主要还是放在现实的政治功名上，唐代牛李党争及宋代党争的激

---

① 〔清〕王昶：《书张叔夏年谱后》，见吴则虞校辑《山中白云词》，中华书局1983年版，第160页。
② 〔清〕陈廷焯：《白雨斋词话》卷二，见唐圭璋编《词话丛编》本，中华书局1986年版，第3805页。
③ 〔清〕沈雄：《古今词话·词评上卷》，见唐圭璋编《词话丛编》本，中华书局1986年版，第1012页。
④ 赵万里：《校辑宋金元人词·中斋词记》，见孙克强编著《唐宋人词话》，河南文艺出版社1999年版，第862页。
⑤ 《论语·子张》，见〔宋〕朱熹《四书章句集注》，中华书局1983年版，第190页。
⑥ 《易传》"乾"卦的"大象"卦辞。

烈程度就很能说明这一问题。南宋遗民词人却是在大自然的山林云水中进行社会生活实践，到大自然中去接触和体认山水，在山水自然里参禅悟道、交游唱和、陶醉吟咏是他们生活的主要内容。因此，他们比以往唐宋词人更能发现和领悟到自然风物的美。隐居生活环境和生活方式造就了南宋遗民词人的隐士人格精神，他们大都过着一种人生和艺术统一化的隐士生活，为排遣现实生活的悲剧性体验，将时间、精力主要放在文学创作与艺术鉴赏上。南宋遗民词人群体的"遗民"身份角色及其在词创作活动中的种种特点，在以往的唐宋词史上较少出现，他们的身份角色、人格特征、生活环境和生活方式有很多是我们以前未曾留意或不甚了然的，他们的身份角色与词创作的内在联系，更少有人问津。因此，笔者在此节中要考察与分析宋元之际隐逸之风的盛行与词人角色的改变。

南宋遗民词人"遗民"的身份角色，使遗民词中出现了大量的隐士抒情主人公形象，在某种意义上，可以说这是创作主体"遗民"身份角色的自我认定。这种"遗民"角色的自我认定，来自中国传统文化对待"遗民"的观念。《论语·微子》云："逸民：伯夷、叔齐、虞仲、夷逸、朱张、柳下惠、少连。"何晏集解："逸民者，节行超逸也。"这是最早关于遗民角色的认定，其中的"逸民"，即是遗民的前身。《左传·闵公二年》载："卫之遗民男女七百有三十人。"①《左传·襄公二十九年》："为之歌唐，曰：'思深哉！其有陶唐氏之遗民乎！'"《孟子·万章上》："《云汉》之诗曰：'周余黎民，靡有孑遗。'信斯言也，是周无遗民也。"《史记·周纪》："成王既迁殷遗民。"《史记·吴世家》："犹有先王遗民。"开始出现了"遗民"的称呼。《汉书·律历志序》云："周衰官失，孔子陈后王之法，曰：'谨权量，审法度，修废官，举逸民，四方之政行矣。'"颜师古注："逸民，谓有德而隐处者。"② 在中国传统文化中，逸民即指朝代更替之际不出仕而隐居之人，每当朝代更换之际都有自己的逸民。逸民隐逸的总体形态和目的，正如《后汉书·逸民列传序》云："或隐居以求其志，或回避以全其道，或静已以镇其躁，或去危以图其安，或垢俗以动其概，或疵物以激其清。"③ 逸民隐逸不仕所体现的文化意蕴和功能，在不同社会环境里，有其各自不同的特点。

总的来说，元初，遗民在数量上远远超过了前代，遗民的意义也更加突出了。遗民与逸民、隐士、逸士、高士、隐逸的关系到此时更为密切，有时混用。如明末清初的王猷定在《宋遗民广录序》中说："存宋者，遗民也。知宋之所以存，则当知宋之所以亡，知遗民之所以存宋，则当知宋之所以存遗民者安在也。"④ 屈大均《书遗民传后》引用时则说："存宋者，逸民也。"⑤ 就把宋遗民等同于逸民，即隐士了。宋遗民隐居不仕者人数众多，明代程敏政作《宋遗民录》十五卷，录谢翱、唐珏、汪元量、郑思肖等十一人诗作；明末清初人李长科撰《广宋遗民录》，将人数增至三百一十五人；朱明

---

① 杨伯峻编著：《春秋左传注》，中华书局1981年版，第266页。
② 〔汉〕班固著，〔汉〕颜师古注：《汉书》，中华书局1998年版，第341页。
③ 〔南朝宋〕范晔撰，〔唐〕李贤注：《后汉书》，中华书局1998年版，第1039页。
④ 〔清〕王猷定《四照堂集》卷二，见《丛书集成续编》第151册，新文丰出版公司印行，第489页。
⑤ 徐信符编：《翁山佚文辑》卷中。

德《广宋遗民录》则又增至四百余人。① 隐居不仕的宋遗民数量如此之多，在以前是较少见的。数量上的增多，使遗民词人"逸民"身份的特点也更加突显出来。遗民词人除了具备传统文化中"节行超逸""有德而隐处"这些遗民的主要特征外，他们的特点，还表现在以下两个方面。

一方面，南宋遗民词人作为遗民的特征，是他们具有强烈的民族自尊。遗民词人是宋元之际士人群体的主体，也是这一时期词创作的主体。他们虽同一般隐士一样以不仕为标记，却又不同于一般隐士——他们具有强烈的故国之思、家国之念。这一细微差别，正在此"以为此前朝之所遗也"的心迹情感，在宋元易代之际则集中体现为遗民的民族自尊，这正是南宋遗民词人区别于一般隐逸之士的重要特征。遗民词人隐居尽管有多种原因，但出于民族自尊而不愿与新王朝合作型的隐逸，在他们中是一个普遍现象。这种现象的产生，和当时特定的时代环境密切相关。自宋入元之后，江南士人往往受到压迫和歧视。遗民词人大多深受儒家"严夷夏之大防"思想的影响，崇尚民族气节是他们共同的思想特征。如周密在《弁阳老人自铭》中云：

一身之承兮，百世之泽。始终无端兮，运化莫测。景翳翳其将莫兮，愧修名之不立。海水群飞弊于天航兮，所不沦胥以溺。持此以复吾亲兮，尚训名之弗失。畸于人而偶于天，不为金砥兮，庶乎其瓦全。其所当为者为之，不敢不力；有志而不得为者天也，吾何与焉！何诞漫兮，鹜荒远而无成。何底泽兮，不能与时而偕行。渺六合兮，菀乎谁伸？旷千载兮，庶或鉴于予心！②

在面临出处进退等重大选择时，遗民词人宁为玉碎，不为瓦全，不能与时而偕行，表明了他们不与元蒙统治者合作的决心，他们的隐居不仕就使自身的遗民身份具有了维护民族自尊的特征。作为宋朝的读书人，他们难与"多不知执笔画押"③的蒙元统治者为伍；作为汉人，他们也更愿意保持自己的民族自尊。牟𪩘认为，"士固各有志，肯为富贵移？……势利苦炎炎，名节贵皓皓。……所以唯慕陶，固穷而守道"④，这就是遗民词人拒不仕元而要维护民族自尊的表现。

周密是遗民词人的领袖人物之一，同时又是一名野史大家。他著的野史笔记，正如永瑢所说："所记南宋旧事为多，皆兴亡治乱之大端。"⑤ 又如鲍廷博《西湖志》引郎瑛《七修类稿》所载："南宋遗老周公谨氏入元后，追忆乾、淳旧事，撰述此书，凡朝廷典礼、山川风俗，与夫市肆节物、教坊乐部，无不备载，而于孝庙奉亲之事，尤致意焉。……自序一篇，声情绵邈，凄然有故国旧君之思，不仅流连今昔而已。"⑥ 这种多记旧朝野史、风俗民情的行为，也是他具有遗民意识、民族自尊的典型体现，如他们在词中一再吟咏："几回听得啼鹃，不如归去。"（张炎《祝英台近》）"渐远不知何杜宇，不如归去、不如归去。"（刘辰翁《青玉案》）"参横月落，一醉且归去。"（何梦桂《摸

---

① 后两书今已佚，此据谢正光《明遗民传记索引序》，上海古籍出版社1992年版。
② 〔宋〕周密：《弁阳老人自铭》，见〔清〕朱存理《珊瑚木难》卷五，《影印文渊阁四库全书》第815册，子部121，艺术类，第143页。
③ 〔元〕陶宗仪著，文灏点校：《辍耕录》，文化艺术出版社1998年版，第30页。
④ 〔宋〕牟𪩘：《和赵子俊闲居十首》，见《影印文渊阁四库全书》第1188册，第7页。
⑤ 〔清〕永瑢等：《四库全书简明目录》，古典文学出版社1957年版，第497页。
⑥ 〔宋〕周密著，史克振校注：《草窗词校注》，齐鲁书社1993年版，第275页。

鱼儿》)的望归之情,即道出了他们维护民族自尊的心态。因此,要把握遗民词人作为"遗民"的主体特征,就不应忽视宋元易代之际的时代因素:士人阶层中大多出于"民族自尊"而隐居不仕,他们的人格精神在很大程度上就具有了一种反对元蒙暴政、政治压迫,表达遗民意识、爱国情感的特征。

另一方面,南遗民词人作为遗民的特征,是他们具有群体认同隐逸高蹈的思想,从而在行为方式上也体现出隐逸高蹈的风貌。这种词人群体性的隐逸高蹈行为,不仅是遗民词人在唐宋词史上的一个重要特征,而且也是南宋遗民词人作为"遗民",在中国隐逸文化史上的一个独特现象。这一词人群体对隐逸高蹈的行为方式具有一种普遍的认同感。刘将孙在《薛超吾字说》中称薛超吾为"逸民",是赞赏他"野鹤自处"的行为特征①。赵文《七逸画记》云:"古之所谓逸民者,不必皆隐逸之士也。柳下惠以官则士师,以采则柳下,而夫子以'逸民'称之,以其超然世俗之外也。集贤公以是邦守相而能忘其富贵之身,与山林之士友,此集贤公所以为员峤真逸也。"② 也是赞赏其"真逸"的精神。戴表元在《董可伯隐居记》中说:

> 世之为高人,多托隐于山林,山林之去人甚近,贫贱而居之,则累于身,富贵而居之,则累于名,是二者皆非所以安也。于是又有逃踪绝俗之士,求超然于是物之表以为安,而终不免乎累者,心迹异焉故也……有称情之安,而兼及物之乐……人间爱憎喜怒休戚之感,是非荣辱得丧之役,亦不能入也,持是而隐于山林,可谓心迹俱超,而身名无累矣!③

在南宋遗民词人看来,逸民,除了有德隐处的含义外,还需强调"真逸"的精神,即是"超然世俗之外""心迹俱超,而身名无累"的主体特征。这种主体特征,是遗民词人群体在长期的隐居生活中形成的一种生活形态和精神境界,得到了遗民词人的普遍认同。宋元易代的社会现实,使遗民词人赋予了"遗民"身份角色隐逸高蹈的含义。遗民词人对"隐逸"的咏唱,表达了他们群体应和的心声,如《宋史翼》载:"周密字公谨,……遇好景佳时,载酒肴,浮扁舟,穷旦夕赋咏于其间。……宋运既徂,志节不屈。……唱和者王沂孙、王易简、冯应瑞、唐艺孙、吕同老、李彭老、陈恕可、唐珏、赵汝钠、李居仁、张炎、仇远,皆宋遗民也。"④ 赵翼说:"南宋遗民故老,相与唱和于荒江寂寞之滨,流风余韵,久而弗替,遂成风会。"⑤ 这种群体唱和吟咏隐逸高蹈的行为方式,鲜明地展示了遗民词人已形成了一个群体来到广阔的山林云水间,进行隐逸生活实践。遗民词人的人格精神表现了当时山林隐逸、避世逍遥之风的盛行,表明了隐逸避世的思想感情,在宋元易代之际是作为一种社会思潮出现的,这种思潮化、群体性的隐逸倾向是遗民词人身份角色的一个重要特点。

可以说,这个特点是遗民词人群体人格精神的衍变发展在文学创作上的必然体现,

---

① 参见〔元〕刘将孙撰《养吾斋集》卷二四,《影印文渊阁四库全书》第1199册,集部一三八,别集类,第231页。
② 〔元〕赵文:《青山集》,见《影印文渊阁四库全书》第1195册,集部一三四,别集类,第57页。
③ 〔元〕戴表元:《剡源文集》,见《影印文渊阁四库全书》第1194册,集部一三三,别集类,第52页。
④ 〔清〕陆心源辑撰:《宋史翼》,中华书局1991年版,第366—367页。
⑤ 〔清〕赵翼著,王树民校证:《廿二史札记》,中华书局1984年版,第705页。

反映了他们在悲剧性的生命体验里企图寻找人生出路和解脱人生痛苦的愿望。遗民词中的抒情人物形象，正是词人隐居生活中主体特征、心态情感的写真，表现了词人具有普遍性的隐逸生活形态和精神境界。可见，遗民词人的隐居生活实践，作为中国传统隐逸文化的一个组成部分，具有鲜明的时代特征，他们的人格形象有着特殊的社会批判价值和审美意义。遗民词人置身于宋元易代及传统隐逸文化盛行的漩涡之中，置身于夏夷之变的巨大社会变动里，他们的独特人格和自由精神，常常在隐居生活实践中展现出来。这些幽人雅士遇胜日好怀，便肆意恣游于山水间，谈艺吟咏，酒酣之余，浩歌咏志。所以，在登临游胜、流连光景之际，遗民词人的创作风貌也随之一变，在词中呈现出清隽而旷达的风貌，超脱物外之感时时见于字里行间，达到了澄怀观道的意境。

若我们仔细考察一下自南宋后期以来词人隐居生活与词创作之间的互动关系，以及在这种关系中词人人格和创作风貌的演变轨迹，就可以发现，南宋遗民词是创作主体"遗民"身份角色在特定历史时期的独特表现。这从方法论的依据来看，文学是"人"学，文学创作是为人生，文学研究也应当着眼于"人"。南宋遗民词便是南宋遗民生活和思想的形象反映，创作主体就是南宋遗民，"遗民"的身份角色，在唐宋词的创作主体上具有独特性，这种创作主体角色、身份、行为方式、生活态度、审美趣味、价值观念的嬗变，以及词人群体种种生活道路上的发展变化，也就必然会引起词作题材内容及艺术风格的新变。宋元之际的社会文化环境正是通过南宋遗民词创作主体这个内部因素而对词体文学的新变和繁荣起作用的。

第二节　散曲赏析

散曲是元曲的一种体式，以元杂剧所用的曲调唱词抒情，但不用科白，不表演故事，成为继诗、词之后在民间兴起的一种新的独立的诗体。具有口语化、俚俗化，句法灵活，明快自然的特点。元代称之为"乐府"或"今乐府"。散曲的体制主要有小令（包括带过曲）、套数。

一、散曲的体制特征

小令又称"叶儿"，元代散曲体式之一。特征是单片只曲，调短字少。源自北方民间流行的词调小曲，句式长短不齐。其名称来自唐代酒令。一般为单片，也包括一种联章体的重头小令，由同题同调的数支小令组成。

套数是散曲体式的一种，又叫"散套""套曲"或"大令"，从唐宋大曲、宋金诸宫调发展而来。它由同一宫调的若干曲牌连缀成套，各曲同押一部韵，套末有尾声。

带过曲是由同一宫调的不同曲牌组成，曲牌不能超过三首，没有尾声，属于小型组曲。

散曲的体裁、风格具有鲜明的特点。与词相比，其特点是：

首先，灵活的句式和用韵。这一方面主要体现在四个方面。第一，句式长短更为参差不齐，更自由活泼。第二，可以增加衬字（在曲调规定之外自由加添的字），既保持曲调的腔格，又增加语言的生动性，更为酣畅淋漓。第三，用韵较密，一韵到底，平仄可以通押，更显活泼流畅，顺口动听。第四，力避字句重复，尤忌重韵，而散曲却以此见长。

其次，以俗为尚和口语化、散文化的语言风格，直露明快，更具民间色彩。

最后，明快显豁、自然酣畅的审美取向。

试读关汉卿的《南吕·一枝花·不伏老》尾曲：

我是个蒸不烂、煮不熟、捶不扁、炒不爆、响珰珰一粒铜豌豆。恁子弟每，谁教你钻入他锄不断、斫不下、解不开、顿不脱、慢腾腾千层锦套头。我玩的是梁园月，饮的是东京酒，赏的是洛阳花，攀的是章台柳。我也会围棋、会蹴鞠、会打围、会插科、会歌舞、会吹弹、会咽作、会吟诗、会双陆。你便是落了我牙、歪了我口、瘸了我腿、折了我手，天赐与我这几般儿歹症候，尚兀自不肯休。则除是阎王亲自唤，神鬼自来勾，三魂归地府，七魄丧冥幽。天那！那其间才不向烟花路儿上走。

全曲把衬字运用的技巧发挥到了极致。如首两句，作者在本格七、七句式之外，增加了三十九个衬字，使之成为散曲中少见的长句。而这些长句，实际上又以排列有序的一连串三字短句组成，从而给人以长短结合、舒卷自如的感觉。这种浪漫不羁的表现形式，恰能表达浪漫不羁的内容，以及风流浪子无所顾忌的品性。

二、作品讲读

（一）马致远《天净沙·秋思》

马致远，有文场"曲状元"之美称，一生创作大量的散曲，现存小令一百一十五首，套数二十二篇，共一百三十七首。马致远的散曲，带有较浓郁的文人气，擅长套数，将哲理、情感、意境以及自身的体悟融为一体，语言放逸宏丽而不失本色，对仗工稳妥帖，被视为散曲豪放派的代表作家。他的小令则写得俊逸疏宕，饶有情趣，代表者是《天净沙·秋思》：

枯藤老树昏鸦，小桥流水人家，古道西风瘦马，夕阳西下，断肠人在天涯。

此曲表达了游子漂泊天涯，思念故乡的眷眷情怀，含蓄地反映了作者政治失意后对社会人生的一种困倦情绪。作者借用苍凉、迟暮之客观景物，寄寓他浓厚的漂泊天涯的情怀，景情相融相合，意趣深远，被后人誉为"秋思之祖"。此曲的艺术特点主要表现在构思精巧，意境和谐。作者以游子思乡之情为内在感情脉络，精心选择九种自然景物来展示断肠之叹，天涯之思，构成完整、和谐的意境，为表达主题服务。借景抒情的表现方法又体现在景物并置的写景方法；感情色调的对比。

（二）张养浩《山坡羊·潼关怀古》

峰峦如聚，波涛如怒，山河表里潼关路。望西都，意踟蹰，伤心秦汉经行处，宫阙万间都做了土。兴，百姓苦；亡，百姓苦。

张养浩散曲以寄情山林之乐为主要内容，但《山坡羊·潼关怀古》则是一篇通过感叹古今盛衰来反映民生疾苦的佳作。这支小令，一方面通过登临怀古，抒发了作者古今盛衰都归为尘土的感悟，曲折表现作者对现实的不满之情；另一方面，作者进一步指出任何朝代的更替，都改变不了人民的悲惨命运，流露作者对人民的关心与同情，也表现作者对历史发展规律朴素、朦胧的认识，因此使作品具有深刻的主题。

　　在艺术上，这首曲子也很有特点。第一，结构上，意脉清楚，从实到虚，层层深入。第二，语言凝练，立意高远。

附录：寓教于乐
——以夏承焘教学风格为中心探求国学传播的策略

关于一代国学大师夏承焘先生与国学研究、词学创作的关系，通过施议对、钱志熙等学者的研究，已为人们所关注①。与国学传承、国学教育、国学传播及中国教育现代化进程关系密切的夏承焘的教学思想、讲课风格，同样有着很明显的启蒙色彩和时代特征，但至今未见有人提出来并加以专门阐述。这是中国现代文化史、文学史、教育史上的一个重要现象，关系到我们国家新时期对文学家、思想家、教育家、学者的精神境界、人生态度和人格个性的评价及国学在当下如何更好地得到传播与接受的问题，要是不认真去梳理阐述，给以允当的评价，无疑有蒙尘、遗珠之憾。

孔子曰："学而时习之，不亦说乎？有朋自远方来，不亦乐乎？人不知，而不愠，不亦君子乎？"又曰："知之者不如好之者，好之者不如乐之者。"孔子作为大成至圣先师、万世师表，他最显著的教学特点就在启发学生的学习兴趣，体现了圣人悦于学而乐于教的教学风格。以夏承焘为中心的民国时代的国学大师们，基本上熟读精研了《论语》一书，故他们在教学风格上大都能继承与发扬孔子"寓教于乐"的教学特点。中国传统教学方法的一个重要特征是不太重视学生逻辑思维能力的培养，而重视类比联想，由类比而启发学生思考，教学相长，学习范围宽广，直觉性强，注重通过学生的感受来引起思考。笔者在以夏承焘教学风格为中心探求国学传播的策略时，亦特别注意运用类比联想的研究方法，将传统的教学风格与目前教育界面临的国学传播与接受问题结合起来进行阐述。

以夏承焘教学风格为中心探求国学传播的策略时主要从夏承焘教学的目的、态度、宗旨、方法等几个方面入手，着重分为三部分来进行探讨：第一部分从夏承焘所处的时代特征以及当时教师教学观念的溯源入手，论述民国时期高校老师的上课风格、国学传播的策略；第二部分对钱穆、夏承焘两位国学大师尤其是对夏承焘的教学风格进行多角度的系统考察；第三部分总结以夏承焘为中心的民国时期教师教学风格对当下国学传播工作者的指导意义。

一

夏承焘（1900—1986），字瞿禅。1880—1910年，这三十年间出生于清末的人当中有许多后来都成了大文学家、大学者、大教育家、大思想家、大革命家、大军事家、大政治家。这是一个盛产英雄豪杰与智谋之士的时代。陈寅恪曾说，评论古人"应具了解之同情，方可下笔。盖古人著书立说，皆有所为而发。故其所处之环境，所受之背景，

---

① 钱志熙：《试论夏承焘的词学观与词体创作历程》，载《中国韵文学刊》2011年第1期；施议对《夏承焘与中国当代词学》，见王瑶主编《中国文学研究现代化进程》，北京大学出版社1998年版，第468—486页。

非完全明了，则其学说不易评论"①。对于夏承焘的教学活动，其教学风格与对中国传统文化的传播价值的判定，也牵涉到环境、背景等方面的因素，因此，知人论世、了解之同情的态度尤其重要。

正如宗白华所说："汉末魏晋六朝是中国政治上最混乱、社会上最苦痛的时代，然而却是精神上极自由、极解放，最富于智慧、最浓于热情的一个时代，因此也就是最富有艺术精神的一个时代。"②夏承焘所生活的清末民国时代，也是中国历史上最混乱、人民生活最痛苦的时代，而在精神上却极自由，是富于智慧、充满激情的一个时代。那批从旧时代过来的文人，正是新文化中旧道德的楷模，旧伦理中新思想的师表。他们的上课方式是十分自由开放的，在课堂教学时往往喜欢借题发挥，就某一问题延伸开来，旁征博引、兴发感动、经史百家、琴棋书画、古今中外、道德文章，无所不谈，但与学生们谈得最多的当然还是学术话题。

夏承焘上课时气度潇洒，从容自得，旁征博引，兴会淋漓，能入而能出，能放复能收，有水流云起，触绪发挥，左右逢源，皆具妙义的境界，在丰富多彩的诗词话题中渗透着深刻的哲理和醉人的诗情，给人以强烈的震撼和无尽的启迪，才气干云，令人心折。夏先生的著作别具一格，灵采焕发、新见迭涌，他是词学家，也是词人。在他的诱导和指点下，学生们对词学研究产生了浓厚的兴趣，他的著述学生们都曾遍读，拳拳服膺之心无日无之。据说夏先生上课时讲到哪里算哪里，任情适性，根本不按教学进度表来上课。这在当时并不是特立独行的现象，如刘文典也是这样，他讲陆机《文赋》时说，这门课可以讲一个星期，可以讲一个月，也可以讲一年，随便他怎么讲。民国年间的教师上课时常常会给学生谈一些逸闻趣事，指点研究问题的一些线索，甚至认为"教小孩子读历史，不论小学、中学、大学，要讲故事，讲人物，不能只讲'封建'、'专制'等空洞的名词"③。因此，这些民国时期的教师常常在课堂上通过历史人物的逸闻趣事来谈做人的道理。

当年的大学老师们在讲台上，可谓儒雅倜傥，潇洒自由，令学生们既敬且爱。像吴梅当年上课时可以仅凭着一卷书、一管笛、一支粉笔，就开讲，那时没有多媒体设备，但却正好可以发挥他们琴棋书画方面的特长。他们上课时常常边讲边吹，边唱边写，黑板上的字迹美观大方，学生们课后都不舍得擦掉。这就让笔者想到了李士彪老师的诗：

从前慢，
从前没有手机。
从前没有录像兮，
从前没有多媒体。
从前只有黑板与粉笔，
从前需要做笔记。
从前是生命的感发，
如今是生命的沉寂。

---

① 陈寅恪：《金明馆丛稿二编》，生活·读书·新知三联书店2011年版，第279页。
② 宗白华：《美学散步》，上海人民出版社1981年版，第117页。
③ 钱穆等：《明报大家大讲堂》，新星出版社2008年版，第60页。

再不疯狂我们就老啦!
呵呵,只是说说而已!
因为,我看见你:
正常地玩手机。

从前与现在对比,真令人感慨万端,不胜惆怅与怀念。

叶嘉莹就是当年顾随的得意门生,在诗词创作方面颇受乃师青睐,等叶先生自己当老师后,她也有意识地效仿恩师当年上课的风范,在谈及自己讲课风格时,她颇有心得且自信地说:

一般说来,我自己对于讲课本来就没有准备讲稿的习惯。这倒还不只是因为我的疏懒的习性,而且也因为我原来抱有一种成见,以为在课堂上的即兴发挥才更能体现诗词中的生生不已的生命力,而如果先写下来再去讲,我以为就未免要死于句下了。①

我们可以从这些前辈学者们的回忆中感受到,那个时代的许多知名教授大多不遵守上课的规矩,他们想怎么教就怎么教,不用交教案或讲义给领导审查,听不听课是学生的自由,现在北京大学还盛传着"来者不拒,去者不追"的佳话。可学生一旦选修老师的课,坐在他的教室里,怎么讲就是他的自由了。如程千帆晚年回忆道:

季刚先生树义谨严精辟,谈经解字,往往突过先儒,虽然对待学生过于严厉,而我们都认为,先生的课还是非听不可的,挨骂也值得。小石先生的语言艺术是惊人的,他能很自在地将复杂的问题用简单明确的话表达出来,由浅入深,使人无不通晓。老师们对自己的研究成果,也从不保密。如翔冬先生讲授《重订中晚唐诗主客图》,瞿安先生讲授《长生殿》传奇斠律,便都是自己研究多年的独得之秘,由于我们的请求,毫无保留地传授给了学生。这种精神使我终身奉为圭臬,对学生丝毫不敢藏私。②

通过程先生的回忆,我们知道那时候的大学教授可谓八仙过海、各显神通,他们每一个人都有自己的研究领域、研究成果、研究专长,各怀绝技,讲起课来也各尽所能,大多不肯受现行体制的束缚。他们上课很不合乎教学规范,不合乎规范化的考试,如上引程千帆文中提到的瞿安先生,在另一些学生的记忆中是这样的:

平时考核测验,每月出一、二题目,必令按时交卷。所出的题目,有时是很新奇的,记得有一次题目是《咏日历》,就很为难了我们,大动了脑筋。所交作业,先生无不认真修改。所评分数,不论优劣都是七十分。我们学生背着先生引以为笑话,其实这乃是先生使学生们"先进者不骄,后进者不馁",正是他教育的好方法。③

现在有些高校规定:考试必须至少要有四种以上题型,每门课程考试还要出三套试卷,否则就不合乎规范,要老师重新出考试题目。民国时的教育却大不一样,虽然在学生的记忆中,这些老师的形象不一定完美无缺,可正是有了这样那样的缺点或不足,反而让学生们觉得老师不但可敬可信任,而且可爱可亲近,是一个有性情、有抱负、有原则又灵活,既理智又热情,既脱俗又入世,既多才多艺又敏锐善感,即使有缺点也值得敬慕的人。甚至有时正是他们的那些缺点或不足,让学生们私底下津津乐道,许多逸闻

---

① 叶嘉莹:《唐宋词十七讲》,北京大学出版社2007年版,第3页。
② 巩本栋:《程千帆沈祖棻学记》,贵州人民出版社1997年版,第6页。
③ 王卫民:《吴梅和他的世界》,河北教育出版社2002年版,第124页。

趣事就这样通过口耳相传流传至今，成了各大名校珍贵的精神财富。

更不可否认的是，这些老师教出来的学生都非常优秀，如程千帆、叶嘉莹、任中敏、唐圭璋、万云俊、马兴荣、孙望等都是在那个时代环境下成长的国学大师。在那种教育体制下培养出来的学生也特别热爱他们的老师，如一代词学宗师唐圭璋在回忆吴梅时感慨万端：

> 呜呼，敌人残暴，天胡容之？先生纯儒，天胡忌之？计予从先生十六载，勉予上进，慰予零丁，示予秘籍，诲予南音，书成乐为予序，词成乐为予评。柳暗波澄，曾记秦淮画舫；枫红秋老，难忘灵谷停车。呜呼，而今已矣，旧游不再，承教无期。①

二

夏承焘的经历比较单纯，主要就是读书、教书、著书。他的教学思想与讲课风格，与20世纪以来中国学术思想的发展有着紧密的联系。十八岁从温州师范学校毕业之后，到八十七岁逝世，他一生的主要都在教书中度过，他教过小学（1918年9月至1921年7月，任永嘉县立任桥小学和梧埏小学教师），教过中学（1922年1月至1925年4月，任西安中华圣公会中学、陕西第一中学、成德中学教师；1925年9月至1930年6月，任瓯海中学、宁波第四中学和严州第九中学教师），教过大学（1925年5月，任西北大学国文系讲师；1930年7月至1942年2月，任之江文理学院讲师、教授；1942年11月至1952年2月，任浙江大学教授；1952年2月至1958年6月，任浙江师范学院教授；1958年6月以后，任杭州大学教授。1972年因病退休），他在教师这个岗位上一共工作了五十四年②。这种经历与大致同时期的钱穆有着惊人的相似处。钱穆（1895—1990），字宾四，著名历史学家，江苏无锡人。1912年始为乡村小学教师，后历中学而大学，先后在燕京大学、北京大学、清华大学、西南联合大学等数校任教。1949年只身去香港，创办新亚书院，1967年起定居台湾。他曾这样总结自己的教学经历：

> 十七岁中学毕业，十八岁开始在乡村做教师，由民国元年起，可以说一直教到今天，已教了六十七年书，我的生活圈子很狭窄，都在学校度过，我所知有限，只是一些教读经验。……我个人的经验倒觉得教小学时最快乐，教中学时又比教大学时快乐。在中学时学校还像个家庭，一到了大学，就像到了社会，大家都自觉做教授，社会上的人也用不同的眼光看我们，而师生的关系却反而疏远了，彼此客客气气。我觉得小学、中学是感情的、生命的。大学嘛，讲学术，有了是非，各人有各人的一套，多属于知识方面也可说是属于别人的，自己的生命却不在那里。我读小学的日子距离今天已有七十多年了，但学校的一切我还清清楚楚记得，房子是怎样的，大门口在哪里，都清楚记得，因为那是我自己的生命。③

其实，钱穆教大学也教得非常出色，据当年北京大学学生回忆：

> 宾四先生，也是北大最叫座教授之一。这并不需要什么事先的宣传，你只要去听一堂课就明白了，二院大礼堂，足有普通大课室的三倍，当他开讲中国通史时，向例是坐

---

① 王卫民：《吴梅和他的世界》，河北教育出版社2002年版，第55页。
② 马兴荣主编：《词学》第二十四辑，华东师范大学出版社2010年版，第239—350页。
③ 钱穆等：《明报大家大讲堂》，新星出版社2008年版，第297—298页。

得满满的。课室的大,听众的多,和那一排高似一排的座位,衬得下面讲台上的宾四先生似乎更矮小些。但这小个儿,却支配着全堂的神志。他并不瘦,两颊丰满,而且带着红润。一付金属细边眼镜,和那种自然而然的和蔼,使人想到"温文"两个字,再配以那件常穿的灰布长衫,这风度无限的雍容潇洒。向例他上课总带着几本有关的书,走到讲桌旁,将书打开,身子半倚半伏在桌子上,俯着头,对那满堂的学生一眼也不看,自顾自的用一只手翻书。翻,翻,翻,足翻到一分钟以上,这时全堂的学生都坐定了,聚精会神的等着他,他不翻书了,抬起头来滔滔不绝的开始讲下去。越讲越有趣味,听的人也越听越有趣味。对于一个问题每每反复申论,引经据典,使大家惊异于其渊博,更惊异于其记忆力之强,显而易见开讲时的翻书不过是他启触自己的一种习惯,而不是在上面寻什么材料。这种充实而光辉的讲授自然而然的长期吸引了人。奇怪的是他那口无锡官话不论从东西南北来的人都听得懂。[①]

夏先生对宾四先生也是十分赞赏的,他的《天凤阁学词日记》里有许多动人的记载,此不赘述。

夏先生的授课风格与宾四先生有很多相似之处,他们既是大学问家,又是大教育家。夏先生的得意门生吴战垒归纳夏先生一生的学术建树有六个方面:第一,开创词人谱牒之学。第二,对词的声律和表现形式的深入研究。第三,词学论述。第四,诗词创作。第五,治词日记。第六,培养人才。吴战垒对夏先生培养人才的特色与贡献进行了介绍:

先生的一生经历十分单纯,概括起来就是:读书、著书、教书。他是一位大学问家,也是一位大教育家。他先后在小学、中学、大学任教六十余年,桃李满天下。"得天下英才而教育之",先生认为是平生最大快事。他热爱教育事业,觉得教书有无穷的滋味,在日记中每有真挚动人的记录。先生还作《教书乐》一文,回顾数十年教学生涯的感想和体会,言之醇醇有味,在丰富的教学经验中渗透着深刻的哲理和醉人的诗情。听先生讲课,是一大享受。他气度从容,笑容可掬,娓娓而谈,庄谐杂出,课堂气氛十分活跃,使人有如坐春风之感。先生性情温厚,虚怀若谷,见人一善,则拳拳服膺;见时贤之精彩著述,则喜形于色,"恨不识其人"。先生于门下,亦从不摆师道尊严的架子。他送给一位老学生的对联写道:"南面教之,北面师之。"其搞谦善纳如此。对于学生的优点,他总是尽量加以奖勉,且用以自励,在日记中亦有不少感人的记述。先生治学门庭广大,从不以自己的爱好和专长来规范学生,而是因材施教,充分鼓励学生发挥自己的才性,扬长避短,卓然有所成就。故先生门下,济济多士,略举其著者,如翻译莎士比亚的专家朱生豪,语言文字学家任铭善、蒋礼鸿,园林建筑学家陈从周,戏曲小说专家徐朔方,台湾散文名家琦君(潘希真)等,均亲炙先生而另辟学术新境;传先生词学一脉而卓然成家者则有吴熊和等。[②]

夏先生的经历虽然单纯,但他却是一个能从单纯闲静生活中寻求快乐的人,教书、读书、游山玩水、看戏、著书立说、谈天说地都能给他带来快乐。尤其是,他把教书当

[①] 陈平原、夏晓虹编:《北大旧事》,生活·读书·新知三联书店1998年版,第351页。
[②] 夏承焘:《夏承焘集》第一册,浙江古籍出版社、浙江教育出版社1997年版,第5—6页。

成人生最快乐的事,他在《教书乐——三十年教学的体验》一文中说:

我十九岁就开始任教,现在已三十多年了。曾经有几位朋友好奇地问过我:"你为啥坐不厌冷板凳?"虽然我很惭愧,我的教学对同学们没有多大益处,但我对这门工作,却始终感觉快乐:因为我体验得它对我有许多好处:

(一)就治学方面说。从前有人拿老子"既以与人己愈多"这句话,说任教对做学问的好处,一切东西给了他人,自己就少了,或全没有了,只有学问教给人,不但他有得而我无失,并且因经过这一番教授,自己对这门学问更加明白更加深入了,自己的心得也更加巩固了,这不正是"既以与人己愈多"吗?……我以为这是教书的一大乐趣。至若和同学们切磋讨论,有许多"教学相长"之益,那是更不待说的。

(二)就交友方面说。在一切职业里,若论得友之广和得益之大,我以为莫如任教。我们任教一年,可以多交数十位青年朋友,朋友增加,就等于自己的生命的扩大,这是不能以金钱计算的报酬。……

(三)就制行方面说。作为教师而行为堕落的,究竟不大多见,因为你在课堂所讲的话,会使你自己的行为多一个限制,不敢肆无忌惮。……前人有"读书乐"的诗,我说"教书乐",略约如此。①

之所以不惮辞繁地引录上述材料,一方面旨在对民国期间成长起来的大学教授们热爱教学、热爱学生、探求新知之风盛行一时的具体情况进行尽可能真实、切合实际的历史还原,以描述清楚当时大学问家、大思想家、大文学家、大教育家的主体人格和审美情趣形成的环境和原因;另一方面也实在是因为这一大段文字蕴涵了大智慧,既诚恳实在又生动感人,很能够说明夏先生的教学思想与讲课风格。像这样对讲授中国传统文化的教育事业有着如此充沛的热情、如此通透的见解,绝不是一辈子皓首穷经、困死书斋的老朽宿儒说得出来的,也绝不是一味崇洋媚外、奴颜媚骨的新学士子所能道其万一,只有能入复能出的人,既精通传统文化,又吸收新学思潮的通达之士才能达到这种精神境界。

我们还可以从夏先生的日记及其学生的追忆中探究夏先生的教学思想及其传播中国传统文化的实际效果,进一步对其"寓教于乐"的教学特点进行系统深刻的把握。夏先生十分喜欢讲课,在日记里,他写道:

讲稼轩词,殊自喜。近年教书,意味醰醰,乐此不疲,可以终身。自念禀气尚能和易,口才虽不大好,亦能舒缓有条理,故幸为学生所容。两年以来,未斥骂一学生。学生亦无非礼相干者。一日无课,辄觉心气不舒,念明日有课,今晚即陶陶动兴。工作与趣味合一,乐哉吾生。曩年一官人怪予能耐苦教书三十年,我诚不觉其苦。以胁肩谄笑为大乐者,安能知我。②

正是因为对教学有着如此的热爱,所以其教学取得了很好的效果。我们可举一些学生的深情追忆来还原夏先生的课堂教学实录,吴战垒在《夏承焘先生说词》中谈道:

听夏承焘先生说词,是一大享受。四十年前,在课堂上听他说稼轩词的情景,至今

---

① 夏承焘:《夏承焘集》第八册,浙江古籍出版社、浙江教育出版社1997年版,第297—298页。
② 夏承焘:《夏承焘集》第六册,浙江古籍出版社、浙江教育出版社1997年版,第666页。

还历历如在眼前。夏先生说词不用讲义,娓娓而谈,庄谐杂陈,课堂上不时爆发出欢快的笑声,真使人有如坐春风之感。夏先生这种授课态度,与另一位授课的任心叔(铭善)先生的严肃正经大不相同。任先生是夏先生在之江大学时的老学生,被夏先生视为畏友,他曾劝夏先生在课堂上要严肃一点,夏先生却说本性如此,无法改变。①

吴战垒是夏先生的得意门生之一,与夏先生感情很深,曾在多个地方谈到夏先生的为人与教学。令人难以置信的是,大致相同的回忆也出现在台湾著名散文家琦君的《三十年点滴念师恩》里:

有一位教文字学的任心叔老师,他对学生要求严格,上课时脸上无一丝笑容。他也是瞿师的得意弟子,常常"当仁不让于师"地与瞿师辩论,他认为瞿师对学生太宽容,懒惰学生就会被误了。瞿师微笑地说:"如卿言亦复佳。"他又正色说:"我讲的是做人的道理,你教的是为学的态度。"……顽皮的学生,把一位老态龙钟的声韵学老师比作"枯藤老树昏鸦",把心叔师比作"古道西风瘦马",风趣的瞿师则是"小桥流水人家"。以心叔师不妥协、疾恶如仇的性格,真不知在大动乱期间,何以自处?他又焉能不死呢?幽默轻松、平易近人、谦冲慈蔼,是瞿师授课的特色。因此旁系以及别校同学,都常来旁听他的课。②

这里面对夏先生的描述与吴战垒何其相似,如出一辙,可见夏先生在当年学生心目中的形象是如此生动感人,反映了以夏承焘为中心的民国教师"寓教于乐"的教学风格。尤其是他们的人格魅力,通过老学生们的深情回忆,有助于我们重温当时的讲课现场,让当今高校里的学者们深思大学教授的职责何在,国学在当下传播的策略如何!

陈平原在《那些日渐清晰的足迹》中有一段话,或许可以给我们以启发:

时人谈论大学,喜欢引梅贻琦半个多世纪前的名言:"所谓大学者,非谓有大楼之谓也,有大师之谓也。"何为大师,除了学问渊深,还有人格魅力。记得鲁迅《关于太炎先生二三事》中有这么一句话:"先生的音容笑貌,还在目前,而所讲的《说文解字》,却一句也不记得了。"其实,对于很多老学生来说,走出校门,让你获益无穷、一辈子无法忘怀的,不是具体的专业知识,而是教授们的言谈举止,即所谓"先生的音容笑貌"是也。在我看来,那些课堂内外的朗朗笑声,那些师生间真诚的精神对话,才是最最要紧的。③

这段话正可作为夏承焘教学实践的注脚。从中,我们不难在确切理解夏先生教学风格的同时,进一步思考如何把握当下,充分认识当前中小学国学教育的现状与问题,从而制定行之有效的国学传播对策,并建立健全高校中国传统文化类通识教育的教学制度以复兴中华民族文化。

三

"寓教于乐"的教学风格,对我们当下的国学教学与传播实践仍有着广泛而深刻的意义。正如陈平原所说:"我想象中的大学教授,除了教学与研究,还必须能跟学生真

---

① 夏承焘:《唐宋词欣赏》,北京出版社2002年版,第3页。
② 琦君:《往事恍如昨》,湖北人民出版社2006年版,第110—111页。
③ 陈平原:《压在纸背的心情》,复旦大学出版社2011年版,第278页。

诚对话，而且，有故事可以流传，有音容笑貌可以追忆。我相信，我们的科研经费会不断增加，我们的大楼会拔地而起，我们的学校规模越来越大，我们发表的论文也越来越多。我唯一担心的是，我们这些大学教授，是否会越来越值得学生们欣赏、追慕和模仿。"①陈先生的担心不是多余的。古风也有相似的感触：

  目前，我们有些教师并不能够妥善地处理教学与科研的关系，教学归教学，科研归科研，两不搭界；或者应付教学，一心投入科研，为职称奋斗。虽然这与当下的评估机制和导向有关，但不能不看到这是导致"成果"泛滥、精品奇缺的学术泡沫现象的一个重要原因。作为教师，只有将科研与教学需要、社会需要和内在表达的需要结合起来时，才能生产出高质量、高水平的学术成果以至精品。②

这段论述反映了如今高校的生态环境。我们现在大学老师大多整日忙着做项目、发论文、出专著、评职称及各类奖项，为了这些疲于奔命，实在没有多少时间和精力花在教学与学生身上，现实情况令人忧虑。

  对比现实，我们更加怀念夏承焘、钱穆等民国时期的先生们了。1986年6月11日，杭州大学举行夏承焘教授追悼会。浙江省政协主席王家扬、杭州大学校长沈善洪、夏先生的学生蒋礼鸿教授、吴熊和教授、徐规教授等人在追悼会上发言，追忆夏先生作为教育家、学者、词人的一生。其中，夏先生的得意门生、传先生词学一脉而卓然成家者吴熊和的发言感人肺腑，令人深思：

  夏先生教育我们的，也首先是学行一致的品格志向的陶冶，作为日后为人为学之本。我们常常从夏先生无所拘束的随意漫谈中，听到他深含哲理的议论，领受到有关人生的启迪。这里可以举两个例子。夏先生喜欢看戏，有一出戏，剧中人物一个是王者，冠冕俨然，高坐台中，但终场无所作为，神色索然；一个身份平凡，但一出场满台生辉，精彩的演出吸引人们的目光，谁也不去注意那个高高在上的人物了。夏先生要我们从这个戏中得到应有的启示，就是人们在生活中，应该是争角色而不争名位。名位是虚器，角色则贵在实干。夏先生说的争角色，就是要为人民、为祖国作出更大的业绩。夏先生一生淡于荣利，他有一首《鹧鸪天》词说："若能杯水如名淡，应信村茶比酒香。"但夏先生为了繁荣祖国的教育文化事业，始终孜孜不倦，尽心尽力，贡献了自己的宝贵一生，表现了一个爱国学者的高尚风格。夏先生的这个教诲，永远是我们追求的目标……③

  行文至此，我们不禁又想起了陈寅恪的感慨："呜呼！神州之外，更有九州。今世之后，更有来世。其间傥亦有能读先生之书者乎？如果有之，则其人于先生之书，钻味既深，神理相接，不但能想见先生之人，想见先生之世，或者更能心喻先生之奇哀遗恨于一时一地，彼此是非之表欤？"④

  知之者不如好之者，好之者不如乐之者。兴趣，就是最好的老师！工作与兴趣合

---

  ① 陈平原：《大学何为》，北京大学出版社2006年版，第158页。
  ② 古风：《教学科研结合 创造学术精品——大力繁荣发展哲学社会科学》（笔谈），载《扬州大学学报》2004年第3期。
  ③ 李剑亮：《夏承焘年谱》，光明日报出版社2012年版，第274页。
  ④ 陈寅恪：《金明馆丛稿二编》，生活·读书·新知三联书店2011年版，第248页。

一，人间便是天堂。所以，只有培养学生的学习兴趣，才能收到最好的教学效果，让学生在课堂上寻找到赏心乐事。而要培养学生的学习兴趣，老师自己必须对所从事的教育事业感兴趣，对所从事的专业研究感兴趣，尤其是要关心自己所教授的对象。

后　记

　　师者，所以传道、授业、解惑也。以德传道，以学授业，以诚解惑，应当说是老师最重要的职责。学生是我们的根，系统地向学生传授健康向上的人生观、价值观，并让其内化为学生们看待世界的积极态度，以横溢的才华、出众的学识和乐观向善的人格个性，塑造学生健全的心理，给他们以面对人生苦难的勇气与信心，是一位成功教师人格魅力的体现。这样的教师，会永远活在学生的心里。

　　我们看到，现在大学文学教育中有些学者看到了教学的重要性及在课堂教学中"寓教于乐"方式的效果。如我的老师沈家庄先生自述平生时道：

　　一生选择了做学问一途，坎坎坷坷地走过来了。平素总是告诫自己：在人世间打一转，总得给世人留下点什么。于是，读书呵，读书呵；写呵，写呵……有时感到充实，有时感到失落，有时感到兴奋，有时感到疲倦……于我来说，除了读书和写作，还有为主的，那就是教书。教本科生，带研究生，将自己的学习心得，传授给他们；将自己的审美感知，启动他们的审美思路……课堂上，能看到他们会心的笑容，我也便满足；刊物上，能读到他们的文章，我也便欣喜。他们对我教学的赞许，给我以教益……我便以新的发现和勤奋的工作，去更深地开掘我所研究和所讲授的知识领域。①

　　每当看到这段话，我就会重温初到桂林广西师范大学读研究生时的岁月。那时，沈家庄老师尚在知天命之年，他是那样的精力弥漫、神采飞扬，平日对弟子们传道授业的点点滴滴，与我们相处时言笑晏晏、谈笑风生的情景，都悄然映入眼帘，往事历历，恍如昨日。

　　对于沈老师的培养，我心中充满了感激，在上课时常模仿当年老师寓教于乐的教学方式，不仅给本系学生上课，还在全校范围内开设了公共选修课、通识课，深受广大学生的欢迎和好评，课堂教学氛围一直很好，取得了一定的教学效果。有些学生在QQ日志中写道：

　　我一直很喜欢苏轼，丁博也很喜欢苏轼，我更喜欢丁博讲苏轼。

　　丁博讲苏东坡时，总是很兴奋。苏东坡那些词，丁博倒背如流；苏东坡那些事，丁博如数家珍。好像讲老朋友的故事，丁博确实是把苏东坡当作老朋友了。但我还是感到老师的失落，老师恨不能和苏东坡同生一个时代，而只能在梦中与他唱和，在诗词中与他交流。

　　学院人人都很敬仰丁博的才学，一边为这位北大博士困于小城感到惋惜，一边却偷着乐：要不是丁博，我们又怎能领略老师的风采呢。其实我并不觉得老师在肇庆学院是埋没人才，如果一个人心性豁达自由，又岂会受空间与环境的限制？

　　丁博讲古代文学，善于用通俗易懂的语言消解高雅文学与我们的距离，他在课堂上

---

① 沈家庄：《竹窗簃词学论稿》后记，广西师范大学出版社1994年版，第334页。

还原了苏东坡最本真的形象:"峨冠正笏立谈丛,凛凛群惊国士风。却戴葛巾从杖履,直将和气接儿童。"(小螃蟹的QQ日志)

听丁博的古代文学课,是一大享受,美中不足的是,下课铃来得太急。

吴战垒先生说,夏承焘先生讲词,使人有如坐春风之感。在我看来,听丁博讲课不仅是这样,还能使人茅塞顿开、豁然开朗。——今天听丁博古代文学课,久久不能忘怀,因有此记。(陈伟其的QQ日志)

这大概是我2009年教过的学生的QQ日记,距今已有十年了,当时能取得这样的教学效果,一方面来自我所教授的对象——具有无穷魅力的中国传统文化及我曾经教过的肇庆学院那些可爱而热情的学生;另一方面,我喜欢上课,在上课时投入了全部的精力,对教学方式进行了积极有益的探索。学生的信任和支持令我很感动,常常有一种快乐从心底涌出。学生的笑声与兴趣,成为激励我上好每一节课的最大动力。在高校现行的体制里,"文字贵于金石,声音随风而逝。"科研论文、科研项目所能换得的现实利益远远超过实际的教学效果。我们能做的,也只有适应这样的环境,尽情享受教书的乐趣。毕竟,"得天下英才而教育之",乃是人生最大的乐趣之一。

如何做到"寓教于乐"呢?为此,我广泛阅读了有关教育学方面的著作,以求从中找到解决中国古代诗词教学问题的有效方法。人生充满了各种机缘,我在一次偶然的机会有幸读到了我校教育专家胡海建教授关于积极教育心理学方面的论著,体验到其中具有其他教育学、心理学著作所未有的意趣。他的研究有一种鲜明的个性特征,所论虽为心理学理论,但其背后蕴含厚实的教育实践经验,其中有些内容与中国古代诗词教学有着深刻的内在契合之处,让人感受到其深厚的底蕴与过人的才识,真正体现了《哈佛积极教育心理学》前言中提出来的理想教学模式:"在教育教学中,积极心理学延伸发展而成为积极教育心理学,其注重从实用性入手,重点放在把心理学知识应用到教师的教育生活和实际中,运用这些知识帮助教师改善教育生活,提升教育质量。如在师生关系处理上,要求教育者用一种欣赏的、开放性的、发展性的眼光来看待每一个孩子的潜能、动机和力量。积极教育心理学要求教师有积极乐观的意识、态度和交往方式,以便更好地促进学生正向行为的积极发展。积极教育心理学背景下的师生关系对我们的教育教学有很多益处。但是,这种关系并不是简单的几个微笑、几句鼓励、几次表扬就能建立的,它需要计划、时间、努力、技巧,但最重要的因素却是坚持。它要求师生之间要有积极的人际关系,这些积极关系的特征包括:相互信任、尊重、关心、时间投入、陪伴、体贴、安全、善良、鼓励、有乐趣等。"[①]

值得注意的是,胡教授特别重视哈佛积极教育心理学中"有乐趣"的这个重要因素。他的《哈佛积极教育心理学》中体现出来的对当前教育、教学问题的描述、认识与陈平原、古风先生的观点非常相似,如出一辙,但胡教授的过人之处在于找到了解决问题的具体做法,显示了在教育学、心理学的研究中,传统治学经验与现代教学实践结合起来的研究新视野所具有的巨大张力与潜力。这源于胡教授丰富的教学实践及其在与教师、学生交往过程中深动感人的生活情景,尤其是他的人格魅力,在这部著作的字里

[①] 胡海建:《哈佛积极教育心理学》,哈尔滨工程大学出版社2015年版,第3页。

行间自然而然地流露了出来,让人深思大学教授的职责何在。

我们无法改变环境,却能把握自己,掌控好自己的课堂。老师只有把学生放在心上,学生才会把老师放在眼里。我们的课堂教学立足于培养学生的积极心理,广泛涉及哲学、艺术学、教育学、管理学、公共关系学、文化人类学、生理学等诸多领域,力图以广阔的文化视野、细腻的审美体验和多元的教学实践,回应胡教授的学术理念,展现现代积极教育心理学视野下的中国古代诗歌赏析思路的多方面,以求通过中国古代诗歌的教学来改善社会,促进教育,改变人生。

我们编写这本教材的初衷是想结合我们的讲课视频带领学生重回到我们当时的课堂教学现场。中国古代诗歌中有那么多神奇的想象、迷人的情景、美丽的语言,更具有高雅的格调、深邃的思想,但是,为什么如此精彩、美妙,对我们大学生大有裨益的中国古代诗歌在肇庆学院的校园中却缺少阅读者、欣赏者呢?或许是因为它对肇庆学院的普通学生来说有点遥远、有点深奥、有点晦涩、有点难懂,这就要求我们这些教授中国古代文学的教师在自己研究的学术象牙塔与普通大学生之间构建起一座桥梁。

也就是说,我们要把严谨、深刻的古代诗歌学术研究与通俗易懂、喜闻乐见的教师解读结合起来,充分发挥两者所长,要让中国古代诗歌经我们讲解后变成有料、有趣的课堂教学。在课堂上,能看到学生们聚精会神的面容,听到他们爽朗开心的笑声,我也感到非常欣慰,觉得自己的努力没有白费。我时常与他们一起自由往来于古今中外的文学、历史名著之间,"抗言谈在昔","奇文共欣赏,疑义相与析",高谈阔论,纵横评赏。这些课堂上的时光,是我人生中最快乐的时光。那寸光阴,要多美好有多美好。时间如流水,那难忘的岁月,仿佛是无言之美。

我在课堂教学中努力学习和模仿国学大师前辈学者如夏承焘、吴熊和、顾随、叶嘉莹、俞平伯、周汝昌、钱穆及当代教学名师莫砺锋、张伯伟、李士彪和我的老师沈家庄、程郁缀、钱理群等先生的讲课风格,他们在课堂教学中、专题演讲里、做学术报告时的风神意态常常令我心醉神迷、心驰神往、心慕手追而不能自已,"虽不能至,然心向往之"!所谓"转益多师是汝师",我向自己所仰慕的众多前辈师长学习,极力模仿他们的讲课风格,并结合自己在肇庆学院工作十多年的教学实际,从而形成了自己的教学特色,在肇庆学院及肇庆地区产生了一定的影响。我希望通过我的课堂教学,能够给学生留下"热情、幽默、博学"的良好印象,激发学生学习中国古代文学的热情、培养他们热爱中国古代诗词及中国优秀传统文化的兴趣。

现在出版的本教材,算是对我这十多年来在肇庆学院课堂教学的一个小结。当然,这种小结的效果如何,只能由学生和读者来评价、衡量与把关。"文章千古事,得失寸心知",这说的是写作之难,尤其是自己的作品遇到知音之难。如果谈到教学,其实真正最有发言权的,还应当是听课的学生。有"感发的生命"的诗歌才能在时间的流逝中留住读者,有生命的感动的课堂也才能在时间的流逝中留住学生。近年来网络上流传的"丁博课堂教学语录",是有些学生收集整理当年我在课堂教学中的一些话语而把它们放在网络上的,虽然这些话语并不"经典",却反映出学生对我教学的热爱或关注,这让我感到很欣慰。他们或许是出于对中国古代诗词的热爱,或许由于他们对诗词的理解与我有某种共鸣之处,他们对我课堂教学的关注,实在是超过了我所应得的。我的欣喜和感激，除了得到肇庆学院如此众多的学生的认可、因之增加了自信之外，更因为他们指出，幽默、热情、博学是我上课的主要特点——这些也正是我梦寐以求的课堂教学境界。在本教材的配套视频网站中我收录了部分学生、专家、社会团体对我课堂教学效果的评价，当然，读者们都会了解，这同时是在展示大家对我上课的好评。任何老师都期待他的课能受到听众的好评。如果一个老师讲课，学生听了无动于衷、没有反应，他的工作就变成毫无意义。有学生听我的课而感到喜欢，在我当然是十分高兴的事。我十分清楚地认识到：不能够把这些评价当作对我课堂教学质量的真实反映，而应当把它们看作对我课堂教学的激励，鞭策我要继续前进，努力争取达到这种理想的教学境界。

近年来，编者在肇庆学院的教学工作方面有了一些成效，于2009年、2014年连续两届被评为"肇庆学院青年优秀教学骨干"，于2015年被评为"肇庆学院课堂教学质量十佳教师"、在2016年获得肇庆学院青年教师课堂教学竞赛一等奖、2017年获得肇庆学院优秀教师课堂教学示范课一等奖、"肇庆学院教书育人先进工作者""肇庆市优秀教师"。编者主持的广东省精品视频公开课，得到了广大学生、同行专家以及社会大众的高度评价。

本教材在肇庆学院的人才培养中具有一定的地位、发挥了一定的作用。2014年11月，编者指导学生李季的科研项目《网络文学作品对古典诗词的接受与传播——基于对年轻受众的电子问卷调查结果的统计与分析》获得2014年国家级大学生创新创业训练计划项目立项（项目编号：DC201446）并在2016年4月顺利结项（证书号：201672）。李季同学是计算机专业的学生，因选修编者的"中国古代诗歌"而爱上了中国古代诗词，她后来决定考中国古代文学方向的研究生。

兴趣是最好的老师。我们深知培养学生热爱中国古代诗词的重要性，大学生跨专业考中国古代文学研究生的现象在学术界并不罕见。编者在北京大学跟随程郁缀先生攻读博士学位时的同门中有三个都是非中文专业毕业的本科生，后来考上了北京大学中国古代文学的研究生。其中，师妹管琴原是东南大学经济学专业毕业的本科生，本科毕业后攻读北京大学中国古代文学的硕士、博士学位，现在北京大学工作。师姐刘航大学时读的是计算机专业，硕士在北京大学读中国古代文学，博士在复旦大学跟随王水照先生学习中国古代文学，现在首都师范大学工作。她们均排除万难跨专业考取中国古代文学的硕士、博士，并都在中国古代文学研究界取得了令人瞩目的成就，从中可以看出中国古代文学尤其是诗词的巨大魅力。编者本人大学读的是经济管理专业，后因爱好文学而考上了中国古代文学的研究生，从此走上了从事中国古代文学教学与研究的道路。

在编著此书的几年里，我始终得到学生李季和冯勃的关心和帮助，分享了讨论的乐趣。在肇庆学院教师教育学院何其国老师、文学院学生冯勃同学的帮助下，我们成功地完成了广东省质量工程项目"中国古代文学精品视频课程"的录制工作，在此我向他们表示深切的感谢。没有他们的关心和帮助，我要完成这本书是不可能的。还有大量肇庆学院的师生也给了我启发和帮助，在此就不一一列举了，我在心头永远铭记他们，永远感激他们。我很幸运，在教学的道路上得到了如此众多的关爱与鼓励！

最后，要特别加以说明的是，拙作是广东省精品视频公开课的配套教材，我们的网络教学空间网址是：http://www.dying.cc。这部教材讲授的内容全部有录制好的配套讲课视频。因"明清诗歌赏析"没有录制好的配套讲课视频，故删除了此章，以和整部教材的体例保持一致。

丁楹

2017 年 11 月 29 日凌晨初稿于肇庆学院容膝斋灯下

2019 年 8 月 20 日定稿于肇庆学院欣慨室